秘本三國志

下

【日】陳舜臣　著

崔學森　等譯
丁子承
王昱星　　校

中華書局

秘本三國志

【日】陳舜臣　著

責任編輯　王春永
裝幀設計　廖彥彬
印　　務　林佳年

崔學森　等譯　　丁子承　王昱星　校

出版　中華書局（香港）有限公司
香港北角英皇道 499 號北角工業大廈一樓 B
電話：(852) 2137 2338　傳真：(852) 2713 8202
電子郵件：info@chunghwabook.com.hk
網址：http://www.chunghwabook.com.hk

發行　香港聯合書刊物流有限公司
香港新界荃灣德士古道 220-248 號
荃灣工業中心 16 樓
電話：(852) 2150 2100　傳真：(852) 2407 3062
電子郵件：info@suplogistics.com.hk

印刷　美雅印刷製本有限公司
香港觀塘榮業街 6 號 海濱工業大廈 4 樓 A 室

版次　2010 年 11 月初版
2021 年 10 月第二版第一次印刷

規格　大 32 開（210mm×153mm）

ISBN　978-988-8759-71-2

本冊目錄

第五卷

公元二〇八年，曹操兵臨江南，諸葛亮鼓動三寸不爛之舌勸說孫權聯合劉備抗曹。赤壁一戰，曹操敗退，劉備得荊州，之後又謀得益州，魏、蜀、吳鼎立之勢形成。

火映赤壁天

一

谷底升起裊裊的煙，水的煙霧。「飛流直下三千尺」，後世的詩人曾這樣讚頌廬山瀑布。從瀑底升起的水煙在陽光的照射之下，又染上一層奇妙的顏色。「瀑水噴成虹」，唐代詩人孟浩然則如此感慨道。在瀑布的轟鳴巨響之中，少容的聲音清晰得有些不可思議。就好像是她的聲音擁有一個不同於瀑布水聲的源泉一般。

「真是不可思議呢……」聽着少容的聲音，孫權不禁這麼想到。彷徨於今後的抉擇，他特意前來詢問少容，自己究竟該選擇哪一條道路？他需要的並不是她的意見，只不過委託她為他算上一卦。「天帝的意思究竟如何？」

聞聽此言，少容不禁嫣然一笑，答道：「臣妾並非風姬那樣的巫女，又如何知曉天帝的神諭？」

「是風姬讓我來問您的。」孫權説。

「這可真是奇怪。風姬也該知道，我並沒有傳達天帝神諭的能力……」少容有些納悶。

孫氏家族的御用巫女風姬因為近來身體欠佳，無法承擔傳達天帝旨意的重任。她指名少容代理自己的工作。至於其中的緣由，少容也不大清楚。雖然兩人有過幾次交談，但卻還沒達到這麼親密的地步。

「那就是天帝告訴風姬，讓少容代替她的唄。」孫權顯得有些不耐煩。這樣一來，指名少容的就不是風姬，而成了天帝。

「這便無從知曉。不過天帝並沒有向我傳達任何旨意。」少容說。

「隨便什麼都行，就說說你通常的想法吧。」孫權也並非那種在關鍵決策上需要靠迷信神靈來決斷的將軍。只不過這一次他卻難以作出判斷。是求和？還是迎戰？求和就意味着向曹操投降。就孫權自身來說，他當然不願意向曹操屈膝稱臣。但是，他也沒有穩操勝券的自信。文武群臣已經分成了以張昭為首的主降派和以魯肅為代表的主戰派。不管是天帝的旨意也好，或是臣子們的意見也好，孫權都沒有打算輕易盲從。這些都只不過是自己拿下最終決定時的參考而已。至今他始終堅持這一原則。簡單來說，他只不過是想得到一絲頭緒。而他對少容所抱有的期待也不比這更多。「不管怎樣，說說您的看法。」他催促道。

「天下蒼生渴望世間太平。」少容說。

「果然還是世間太平是嗎？」孫權抬頭望着瀑布低歎道。

「但是恕臣妾直言，如今即使將軍歸降了曹公，離真的太平卻也還相去甚遠！」

「是嗎？……」孫權交抱雙臂，陷入了沉思。

少容似乎已經看透了這台戲的背後窘境。假使孫權歸降了曹操，他所統領的東吳各派系想必也不會聽命於他。「算我們看錯人了！」魯肅等人估計會憤憤擱下這句話，率屬下眾將離他而去。周瑜也會整頓人馬，投奔他處。「討逆將軍（孫權的哥哥孫策）的辭世，實在令人痛惜。倘若討逆將軍還健在的話，我們決不會遭受這樣的恥辱……」孫權甚至覺得能隱約聽到周瑜那穩重沉靜的話語正從瀑布的水底飄來。

孫吳政權的本質其實就是東吳豪門望族的聯軍。在這亂世之中，想要靠着三千五千的兵力自立一方根本就是不可能的事情。長江流域的支流縱橫交錯如蛛網，各種小勢力則割據其中。因逢亂世，各方勢力合兵一處，推舉最強的人物為首領。這就是孫權的父親孫堅。孫策、孫權兩兄弟繼承了父親的強勢，才得到現在的地位。如果世人得知孫權只是個弱者的話，那麼東吳的政權不是面臨瓦解，就是被周瑜或者魯肅等幹將篡位。他們會持續戰鬥到最後。真的太平永遠不會來臨。

「若我向曹操求和，究竟有多少兵力會跟隨我呢？三分之一……不，也許會更少吧。……」孫權在心中如此自問自答。三分之一也許還算比較樂觀的數字吧？「此廬山乃風景秀美之地，將軍願在這山中結草為廬，碌碌一生嗎？」少容問。孫權大本營所在的柴桑按現在的地名來說，就是江西省九江市一帶。提起柴桑，對中國詩文略有了解的人一定會想起那位隱居的田園詩人陶淵明來，因為這裏正是他的出生地。「田園將蕪胡不歸」，詩人筆下的田園就是他位於柴桑的故鄉。而其南面層巒疊峰的則是廬山。

採菊東籬下，
悠然見南山。

陶淵明吟誦的「南山」毫無疑問就是廬山。

猶豫不決的孫權跟隨少容登上廬山之時，正是距陶淵明出生一百五十多年前的建安十三年（公元二〇八年）。「這可真是為難人啊，教母。」孫權笑着說道。要是能率領大軍前去求和，倒還能有些威懾作用，能使他今後更受重用。可是如果只有不到三分之一的兵力，反而會遭到輕視和嘲笑吧。「什麼呀，這人的統率力也不過如此，沒什麼了不起的。」如此一來，孫權的前途可就一片漆黑了。既然不能將自己的雄圖壯志昭告天下，倒不妨就在這風光旖旎的山中隱遁一生。孫權還沒有愚鈍至聽不懂少容弦外之音的地步。

「我說得是不是有些無禮了？」少容問。

「哪裏哪裏，比天帝的旨意更耐人尋味啊。哈哈哈——」孫權聽見自己的笑聲淹沒在瀑布的流水聲之中。

二

事實上，孫權早已下定決心：非戰不可。不過對於開戰，他心中尚存疑慮。向風姬聽詢天帝的旨意也好，登廬山也罷，其實都是為了消除這些疑慮而作的準備。「有誰能徹底解消我的顧慮呢？」他曾經這麼想過。而少容成功地做到了這一點。瀑聲如雷。瀑布之下是玉龍潭。不久之後人們在此處建了開先寺，但東漢末年時，瀑布的周圍仍是人跡罕至之所。

「走吧，回去了。」孫權轉過身，高舉起右手。雖然他帶着近衛隊前來，不過在與少容交談時，衛兵們都退得很遠。舉手正是表明返程的暗號。後面的樹林裏傳來衛兵整列、收拾的聲響。「現在向您詢問下一個問題是不是為時尚早了些？」放下手臂後，孫權飛快地問道。

「完全不會。」

「五斗米道的意思是？」

「若以少容自身的考慮來説……」

「請賜教。」

「應該正是子敬（魯肅的字）大人所選擇的道路。」

「嗯……」

孫權面無表情地點了點頭。

東吳陣營中雖然分為主降派和主戰派兩派，但再具體劃分一下的話，主戰派則又分成兩種觀點：聯荊抗曹。就算是東吳的孫權，現在暫時也還無法單獨與曹操抗衡。同盟是必要的，而除了荊州之外再無其他。在荊州後繼者劉琮已降曹操的今天，這裏所指的荊州勢力其實是指劉備。也就是説，在與劉備聯手這一點上主戰派的意見是一致的。可接下來問題就出現了。

劉備是一代梟雄。至今為止他曾周旋於公孫瓚、呂布、陶謙、曹操、袁紹、劉表等各方勢力之間，不是背叛結盟，就是見死不救、始亂終棄。沒有什麼會比同他這樣的人結盟更危險的事情了。在與他聯合擊敗曹操之後，就應立刻殺之而後快。堅持這種主張的是周瑜一派，而與其針鋒相對的則是魯肅。即使在長江流域打敗曹操，北方依舊是曹操的勢力範圍。我們東吳的強敵不可能只受一擊就潰不成軍。只要強敵尚存，我們就不能失去同盟。加之，雖然話是説劉備總背叛結盟，但世間也都知曉背叛方與被背叛方兩者之間各有癥結。與劉備的同盟應該長期保持下去。在主戰派的內部，就戰後關係的問題而出現的捨棄劉備論和持續同盟論始終僵持不下。少容表明了對魯肅的持續同盟論的支持。孫權雖點了點頭，但在心中仍難以定奪。

「這個問題之後再議吧。」孫權一行人下到了廬山的東麓。少容乘着轎子，由士兵們抬着。剛走到半山腰，只見一名急使早已等在那裏。

「什麼事?」孫權問。

「又有魯肅大人的信函送到。」

急使跪下低頭道。東吳軍急使的頭盔上綁着三角形的紅布，從很遠的地方就能看見。急使策馬疾行時，無論什麼人都不得阻攔。

「哦，今日已是第三封了……拿來。」孫權苦笑了一下。

「子敬這人，還真是杞人憂天……」主戰論的急先鋒魯肅雖然明知孫權傾向主戰論，卻依舊擔心主公變卦倒向求和派。所以即使在出行途中，仍不斷地送來信函。信中有一半是關於出行的報告，剩下的篇幅則列滿了主戰論的論據。孫權看得有些厭煩了。

魯肅的這次出行本來是作為弔唁使前去荊州致哀的。得知劉表去世之後，魯肅就毛遂自薦，願意作為東吳的代表前去荊州弔唁。「前一陣子我母親去世之時，荊州可連一個弔唁使都沒有派來。」孫權以此表示反對。「此行正是向天下人昭示江東信義的好機會。」魯肅說。「比起信義來，你其實還有其他考慮吧?」孫權笑問。熱衷於與荊州結盟的主戰派代表魯肅打算在以弔唁使的名義前往荊州之時，與劉表的繼承人建立起抗曹聯盟。魯肅的打算早就被孫權看透了。

「嗯，這個嘛……」魯肅一時間不知如何應對，孫權卻應承了下來。「行，去吧。順便早做些準備工作也好。」魯肅興致勃勃地出發了。但當他走到江陵時，卻傳來了曹操進軍襄陽、劉琮不戰而降的消息。如此一來，落入曹操之手的襄陽（荊州的州都）就去不得了。等待後續報告之際，他聽說劉備正受曹操追擊。「同盟之人果真該是劉備，且讓我與他一敘。」魯肅下定決心之後便急忙從江陵北上。因為是弔唁使，所以魯肅隨身只帶了少量士兵。如果他手上有大軍的話，估計他會直接趕去救援。

「跟被打得落花流水的敗軍之將劉備結盟，對我方有利可言嗎？」魯肅清楚記得主和派首領張昭橫眉豎目責問自己的那一幕。這時，襄陽的探馬來報。「劉備撥給關羽一萬士兵，走的是水路。」聽到這個消息，魯肅不禁拍手稱快。劉備依舊保留着兵力。加之夏口附近，志願擔任江夏太守的劉表長子劉琦正率領幾萬兵力無所歸處。眼下他只能選擇與劉備兵合一處。對年輕的劉琦來說，他肩上的擔子的確太重了。這樣想來的話，與劉備同盟對東吳政權來說就成了理所當然之事。不管張昭怎樣巧舌如簧，魯肅都勝券在握。「劉備是值得信賴的戰略同盟。」北上的途中，魯肅不斷地派急使將論述該觀點的書信送出去。

「馬上就要見到劉備了……」今天早上的信裏是這樣說的。那麼眼前這封信中寫的應該就是會面的詳情了吧。孫權坐在馬上，拆開信讀了起來。「哦……子敬的信居然這麼短，真是難得。」展開信的瞬間，孫權低歎道。出乎他的意料，信裏只有三行大字：「與備會面，玄德欲派軍師諸葛孔明前往柴桑。孔明乃我東吳諸葛瑾之弟。吾將與孔明同歸東吳。」「哦，子瑜的弟弟是嗎……」諸葛瑾，字子瑜，在東吳擔任孫權的長史（秘書）一職，亦是有才能之人。從信上看，他的胞弟屬於劉備陣營，此次受劉備的全權委託，出使東吳。

「諸葛孔明嗎？」孫權反覆叨唸着這位全權特使的名字。在他身邊的轎子中，少容聽見了這個名字。

「啊，那位年輕人終於要出場了嗎？」那位青年曾經建議少容利用五斗米道之力鼎立天下。她早已發覺那位青年的非凡才能。而期待已久的人物就要登上歷史舞台。想到這一點，少容竟然有些興奮。

三

諸葛孔明在孫權的幕僚會議上侃侃而談：「曹賊該伐，其不足懼。」為論證一個道理，他必然會舉出多個論據。如此一來才顯得有說服力。「強弩之末，勢不能穿魯縞。」諸葛亮引用了眾所周知的諺語。魯國出產的縞質地薄脆。但不管是怎樣的強弓，射出的箭一旦到達射程的極限，其勢便失，連薄薄的魯縞都射穿不了。從北方長途跋涉而來的曹軍就好比「強弩之末」，身心俱疲，並不值得畏懼。

何況曹操所率領的北方軍不習水戰。聽說他們在鄴城挖了很大的池子訓練水師。但這種一夜速成的妄想在實戰中自然起不了作用。曹操接受了荊州劉琮的歸降，接管了他的軍隊，但這其中多為武力所迫，並非將士們真心歸順。這樣七拼八湊的軍隊，在戰場上恐怕連一半的實力都發揮不出來……

聽着孔明的演說，孫權在心中不禁有些疑惑。剛才二人單獨談話之際，孫權已經與孔明作了約定。「誓討曹賊，孤意已決。」東吳政權的最終決定權掌握在孫權手中。只要與孫權立下誓約，事情便不會再改。根本沒必要說服諸位將領。

「也許這是為了消除東吳軍中的恐曹症吧？」孫權猜測。但孔明未免也太過熱衷於辯論了。會議結束後，孫權又召見了孔明，問：「孔明先生的口才，在下十分欽佩。不過，既然已與我作了約定，又為何故意在眾將面前施展雄辯之才？這不是有些多餘嗎？」在東吳，孫權經常召集眾將商議對策，這也是由於多頭同盟這樣的政治性質決定的。眾將習慣在會議上暢所欲言，表明自己的態度。在最高會議召開之前，最終決定並不會作出。所以，在當前階段，孫權一直沒有表明態度。不管心裏有沒有作決定，他在口頭上都絕不會表態，這是這個軍事共同體的首領的戰術。

而最高會議遲遲沒有召開，則是因為會議的重要成員周瑜，正從任職的鄱陽往回趕，孫權在等着他的歸來。周瑜也是主戰派，在開戰方面與孫權沒有什麼分歧。假如周瑜反對與劉備結盟，那麼孫權哪怕行使賦予自己的最高決定權，也一定會促成同盟之事。「既知吾意，又何必力辯群雄？」孫權的疑問是源於他強烈的好奇心。

「亮有一事相求。」孔明沒有回答問題，反而如此說道。

「何事？」

「將軍雖已下定了決心，不過在眾將面前且請暫時裝作猶豫不決的樣子。」

「你是說裝作猶豫不決的樣子嗎？」

「正是……無論如何都請您答應……」

「這又是為何？」

「戰爭之中士氣最為重要。出陣之前，全軍上下如酒醉般興奮則最為理想。將軍的決定若是提前被知曉，恐怕全軍士氣很難為之振奮啊。」

「哦……你的意思是說不可走漏風聲是嗎？」

「正是。與劉備結盟出兵的決定，我們需要儘可能地在戲劇效果般的場景中表明。」

「明白了，故意製造氣氛是吧？」

「不錯，這能讓眾將士的鬥志倍增。」

「這倒不難理解，但又該如何振奮士氣呢？」

「演一齣戲。」

「演戲？我從未演過戲。」

「是嗎？不過這也沒關係。不介意的話，讓孔明來指導將軍演戲如何？」

「好啊，我正求之不得呢。若能讓眾將士氣大振，演戲也好、唱歌也罷，我都在所不辭。」

孫權對這位長自己兩歲的年輕軍師頗感興趣。

「曹操很快就會派人送來戰書了。」孔明說。

「您是如何知道的？」

「江陵的探子傳來的急報。亮記得信的內容。」

因為內容不長，所以孔明將其背了下來。「近者奉天伐罪，旄麾南指，劉琮束手。今治水軍八十萬眾，方與將軍會獵於吳。」

「哼，他是來會獵的嗎？」孫權咬住了嘴唇。

相會且一同打獵吧。這是委婉地下戰書的意思。這種委婉之中，也包含了對對手的輕蔑。年輕的孫權，當然對「會獵」一詞大感惱火。

「後世之人，可能會把『會獵書』當做挑戰書來理解吧。」孔明笑着說。

「我該怎麼辦？」孫權咬牙切齒地問。

「現在將軍已經振奮起來了，不妨也讓將士們振奮起來吧。曹操的戰書對於我們來說來得真是恰到好處啊。」說完，孔明略施一禮。接着，他對孫權進行了演技的指導。

數日後，周瑜到達柴桑。此前不久，曹操的「會獵書」也剛剛送到東吳。

孫權意外地擅長演戲。

在文武諸將的眼中，主公孫權徘徊於主戰派和主和派之間，一直處於猶豫不決之中。主和派的張昭認為還有一線希望，多次主張向曹操求和。剛剛回來的周瑜，自不必說是主戰論者。「雖號稱水軍八十萬，但北方的曹操應該不會有那麼多的水軍。正規的水軍，估計也就是荊州劉表以前的部下。而劉表的水軍和我們多次交手，他們的能耐我們早就摸清楚了。不足為懼！」周瑜少見地揮舞着手臂，慷慨陳詞道。

夾在兩者中的孫權，出色地扮演了一位陷於苦惱之中的青年將軍。「更衣。」孫權起身道。他臉上的苦悶之色讓在座眾人都緊張到了極點。在那個時代，像孫權這種身份的人每次如廁之時都要換衣服。廁所也有專門服侍主公更衣的侍女。所以人們將如廁委婉地說成「更衣」。

文武諸將緊張地等待着。在座的人都有一種預感。所謂「更衣」不過是藉口，主公只是因為受不了這種苦惱而藉故離開。等他再回來之時，將軍就會做出最終的決定吧。東吳將領個個屏息凝神，等待孫權的歸來。

終於，孫權提着刀回到了奏案前。奏案是用來放置文書的小桌子。眾人的目光，注視着孫權的一舉一動。孫權拔出刀。「哎！」伴隨着眾人驚詫的叫聲，青年將軍手起刀落，奏案一下子被劈成了兩半。「我心已決，必與曹賊拚死一戰！再有人說投降的，有同此案！」孫權大吼道。在座的諸位將領聞聽此言，個個血脈賁張。青年將軍孫權的這齣戲，獲得了超乎想像的戲劇效果。

四

劉備將軍隊停駐在夏口和柴桑之間一個叫做樊口的地方，在那裏等待事情的結果。一切就都靠諸葛孔明的三寸不爛之舌了。如果這時候遭到孫權拒絕的話，劉備今後就無路可走了。「能看到船嗎？是兵船嗎？」一向穩重的劉備也焦躁起來。孫權真的會派來援軍嗎？據劉備的探馬報告，曹操那封充滿挑釁的「會獵書」已經送到了柴桑。送達戰書即是表明曹操已經做好了開戰的準備。江陵已有數千隻戰船，兵器庫和糧庫也都已建好。說不定曹操已經下令讓艦隊出發了。

「發現前方有艦隊！」偵察兵來報。劉備的親信立刻變了顏色。但是，偵察兵只說看見了船隻，卻沒說是何方艦隊。是從上游而下的曹軍艦隊呢？還是從柴桑逆水趕來的孫權援軍呢？「船的形狀？」劉備問前來報告的士兵。

「是周瑜的艦隊。」

「呼，吉報也。」劉備鬆了一口氣。

曹操在江陵收降的水軍是荊州劉表的部下。東吳孫權的船隻與其形狀不同，從遠處就能分辨出來。另外，由於東吳政權是由各地豪族聯合組成，所以根據勢力的不同船形自然也不盡相同。張昭、魯肅或者周瑜的船隊，一眼就可判斷出來。所以被問及船形時，偵察兵能脫口而出是周瑜的船隊。劉備抬頭望天，盡力掩飾自己此刻的表情。是生是死，他的命運就完全由出現在他面前的艦隊來決定。「又得以活命了……」安心的表情迅速爬滿了劉備的臉。然而當他意識到不可讓自己的表情過於放鬆時，便慌忙抬頭仰望長天。開戰在即，他身為總帥決不可掉以輕心。借仰天長視的機會，劉備穩了穩情緒，說：「派使者去周瑜那裏為將士們接風洗塵……對了，順便帶封書信去。」

劉備給援軍的主帥寫了一封信，慣例的問候之後，又加上一句：就作戰的種種，還望將軍賞光來訪，共商大計。然而使者空手而歸。周瑜沒有回信，只有口頭的傳話。「瑜有軍務在身，不能擅離職守，又無法委託他人。倘若劉豫州肯屈尊枉駕前來鄙處，則可如您所願，共商良策。」

「好生無禮！」關羽氣得臉都紅了。劉備曾是徐州和豫州的主公，現在在名義上依舊是豫州牧，乃是爭霸天下的英雄之一。與東吳孫權相比，至少也是同等級的人物。假如對方是孫權本人，那麼念他親自帶來援軍，劉備出面迎接還說得過去。但周瑜只不過是孫權的一介部將。地位低一等的周瑜居然敢對豫州牧劉備呼來喚去。「沒錯，這沒有教養的傢伙。待老子去提那廝的人頭來。」張飛的反應稍稍遲了些，卻也見根根鬍鬚鋼刺般倒豎起來。這莽漢雖然不懂禮儀規矩，但見二哥關羽橫眉立目，那麼想必勃然大怒也不會有錯。

「且慢，且慢。」劉備攔下兩人，「眼下向人求救的是我們。我們正位於生死的邊緣。在東吳看來，他們根本沒有援救我們的必要，跟曹操講和豈不更好？然而即使如此，東吳仍然調遣援軍前來，所以我們理應抱着重獲新生的感激之情才對。這樣想來的話，我們前去迎接也算符合禮數。」

「可是……」關羽仍有些不滿。

「比這更大的艱辛和屈辱，我們不都忍過來了嗎？這點小事又算得了什麼？」劉備淡然一笑。他立即命令部下準備好小船，親自登船朝着周瑜所在的船駛去。

「曹公善於用兵，與他交戰，更需早作準備……敢問大都督，麾下有多少兵力？」見過周瑜後，劉備這樣問道。談話之間，周瑜一直自信地微笑着。對於劉備的問題，他笑曰：「三萬人。」

「這是不是有點兒少了？」劉備略有些遲疑。

「不少！三萬足矣。豫州牧大人（指劉備）可以在一旁觀看鄙人如何攻破曹軍！」周瑜依然笑意盈盈。「竟有這樣俊美的男子……」與周瑜見面的那一刻起，劉備就對其美貌讚歎不已。在見到周瑜之後，劉備才第一次認識到「俊美」一詞也能用於男子身上。「瑜長壯有姿貌。」向來嚴肅的史書上都特地對他的容貌作了記載。東吳的人們都尊稱他為「周郎」。「郎」是對男性的稱呼，在這裏「周郎」蘊涵了一種男人中的男人、有男人風範的周君的意思。周瑜與孫權的哥哥孫策同歲，此時已三十有三。然而他依舊儀容不減。

「這俊美的男子，還真是大言不慚……」劉備不禁警惕起來。根據孔明的情報，雖然周瑜和魯肅同為主戰派，但對劉備的態度卻迥然不同。魯肅希望東吳與劉備保持長期的同盟關係，周瑜卻把劉備看成「踏板」，打倒曹操的「踏板」。待擊退曹操後，他就打算親自把「踏板」一腳踢開。

「豈能讓汝如此囂張！」心裏雖這樣想着，劉備卻依舊滿臉堆笑。

「子敬大人在嗎？不妨讓魯大人也加入我們的談話，如何？」

「子敬亦有重任在身，且不能委託他人。再另找時機吧。」周瑜回答說。言語雖還算禮貌，但內容卻不近人情。他沒給劉備留下半點餘地。

五

「豫州牧大人可以在一旁觀看我如何攻破曹軍！」剛過而立之年的周瑜對年近五十的劉備說出這樣的話。話中雖然有不用勞煩你的意思，但也有另一層含義。「打仗靠我們東吳就可以了，你劉備帶着幾萬軍兵在附近袖手旁觀即可。當然，勝利的果實也是我東吳的，與你們無關。」也許這種理解才是正確的。與有着反劉思想的周瑜實在是話不投機。而想讓親劉派的魯肅加入會談的提議，卻又被他婉言相拒。

這次東吳出兵，周瑜手握全權，劉備也是無可奈何。

「臭小子，還真狠……算了，隨你的便吧！」

劉備以為，當前能在曹操的魔爪下保住性命就已經該滿足了。戰爭結束之後，又是另外的問題了。我投靠各地諸侯，這種寄人籬下的艱辛早已習以為常。卑躬屈膝，伺機而行，相信一定會有機會的。劉備回到本陣，對親信說：「這次戰鬥不必勉強，交給孫權軍就可以了。」

另一方面，周瑜在樊口和夏口略作停留，以等待後續部隊。程普的艦隊緊隨其後。周瑜擔任總帥兼任左都督，程普任右都督。魯肅司職贊軍校尉，也就是相當於軍中的參謀長。雖然程普是東吳軍中年紀最大的元老，孫權也將他與周瑜放在平起平坐的位置上，但實權掌握在周瑜手中的事實卻是不言而喻的。

在孫權充滿戲劇性的開戰決意之下，東吳將士們士氣高漲地出發了。到達夏口時，周瑜為了進一步提高士氣，再次發表了演說：「東吳的勇士們！青州、徐州的賊人正要踐踏我們的鄉土！」周瑜大聲疾呼。南方人格外地熱愛自己的故鄉。從一方面來說，毛細血管一樣的水路劃分出的許多獨立小區域也正是導致南方人分成小派系互相鬥爭的原因。曹軍主要由青州和徐州出身的士兵組成。他們既是外來者，過去又經常南下騷擾百姓。「那些外來者要來了。」周瑜抓住士兵們熱愛故土的感情，接着說道：「據俘獲的曹軍士兵自白，青州、徐州的士兵在行軍途中經常彼此激勵說，南方美女如雲，早些攻下就可盡情享用。諸位，你們對此作何感想？諸位的妻子、妹妹，甚至母親和姐姐們的貞操，現在都岌岌可危。你們能不挺身而出嗎？！」周瑜頓了一下，環顧全體將士。他清楚地感覺到了士兵們的憤怒。看來這一招頗為奏效。他的腦海之中浮現出少年時代跟隨孫堅出征時的情景。孫堅在鼓舞全軍時，總是引用風姬的神諭。風姬被神附體時的模樣能使將士們近乎陶醉般地興奮。

「我的說辭能比得過風姬的神諭嗎？」不，現在周瑜覺得他的話已經超越了風姬的神諭。自己的話語雖然無法像風姬那樣喚起一股奇妙的興奮感，但可以確定的是，守護妻子和姐妹的這個目標也同樣能夠振奮人心。而且與那種奇妙的興奮感相比，更應該強上好幾倍。「東吳的勇士們，」周瑜高高舉起右手叫道，「還記得建安九年，曹操攻陷袁氏鄴城的事嗎？袁熙的妻子甄氏，其美貌為世人所讚歎。曹操的兒子曹丕強行將其佔為己有不說，曹操在聽說此事後，還咬牙切齒地大呼可惜，恨被自己的兒子搶得先機。而這次出征東吳前，曹操又對他兒子說，東吳的二喬可是我的，你不可插手。攬二喬於東南兮，樂朝夕之與共……」全軍突然變得鴉雀無聲。

曾官居東漢太尉（相當於國防部長）的喬玄有兩個女兒，皆有國色天姿、沉魚落雁之容。喬玄去世後，他的家人為了躲避中原的戰亂而移居皖城。後來皖城被東吳攻下。那時孫堅已故，孫策是總帥。世人稱這兩位絕世美女為「二喬」，意思是，喬家的兩位美女。孫策娶姐姐大喬為妻，周瑜納了妹妹小喬。孫策病故後，姐姐成了寡婦，現仍住在東吳。妹妹作為周瑜的美嬌娘，已是二男一女的母親了。曹操欲霸佔東吳的二喬。小喬的夫君、總都督周瑜親口說了出來。「他們居然要奪我之妻！」

水面一樣沉靜的全軍將士在剎那間又爆發出怒濤般的吼聲：「打倒曹操！守衛東吳！誓殺青徐賊人！守我東吳美女！」最開始稍長的呼聲逐漸演變成清晰而急促的口號。打倒！守衛！誓殺！守衛！聲如雷霆的喊聲在夏口的江岸上持續不斷。「我已經超越了風姬。」美貌的青年將軍在此刻確信了這一點。

六

在遙遠的上游，江陵岸邊，同樣可以聽見將士們的吼聲。這裏是曹操的大本營。曹操官居漢朝的丞相，乃人臣之中最高的地位。他征討遼西，收降了劉表的兒子劉琮，現在又南下攻打江南的富饒之地，打算收服這片沃土。但是，曹操卻心事重重。軍中正流行着瘟疫，士兵接連不斷地死去。與敵人交鋒之前就遭到瘟神的攻擊，損失甚為嚴重。然而，卻沒有退路可走。戰書「會獵書」已經派使者送到了東吳。

曹操現在最擔心的是軍中士氣低落。疫病這個看不見的敵人使士兵們心情低落，這樣下去恐怕只會不戰而敗。必須想辦法振奮士氣。曹操是詩人，他的才華在當時幾乎無人可出其右。為了鼓舞士氣，他打算作一首詩讓大家齊聲歌唱。那麼，作什麼詩才好呢？

鬥志昂揚卻內容空虛的歌詞，不會讓將士們振奮。需要鼓舞的是將士們的心，因此歌詞必須具有打動人心的力量。曹操作了一首詩，即是不朽的名作《短歌行》。江陵岸邊的吼聲，正是數十萬軍兵一起歌唱丞相創作的這首詩歌的聲音。

對酒當歌，人生幾何。譬如朝露，去日苦多。
青青子衿，悠悠我心。但為君故，沉吟至今。
山不厭高，海不厭深。周公吐哺，天下歸心。

全詩共八段，收錄在《文選》中，深受後人喜愛。詩的情調蒼茫悲涼，表達出對人生短暫的詠歎。面對美酒應當高歌，人生短促日月如梭。在歷史的洪流中，我們人類又是多麼的藐小！將士們的心此刻正被這人生的煩惱所折磨。而之後的歌詞，則是要讓蠢蠢不安的心沉靜下來。那些想念着書生學子的心兒啊，此刻正吟唱着愛戀之歌。人人都想起遠方的家鄉了吧。然而既來之，又怎能空手而歸？最後一段，則是曹操的宣言。高山不辭土石才見巍峨，大海不棄涓流才見壯闊，我現在求賢若渴。以前的聖人周公，一聽有人才求見，即使在用餐當中，也會吐出口中的食物，急忙出來迎接，天下之士由此心服。我曹操要像周公那樣，禮待賢才。諸位，請盡情展示你們的能力。成就功名！呼喚眾人建功立業的詩歌，令歌者們心動不已。在幾番歌詠之後，將士們顯出了武人的本色。

「功成名就，凱旋歸鄉！」歌者的臉頰開始被淚打濕。曹操一動不動地看着這一切。當歌聲達到了最高潮時，曹操站在高台上舉起雙手大吼起來。「前進！順流而下，葬送東吳的碧眼兒！」歌聲突然變成雄壯的吼叫，吼聲反覆多次，又不知在什麼時候變回了歌聲。就這樣，達到興奮頂點的兩軍將士乘上兵船，奔赴戰場決一雌雄。

東吳軍從夏口沿長江逆流而上，曹軍自江陵沿長江順流而下。由於順流的速度較快，兩軍對峙的戰場赤壁，位於從江陵到夏口全程的四分之三處。赤壁位於現在湖北省嘉魚縣附近，現被稱做石頭關。赤壁位於長江南岸，與其相對的北岸則叫做烏林。雙方曾在江上發生過一次前哨戰。但不過是試探對方實力的小型戰鬥，熟悉水戰的東吳軍略佔優勢。「退兵！」曹操馬上下令退守，在烏林佈下陣來。東吳軍集結於對岸的赤壁，等待着決戰時刻的到來。

七

「是持久戰啊！」劉備觀望過對方的陣營後說道。他率領兩千騎兵，加入了赤壁一方的周瑜陣營。兩千人馬對東吳的三萬軍兵來說，比例相當之小。所謂的聯手不過是名義上的說法，實際上就是東吳的周瑜軍而已。以這種狀況來看，戰後的論功行賞已經可以預見。劉備能夠得到的東西根本不值得他有所期待。「我為的不是戰鬥，而是政治影響力。」劉備如此想到。幸而諸葛孔明在政治影響力上的謀略要遠高於在行軍打仗方面。「臭小子！有點兒風流就不知天高地厚了！現在暫且讓你囂張着。」劉備一邊在心裏罵着，表面上還一臉堆笑地與周瑜說着話。

「持久戰的話可不妙啊！」周瑜撇着嘴說。持久戰適用於小規模的局部戰爭，同時也是消耗戰。在雙方都逐漸消耗力量的情況下，絕對數量佔多的一方自然比較有利。因為當對方被消耗到零的時候，這邊依舊還有剩餘。

「不妙，甚是不妙……敵軍能夠從陸上自江陵補給物資……」這一帶的長江九曲十八彎，若走水路從江陵到烏林的話，距離則相當遠。但走華容道的話，卻又出乎意料的近。

「只能速戰速決。」周瑜手下的部將黃蓋應聲說道。

「估計就算是挑釁，對方也不一定會應戰。」劉備笑曰。

黃蓋似乎有些惱，但是當下卻閉口不提。等到暮色降臨，他隻身來到周瑜的帳中。

「臣有一計。」

「讓對方迎戰的計策嗎？」

「正是。今日那個吃閒飯的大耳朵居然敢嘲笑我。」黃蓋吹鬍子瞪眼道。

「嘲笑嗎？我看他笑得很平靜嘛……算了，不提這個。說說你的良策？」周瑜向前探了探身子。

「用火攻。曹軍的兵船都以鐵鏈相連。這雖能起到防禦敵人的作用，卻也有害怕火攻的弱點，周郎您應該也很清楚吧？」

「這我當然知道。但是，欲用火攻就必須先靠近他們的船才行，對方又怎會輕易讓我方靠近呢？敢靠近的人估計都會被箭雨扎成馬蜂窩吧？」

「計策就在這裏……先假裝投降，然後靠近……」黃蓋壓低了聲音。

「嗯，詐降是嗎？」

「正是。雖然不知道這是好還是不好，但是天下都知道在我東吳陣營之中，主和派與主戰派之間爭論激烈。由於我跟子布（張昭）兄的關係，曾經大家都以為我是主和派。但就我個人來說，一旦這是東吳的決定，那麼就算我自己反對，也有拚死從命的覺悟……不過，這一次，我若單獨去投降曹操，也不會是什麼奇怪的事情。您覺得如何呢？曹操應該能從探馬那裏得知我是主和派。」聲音雖低，但黃蓋的言語卻充滿了迫力。

周瑜思考了片刻，終於緊緊地握住黃蓋的手，說：「真是犧牲你了，公覆（黃蓋的字）兄。」

「首先得修一封詐降書。這可有點兒難……雖然我自己寫也可以，但又恐怕書信上暴露我的本心，可能的話……」

「你是說找他人代書草稿嗎？」

「正是。」

「我明白了。就由本都督來代寫此信。」周瑜說道。

於是，周瑜替黃蓋代筆寫了一封《乞降書》。其大意是，我黃蓋雖然承蒙孫家厚恩，但這次東吳的決定，實在讓我難以服從。將中原百萬大軍與江東六郡及山越的兵力相比，結果不言自明。會議之中我也曾力主投降，但魯肅和周瑜等不明事理之人盡說耀武揚威之言，以致我的諫言無功而返。我心實不甘，決定投降明君。僅是與這群不辨智愚之人一同遭到滅頂之災的想法，也讓我覺得難以忍受……

不管怎麼說，算是一篇美文。

「真是不可思議。至今我所寫的文章之中，這是最好的一篇。只可惜是代他人所寫……」重讀過自己的文章，周瑜苦笑起來。

「因為其中不乏打動人心的地方。」黃蓋對這封以自己的名義所寫的投降書也頗有感觸。

「因為事實就是這樣……其實對於求和論，我也不是沒有想過……」周瑜說。

「哎？」對黃蓋來說，這可是相當意外的一句話。

八

曹操當然不會徹底相信這封偽造的《乞降書》。「都睜大眼睛看清楚了！船上有沒有可疑的地方……特別要注意是不是裝滿了枯草和乾柴？」他命令道。信中說黃蓋將率領數十艘蒙衝（用生牛革蒙住船背的兵船）和鬥艦前來投降。實際上服從他的兵船也只有這麼多。所謂鬥艦，是一種裝有很高的柵欄的兵船。《乞降書》中註明道，為了能與其他兵船相區分，前來投降的兵船都會「用青布罩船，懸掛青旗」。

「沒錯，是黃蓋的船隊。青色的幕布，青色的旗幟！」負責瞭望的曹軍將士歡聲一片。倘若黃蓋的艦隊脱離東吳，那麼兩軍的兵力差距將更加懸殊，幾乎可以説是勝負已分。

「贏了！贏了！我們就要凱旋北方了！」有心急的士兵已經喊出聲來了。烏林的曹營沸騰起來。「安靜，靜一靜！不要騷動。讓赤壁那邊聽見了怎麼辦？鎮靜，鎮靜！」將帥們不得不盡全力安撫狂熱的士兵。實際上，青布和青旗只不過是為掩人耳目。在青布下面，是澆上了油脂的乾柴和枯草。「這邊！這邊！朝這邊來！」曹軍的將士指揮着投降艦隊駛向事先準備好的地方。然而不管曹軍揮手也好、舞旗也好，對方都像是沒有注意到似的，一直朝着東邊前進。

江面上颳起了東風。投降的船隻順着風的方向前進。「有點兒奇怪……」到了這個時候，曹軍陣營之中終於有人開始覺得不對勁。但整個軍營依舊沉浸在勝利的氛圍之中。就算現在下令警戒，估計也難以抑制士兵們的狂喜。加上黃蓋的艦隊沒有半點兒猶豫，徑直朝着這邊駛來。

「是詐降！全體士兵注意，做好戰鬥準備！」烏林高台上觀望的曹操在看見黃蓋的艦隊向西行駛之際，終於識破了黃蓋的詐降計。他急忙從高台上趕下來，對親信發出命令之後就迅速地準備了起來。逃跑的準備。

曹操身經百戰，他已經能夠清楚地預見接下來的火攻，以及己方軍隊將會有多麼狼狽。「撤退時走華容道！」他又下達了從陸路撤退的命令。「兒臣也去準備枯草和乾柴。」長子曹丕略撇了一下嘴唇説。「做什麼？」曹操問。「華容道泥濘濕滑，不鋪些枯草和乾柴的話馬匹無法順利通過。」曹丕答曰。「好，快去準備！」曹操隱約地感覺到兒子的心中有着能夠超越自己的、惡魔般的才能。

從東面傳來了人的大叫。那不是歡呼的大叫，而是驚愕的大叫，是恐懼的大叫。烈焰翻滾，直衝雲霄。

到處都是火舌吞吐。黃蓋的艦隊中有數隻船引火自焚,直奔曹軍中央。這樣的火攻船上當然是幾乎沒有士兵的。舵手在火船衝入水寨之前,早已跳到其他船上。而其他船上埋伏着全副武裝的士兵。以火光為信號,赤壁的孫劉聯軍一齊出擊,鎖定了勝局。

由於舳和艫以鎖鏈相連,火勢在水寨中的曹軍艦隊上迅速蔓延開來。濃煙滾滾,烈焰衝天。紅蓮火焰貪婪地吞噬着周圍的一切。曹操陣營中,是一幅慘絕人寰的地獄畫卷。「真是壯觀!」站在由赤壁駛向烏林的船上,劉備注視着熊熊火焰,輕聲感歎道。「艦隊應該是全滅了吧……哦哦,還殃及岸上的軍營!」周瑜拚命抑制心中的亢奮,用高昂的聲音說道。

「看啦!看啦!連船櫓也燒斷了……曹軍這就要覆滅了……」劉備已經開始在腦海中設想戰後爭權奪勢的問題了。

作者曰:

宋朝的詩人蘇東坡曾寫下流傳千古的《赤壁賦》:「方其破荊州,下江陵,順流而東也,舳艫千里,旌旗蔽空……」遊覽古戰場時,詩人如此詠歎道。但是,東坡先生遊覽的地方雖然同在湖北的長江沿岸,卻是一個叫做「赤鼻磯」的地方,即現在的黃岡。其實蘇東坡是在誤解之中寫下這篇作品的。

民間傳說孔明設七星壇、祭天神、借東風,才使火攻取得成功。但是在赤壁之戰中,周瑜才是真正的主角,劉備的影響微乎其微。

亂世的花嫁

一

銅雀一鳴五穀豐，
銅雀再鳴五穀熟。
……

在當時傳唱的民謠之中有這麼一句。人們並不大理解其中的含義，而這首歌是從何時起開始流傳的，亦不為人知。雖然有人說這是首古謠，是很早很早以前的東西，但是也有老人會皺着眉頭說：「老夫年輕的時候，可沒聽過這麼奇怪的歌啊。」與其說是民謠，倒不如說是孩子們喜歡的兒歌。既然大人也不懂其意，唱歌的孩子們自然也不可能知道「銅雀」是什麼。只不過唱得多了，銅雀一詞竟也變得耳熟能詳起來。所以總讓人有一種親切感。五穀豐、五穀熟之類的事，一定是值得慶賀的事不會錯。

據說那銅雀是從地下現身。不過，人們也不太確定它是怎樣從地下現身的。興許是修房子打地基的時候，偶然間挖出來的吧。「不對。是因為那裏發出金色的光芒，人們覺得很奇怪就挖開來看，結果掘出了銅雀。」有人這樣說道。「不對，沒有金色的光。有一朵紫色的祥雲從天而降，落到那片地上，然後忽然停住了。人們試着挖了一下，就發現了銅雀。」也有人好像很知情的樣子。「不管怎樣，都是值得慶賀的事。」鄴城的人們都一致認為。挖掘出了吉祥的東西，為了紀念這件事情，曹操便說：「建一座銅雀臺好了。」地點選在漳河河畔，位於鄴城以西。所謂的「臺」，其實就是大的宮殿。興建銅雀臺的緣故使鄴城中充滿了生機與活力。有工作的地方就有人聚集，附近地方的年輕人都被僱來施工。

建築計劃中不僅僅有銅雀臺，其他幾個地方也開始了大規模的建築施工。其中一處就是浮屠祠。「浮屠是什麼意思？」很多人不解其意。「是從天竺來的神仙。」能夠解釋的人應該是萬事通吧。「那邊建造的義舍究竟是個什麼東西？」「是五斗米道的道場。」萬事通說。「哦……那邊拆，這邊建嗎？」也有人不解。這也是沒有辦法的事情。

曹操生性厭惡淫祠、邪教之類的東西。二十幾年前，他作為濟南的相，剛剛當上地方長官時，首先着手整治的就是禁絕淫祠，也就是搗毀各種亂七八糟的淫祠。而這一宗旨至今未變。只要發現，就肯定不手軟。「這麼做也許會受到處罰的哦。」家中的女性們有些擔心地提醒他。「因為那樣的東西而處罰我，有可能嗎？」曹操毫不避諱。他是一個合理主義者，不相信迷信。如果有什麼好處的話，他會裝出相信的樣子，但卻暗自在心底裏嘲笑這些愚昧。

銅雀的出現是吉兆，在這件事上，曹操也只不過是裝出相信的樣子罷了。必須儘快地治好在赤壁之戰中遭受的創傷。不管發生什麼，在他統治的領地上都不能讓人心消沉，要儘可能地使人們充滿活力。從赤壁撤兵，對曹公來說，並不是什麼大不了的事。其證據就是，你看，他又開始大興土木了。簡直就是綽綽有餘……他必須令天下人有這樣的想法。

不過是因為有這樣的好處，曹操才利用了銅雀的迷信。而曹操之所以厭惡淫祠、邪教，是因為他深知這些都是騙人的。如果是真正的宗教的話倒也無所謂。而曹操能夠識別它們的真偽。所以，他對少容的五斗米道和月氏、西域人所信奉的佛教就顯得很寬容。

曹操對佛教尤其感興趣。一是因為他知道這是真正的宗教，而且又是從異國傳來的。據說人們用黃金塑成佛像以供朝拜，寺院也是極其莊嚴的地方。「如果在我們鄴城也建造起浮屠寺的話，肯定會非常壯觀吧。」曹操打算利用此事來鞏固自己的威信。因為他的部下有許多都是五斗米道的信徒，所以如果給予五斗米道優待的話，自己就能夠更好地掌握人心。更重要的是，同時大興若干個建築工程，能使得鄴城的大街小巷一掃戰敗帶來的晦氣。

二

從赤壁逃回來後，久經沙場的曹操一時之間也陷入了迷惑之中。畢竟他在一統天下大業的關鍵戰役中遭受到了不小的挫折。「今後該怎麼辦呢？」曹操深感焦躁。孫權也好，劉備也好，甚至連四川的劉璋、陝西的馬超、漢中的張魯等小軍閥，此刻應該都在密切地關注曹操的一舉一動。這麼按兵不動也不是辦法。「連曹操也有意氣消沉的時候。」人們或許會這麼說吧。必須儘快採取行動。戰敗之後，曹操受到了天下人的恥笑和羞辱。要是不報復回去的話，今後就更加不好辦了。雖然曹軍在長江中游的赤壁吃了敗仗，但在長江下游地區，依舊有曹、孫兩軍在對峙。

曹軍的前方大本營合肥現在正處於東吳軍的包圍之中。赤壁之戰後，孫權本打算親自領兵攻下該城。這時，長史（秘書長）張紘進諫說：「斬殺敵將、奪取敵旗，威震疆場，乃是副將（主帥輔佐）的任務，而非主將宜做之事。將軍決不可意氣用事，您的職責在於決策定謀，運籌帷幄霸王之計。」

合肥位於巢湖的西北，清末時期，日本人十分熟悉的政客李鴻章就出身於此地。對東西延伸的東吳孫權勢力來說，合肥雖說在長江以北，但因為通過巢湖的水路與東吳相連，駐紮在那裏的曹軍無疑就成了眼中釘。所以，孫權意欲領兵親征攻打合肥的心情也是不言而喻的。他打算乘着赤壁大勝的餘勢，一鼓作氣拿下合肥。

長史張紘之所以勸住急躁的孫權，還因為他判斷如下：「戰敗的曹操為了鞏固中原兵力，可能會從合肥撤兵。」只要東吳軍包圍合肥，用不了多久敵人就會自退，沒必要強攻。為此而損失兵力不是得不償失嗎？孫權方面是這樣分析當下形勢的。然而曹操的舉動卻出人意料。他派張喜帶着四萬軍兵，奔赴合肥前來解圍。在曹操看來，他必須採取一些行動。因為正巧碰上在合肥城與孫權軍僵持不下的局面，向合肥增兵也就不算是挑釁的做法。

但是，對得到了荊州、防線又拉長了的孫權集團來說，已經完全沒有剩餘的兵力可以增援前線了。聽說曹兵的援軍即將到來的消息後，孫權立刻下令解除包圍，撤退回長江流域。

「哦……該死的碧眼兒，我還以為你乘勝追擊，現在怎麼又怕了？雖然老夫還真猜不透那臭小子的居心……」曹操聽說孫權軍撤退的消息後反而皺起了眉頭。倒不是因為敵人退兵而覺得不高興，只是至今他都只把對方當小兒，每次都能看透孫權的心思，所以這次沒能讀懂孫權的想法而讓他有些不安。

「難道是我的形勢分析出了差錯？」他也這樣想過。「還是說……」曹操覺得也許是送到自己手中的情報還不夠充分導致的。「孫權軍內，可能還存在着自己不知道的情況，而那也許就是合肥撤兵的原因。」曹操又督促、激勵了情報人員，自己也親自召見了來自南方的人們，與他們談論了各種各樣的話題。

由於五斗米道的關係，陳潛在荊州負責照看病人和傷員，好不容易工作告一段落，他將剩下的事務拜託給當地的信徒，隻身前往少容所在的鄴城，打算跟她商量五斗米道道觀的建設問題。曹操立刻召見了陳潛，兩人連續談了兩天的話。

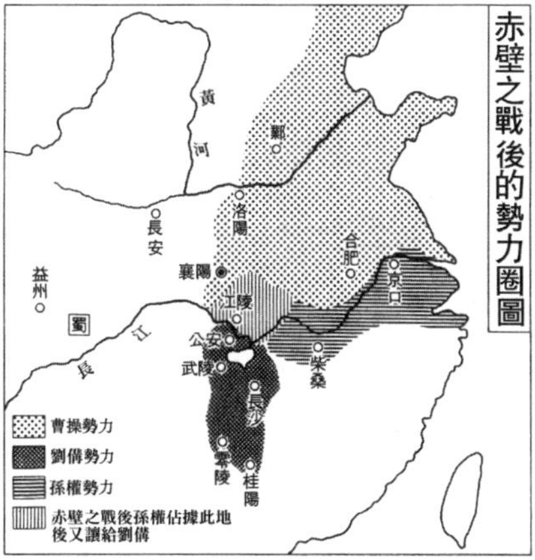

「在下知曉的事情有限，也許幫不上什麼忙。」道別之際，陳潛說。但曹操心情愉快，滿足地點了點頭。

「哪裏哪裏，你的話非常有參考價值。也許你自己並沒有意識到，但是你的話中包含着重要的事實。」

因佛教的關係，在荊州弔唁戰死者英靈的支敬，同樣為了佛寺的建設而來到鄴城。白馬寺的長老支英已經故去，現在支敬成了月氏族人的首領。不必說，曹操也召見了支敬。

「總覺得，您好像已經找到您要的答案了？」教母少容被曹操召見的時候，一開口就這樣說道。

「哦，我的臉上呈現出找到答案的表情了嗎？」

「是的……與之前相比，似乎困惑已經消失了。」

「哈哈哈，舊的困惑的確是消失了，但新的困惑又出現了。出現然後消失，消失而後出現，簡直沒完沒了。浮屠支敬說過一件很有趣的事……叫做輪回，一圈圈一輪輪，總是在循環不休……」雖說有新的困惑出現，但曹操的表情卻是明朗的。因為之前的困惑消失所帶來的欣喜佔據了上風。

「有段時間沒有打仗了吧。」少容問。

「教母是明知故問，哈哈哈……」曹操只是笑。

「我只想確認一下而已。」

「根本不用確認吧。我曹某人肚子裏的東西，教母早已讀懂了吧。」

「少容可沒有那種本事。充其量也就猜測今後丞相（曹操）打算進行水軍訓練之類的。再之後可就揣測不出了。」

「哈哈哈，再之後如何我還沒決定呢！肚子裏什麼都沒有，當然也就沒人會懂了，哈哈哈……」

曹操笑個不停。赤壁之戰後的第二年，建安十四年（公元二〇九年）七月，曹操率領水軍，從渦水河出發進入淮河，經肥水進駐合肥。他在那裏操練水軍。因為總帥曹操親自出馬，所以演習規模極大。雖然看起來像是赤壁之戰的反省演習，但與其說是「反省」，倒不如說是積極地為進攻作準備。除去演習之外，他還命令在合肥附近的芍坡，挖了一個周長五十多公里的大水池，將這一帶變為耕地。這就是曹操擅長的「屯田」，讓駐紮的軍隊耕種糧食，以實現軍糧自給自足。

雖然說在赤壁之戰吃了敗仗，但曹操並沒有放棄攻打南方孫權的打算。不，應該說是反倒燃起了鬥志，他開始為長期征戰作準備！水軍演習和屯田是曹操將此打算公之於世的最初標誌，更是針對孫權陣營的巨大示威。

三

「該死的糟老頭子！」孫權在罵曹操的時候使用了這樣的句子。二十七歲的孫權稱五十四歲的曹操為「老頭子」的確也不奇怪。本來曹操也身材矮小，算不上英俊瀟灑。孫權非常不痛快。好不容易赤壁大勝，進而想要成就「霸王之計」的時候，糟老頭子居然派大軍進駐合肥，自己坐守城中。明明他應該在赤壁受到了嚴重的打擊，早該死了才對。

碧眼的孫權一邊在心裏罵着一邊盯着地圖。「戰線是不是拉得過長了啊……」他這麼考慮到。雖然背靠鄱陽湖的柴桑一帶是最前線，但在得到荊州之後，戰線就一路拉到比南郡遠得多的地方，幾乎相當於從前的兩倍。而且還不是「面」，是以「線」在延伸。

對一個點施壓，如果是「面」的話，也許還有餘地承受對方的壓力。但是若是「線」的話，稍微不注意就會被對手切斷。一旦切斷，也就意味着勢力被分散開來。十分的力量，被分割成二分三分的話，可就難成「霸王之計」了。在鋪展着地圖的桌案邊，周瑜和魯肅立於孫權的兩側。「光有長度沒有寬度啊！」魯肅說。其實也就是孫權剛才所考慮的戰線不成面、拉太長的問題。換了一種表達方式而已。

長江（揚子江）的主流河道都是孫權的勢力範圍。但是用來標識河流的線條，看起來卻非常薄弱。「可在這裏製造寬度。」周瑜的手指沿着長江上方，一邊向西移動。益州，也就是蜀地，是幾乎沒有經過戰亂的富饒之地。只是現在劉焉的後人劉璋是那裏的主公。

「寬度嘛……」孫權低聲説道。

「是的。我們缺少寬度。若要説曹公的優勢，那麼他不只佔據了黃河沿岸的中原，還把持着冀州、幽州及其腹地的寬度。不僅如此，遼東雖是公孫家的勢力範圍，但是遼西的話，只要曹公有這份心，不論何時都可以將之當做自己的寬度來使用……我們應當奪取蜀地，那片物產豐富的土地。」周瑜激情澎湃地説。

「劉璋雖是平庸之輩，但奪取益州有那麼容易嗎？」孫權抱着胳膊反問。

「當然，在那之前必須先收拾掉劉備，那傢伙可是個不能小看的人物。」周瑜堅持要先消滅掉劉備勢力。

「在我們向西進攻之際，曹公會安分守己地等着嗎？」親劉備派的魯肅插嘴道。對孫權的東吳政權來説，最大的敵人難道不是曹操嗎？孫權的軍隊一旦向西進發，曹操豈能坐視不管？

「他當然會想報赤壁之仇，老不死的。」孫權唾罵道。

曹操在合肥增兵，並頻繁組織水戰演習，不僅如此，還進行大規模的屯田，簡直就像是在誇耀自己的實力。「要威脅曹操，我們就應該把劉備當做自己手上的棋子來用，絕不該捨棄有用的棋子。」魯肅説。

「也許有用吧，但他卻是個危險的棋子。」周瑜反駁。

「如果我們足夠強大，一口氣將劉備消滅掉也行。但是，這真的能做到嗎？」魯肅的聲音也激昂起來。

「如果劉備是真心地想幫我們的話，那也無所謂。但真是這樣的嗎？看他至今的經歷就知道，他總是在搞背叛、倒戈的名堂。我們不可以信任梟雄。」周瑜的聲音雖然沉着冷靜，但言語中卻有不低於魯肅的激情。

「是說假如我們知道劉備是信得過的人的話就行了是嗎？」

「我當然希望如此，不過從過去的事情來看，不得不說劉備不足以信任。」

「以前是以前，只要能保證他今後能信任不就行了？」

「人，是那麼容易就改變的嗎？」

「如果改變了的話，你打算怎麼辦？」

孫權一直抱着胳膊聽魯肅和周瑜的唇槍舌劍。突然，他放下胳膊，問道：「魯肅好像已經有計策了，周瑜你這邊怎麼樣？在我們西征之時，有沒有辦法阻止那老不死的從背後偷襲？」

「有，當然有。我周瑜已經考慮好了長遠之計。請您組織起西征軍，首先血祭劉備。」周瑜挺起胸膛，那樣子充滿了自信。

「我並不是反對西征，但血祭劉備一事，在大敵曹操當前的情況下，無異於削弱自己的實力，臣下絕不敢贊同。」魯肅這麼說着，拍了拍自己的肚皮。

「二位都是信心百倍的樣子呢。那麼，待我先聽過你們兩人的計策之後，再定方針。」如果孫權置之不管的話，兩人的唇槍舌劍不知要到何時才能結束。所以他才這麼說，暫時先將雙方勸開了。

四

這裏概述一下赤壁之戰以後的狀況。在赤壁吃了敗仗的曹操並沒有老老實實地全軍撤退。他讓自己的堂兄弟、征南將軍曹仁和徐晃把守江陵，折衝將軍樂進駐守襄陽，自己則率領其餘的軍隊退回北方。所以赤壁之戰以後，東吳軍主要的對手就變成了曹仁的軍隊。吳軍的總司令官是周瑜。他的部將甘寧雖佔領了長江上游的夷陵地區，但是卻遭到了曹仁軍隊的包圍。周瑜從江陵帶兵前去救援，在夷陵大破曹軍。

然而，為了將曹仁的部隊趕出長江流域，東吳軍在赤壁之戰後仍花費了約一年的時間。

在這期間，劉備主要奪取了湖南各地。雖說是奪取，但武陵、長沙、桂陽、零陵四郡原本都歸荊州管轄，都由過去劉表任命的太守駐守。由於劉表的繼承人劉琮歸降了曹操，這些地方才成為了孫劉聯軍的敵對地區。而因為劉備擁護劉表的長子劉琦，南方四郡的太守一開始就沒有戰意，幾乎全都不戰而降。不，應該說他們甚至都沒意識到這算是投降。

四郡之中，劉備令趙雲守桂陽郡，又命諸葛亮負責武陵、長沙、零陵其他三郡，通過徵收三郡的賦稅補充日後的軍餉。與指揮作戰相比，諸葛孔明在行政和經濟政策方面發揮出更為卓越的才能。

「請將荊州全部歸還與我。」劉備向孫權提出請求。趕走曹仁的部隊後，周瑜作為南郡太守鎮守江陵。江陵在荊州之中也算是最重要的城市。在孫權一方看來，他們本是為了荊州才大破曹軍於赤壁。吳軍進駐江陵一帶，劉備不應該有怨言才是。但從劉備的角度來說，如果荊州的全軍將士都歸降曹操的話，曹軍一氣南下，也許會直接毀滅孫權的東吳基業。而我們從曹操的手中救出了數萬荊州軍，雖然算是逃跑，但是正因為之後我們零零星星的抵抗才避免了你們全滅的可能。雙方都自以為救對方於水火之中。

劉備佔領的四郡都過於偏南。桂陽等郡雖然在現在的湖南省，但離廣東省的境界非常之近了。對有意爭奪天下的人物來說，這裏實在離天下的中心太遠了。至少也應該在長江沿岸插上一腳才行。劉備本想在要地江陵建立大本營，但此刻周瑜卻佔了那裏。情不得已，他只好在其對岸建了大本營。江陵在長江的北岸，其南岸是油口。油口即古油水的入江口，故得名。但是，劉備認為自己的大本營所在地叫做油口，多少有些沒氣勢，於是將此地改稱「公安」。

就在這時候，劉備擁戴的劉表長子劉琦去世了。不管怎樣，可以說他死得正是時候。

劉琦在名義上是荊州牧，事實上卻是劉備的傀儡。傀儡一死，劉備就成了名副其實的荊州牧。得到南方四郡之後，他的軍事實力明顯得到了增強。

依照魯肅的想法，東吳應憑藉劉備的力量牽制曹操，把劉備當做棋子使用。而周瑜則主張，劉備切不可小視，必須及早剷除才是上策。雙方都是為了孫權集團着想。而且雙方也都給劉備的實力以很高的評價，只不過他們想出了不同的策略。

在聽完魯肅的意見後，孫權在片刻之間愣了一下，然後大笑起來。

「在公安有一個葬禮。」魯肅說。

「哦，油口是吧……」孫權還是用原來的地名叫那個地方，「是誰的葬禮呢？」

「劉備的夫人甘氏去世了。」

「哦，有派人去弔唁嗎？我頭一次聽說這消息。」

「只在內部悄悄舉行了葬禮。不過既然我們知道了，就應該去弔唁，請主公將這個任務交給臣下。」

「這倒也無所謂，不過看起來你好像有什麼計謀？」

「是的，我正要詳說。」魯肅坐直了身子，孫權便也端坐起來。

「臣下的計謀是……」魯肅停頓了一下，「把將軍的妹妹嫁給劉備為妻。」聽聞此言，孫權一下瞪大了眼睛，滿臉都是訝異。然後他放聲大笑起來。

「將軍的妹妹指的可是我的小妹？」孫權收住笑聲後提醒道。雖然在東吳集團之中，只稱將軍的場合通常都是指孫權。

「正是。」魯肅低下頭。

「哈，哈，哈，那個劉備玄德……哈哈哈——劉備這下可要棘手了……哈哈，真可憐！如果真是這樣的話，哈哈——」

孫權忍俊不禁，捧腹大笑，甚至笑出了眼淚。

五

「如果真是這樣的話，劉備甚是可憐啊……」孫權這樣說絕非玩笑話。因為孫權的妹妹是一匹連他這個兄長都制伏不了的烈馬。孫權的妹妹與之相差四歲，時年二十三。在結婚很早的那個時代，二十三歲的姑娘早過了出嫁的年齡。孫權是東吳的主公，有權有勢，要把妹妹嫁給誰其實是很簡單的事情。但是他沒有那樣做，因為做他妹夫的人會非常可憐。

「妹才捷剛猛，有諸兄之風。」史書中是這樣描寫她的。她是一位既有才華又性情剛烈勇猛的女性。諸兄是指孫策和孫權，而這二人的英勇無畏是天下公認的。也就是說她也頗具兄長的風範。她自幼習武，精通劍術不說，拿起長刀與哥哥孫權較量的話，也能在三場比試中得勝一場。常言道「南船北馬」，說的是南方人善使船，馬上功夫不是很好。但她卻是騎馬的好手。在北方匈奴生活過的人看到她的馬術也不得不讚歎道：「比匈奴女騎手還善騎馬。」而且她還會在馬上彎弓射箭。

還是十幾歲的時候，孫權曾經問過妹妹。「你將來想嫁什麼樣的男人？」「爭霸天下的英雄豪傑。」她回答道。

「也就是像我這樣的男人囉？」孫權笑問。她稍加思索後，答曰：「哥哥雖然也不錯，但嚴肅感還不夠。要比哥哥更威嚴一些的人才行……」

「哈哈哈，我還不合格嘛！」孫權撓了撓頭。

孫權的妹妹，亦是美人坯子，其婚姻大事遲遲未成，還是因為天下的豪傑尚未出現在她眼前吧？見孫權聽了自己的話忍不住捧腹大笑，魯肅不禁有些窘迫。

「將軍莫要嬉笑，請認真地考慮一下。」

「知道，知道。我會考慮的。」

孫權說完，便將魯肅打發了回去，然後一個人陷入了沉思。這個提議其實並不糟糕。若說難處的話，則是兩個人的年齡差距稍大。劉備已經四十八歲了，二人差了一倍還多。但是，認真想來，除非是從戰爭中摸爬滾打過來的四十八歲的將軍，恐怕還沒人能制伏妹妹這樣的烈馬。而經歷過大風大雨的劉備也許能做到這一點。

「對她來說，有一個能握住轡繩的男人在身邊，反而會比較幸福一些才對。」孫權這樣覺得。如果結下了聯姻關係，那麼劉備就不會背叛東吳了吧。東吳起兵西征的時候，對曹操也會起到牽制作用才對。

「好，不管怎樣先試探一下。」孫權鼓起勇氣，去找妹妹談論此事。

「你曾說過要嫁給稱霸天下的豪傑之事，還沒忘記吧？」孫權直接切入主題。

「當然。」妹妹答道，乾脆又利落。

「能稱霸天下的豪傑人物好像出現了，如何？願意嫁嗎？」

「如果是哥哥的部下就免了吧。」

「為什麼？」

「因為他不會比兄長您更偉大的，當然是在不反動謀反的情況下。」

「哈哈，那太好了。他不是我的部下，只不過稍微上了點年紀。」

「多少歲呢？超過五十了？」

「不，還沒有……但再有個兩三年就五十了。」

「是劉備吧？」孫權的妹妹一語中的。

「哎呀，哎呀，這可真讓我吃驚……難道有誰跟你提起過了？」

「沒人會來找我談論男人的。不過，這種事情只要想一想就明白了啊。我的婚姻大事，應該事關東吳孫氏家族的利害。所以我應該嫁給孫家所害怕的人物……從而把他變成對孫家無害的人。這樣想來，兄長特意找我談話，必是關於劉備了。」她的話語之中條理清晰。

「怎麼樣，你覺得劉備如何？」

「不是很有趣嗎？」她像是自言自語般地說。

「有趣？」

「他到底是什麼樣的人物，我很想在他身邊觀察一下，好像他比兄長更有魅力一些。」

「比我有魅力？」

「兄長和劉備一同取得了荊州。雖然在土地方面哥哥佔據的疆域更大一些，不過優秀的人不都跑到劉備那裏去了嗎？這究竟是為什麼，我想知道其中的原因。」

妹妹的話多少有些傷孫權的自尊。的確，在赤壁一戰後孫權得到了荊州的中心，也就是江北地區。但是不知道為什麼，公認的賢良之才卻一個接一個地加入劉備的陣營之中。孫權曾跟周瑜提起過這件事。

「哪有這回事，只不過是因為我們東吳人才濟濟，剛出仕的人揚名立萬的機會自然也沒有了。相比之下，劉備手下只有關羽、張飛、趙雲三位算是名人。對了，諸葛瑾的弟弟最近新加入他們了。就因為他們只有這種程度，所以才有嶄露頭角的機會嘛。」周瑜這樣解釋道。

然而事實僅僅如此嗎？廬江的雷緒率數萬人前來歸附劉備。人稱鳳雛的龐統也投靠了劉備。黃忠、陳震、廖立……還有襄陽的馬氏弟兄，其中馬良等人若來到東吳，也會是顯赫的人物才對……對於周瑜的解釋，孫權有些將信將疑。

襄陽的馬氏五兄弟，個個都是才能卓越的人物，其中馬良最為突出。而馬良的眉毛上有白毛，所以世人遂將優秀者中出類拔萃的人稱為「白眉」。「白眉」一詞源自馬良，一直沿用到二十世紀，至今也常在日常對話中使用。

「如此……想在他旁邊觀察，也就是跟他一起生活嘍？」孫權像是確認般問道。

「是啊，我說得很明白了啊。」她沒有半點猶豫便同意了哥哥提出的這樁婚姻。

六

銅雀臺的施工正順利地進行着。《鄴中記》記載：「高六十七丈。」據說東漢的一丈只約合現在二點三米，但是即使如此銅雀臺也是超過一百五十米高的摩天大樓。而且，據說光是頂層就有一百二十間房間。新建築群中不僅有銅雀臺，其左右兩側還分別建有玉龍臺和金鳳臺。這是根據曹操的三兒子曹植的建議而建造的。

「曹植這孩子，注意到關鍵的地方了。其想法的奇特，就跟他寫的詩文一樣。真期待他將來的發展啊……」曹操這樣想着。龍與鳳皆是天子的象徵。如果將玉龍看做天子漢獻帝的話，那麼，金鳳就是指漢室的皇族外戚，以及其他貴族階級。

「而我是銅雀。」雖是隻卑微的雀，雖是用不能與金玉相比的銅製成。但銅雀臺高聳在正中，玉龍臺和金鳳臺卻分列左右。曹操偶爾會換上便裝，深入民間查看城裏的模樣。他派張遼前往合肥，自己則回到鄴城。微服出訪之際，大部分都是一個人，偶爾會帶上誰同行。這一天，曹操和長子曹丕一起出了門。

抬頭望向建造中的銅雀臺，曹丕說：「陛下也安心了吧。」「嗯……」曹操不假思索地應聲答道。長子也好像注意到了三座高臺的象徵意義。雖是自己的親兒子，但曹操總感到曹丕身上有種令人不舒服的氣息。

「估計是他缺少『情』這種東西吧？」曹操想。曹丕之所以能夠泰然自若地處理那些可怕的事情，只能說是因為他缺少普通人的感情。曹操自身也有這樣冷酷無情的一面。在父親被殺後，曹操曾在徐州大開殺戒，也算是缺乏人情，但至少事後回想起來他覺得過意不去。而曹丕卻無論做了什麼，都不曾感覺到不妥。

「讓這樣的男人做我的繼承人，也許不太合適吧？」曹操這樣想。自己身上那種冷酷的性格在兒子身上得到了放大式的繼承。「不行，怎麼能想這種事情？」曹操馬上克制住了自己。並非他的想法有問題，而是若再那樣想下去，冷酷得叫人討厭的曹丕也許會看出破綻來。「不要打算廢了我這個嫡子！否則，我就先下手為強殺了弟弟曹植……」曹丕一定會這麼想的。甚至連曹操愛惜三子曹植的才能這一點，他都不得不避免在長子面前表現出來。

「你怎麼看周瑜的密信？」曹操改變了話題。東吳陣營之中手握兵權的周瑜通過蔣幹，剛剛送來了密信。「我承蒙破虜將軍（孫堅）的照顧，又與討逆將軍（孫策）結下生死之交，分娶喬氏姊妹。我本打算將此生獻與孫家，然而自從討虜將軍（孫權）掌權之後，我與魯肅意見不合，我日益深感東吳政權之中已沒有我的棲身之所。不僅是我個人，亂世中的人民都期望儘早實現天下統一，瑜也在為此而努力。但照此以往，東吳不思奪取天下，不得不說是一種悲哀。最近我終於相信，為能早日實現統一，唯有投靠離統一天下的最近的曹公才是英明之道。然而，為了能將我的能力發揮至極限，與其讓我像您的部下那樣在您身邊，不如就讓我保持現在的地位，為曹公出謀劃策，豈不是更加有效嗎？……」信中的內容如此。毫無疑問是一封請求做內應的密信。該不該相信密信的內容，他們剛才也探討過。現在尚且只能在親信之間討論這件事情，結論還沒有出來。

曹操也在孫權陣營安排了間諜，所以知道周瑜與魯肅的對立關係。而且情報網也探到了劉備與孫權的妹妹將要聯姻之事。這不但是親劉備派的魯肅在說服工作上的成功，更重要的是，這樣一來，在孫權集團的兩大將領魯肅與周瑜的關係之中，前者會顯得更有分量一些。所以周瑜悶悶不樂，陷入懷才不遇的境地。

認真分析探馬送回的情報，周瑜對孫權失去信心倒也不是不可能，所以覺得能夠相信密信的人也有。但是，不管如何受冷落，周瑜依舊手握兵權，而且從現有的關係來看，他也不可能背叛孫權。所以，也有反對意見認為密信是個計謀。討論席間，曹丕一聲不吭，閉口不談，只是抿着嘴聽着。這是他的習慣。

被父親問到密信的事，曹丕才終於表明自己的看法。雖然此刻他們身着便裝，正穿梭於街市之中。「周瑜此計是兩面態度。」他的語氣不是推測，而是斷言。

「什麼，兩面？」

「沒錯。周瑜可能已將密信之事告訴了孫權。他也許跟孫權說，看我如何操縱那曹操。然後在東吳西征之時，為了阻止曹公的軍隊南下他就會對我軍提出要求：之後不久將要出現的重要場面上，我周瑜會給你們當內應，所以你們先等一下。如此這般，他便得以拖延我軍。如果牽制成功了，周瑜就成了東吳的大功臣。倘若失敗，也是因為他做了曹軍的內應，同樣功不可沒……如果兒臣是東吳的重臣，定然會想出這樣兩面計策。」曹丕說完，抬頭望天。銅雀臺的高處已經初現雛形。他用手遮住刺眼的陽光，眨了眨眼睛。「若是這孩子的話，或許真會這麼幹……」曹操心裏嘖嘖讚歎，注視着正仰望銅雀臺的兒子。

七

送親隊伍的成員也都美若天仙，筆者本想這樣說，可孫權妹妹的送親隊伍卻有些特別。雖然的確有身着華服的二百名侍女跟隨着新娘的花轎，但是，她們每個人手中都拿着長刀、長槍或者弓箭。「這是什麼裝束，女人們穿得像要打仗似的？」從公安前來迎親的人看到這奇異的隊伍，異口同聲道。

花轎進入荊州抵達劉備的官邸，停在了院落深處的門前。兩位佩劍的侍女左右跪下，打開轎門。新娘弓着腰從轎子中下來，立在台階之前。她的背挺得筆直。新郎劉備從台階上緩緩走了下來。「真是傾國之色……」走下台階來到新娘面前，劉備捋着鬍鬚說道。他是真的認為新娘很美。臉輪瘦削，鼻樑高挑。要說的話，還有點兒少年般的俊俏，正合劉備的心意。

「原以為被指名送來的妻子長相不知如何嚇人，沒想到她如此美貌。真是意外的收穫啊……」劉備這樣想着。

「不要說我漂亮。」新娘柳眉倒豎。

「心裏怎麼想的就照直說了，我這人向來如此。」劉備笑着說道。

新娘不屑一顧地仰起了頭。

「請，這邊請。」諸葛孔明的妻子帶新娘進了洞房。

待看不到新娘的身影後，諸葛亮說：「昂首出入花轎的新娘，我還從未見過呢！」

「我也是頭一回啊。」劉備縮了一下脖子。他會這麼開玩笑，算是非常少見的。

按照當時的婚嫁習慣，要用藍布製成天幕狀的房間，作為新郎新娘的洞房。新郎的親朋好友聚集在布幕外面，靜靜地傾聽房間裏的聲音。因為只有一塊布，所以在幕中不管怎樣小聲說話，外面都能聽到。新娘新郎自然也都知道，所以幾乎不怎麼言語。可以說是一種奇怪的風俗習慣。

雖然是荊州牧的官邸，但是的確沒辦法在大廳或走廊裏圍出這樣的「洞房」。所以只在普通屋子的窗戶上，象徵性地掛上了一塊藍色的布。當然，也沒有偷聽的人。屋外站着二百名手持兵刃的孫家侍女，一旦發現了打算偷聽的可疑人物，定然是立斬不饒的吧。

第二天早上，做清潔的雜役老婦和侍女們竊竊私語起來。

「好像很激烈的樣子。」

「關係好像比什麼都好。」

「那真是好得過頭了啊。」

「哈，真叫人羡慕。」

「噓，真下流。可別叫人聽見了。」

下人們議論紛紛。連在房外待命的人都聽出兩人關係好，自然屋子裏面兩人的感情一定也差不了。四十八歲的劉備，經驗豐富，在情場方面更算老手。要讓這位喜愛習武的二十三歲處女體會到做女人的歡樂，劉備自然是非常有心得的。

舉行盛大的酒宴來慶祝結婚的風俗始於唐代。在唐以前的朝代，新郎家和新娘家在婚期都要禁樂三天。就是說，結婚是件令人悲痛的事。新娘的家是因為要將一手拉扯大的女兒送走，這種傷感不難理解。要說新郎家為什麼悲傷，則是兒子結婚了就肯定會生子，而這說明上了年紀的父母就離死不遠了。嬰兒的降生意味着老人的死亡，兩者是不可分離的。漢代時已經沒有了以結婚為悲的風俗，但大張旗鼓的慶祝習慣也還未誕生。正好處於中間的過渡時期。有漢代的記錄表明，有人結婚時，因沒錢買酒肉就向別人借。這說明當時還是有小型慶祝的。

在公安的荊州牧官邸，劉備的親隨、幕僚、使臣們都分得了酒肉，也算是一派歡樂熱鬧的景象。當時要結婚，在「納彩」（訂親）等手續後是「請期」（定日子），然後才是「親迎」。「親迎」如字面的意思，由新郎親自到新娘家迎娶新娘。若是遠隔兩地，就未必按照慣例行事了。

當時，孫權在京口（現在的江蘇省鎮江）也有官邸。從那裏到公安十分遙遠。不過反正結婚之後，終歸是要回娘家的，所以媒人魯肅定下了一個規矩：省略「親迎」這一步。但在新娘回娘家之時，劉備要趕赴京口去迎接新娘。

「這次的聯姻，是打算讓我去抵禦曹操。」劉備當然知道這一點。

「但是，為了達到這個目的，我就必須增強實力。為了增強我的實力，就得讓他們把荊州的江北地區還給我……」他如此盤算着。劉表曾經作為荊州牧定居於襄陽。雖說曹操在赤壁大敗，但他仍佔據着荊州的北部，州的首府襄陽是由猛將樂進駐守的。劉備任命關羽為襄陽太守。襄陽是荊州的一部分，劉備自然也認為那是自己的領地。現在只不過是臨時被曹操佔領而已。作為襄陽太守，關羽雖不能去上任，但始終主張他才是正統的長官。面對曹操這個大敵，劉備以任命關羽的形式表明了自己「總有一天要讓你歸還襄陽」的意思。

而孫權儘管名義上是自己的同盟，卻佔據着荊州最肥沃的土地——江北，江陵還駐紮着周瑜的部隊。

「要是他們不把舊荊州還給我的話，我可就成天下的笑柄了。」劉備打算在陪妻子回娘家時會見孫權，好提出這樣的異議。「劉表的舊部幾乎都被我收留了。我必須供養他們啊。」這也是理由之一。

聽說劉備要陪同新娘回娘家探親，諸葛孔明搖了搖頭。「孫氏一族之中，對你有好感的只有魯肅等少數人。主公應該知道東吳眾將對你抱有敵意的人更多。去京口的話，恐怕會被扣留在那裏。」

「是嗎？我的支持者就那麼少？」劉備一臉疑惑地問道。

「當然。從東吳的角度來講，我們難道不是外人嗎？」

「但是東吳一黨不也就是些烏合之眾？各方豪族都只是為了自己的利益才聚在一起罷了。」

「的確，這是孫氏政權最大的弱點之一。但是雖為烏合之眾，他們卻能為共同的利益而合作。一旦主公被扣留，不樂觀地說，他們會直接沒收湖南四郡，平分了好處。」

「有那麼簡單地就能沒收嗎？即使我不在，他們還得對付關羽、張飛的勇猛，以及先生的足智多謀。現在，他們若在湖南一帶耗費精力，曹操很有可能從合肥發動進攻。」

「不，東吳扣留了主公後，曹操也不一定要進攻，可以觀望形勢。總之我得說，此去京口，凶多吉少。」

諸葛孔明的反對非常強烈。

但是，劉備非去京口不可。「我的同盟雖少，但卻有一位能敵千軍萬馬的同盟者。」劉備辯說道。孔明只以為那人是魯肅，反對道：「魯肅也許可敵千軍萬馬，但另有一名為周瑜的，卻也相當於千萬個敵人。」

「我所說的同盟者並非是魯肅。」劉備笑道。

「那是誰？」

「我的嬌妻。」

就連孔明也大吃了一驚。「看來主公相當有自信啊……」孔明只能無奈地撇了撇嘴。不管怎麼說，劉備已經成功地馴服了「烈馬」。要將之作為自己人使用，劉備顯得信心十足。這樣一來，孔明便不能再堅持反對。

不過他卻也提出了條件：「不過，這次離開公安時，主公切記要秘密行動，不能讓對岸的周瑜知道。那傢伙要是知道了，定會馬上趕往京口，說服其他人將您扣留。只要不透露您去京口的消息，想來周瑜也就要不了什麼花招了。」

八

劉備迎娶孫權之妹是在建安十四年（公元二〇九年），劉備趕赴京口則是第二年的事情。這是劉備與孫權的第一次會面。赤壁之戰前雙方結盟之時，是由諸葛孔明前往孫權的前線大本營柴桑商定大計的。所以雖然諸葛亮已見過孫權，但劉備還未曾與其謀面。在封建禮教盛行的年代，前去拜訪的人會被視為地位較低的一方。雖說劉備長時間過着漂泊不定的生活，但在孫權還是個孩子的時候，他就已是一州之主。無論處境多麼艱難，也不會輕易地就前去拜訪孫權。

這次陪妻子回娘家就成了再好不過的理由，因為這種拜訪本身不存在身份上的差異。然而，雖然劉備極其秘密地離開了公安，但周瑜所張的情報網相當牢靠，在劉備出發兩日後，江陵方面就得到了消息。然而，周瑜在得知這一消息後，只是咬牙切齒了一番，卻沒有追着劉備去京口。他正因高燒臥床不起。「唉，怎麼偏偏在這時候發燒？」周瑜拍着床鋪歎氣道。不過，他一轉念，便令部下拿來紙筆，給孫權修書一封：

「劉備乃梟雄，且有虎將關羽和張飛跟隨左右，日後絕非等閒之輩。依屬下之見，不妨借此機會，將他扣於東吳，給他豪華的宮殿，賜他美女珍寶，讓他縱情聲色。一旦使他與關羽、張飛分開，並離間關、張二人，鈍如瑜者也可以輕易破其陣營，定天下大局。但若現在將土地割讓給劉備，無疑給了他成就霸業的軍資，為他三人的集結提供了有利場所。如此一來，劉關張三人便如蛟龍得雨，豈會滿足屈身小水潭之中，恐將騰雲直上，稱霸於世。待到那時，必成東吳之大患……」

書信雖行文嚴肅，但卻不如直接的對談來得真切。劉備按照孔明授意的計策行事，用他獨特且富有誠意的方式說服孫權。更何況當時親劉備派的領袖魯肅也在京口，給劉備出了不少主意。但是，比什麼都更有效的，是劉備夫人向其兄的勸告。「要是劉備遭天下豪傑所恥笑，你看得下去嗎？」被妹妹這樣一逼問，連孫權也有些招架不住。

諸葛亮所授意的說法是：「無論東吳是否決定西征，目前最大的危險都是，荊州的北部直接與曹操的領地相接。與其保有這塊戰火一觸即發的土地，不如交給同盟者，建立起緩衝地帶。這不是更為明智的做法嗎？」但是對孫權來說，他畢竟也是各大豪族聯合勢力的盟主。將到手的土地拱手讓人，無疑有失權威。所以，不妨將東吳江北的四郡，與劉備的湖南四郡作交換。而且在名義上，是劉備「借」用江北四郡。雖然周瑜不在京口，但反劉勢力仍然很強，其中就有呂範堅持主張扣留劉備。

孫權自身其實也不覺得自己是被劉備夫婦說服的。只不過自己對天下形勢作了分析後，他相信這是為了東吳而能採取的最佳策略。「曹操可畏。」雖說赤壁之戰獲勝，但孫權並沒有擺脫「恐曹症」。派入鄴城的密探送回的報告中有幅插圖。「銅雀臺，幾近完工。高聳入雲……」圖的旁邊這樣記述道。真是叫人恐懼的財力。如果用造銅雀臺的錢財來補充軍備，不知能養多少兵啊。恐怕那銅雀臺是用整軍備武的餘資建造的。光是這麼想，就讓孫權害怕。

劉備交涉成功，得到荊州的江北地區，意氣風發地回到公安。「嗯，這次的聯姻還真不錯。」在歸途的車中，他忍不住抱緊了妻子。

江陵的周瑜終於決定拋開病情不管，前往京口。「豈能坐視不管？……」他滿腦子都是這樣的想法。「打倒劉備，奪取蜀地！」在發高燒時，周瑜反覆說着這樣的胡話。取得了蜀地，東吳才能真正作為霸主在這個亂世中生存下去。這是他的信念。到了京口，周瑜立刻前去勸說孫權。

孫權動搖了。這也並非是因為他被說服了。只是周瑜為了國家而置個人安危於不顧的氣概深深打動了他。「對方可是個病人……」在這種場合下，孫權無法無情地拒絕周瑜的建議。

「我已決定西征。」孫權說，「所以，在奪取蜀地之際，就讓劉備去對付曹操吧，西征的事情比較重要。」只有為東吳擴大疆域的西征，才是周瑜夢想的偉大事業。在曹操修建銅雀臺展示餘力的現在，孫權本以為不可能西征。但是不西征的話就無法安慰帶病堅持的周瑜。孫權用力地點了點頭，答應了西征的事。

「多謝主公。既然先西征的話，那就今後再收拾劉備……那麼，西征的計劃如何安排？」周瑜邊說邊喘氣。看來他病得不輕。

「讓我仔細地考慮一下。」孫權這樣說道，但又怕周瑜起疑心，便加了一句，「不過已經決定派奮威去了。」奮威將軍即孫權堂弟孫瑜，現任丹陽太守。其實說考慮任命他為西征大將軍什麼的，不過是孫權在搪塞周瑜而已。

「奮威將軍不錯，做總司令再合適不過了。」周瑜滿意地點點頭，接着又是一陣劇咳。

這次旅行對周瑜的健康狀況來說過於勉強。從京口返回江陵的途中，他愈發衰弱，終在一個叫做巴丘的地方命歸黃泉。巴丘位於湘水的右岸，距離兩年前他負責指揮並取得空前勝利的戰場——赤壁並不太遠。周瑜享年不過三十五歲。臨死之前，周瑜用盡最後一絲力氣給孫權寫了一封信：「魯肅忠烈，臨事不苟，可以代瑜……」

魯肅與周瑜意見對立，二人曾發生過激烈爭執。在對待劉備的策略上，他與周瑜針鋒相對。而周瑜卻推薦這位對手做自己的繼任者。想來在激烈討論的過程中，雙方都能理解彼此對東吳的赤膽忠心。周瑜認為在自己死後，就算意見看法不同，但對東吳抱有一腔熱血，謹慎不苟的魯肅是最適合不過的人選了。

也許臨死之前，周瑜已經完全放棄了西征、剷除劉備等事。如果他尚健在的話，或許還有牽制住曹操的可能。而他一死，還是放棄為好。果然應該走魯肅的那條路。不用說，周瑜之死穩固了劉備的地位。西征之事，已不是孫權的問題，而成了劉備和孔明的工作。

作者曰：

《魏志》記載，合肥城包圍戰之後才是赤壁之戰。而在同一本《三國志‧吳志》中，卻說赤壁之戰後才有合肥之戰。參考過諸多書籍後才編撰而成的《資治通鑒》則記載，赤壁之戰發生在建安十三年十月。孫權圍攻合肥是同年十二月，而曹操向合肥增派援兵則是次年三月。

戰雲西飛

一

曹操立於銅雀臺頂。臺樓摩天高聳，站在頂上，視野甚是開闊。「哦哦……成了黑白二色了……」他點了點頭。幽幽的琴聲傳入耳畔。真是技藝絕倫的樂師。見曹操點了點頭，人們都以為他被美妙的琴聲陶醉了。他確實陶醉了，但卻不是因為琴聲。從銅雀臺上俯視，曹操沉醉於下面的景致。

河面反射着白色的光芒。而本該是綠色的樹木到了極遠之處，就失去了原本的綠，帶着一抹墨一樣的黑色。這一帶的河水是黃色的，但遠望的話則呈現出白色。不管是什麼顏色，一旦遠了，似乎就只會呈現出黑白兩色。近看與遠觀實在是有很大的不同。「我已不再看那眼前的景色，而要極目遠眺。不被紅、黃、綠等顏色迷惑住，在黑白之間才能看清一切啊……」遙望着遠方，曹操想到。不知什麼時候琴聲已經消失了。曹操從一開始就沒專心在聽，自然也不知道是什麼時候消失的。

這時，傳來了急使的聲音——

「啟稟主公，東吳大都督周瑜病亡。」

「哦，周瑜竟……劉備那廝，運氣真好！」曹操這句話不知是説給誰聽的。

琴聲又在屋子裏緩緩響起，但曹操走到房間外，在欄杆旁邊的椅子上坐了下來。「聽琴曲，賞美景。」他雖這麼説，事實上卻根本沒有聽琴，只是單純地極目遠望而已。當然他也並非在欣賞風景。他在考慮天下大事。景色只不過是一種啟發罷了。

「又得重定計劃嗎？」在此之前，所有的打算都建立在東吳的周瑜健在的情況之下。反劉備派的領袖周瑜一死，娶了孫權之妹為妻的劉備可就安泰了。現在的問題是安泰到何種程度。雖然不可能安泰如磐石，但對劉備來説，形勢已經讓他有足夠的餘地來期待安泰的到來。在曹操看來，孫權和劉備的關係越不穩定，對他就越有利。但是，事態並非如曹操所願。周瑜的死訊對曹操來説幾乎算是壞消息。

「魯肅接任了周瑜的大都督之職。」急使又加了一句。

「只能重新打算了……」曹操不禁説出了聲。

「您有何吩咐？」急使低頭問。

「沒有什麼……都退下吧。我一個人聽聽琴就好。」曹操命令道。

在場的家臣們都急忙退了出去。只剩下一名彈琴的女子。屋子中只剩下兩人，曹操先開口道：「曲音甚妙啊！」

「多謝主公誇獎……奴婢以為您並沒有在聽。」女子説。

「什麼？」曹操一下子站了起來，低頭緊盯着女子。女子趕忙伏在了地上——

「我有沒有在聽，你能看出來？」

「是的，您對音樂沒有任何反應。奴婢是為了安慰丞相，才撥動琴弦的，可……」

「原來如此，真不愧是高手……絲毫不遜色於令尊的琴聲啊！」

「實不敢當。」女子這才終於抬起了頭。她是已故的蔡邕之女蔡文姬。

興平二年（公元一九五年），獻帝東歸時的諸侯混戰中，蔡文姬被匈奴擄掠，成為於扶羅之子左賢王豹的側室，長年生活在匈奴。曹操與其父蔡邕交情深厚，就用錢將蔡文姬贖了回來。蔡邕乃天下聞名的琴師，而他的精湛琴藝也傳授給了女兒文姬。

「我剛才竟然沒有聆聽神仙的琴音，實在失禮。」曹操有些過意不去。

「不，先父經常說，能讓聽者忘記樂音本身，才算是達到了琴技造詣之極致。」蔡文姬說完，又俯下了身子。

「其實是我在思考着其他的事情啦。」

「如果能幫助丞相思考，那也是琴的幸運。」

「說來，現在我正有不得不重新思考的事情……能否再彈一曲，助我思考。」

「遵命。」文姬坐正了身子說，「美妙的琴聲伴隨着朋友一語道破的建議，定會催生好的建議。」

「稍等。」曹操伸出右手說。優美的琴聲，有名樂師蔡文姬為他演奏。但是，誰才能說出一語道破的建議呢？曹操沉思了一會兒，搖響了身旁的銅鈴，這是呼喚隨從前來的標誌。隨從立即走進來，俯身跪下。「喚五斗米道的教母來。」曹操命令說。

二

據說「琴」字由「禁」字演變而來。古書中記載其由來是琴音能禁防淫邪，端正人心。但看起來有些牽強附會。但是自古以來，琴音就被視為潔淨之物。琴有七弦二孔。七弦代指北斗七星，二孔則是龍池與鳳沼，是喜慶的名字。清澈的琴聲緩緩響起。

曹操在欄杆旁邊的胡床上坐了下來。胡床，如字面所示，是胡人的東西。在此以前一直習慣跪坐的漢民族開始喜歡使用胡床，也就是有靠背的椅子，正是東漢三國時期。史書中也有記載：漢獻帝之父靈帝就喜歡胡床。曹操喜歡胡床，也許是他身材矮小的原因。他自己坐在胡床上，讓其他人都跪坐，這樣會顯得他十分高大。

五斗米道的教母少容端坐在屋子的角落中。由於屋門大敞，帶欄杆的迴廊也並不寬敞，所以兩人之間的距離其實相當近。曹操低頭看着少容。她雖然身材嬌小，卻絲毫不為對方的威壓所動。她的內心之中隱藏着一種看不見的剛強。

曾有一次她對曹操說：「請丞相奪取天下，而我則奪取天下人之心。」真是一針見血的挑釁。文姬說起朋友一語道破的建議時，曹操自然而然地想起了少容。「教母為何不回到漢中令郎的身邊？」曹操問。

「分別一段時間後，我與漢中人的思考方式也不同了。」

「怎樣不同呢？」

「我也正想告訴丞相，我一直在想如何才能在人們的心中傳播道的教導。因為漢中的人們擁有這片名為漢中的土地，所謂為了保護這片土地、為了擴大這片土地，他們將道的教導更為廣泛地傳播了出去。」少容答曰。

少容的兒子張魯，字公祺，割據漢中已有二十五年。少容帶着教徒陳潛出遊四方後，再也沒有回過五斗米道本部所在的漢中。要將道的教導擴散在人們心目中，這是少容的信念，然而擁有了土地的兒子的想法卻離她越來越遠。四處漂泊的思想家，與割據一方的「領主」的想法不同也是理所當然的。

「哦哦，教母也是一悲哀之人！」曹操説。

這時，蔡文姬正在演奏一支叫《別鶴操》的曲子，並低聲唱着歌。琴曲分為暢、操、引、弄四種。其中，「操」是憂愁的旋律。隨琴聲而歌的歌詞中，操又有十二種，《別鶴操》唱的是因不能生育兒子而遭丈夫休棄的女子的悲哀。無論曲調還是歌詞，都讓人痛徹心扉。

少容緩緩地搖了搖頭：「我並不悲哀。」

「是嗎？與親生兒子分別二十五年……這種悲傷難道不是比被休女子的更為深切嗎？」

「世間的母親，都只活在自己兒子的心中，而我活在許多人的心中。有什麼值得悲傷的呢？」

「您真是胸襟廣闊……」説完曹操陷入了短暫的沉思，但他終於還是挺直了腰，開口道，「就算我討伐張魯也可？」

「可。」少容用力點了點頭，「請自便。」

「張魯可能會喪命哦。一旦打起仗來的話，我可不會手下留情。就算是教母的兒子，也不會有特赦……」

「雖然我已長久未見他，但我兒張魯並不是那麼不中用的人……不管怎樣，請儘早派人跟他通個風吧。他定會意識到問題所在，如夢初醒。」

「教母，你……」你能讀懂我的心嗎？曹操本想這樣問，但他的話還未說完，少容白髮下的美麗臉龐上已經浮現出了微笑，她深深地點了點頭。

「丞相是想掀起大風大浪對吧？如果是丞相的話應該能乘風破浪才對。」少容說道。

「大風大浪是嗎？」這樣說着，曹操苦笑了一下。赤壁之戰後，面對僵持不下的局面，曹操想盡了辦法打算打破這種平衡。而少容看懂了他的用意，才如此比喻。「大風大浪……」當今世上，曹操、劉備、孫權三分天下。作為曹操一方，自然希望劉備和孫權相爭。那麼，劉備和孫權之間有引起紛爭的火種嗎？有。這就是「蜀」的問題。

劉備成為荊州主公後，為了更高的飛躍，他的目光瞄準了益州，也就是「蜀」地（現在的四川省）。劉備覬覦蜀地的野心曹操當然清楚。假如他站在劉備的立場上，也同樣會期望得到蜀地。

然而，在東吳孫權陣營中，「征蜀」是已故周瑜的長遠計劃，至今仍然有人支持着「征蜀論」。只不過現實的問題在於，要攻打蜀地就必須經過劉備的荊州。劉備自然不會一聲不吭地讓東吳軍通過。所以當初周瑜才反對將荊州的北部讓與劉備，並親自駐守江陵。東吳軍雖不能攻打蜀地，但相反的，也絕不會眼睜睜地看着劉備帶兵進入蜀地。至少，他們會從背後偷襲劉備。蜀的主公劉璋只不過是繼承了其父劉焉的益州牧的頭銜。他為人優柔寡斷，又缺乏才幹。所以也有家臣直接拋棄主公，悄悄地另投了明主。

漢中（現在的陝西省漢中縣）是從中原進入蜀的入口。現在該地被建立在五斗米道宗教團體上的張魯政權所割據。正因為是弱勢政權，所以蜀的無能主公也照樣能享受安泰的生活。但若漢中被曹操這樣的強大勢力佔領的話，蜀就岌岌可危了。一旦發展成這樣，恐怕誰也救不了蜀地了。

「向劉備請求幫助。」劉璋臣子中的親劉備分子必然會發出這樣的聲音。「好機會啊。」有了這理由，劉備一定會聞風而動。「怎能讓你們為所欲為？」東吳軍必然也會行動起來。

這樣一來，看似平衡的天下大局，不就會掀起大風大浪了嗎？

三

「哦？這是我沒聽過的曲子？」與少容的對話告一段落之後，琴聲才又飄進曹操耳中。這首曲子應該不是《別鶴操》。而且既不是「操」，也不是「暢」。喜歡音律的曹操對於大多數曲式都是很熟悉的。

「誠惶誠恐。」蔡文姬停下了撥弦的手指，低下了頭。

「這不是中原的曲子吧？」曹操擁有鑒別樂曲的能力。琴聲中夾雜的異樣旋律，他光靠聽就能分辨出來。

「真不愧是丞相大人……」蔡文姬抬頭答道。

「是匈奴的嗎？」

「是的。」

「匈奴那裏也有琴嗎？」

「沒有。只有角笛。」

「哦哦，就是那叫做胡笳的東西？」

「是的。我試着把胡笳的旋律改成了中原的曲子。」

「長年生活在異國的天空下，真是辛苦你了……」

「亂世之中，飽嚐痛苦的又不止我一人。」

「是啊……」曹操輕咬着嘴唇。「不能讓亂世再持續下去了。要儘快統一天下，迎來和平盛世才行。」

「拜託您了。」文姬抬頭仰視曹操的眼中閃着淚光。

「為此，戰爭不可避免啊！」曹操從胡床上起身，又搖響了鈴鐺。

「令三公九卿、將軍、校尉，明早在丞相府集合。」他對隨從下令道。

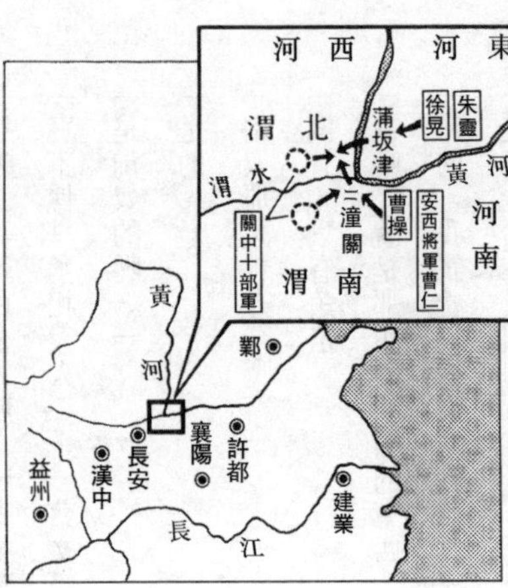

曹操終於決定西征了。時為建安十六年（公元二一一年）三月，也就是東吳周瑜英年早逝的第二年。天下之勢，又開始發生巨大的變化。「討伐漢中的張魯。」曹操緊握拳頭高舉過頭，大聲宣佈道。

這時，廷尉高柔進諫道：「大軍若向西進發，陝西的韓遂與馬超會懷疑我軍要討伐，可能會彼此聯合在一起。首先應安撫他們，待長安一帶平靜之後，再向漢中發兵也不遲。」

「不可，討伐張魯！」曹操只用了一句話就否定了諫言。「自以為是的傢伙！」曹操在心裏不悅地評價道。真正目的當然不是張魯。要討伐張魯的話隨時都可以。也許根本用不着自己動兵，少容只要開口說句話，張魯就可能投降。但是為了攪亂天下，為掀起驚濤駭浪，就有必要公開宣佈討伐漢中的張魯。光宣戰不出兵當然是不行的。所以要出兵。然後借此機會，順便討伐陝西的一些小軍閥。

從長安到蘭州分佈着許多小軍閥的割據勢力，而其中最主要的是東漢功臣馬援的後代馬超和韓遂二人。

除此之外，還有侯選、程銀、楊秋、李堪、張橫、梁興、成宜、馬玩八將。世人將他們合稱為「關中十部」。

曹操在大本營召開了軍事會議。「關中十部或許不會讓我們順利通過吧？」這次遠征軍被任命為司令官的司隸校尉鍾繇提出了這樣的疑問。參加這次軍事會議的只有首腦數人。在這裏，曹操可以盡吐心聲。

「實際上，討伐關中十部才是本次出兵的真正目的。」曹操第一次道出了他的本意。

「關中十部各自為營，成不了什麼氣候。只有馬超、韓遂稍微強一點。但是，如果弱小的十部兵合一處的話，就會變成了難纏的對手。我軍西進，恐怕會使他們團結起來。所以該用謀略防止他們合作，逐個擊破才是上策。」鍾繇進言道。

曹操笑了。「大軍西征的目的，就是令他們集結起來。」

「這又是……」遠征軍的總司令有些回不過神來。

「雖是弱敵，若分散各處，要一一擊潰，就得耗費多餘的兵力。軍隊到了那時也會格外的疲憊。與其如此，不如將他們聚在一起，一次性全部消滅掉，才是作戰的上策。」曹操這樣解釋道。那段時日他正熟讀《孫子兵法》，並為之作註釋。逐一擊破不如聚而攻之。他將陝西的地圖掛在臥室的牆上，從早到晚琢磨分析之後才終於決定了上述方針。

「是這樣嗎？」就連另一位負責領兵的征西護軍夏侯淵也帶着一副不明所以的表情撓了撓頭。「此種作戰，自古就有！」曹操呵斥道。作戰方針一旦確定，指揮官自身就必須深信這是最佳策略無疑。這樣才能從最開始就毫不遲疑地實行作戰。事實上曹操自己對「一舉消滅」和「各個擊破」的意見是六四開，算是相當勉強的判斷。然而就算他覺得勉強，也必須讓前線的將軍以百分之百的信念去作戰。

四

曹操發動大軍西征的消息，果然震驚了關中十部諸軍閥。他們決定團結共同抗敵。如此一來，依照實力來說，馬超和韓遂二人就應為首領。如果關中有實力的僅一人的話，曹操可能就不會打算一舉殲滅，而會選擇各個擊破。一山不容二虎。就算一時團結，兩雄之間終會產生矛盾。如此便有機可乘。而曹操期待的就是這個。

關中十部的諸將起兵十萬，在潼關佈陣，以防禦曹操的西征軍。潼關屬陝西省，地處山西、陝西和河南三省交界處。南來的黃河在這裏以近乎直角的角度拐向東流。南流的黃河因為水流湍急根本無法行舟。拐角處屹立着關所的山，水流幾乎就是直接撞在上面的。黃河在關內南流潼激關山，因謂之潼關。《水經注》中如此記載。「潼」這個字，據說是水流撞擊聲的擬聲字。在此設置關卡，自不必說將之變為了要塞之地。抗日戰爭時期，南下山西的日軍行軍至黃河北岸的風陵渡，中國軍隊就在對岸的潼關與其對峙。潼關一直都是守衛關中的要地。唐代安祿山之亂時，潼關一破，皇帝就開始做亡命的準備。攻打關中，必須經過潼關。關中十部的將士，自然會死守潼關。

七月，曹操帶兵親征。留下長子曹丕駐守鄴城。「關西軍隊精銳，拿上長槍近乎無敵。主公須小心行事。」如此進言者不在少數。曹操卻放聲大笑。「要打仗的是我們，而非敵人。要是他們善使長槍，我就讓你們看看，我是怎麼叫他們英雄無用武之地的。」這次遠征，曹操的堂弟曹仁任安西將軍，負責指揮眾將。但是，作戰計劃基本都是曹操一人制訂的。聽說曹操親率大軍向潼關進發，關中十部幾乎將所有的兵力都投入了潼關。

曹軍西征路線有兩種選擇：一是從黃河的東面，也就是從河東開始渡河、向黃河西面進發；二是從河南向西直進。為了防備敵人從河東的進攻，黃河的西岸都戒備森嚴。而從河南進攻的話，就會遇到天然要塞潼關。

聞聽曹操選擇從河南進攻的消息，關中十部放棄了黃河西岸的防守，把兵力都集中在了潼關。而事實上，曹操令徐晃、朱靈二將率步騎兵約四千人悄悄地向河東進軍。超過這個數量的兵力進入河東的話，則怕會過於引人注目。潼關不僅有從北向南流的黃河，還有自西向東流的渭水。渭水在潼關以北與黃河合流。曹操決定在潼關附近渡過渭水向北進軍。差不多同時，身在河東的徐晃、朱靈兩軍應該能够突破警戒薄弱的黃河西進，然後沿河南下。關中十部在渭水以北迎戰渡河而來的曹操主力時，背後就會遭到徐晃、朱靈兩軍的偷襲。

但是，關中軍會輕易讓曹軍渡過渭水嗎？曹操自有計策。聳立在潼關背後的，是在中國被視為聖山的華山。曹操買通了熟悉當地地形的丁斐，給了他一筆錢，讓他在山中躲起來。丁斐用這筆錢買了牛馬，宣稱自己是牛馬商人。

這一年是閏年，有兩個八月。在第二個八月的時候，曹軍開始橫渡渭水。馬超率步兵和騎兵萬餘前來抵擋，在渡河曹軍的對岸放出陣陣箭雨。曹軍的掩護部隊，也朝着妨礙渡河的關中軍射箭。但是，就算是掩護部隊，也不得不跟在友軍的後面渡河。越到後面，掩護部隊的人數就越少。就在這個時候，一直隱藏在後面山中的丁斐，突然把買來的牛馬群趕向了河岸。關中軍的士兵大多是因為曹操西征才緊急徵集來的，作為軍人的素質不高。本來軍餉就不多，而這時候他們眼前又突然出現了來路不明的牛馬群。

「哎呀，好肥的馬！」

「好強壯的牛！」

「沒有主人管啊！」

「誰撿到就是誰的唄！」

「好，走！」

這可不是向渡河軍射箭的時候。要是不趕快的話，肥馬壯牛可就要被他人牽走了。兵卒們丟下手中的弓箭，開始去追逐牛馬。

「你們，不射箭了嗎？」

「不要離開陣地！」

「違令者斬！」

不論將校士官怎樣叫也沒有用。違令者太多了，得到牛馬的人也不想再回關中軍了。就在關中軍陷入混亂之際，曹軍渡過渭水，在北岸迅速地建起了營地。主將曹操渡河之時，親衛隊長許褚以馬鞍做盾保護曹操。馬鞍和許褚的鎧甲上就好像長滿蘆草的原野一般，密密麻麻地扎滿了箭。

進入河東的徐晃、朱靈兩軍沿河南下，關中軍已束手無策。就這樣，曹操乘虛而入，打了個漂亮的勝仗。

五

矍鑠——這個詞是用來形容老年人目光炯炯、精神旺盛的樣子。東漢的始祖光武帝在稱讚年逾七十仍擔當征討安南（現在的越南）總司令的伏波將軍馬援時，第一次使用了這個詞。矍鑠的馬援有一個女兒，即是第二代皇帝漢明帝的皇后。馬氏與皇室之間的深厚淵源由此可見。

馬超正是這個馬援的後人，算名門中的名門。在注重身份地位的年代，關中十部集結在一起，當然會首推馬超為總帥。然而，由於還有一個名叫韓遂的實力派，結果就成了雙頭體制。馬超在心裏覺得很無趣。「老頭子竟也會締結這麼無聊的盟約。」馬超的父親馬騰與韓遂是結義兄弟。那麼父親的義弟自然也就成了馬超的叔叔。韓遂動輒以叔叔自居，對馬超施加壓力。

其實，韓遂和馬超相差不過十歲。董卓死的那年，韓遂和馬騰曾一同攻入長安，二人遂結拜為兄弟。馬騰現在隱居在許都，過着悠閒自得的生活。他將兵權都交給了兒子馬超。但是，韓遂卻依舊在軍中指揮。雙頭體制的關中十部軍逐步陷入了曹操的羅網。原本拼湊起來的軍隊，對陣時間一長，意見不合就表面化了。

「必須儘快作出反擊。」在這一點上，馬超與韓遂的意見一致，看起來很和睦。這一點也傳到了曹操的耳朵裏。「舉行首腦會晤吧。」曹操也作出了回應。說是首腦會談，組織嚴密的曹軍一方當然總由曹操出面，而關中軍方面的代表有時是韓遂，有時是馬超。曹操在等待着這樣的機會。要挑撥兩巨頭之間的關係，必須以這種方式的高層會晤來達成。經驗豐富的曹操不僅能在戰場上玩弄對手，也能在社交場合操控對方。在曹操看來，這並非什麼難事。

韓遂代表關中在約定場所與曹操見面之時，不知道為何，場地周圍事先聚集起了大量的劣馬。「這都是什麼？」曹操一臉的難堪。但是這究竟是什麼原因，他自己是最清楚的。這些劣馬本來就是他故意找來的。

「看起來，這些傢伙多半是為見一見大名鼎鼎的曹公而來吧？」韓遂說。

「哦？我有什麼有趣的地方嗎？」曹操對着野馬群說道，「我長了四隻眼睛？還是兩張嘴？我也是個人。

只不過這裏有些不同，但從外表可看不出來喲。」曹操笑着指了指自己的頭。
「這麼下去可沒什麼好談的。」韓遂顯得有些焦躁。
「今天其實也沒什麼特別的要說。對了，不如我們兩人騎上馬，敘敘舊，如何？」曹操邀請道。
「也好。」韓遂答曰。雖然韓遂的父親與曹操的年紀差異較大，但兩人都於熹平三年（公元一七四年）步入仕途，算是入仕的同級考生，也有些親交。而韓遂作為同事的兒子，在洛陽的時候和曹操同席過，所以雙方倒也不是完全陌生。就算是敍舊，只要能讓之後的交涉順利進行的話，倒也不算是毫無用處。韓遂這樣想着便答應了下來。
兩人遠離馬群，並肩策馬疾馳。馬蹄在河岸沙灘上揚起了陣陣的沙煙，看起來也相當默契。馬超在本陣的瞭望台上注視着這幅光景。畢竟有一定距離，看得當然不會很清楚。然而兩人談笑風生的樣子卻勉強能看出個究竟。談話的聲音當然聽不見。偶爾能看見曹操露出牙齒，應該是在笑。兩個人的關係看起來好像非常親密。馬超不禁心生疑念。
韓遂與曹操以前有過一面之交的事情，馬超也不是不知道。但看來他們不像是只見過幾次的樣子，比預想的還要親密得多。「其實這只不過是我和你之間的關係不是嗎？撇開馬超的話，我們二人其實能夠相處得很好不是嗎？」如果曹操這樣引誘韓遂的話，他會怎麼辦？韓遂有足夠魄力斷然拒絕曹操嗎？疑心生暗鬼。馬超開始用懷疑的眼光看待韓遂。
還有過這樣的事情：有一天，曹操派人給韓遂送去一封信。那個使者身邊跟着戒備森嚴的武裝侍衛。「奇怪。」馬超想。於是他去了韓遂那裏。「曹操那邊應該送來了書信，我想看一看。」馬超的口氣咄咄逼人。

「啊啊，那封信啊。我本來也想給你看的，可信上也沒說什麼重要的事，我就想等遇到你的時候再說……你等一下。」韓遂進入裏屋，拿着曹操的信出來了。馬超展信一看，信上的好幾個地方都用墨塗黑了。試着讀上一讀，總覺得被塗黑的地方好像寫着什麼關鍵的事情。

「怎麼有塗抹的痕跡？」馬超質問道。

「塗抹的痕跡？」韓遂一愣，「啊啊，那封信嘛……本來就有的。信送到我手上時就被塗成那樣了，可能是曹操寫錯了吧。」

「如此筆誤的話，難道不應該重新謄寫嗎？」

「嗯，我也覺得有些納悶……大概是沒有時間吧。」韓遂回答說。

「是你想掩飾什麼吧？」馬超怒火中燒。如此說來，之前韓遂和曹操故意不帶旁人，兩人不知道單獨在馬上說了些什麼。事後馬超問起此事。「今天什麼都沒說，淨聊了些在洛陽時的往事。」韓遂避而不談。要說洛陽往事也不必兩個人單獨說吧。這種鬼話誰會相信啊。就這樣，關中十部軍的兩位首領陷入了決裂的狀態。這樣的聯軍不可能強大。

曹操看準時機，放棄交涉，再度開戰。戰役拉開了序幕，然而勝負已不戰而定。關中軍的將領互相懷疑，彼此猜忌。在號令統一行動機敏的曹軍面前，關中軍完全不是對手。關中軍在敵人到來之前都忙於計劃逃跑，連他們最擅長的使槍場面都沒有時間展示。關中十部的將領之中，成宜和李堪二人在這一戰中被斬。馬超和韓遂兩位逃到了涼州（現在的甘肅省武威縣）。楊秋逃到了安定。安定位於長安和蘭州的正中間，位於現在甘肅省平涼縣到寧夏回族自治區的固原縣之間。曹操進入長安之後，立即兵發北上，攻打安定。楊秋投降了。

「小人沒有逃到涼州那麼遠的地方去，是因為從一開始就有歸順您的意思。」楊秋說。

「既然有歸順的意思，為何還逃？」曹操質問。

「礙於交情。」面對如此回答，曹操放聲大笑。楊秋被赦免，官復原職。討伐安定是那一年的十月。十二月，曹操從安定回到長安。曹操凱旋回大本營鄴城時則已是次年建安十七年（公元二一二年）正月的事。他把蔡文姬喚到銅雀臺來。

「那首你將匈奴的胡笳曲改編而成的曲子，可以再彈給我聽聽嗎？在北方打過仗後，我終於理解那首曲子了。」

六

曹操傾聽着將匈奴的旋律按照中原風格重新改編過的琴音。音樂能啟發智慧。曹操急忙叫來情報網的人，在蔡文姬悠揚琴聲的伴奏下，聽取他們的報告。自己親手攪亂的水面，究竟能掀起多大的波濤，曹操現在想要確認一下。

「曹操要討伐張魯！」得知這一消息後最為震驚的恐怕只有蜀地了。蜀之益州正是因為有張魯這樣帶有濃厚宗教色彩的小軍閥橫在漢中，至今才得以逍遙。而漢中若被曹操這樣的超大軍閥佔領的話，蜀就會變成被蛇盯住的青蛙。蛙入蛇腹不過是時間的問題。與其讓曹操奪得漢中，倒不如拱手讓與其他豪傑。現在，曹操是中原最強的軍閥。比曹軍稍弱一些又比張魯稍強一些的，正是漢中的理想主公。

益州牧劉璋能否很好地統治從父親那裏接掌過來的蜀地，實在令人憂心。生逢亂世，人們等於是將自己的性命寄託在領袖身上。若是主公值得依靠倒好，但若是身在無能者手下，自己的身家性命就危險了。在這種情況下，為了保身而謀反也是能夠被原諒的。不謀反的話，必死無疑。為了生存，就必須捨棄不值得信賴的領袖，投靠更值得信賴的主公。正所謂：造反有理。無能劉璋的家臣之中，很早就有了這樣的趨勢。

「更換主公。」畢竟是性命攸關的事，這種趨勢意外地得到了很多人的共鳴。「那麼，讓誰來做主公？」接下來是這個問題。「荊州的劉備是不錯的人選。」蜀的親劉備派勢力自赤壁之戰後開始強大起來。其核心人物就是擔任益州別駕的張松，以及軍議校尉法正。

因為遠離中原，益州得以避免戰亂，但益州的視線始終注視着中原的形勢。在小勢力林立的年代，益州尚能安心度日，但中原勢力之爭一旦形勢已明，變成了少數幾個強大勢力的爭霸的話，益州就不能再放鬆下去了。為了不惹怒他們、防止他們向益州出兵，就有必要找適當的機會與他們交好。赤壁之戰前，得到曹操大軍即將有動作的情報後，益州立即派張松前去觀望形勢。名義上叫做慰問前線。

不用說，張松還帶去了禮物。出陣之前，主帥在接受這種表敬訪問之時，通常都會賜予使者相應的官爵。「給益州的使者二千石級的官爵如何？」尚書楊修向曹操進言。

「不要作踐了官爵，職位的價值會降低的喲。」曹操搖了搖頭。

「什麼呀，這男人……」曹操召見張松的時候這樣想過。雖然自己個子也不高，但曹操把個頭矮小又是獨眼、完全沒有外表魅力的張松當做小丑看。召見張松之時，正是曹操攻陷襄陽，劉琮投降之後。也許那個時候也的確比較心高氣傲一些，但是已故劉表的部下大都歸於自己帳下，當時曹操正忙着給歸順的人授予官爵。他根本顧不上慰問前線的使者。張松的自尊心受到了傷害。前一年，他的哥哥張肅以使者的身份前去慰問之時，受封為廣漢太守。

「雖外貌不佳，但論及才華，卻在其兄之上。」這是蜀人對張松的評價。儘管如此，哥哥得到了太守之位，張松卻遭到了冷落。「曹操，叫你曹操，其實不過是個矬子，沒什麼了不起的。」張松也管曹操叫「矬子」。他一回到蜀國，就立即向主公報告。

「曹操不可靠。與他結盟，益州只會更加危險。我們應立即與他斷絕關係。」

「那麼，該與誰結交呢？」劉璋問道。

「劉備應該更合適。不但同為漢朝皇室出身，看起來人品也比曹操好得多。」

「哦哦，劉備……」劉璋有些意外地唸着那個名字。但是，之後竟然傳來了曹操在赤壁戰敗的消息。「果然張松有遠見。」剛開始劉璋還只是有些意外，但在知道赤壁之戰的結果後，他便對張松的話深信不疑了。

「與荊州的主公劉備結盟為好。」劉璋這麼想。即使結盟，如果對手太過強大的話，也會有被吞併的顧慮。而劉備是半靠着孫權的情面才好不容易得到荊州的，這種人作為同盟者比較讓人安心。而就在此時，傳來了曹操為了討伐張魯、舉兵西征的消息。漢中是蜀的咽喉。要是這裏被強大的曹操勢力所控制，益州就危險了。

「要怎麼辦才好呢？」無能的劉璋慌作一團，沒有半點兒主意。「之前臣不是向您提過嗎？眼下我們只能借助劉備的力量了。應讓劉備在曹操之前攻下漢中。」張松進言道。

「是嗎？……那麼，應該派誰出使荊州呢？」劉璋完全沒有主見，所有的事情都一味依賴他人。「臣認為法正比較適合。」張松回答說。法正姓法名正，字孝直，右扶風（現在的陝西）人。建安初年因饑荒入蜀避難。後來唐朝時長安一帶又鬧饑荒，詩人杜甫等很多人也是像這樣移居物產豐富的蜀地的。法正是有才能的人，可惜劉璋沒有看人的眼光，法正入蜀後就一直懷才不遇，但慧眼識英才的張松悄悄地發現了他，將他變成了自己的心腹。

「啊，那個法正嘛……」劉璋隱約記得這個名字。就算是在這種場合，對他來說法正也算是意料之外的名字。但是，至今張松的進諫都沒有出過錯。「好吧，派法正作為使者。」劉璋爽快地答應了。之後，張松偷偷與法正會面，授予他計策。

「你要推辭掉這份工作。再三拒絕之後，才裝作迫不得已的樣子接受。」這是為了讓法正看起來不像親劉備派。要是他一口就答應下來的話，恐怕會引起人們的懷疑。「他正等着這一天，那個法正不是親劉備派的人嗎？」於是法正按照張松的計策，幾次婉言拒絕出任使者。但是除了張松的進言以外，劉璋不知道還有什麼別的辦法。於是他只好逼迫法正說：「如果你堅持要拒絕，那只能請你立刻離開蜀地。」話至如此，自然也就給人們留下了法正也是無可奈何才去的印象。

法正出發去荊州之前，與張松密談了很長時間。他們都談了些什麼？當然是如何將自己效勞的蜀地主公換成更有才能的人物的策略。劉璋在不知情的情況下，為推翻自己的策略充當了推進事態發展的角色。

七

法正出發前往荊州。這個時代的長途旅行要攜帶的行李非常之多。但因為從蜀到荊州走的是水路，所以行李的負擔顯得沒有那麼重。因而法正將數量驚人的行李搬上船時，誰也沒有覺得有什麼好奇怪的。事實上這些行李之中，裝有大量關於蜀的資料。首先是詳細的地圖。不僅有水系圖、山系圖，甚至有道路圖。關於蜀的所有資料，詳細到居民、物產、交通用具等各方面的書籍裝滿了好幾個大箱子。

法正來到劉備面前後，就將這些資料一一拿出，說：「請看，這就是蜀地。請您接管。」

「你說得容易，蜀地不是有主公嗎？」

「你是說益州牧嗎？那劉璋本是懦弱之人。只有像您這樣的英雄豪傑才能擔此重任。而且，為益州盡心盡力的張松大人在那時也定會作為內應助您一臂之力。奪取益州，難道不是易如反掌嗎？」張松確實有遠見，法正是了不起的說客。他思路清晰地陳述，又將帶來的資料逐一作了詳細說明。

「是嗎……嗯，關於這件事，我要好好考慮一下。」劉備雖然這樣說，但奪取蜀地之事，他其實很早以前就考慮過了。只不過關於奪取方法這一點，不知道張松等人是否值得相信。要討論的問題僅此而已。

劉備立刻召開了幕僚會議。「這是求之不得的好機會。這是天賜良機。絕對不可放過。」不管是倡導天下三分論的諸葛孔明，還是人稱「鳳雛」的龐統都極力贊成。孔明別號「臥龍」。既然龍鳳都贊成了，也就沒什麼可猶豫的了。

法正並不是光在口頭上說願助劉備一臂之力。他獻上了大量的具體資料，又說：「無論如何，請取而代之。」可見他們已經有了足夠的覺悟，以及內應的相關準備。

「向蜀地出兵可以，但必須留意東吳方面的動向。因為他們有乘虛而入的可能，所以應該留下相當的兵力才行。」龐統說道。

「令關羽和張飛兩將留守荊州。如果知道這兩員大將沒參戰的話，益州的劉璋也會比較放心。關羽和張飛二將是劉備軍實力的象徵。」孔明說。

「劉備軍的實力代表是關、張二將，而智慧的象徵是諸葛孔明。孔明軍師出戰的話，想必益州也會警戒起來吧。」龐統說道。

「我也打算留守。」即便是孔明也很難親口說自己的足智多謀會使敵人有所警戒。覺察到這一點的龐統代他說了這句話，然後孔明再順水推舟地點頭。在這方面，龍與鳳是心有靈犀的。

東吳的孫權陣營中，自周瑜去世後，失去了熱心的鼓吹者，征蜀論的火焰也逐漸衰弱。但這火種還沒有完全熄滅。「共同出兵伐蜀如何？」孫權時而會向劉備陣營發出共同出兵的邀請。劉備一方以各種藉口推辭，不予回應。

「要出兵就要靠自己的力量。若與孫權合兵的話，戰果會被平分。而我們必須得到蜀的全部。」劉備是這樣考慮的。雖然出兵之後荊州有被襲擊的可能，但就算是孫權也不可能隨便調動軍隊。畢竟要考慮到曹操可能會趁着東吳內防空虛，直接從合肥帶兵南下——劉備將這一點也計算了進去。

劉備率領數萬軍兵，沿長江逆流而上。「老爺出征之際，請讓我回娘家去。」劉備出發之際，夫人孫氏這麼說道。她的兄長孫權也派來了迎接的船隊。「夫人不會再回到丈夫身邊了。」目送夫人離去的人們都有這樣的預感。劉備拒絕了孫權共同出兵的邀請，單獨發兵出征，孫權方面自然惱怒不已。而維繫着雙方的孫夫人一旦回到娘家，就等於兩者失去了彼此的羈絆。

眼下孫權不能立刻攻打荊州，是因為曹操虎視眈眈地盯着長江一線。但即使現在沒有馬上決裂，總有一天兩軍陣營會對峙的。吳夫人的船隊順江而下，朝着故鄉東吳漸行漸遠。目送的人們心中都湧起一種悲涼。

然而，他們突然被背後猛將趙雲的叫聲又拉回了現實。

「太子殿下不見了！太子殿下！到處都找不到。一定是那個女人將他帶走了。快馬通知烏林的營長官。出動所有的船隻，攔下夫人的船隊！快！」

八

「哈哈哈——，那條華容道上能跑快馬？他們慌暈頭了吧。不過孫權的妹妹，真的很能幹啊！」潛伏在荊州的探馬送來報告，曹操聽說劉備太子失蹤一事後，在銅雀臺上放聲大笑起來。在這個時代，實力者的繼位人均被稱為「太子」。皇帝的繼承人是皇太子。劉備只有一個兒子，是早年故去的甘夫人所生的劉禪，今年剛滿五歲。孫權的妹妹趁回娘家之際，將這個孩子也帶走了。趙雲也沒有隨軍征蜀，而鎮守在劉備的官邸之中。唯一的太子被擄走，他當然有責任。所以他才急忙派人抄近道華容道，向停泊着留守船隊的烏林送去急報。

「那個華容道嗎？」重複說起這個詞的時候，曹操忽然止住笑聲，臉上浮現出不快的神情。那條道，不正是他在赤壁戰敗之後，倉皇逃命時所取之道嗎？「不能就這樣算了……」曹操一邊這樣想着，一邊繼續聽探馬的報告。

即使是順江而下，由於那一帶九曲十八彎，經過華容道去烏林還是能比船早幾日到達。烏林水軍慌忙整備好船隻，數百艘船浮於江面，將孫夫人的船隊給堵住了。說是船隊，但畢竟是接夫人回娘家的，不過二十來艘。

趙雲緊跟在急使後面，親自趕到烏林。他站在最前面的船頭，大聲叫道：「找到太子之前，絕不准你們通過這裏。你們趕快返回江陵去。」僅僅二十艘船，若要接受搜查的話，太子是肯定會被找出來的。如果回到江陵的話，孫夫人則有可能性命不保。

「就將那個愛哭鬼還給你們。整日就知道哭，讓人睡不好覺！」孫夫人說完咬住了嘴唇。後來接替劉備皇位的劉禪是個平庸的君王。五歲的時候就被孫夫人罵作愛哭鬼的，靠不住的孩子。孫夫人釋放了劉禪，才得以通過烏林。

「烏林嗎……」每當提到這一帶的地名，屈辱感就會湧上曹操的心頭。那個赤壁對岸就是烏林。「算了，管他呢……」曹操又回過神來。世間進入了三雄鼎立的時代。只要能在另外兩人，劉備和孫權之間引起紛爭的話，就算是順了曹操的心意。不管怎麼樣，局勢已定。這一切，也都是曹操親手掀起的波濤。

「哈哈，波濤洶湧啊……」曹操低聲道。他指的並不是自己掀起的波瀾，而是蔡文姬所彈奏的改編自匈奴樂曲的琴音，正達到高潮。曹操閉上了眼睛。他也是詩人。異域的旋律激發了他的詩情。他在醞釀詩句。

探馬關於南方形勢的報告還在繼續：「孫權在秣陵興建大片營地，恐怕是他想在那裏建立新的根據地。那地方有山有水，可謂天然屏障……此外還建有大量民宅，據說居民也在逐漸增多……」秣陵屬丹陽郡，在戰國時是楚國的領地，原名金陵。秦始皇將此地改名為秣陵。孫權在此建立根據地，又將其更名為「建業」。

「建功立業。」孫權也有稱霸的遠大志向。自那以後，在南方建立政權的統治者，大多在此地建都，也就是現在的南京市。

「孫權讓人們稱此地為建業。」報告結束後，探馬俯身行禮。
「建業嗎？」曹操睜開眼睛。他的詩意已經煙消雲散了。
「這個地名真令人不快。」他想。
蔡文姬的手指滑過最後一根琴弦。一曲已終……

作者曰：

蔡文姬將匈奴的胡笳調改為琴曲，人稱《胡笳十八拍》。據說這是她被俘至匈奴的十二年間，為傷離別、訴悲情而創作的。另一種說法是，匈奴的人們思念回到漢土的蔡文姬，將哀愁之情寄予笛音，後才改成琴曲。宋代的沈遼收集了大胡笳十八拍，所以世人稱之為「沈家聲」。可以說這是周邊民族文化與漢民族文化交流的一例。

通俗版本的《三國演義》中說，馬騰在都城制訂反曹計劃，因事情敗露被殺。其子馬超誓為父報仇而舉兵。但事實上是，馬超舉兵之後父親馬騰受到牽連，於兒子戰敗的第二年五月被處刑。在民間故事中，無論是什麼事情，不把曹操寫成壞人就氣憤難平似的。

時值建安十八年

一

近來，總是回憶起從前的往事。難道是上了年紀的緣故？曹操突然有了這樣的念頭。剛才與文學家王粲就文學話題高談闊論之時，曹操順便說起了以前的往事。從前，只希望自己死後，墓碑上能雕刻着「漢將軍曹公之墓」這樣的銘文。能當上丞相之類的事情，考都沒考慮過。本來以為能得到將軍的稱號就已經是過於奢求了。王粲回去之後，曹操有些後悔說起過去的事。雖然他已經五十八歲了，但要說自己老了還為時過早。

要說將軍的話，有與三公同級的大將軍和驃騎將軍，又有與九卿同級的前將軍、後將軍、左將軍、右將軍等。除此之外，還有伏波將軍、破虜將軍等隨意命名的雜牌將軍。雜牌將軍是沒有人數限制的。所以說，要得到將軍的稱號並非難事。年輕時的曹操渴望得到的也不過就是這種程度的地位。不管怎麼說，似乎年紀越大，對於官職和地位的慾望就愈加強烈。就算現在坐上了丞相的位置，曹操仍然沒有感到滿足。

「我希望的不僅僅是官位……」曹操驚訝於自己的慾望之強。他不滿足於現在自己作為一名文學家的現狀。他想創作更為優秀的作品。「我怎能服老？」他自言自語道。劉備小自己六歲，孫權小自己二十七歲。曹操最羨慕的就是孫權的年輕。而他現在正在攻打孫權。孫權在建業（現在的南京市）建立起大本營，又在曹軍的前沿陣地合肥（現在的安徽省合肥市）與建業之間，也就是巢湖畔的濡須修建了月牙形的營寨。曹操在合肥集結了二十萬大軍，號稱四十萬。兵力絕對不少。雖然如此，曹操的心卻寂寞難耐。

「荀彧不在了啊……」少了一個人，就這麼的寂寞嗎？他最信任的謀士荀彧在去年十月死於壽春，享年五十歲。雖不算年輕，卻也還不算太老。謀士的死打亂了曹操的計劃。如今他已經站在人臣的最高點上，伸手便可觸及皇帝的御座。而他今後的仕途將更加艱難險阻。至今為止的同盟者，不知何時就會變成敵人。是敵是友，在於能否分辨清楚。本來還想讓荀彧幫他鑒別，現在鑒別者死了，曹操悵然若失。

去年正月，曹操受到了獻帝的特別待遇，「贊拜不名。入朝不趨。劍履上殿」。這是君對臣的極高禮遇。贊拜不名，是說天子不直呼曹操的名字，而敬稱他為「丞相公」。入朝不趨又是什麼意思呢？文武眾臣皆聽命於天子。一旦進宮，前後行走都必須小步快跑，大搖大擺的閒庭信步是不被允許的。但是，曹操在天子的面前，不必小跑，可以堂堂正正地走路。劍履上殿——文武大臣上朝之時，劍必離身，靴必離足。而曹操則被允許佩劍、穿靴上殿。這是漢高祖劉邦賦予開國功臣蕭何的特權。有這種身份的人幾乎與天子對等。到了東漢，外戚大將軍梁翼也曾得到過這樣的禮遇，但他之後很快就沒落了，最終落得自殺身亡的下場。像這樣接近天子的地位，也就意味着危險的臨近。所以辨別敵友十分必要。而為曹操擔此重任的荀彧死了，因此曹操在精神上相當失落。

現在他起用王粲來擔此重任。一般曹操召見王粲，所有人都會以為他們只是要探討文學話題。曹操與王粲確實也熱切地討論了很多文學問題，但這並不是全部。曹操利用大家都對二人關係不加質疑的心理，把王粲當做秘密的心腹來用。此刻，王粲前來報告：「箭已集齊。」

為了進攻濡須的孫權兵營，自十月開戰以來弓箭已經消耗得過多，導致軍中的儲備不足。雖然緊急調度了一些，不過延遲了幾日，現在才剛剛運到。

「進攻嘛……」曹操又自言自語地説着，站了起來。

二

時值建安十八年（公元二一三年）正月。號稱四十萬的曹軍步兵和騎兵，開始攻打孫權位於江西的兵營。長江在這一帶向東北方向拐了一個大彎。右岸，也就是南京方面被稱做江東；左岸，濡須方面被稱為江西，但並不是現在的江西省。

在這個時候，曹操的水軍也已經變得相當強大了。曹操在鄴城挖了巨大的人工水池，努力訓練水軍。而且駐紮在合肥的軍隊也在巢湖及其水系的各處進行水戰演習。不過，與孫權軍相比，曹操的這批部隊當然還稱不上是純粹的水軍。

「儘可能在陸地上打擊他們。」有了赤壁戰敗的前車之鑒，曹操打算儘量避免水戰。他目不轉睛地望着濡須的營寨。孫權的水軍當然不會總漂在水上，畢竟需要補給食物和水。為此，孫權也在陸上建立了基地。其中最大的當數濡須營寨。

這個營寨由東吳名將呂蒙建成。孫權的幕僚們並不贊成在陸地上建起過大的基地。「我們上岸攻打敵人，洗過腳就可以登船，陸地上不需要落腳之處。特別是那麼大的營寨，簡直徒勞無益。」這樣的反對聲十分強烈。「戰無百戰百勝，總會有遭敵人追擊、被逼肉搏的時候。要是離水邊太遠時怎麼辦？陸上的大營寨是必要的。」呂蒙如此反駁說。

「呂將軍言之有理。」孫權贊成他的意見，下令在濡須修建營寨。有了巨大的營寨，東吳將士都想住進去看看也是人情常事。特別是到了冬季，船上特別寒冷。孫權水軍輪流上岸駐守濡須營地。曹操一直在等着對方陸上營寨的人數增加。

「就是現在！」曹操確認過江西陸上營寨的指揮是東吳都督公孫陽指揮後，立即命令全軍發動總攻。這是一場陸地戰。理所當然地，曹軍充滿自信，遊刃有餘。

「衝向大本營！」曹軍大將曹洪在馬上奮力嘶吼。公孫陽本陣慌忙放下都督大旗，但早已被曹軍發現。這一日，偷襲江西營寨的三萬曹軍鐵騎，都集中兵力對大本營發動了攻擊。

公孫陽想逃走，可惜為時已晚。曹軍不顧兩邊的兵營，直接衝向都督所在的中軍帳，將那裏圍了十幾二十層。「事已晚矣！」公孫陽拔出佩劍，朝自己的胸口刺去。然而，他的手腕卻被緊緊地抓住了。真是可怕的力量。公孫陽動彈不得，只好抬起頭來。「什麼人？」雖這樣問，但公孫陽已經認出了那人。兩人曾經見過面。只是如今那人的鼻子下面長出了鬍鬚——他就是從河南到淮水無人不知的俠客領袖、現任曹操近衛隊長許褚。

「不必問吧？」許褚說道。

「你小子出人頭地了？」

「你不也是嘛。」

「看在軍人的分兒上，能不能把手鬆開。」公孫陽說。

「不能。」

許褚這麼說着卻鬆開了手。公孫陽被抓的手腕疼痛難忍，劍也落手了。

「為什麼鬆手？」這次輪到公孫陽質問了。

「我妹妹做了對不起你的事……這樣下去我也過意不去。像你這樣器量的人，我主曹公不會殺你的。我會為你求情，投降吧。」

「不！」

「就算你說不，不也只有投降這一條路可走嗎？」

「是嗎？」公孫陽環顧四周。戰鬥已經結束了，到處是死傷者。但是，並沒有他想像的那麼多。大部分將士都投降了。

「歸順曹公吧。」

「不！」公孫陽用力搖了搖頭。

「我說了除此之外別無他法。」

「投降可以，但我不能歸順曹操。」

「這種事情可能存在嗎？」

「如果我遁入空門呢？」

「哦……佛教嗎？怎麼連你也……？」許褚撇了撇嘴。

實際上，許褚曾將妹妹許配給公孫陽。不料，許褚的妹妹突然之間改變主意，信仰起佛教來，進而出家皈依了佛門。為連年不斷的戰爭而苦惱的人們為了尋求救贖而投身於異國舶來的佛教。在這個時期，佛教徒的教誨也明顯地增多了。

「真是有趣，據說成為出家人就可遠離世俗紅塵……嗯，也許這會成為一種新的習俗呢。除了投降與死之外……如果還有別的道路可以選擇的話……」曹操從許褚那裏得知了公孫陽的願望，並對之大感興趣。這種新的習俗，對天下統一和平能否起到輔助作用呢？曹操就像天平一樣，衡量着其中的得失。

「好吧，試試看吧。」曹操用力點了點頭。

三

前一年的十月，曹操率大軍南下、欲攻打東吳之際，孫權向進入蜀地的劉備送去急信。雖然孫權的妹妹回到了東吳，但並沒有與劉備正式離婚。所以孫權與劉備的同盟關係依舊是有效的。「請派出援兵。」孫權對蜀中的劉備提出這樣的要求是理所當然的。

劉備在蜀究竟都做了些什麼呢？從表面看來，他是為保護蜀的主公劉璋而攻打漢中的張魯。但是，劉備並沒有跟五斗米道的張魯開戰。劉備帶兵在葭萌這個地方駐紮下來。該地位於現在四川省的廣元縣一帶，是四川、陝西、甘肅三省交界的地方。越過東北方的七盤關進入陝西後，就是通往漢中的路。劉備將大軍駐紮在攻打漢中張魯的入口處，沒有展開下一步行動。

「項莊舞劍，意在沛公。」就算攻打漢中的五斗米道，奪取那裏的土地之後，也是沒有出路的。漢中的前面就是曹操的勢力範圍。對劉備來說，奪取的土地必須與諸葛孔明、關羽等人所在的荊州相連接才行。所以他必須得到的不是漢中，而是蜀的中心——成都。怎樣才能佔領成都呢？

劉備與謀士龐統日夜討論戰略。龐統為劉備獻上三計：其一，走小路突襲成都。成都的主公劉璋既缺乏戰爭經驗，又沒有臨機應變的才能。這個計策或許會取得意外的成功；其二，設計抓獲葭萌西面白水關的守將楊懷與高沛，奪其部下，然後向成都進發；其三，退回白帝城，與荊州剩餘軍隊合兵，再攻打成都。

「第一個計策雖為上策，但就算選小路前進，白水關的守兵又怎可能注意不到？他們對我們早就有戒心了才對……」劉備對第一個計策表示強烈的懷疑。

「楊懷和高沛，對我們未必友好。此二將乃劉璋忠實的部下，為趕我們回荊州還特意寫信遊說劉璋。我剛剛得到他們之間的密信抄本。」龐統做了仔細的調查。白水關的兩位守將曾對成都的劉璋進諫道：「劉備乃有才之梟雄。如若不趁現在將他趕出蜀地，總有一天他會覬覦蜀的主公之位。請您斟酌良策，將他趕回荊州。」葭萌與白水關近在咫尺。不管選擇什麼樣的小路，劉備軍隊不見了的事實，總有一天會被他們識破。要瞞過他們的眼睛估計不容易，到頭來就只得欺騙他們了。

「採取什麼樣的方法才好呢？」正在左思右想的時候，孫權求援的信送到了。「啊啊，這封信來得正是時候。」龐統面露喜色。孫權遭到曹操進攻，向身在蜀地的劉備求援的事情再過數日，就該傳遍全蜀。就是說白水關的守兵也應該會知道。

「由於孫權請求救援，所以我們先要返回荊州。關羽一人估計無法守住荊州。張魯乃泛泛之輩，放任他一段時間也不會有問題。眼下，我方的當務之急是儘快趕回荊州，助孫權牽制曹操……」龐統將這樣的信送至劉璋處，另抄了一封送到白水關。

白水關的二將鬆了一口氣。叫人放心不下的劉備大軍一直近在眼前，害得他們片刻都不敢鬆懈對其的監視。雖然他們也向主公劉璋寫了陳書，力勸趕走劉備，但這次對方卻主動提出了撤兵。孫曹兩軍開戰的事情已經傳到了蜀地。所以，劉備說要返回荊州當然沒有人懷疑。

「正是現在才該攻打成都！」這是龐統對劉備的建議。現在拔營行軍，誰都會以為劉備是要返回荊州。而我們就利用這些人的「常識」，看起來我們是要撤兵返回荊州，實際上卻是攻打成都。「孟德（曹操）真是助了我一臂之力啊……」說着，劉備冷笑起來。

「正是。真是天助我也……」龐統瞅準時機，又趕緊派使者給白水關二將送去一封信：「我軍速回荊州，還請二位行個方便。」楊懷和高沛滿臉笑容地前來葭萌行道別之禮。既然不是大事，他們也沒有帶多少侍衛。兩人都穿着輕便。

「真是可惜啊，但也實屬無奈，還請您早日回到這裏。」心中明明想說「不要再回來了」，但是楊懷和高沛還是非常有禮貌地說着社交辭令。

劉備突然站了起來，用手指着兩人道：「成都的劉璋大人派急使送信過來，你兩人在白水關謀反。現命我緝拿白水關二將，押回復命。來人，將這兩人綁了！」

「什，什麼……」二將大吃了一驚。竟有此等事情？主公劉璋絕不會做那樣的事……終於，兩人意識到這是劉備的圈套。

「不妙，中計了。」被五花大綁的兩人咬牙切齒地喊道。

「你們現在才發覺嗎？可惜已經晚了。」劉備心情舒暢地說道。

終於踏出了奪取蜀地的第一步。而事情的開端竟然如此順利，真是吉兆。

「將謀反的二將斬立決！」龐統大聲下令。

「哼！長臂猴子！你走着瞧！」

「混賬東西！看我咬掉你的大耳朵。」楊懷和高沛大罵不止，但劉備和龐統只是微微笑着。劉備的軍隊已整裝待發。先頭部隊的槍尖上挑着兩位將官的首級，向白水關進發。失去主將的白水關守兵不可能是劉備軍的對手，全體不戰而降。

劉備吸納了白水軍的將兵，進而又攻佔了涪城。大軍向成都一路進發。成都城中應該有他們的內應。

四

劉備所信任的成都內應張松，在那時卻已被斬首。斜眼矮子張松雖然有才，但內心其實很自卑。而自卑到了極點，從另一面表現出來的就是逞強。「大家都把我當傻瓜看，要是他們知道我究竟有多麼強大，一定會非常驚訝……」他心中經常這樣想着，卻又無法掩飾自己，時常表現出來。從孩提時代起，別人就常把張松與哥哥比較。哥哥張肅是相貌堂堂的七尺男兒。不僅是周圍的人，連親生父母對待兄弟倆時，態度都不同——至少張松是這樣覺得。

哥哥張肅性格溫和，為人和善；弟弟張松卻一臉窮酸相，從小就缺乏可愛的氣質。所以人們偏愛哥哥也是理所當然。總是孤獨的張松在心中憤憤不平。「什麼呀，在學問方面，我明明比哥哥做得好。」然而就連教他們學問的老師，也偏愛哥哥多於成績更好的張松。「我比哥哥好得多啊！」他在心中不知道這樣呼喊了多少次。

「有威儀，容貌甚偉。」受到如此評價的廣漢太守張肅，在劉璋陣營中佔有舉足輕重的地位。弟弟張松雖然有才，但只不過是區區益州別駕。別駕是刺史（地方行政監督官）的副官。太守俸祿二千石，而別駕的俸祿卻只有六百石。張松的夙願就是凌駕於哥哥之上。只要劉備能奪取蜀地，他的官職就能超過兄長。這也是他主動投靠劉備的動機之一。

「走着瞧吧……總有一天……」張松當然不甘心只在心中這樣說說。當然，他也不會總把背叛主公的事掛在嘴邊。要遇到意氣相投的人才行。張松正好就有一個宣洩的渠道——至少他是這樣認為。此人便是成都的歌伎素娥。雖然作為歌伎她不算美女，但歌聲甚妙，更難得的是她還識文斷字。「有才華而不受寵倖，這不是跟我一樣嗎？」張松這樣想着，便將她領回家中。素娥既是歌伎又是側室，而且還兼任秘書一職。本來勸劉備奪蜀是極其保密的事，只有張松和法正兩人知曉。但不知道在什麼時候，張松就將此事透露給了素娥。

「再忍耐一下，很快我就要出人頭地了……」素娥是聰明之人，立即覺察出張松的話中有話。「哈哈，大哥他嘛……現在還抓着根已腐爛的樹木呢！但朽木終究會爛掉，依附朽木的人都會墜入谷底。哈哈哈——」張松借着酒勁兒，將話說到了這種程度上。根已經腐爛的樹木比喻，素娥自然也很清楚。「你應該也抓到某棵樹吧？那樹沒有問題嗎？」她道。

「沒問題，沒問題。那可不是『第二代』那樣的朽木。那是一株吸足了荊州水分的小樹。根紮得深，枝條也不會輕易折斷。」張松拍了拍胸膛。蜀的主公劉璋是繼承父親劉焉的第二代。吸足了荊州之水的小樹指的應該是劉備。素娥能猜出八九分，卻裝作不懂的樣子撓了撓頭。

「哎呀，聽不懂你在說什麼。」素娥是醜陋的才女，但她也有少女的情懷。仰慕俊男的心因為她對自己容貌的不自信反而更加強烈。在成都的歌伎常常聊起的好男兒之中，當數廣漢太守張肅最受歡迎。素娥在宴席上看見過張肅幾次，暗暗傾心於他。然而張肅總被眾多女眷所包圍，根本不缺女人。醜陋的素娥無疑是癩蛤蟆想吃天鵝肉。

所以被張松買回來的時候，素娥這樣想過：「丈夫雖然有些缺陷，但他與張肅畢竟是兄弟，自己今後與張肅見面的機會應該不少，真是叫人期待。」每次張肅從廣漢到成都來的時候，都會到弟弟家來，可是卻沒有素娥期待的那樣頻繁。張家兄弟似乎來往並不密切。

無論在過去的宴席上，還是到弟弟家來的時候也好，張肅都從來沒看過素娥一眼。對此素娥非常傷心。哪怕只是片刻也好，那個偉丈夫能傾心於自己就好了！——這是素娥的夙願。素娥知道丈夫一直想要凌駕於哥哥之上。而且從丈夫的言語裏可覺察到，他為此不擇手段。

「墜入谷底……」聽到這樣的話，素娥胸口一陣疼痛。一想到自己深愛的張肅大人躺在谷底血肉模糊的樣子。「必須得救他……」素娥下定了決心。為了救張肅，就只能暴露丈夫張松的計劃。雖然一開始她也很猶豫，但後來終於還是狠下心來。這也都是為了自己。

張松的計劃明顯是謀反。謀反之罪株連九族，並沒收全部的家財。素娥一半算是家族成員，一半算是張家的財產，所以既有可能被殺頭，也有可能淪為從早到晚做苦工的奴隸……不，不僅是她。張肅大人是張松的親哥哥，一定也會受到株連。防止厄運發生的方法只有一個，那就是讓張松的計劃曝光。防謀反於未然，是使謀反人的家族免遭連坐的唯一方法。要曝光必須有證據。素娥既然下定了決心，便行動了起來。

正好這時，孫權遭到曹操攻擊，向蜀地的劉備求救。劉備給劉璋送信說為了牽制曹操即將返回荊州。當然，這只不過是計謀，劉備其實根本沒有回荊州的打算。「要欺騙敵人，首先就要欺騙自己人。」這是謀略的關鍵。劉備撤回荊州僅是虛晃一槍這個事實，並沒有通知成都的內應張松。張松慌了。

「為什麼要離開蜀地？現在成都內應的工作進行得十分順利。您好不容易來到這裏，回到荊州豈不可惜？請您一定回心轉意，按照原計劃進行下去。」他寫了這樣一封密信，打算送去葭萌。但在慌張之間，文章有幾處詞不達意。重讀時，張松發現了不妥之處，便打算稍後再重寫一封。於是他將那封信藏在了衣櫥中。素娥知道張松藏匿重要物品的地方，所以得到了密信。這都是為了救自己和她仰慕的男人的性命。

廣漢太守張肅偶爾會逗留在成都。素娥懷揣密信，來到太守的住處。至今都不曾看過她一眼的男子，將會用怎樣感謝的目光來注視她呢？她在心中描繪着這樣的情景，叩響了房門。張肅馬上去了劉璋那裏，片刻也沒有猶豫。然後，捕吏就衝進了張松宅邸。就這樣，張松被斬首。有牽連的人也受到追查，劉備的內應在成都城內被一掃而光。

可是，劉備也沒了退路。斬了白水關二將之後，他只能繼續前進，直到攻陷成都。劉璋終於看清了劉備的意圖，在恐慌之際向全蜀各地下達了嚴加防守的號令。

五

正當劉備經過蜀的涪城，帶兵向南面的綿竹（現在的四川省綿竹縣）進發之際，曹操攻陷了江西營寨，開始考慮下一步計劃。孫權率七萬水軍，出現在曹軍的面前。

「碧眼小兒！」看到孫權裝備精良的船隊配置時，曹操低聲感歎道。赤壁之戰的情景又浮現在他的腦海。

「碧眼兒打算做甚？」許褚問道。據說孫權碧眼紫髯，長相十分奇特。他死去的哥哥號稱「小霸王」，而他則被稱為「碧眼兒」。

「不，生子當如孫仲謀（孫權的字）……我一直這麼認為。你看，這氣勢恢弘的水上陣形相比之下，景升（劉表的字）的兒子簡直就和豬犬般不中用。」曹操說。劉表的兒子劉琮在荊州歸降曹軍，受封「諫議大夫」的閒職，列於侯位。比起順從的劉琮，曹操心中反而對孫權更有好感。

「與那年輕人對陣的話，勝負難分。」曹操這樣想到。這時候，有關蜀地形勢的密探馬告送到：「劉備斬了白水關二將。」

「是嗎，玄德要攻打成都嗎？……」曹操自然能讀懂這一點。他略沉思了一下。不管蜀的主公劉璋有多無能，劉備也不可能輕鬆攻下蜀地全域，估計相當棘手呢。更何況劉備的軍隊一半是入蜀之後從劉璋那裏借來的士兵。如此一來，留在荊州的部隊，為增援進入蜀地也是理所當然的吧。

「諸葛孔明、關羽、張飛、趙雲……」曹操數了數劉備留在荊州的部將，盡是鐵骨錚錚的豪傑。要是得知蜀地戰雲翻湧的消息，恐怕荊州過半的軍兵都會西征吧。如此荊州的劉備陣營就會人手不足。能對他們施加壓力的只有東吳的孫權軍。然而現在孫權在濡須與曹軍對峙，其他地區的軍隊都處於無法出動的狀態。要是持續當前的狀況，劉備的荊州則依舊是安泰如山。

「這不行，我才不為那大耳朵牽制孫權的軍隊呢。」曹操決定從濡須退兵。他給孫權寫了一封信：「劉玄德欲攻成都，荊州勢薄。將軍，宜行兵西進。」

不久，孫權的回信送到：「春水方生，公宜速去。」到了春天，冰雪融化，水量增多。不習水戰的你們乘着這春水易行船，不如早些回去了吧？這封信，說明雙方達成了撤兵的協議。

除去這封正式的書信之外，孫權還附上了一張潦草的字條。字條上用狂亂的字跡寫着狂亂的話語：「足下不死，孤不得安。」讀罷，曹操放聲大笑。

「哈哈哈——碧眼小兒，真是直爽的年輕人。」曹操退兵回鄴城，是那一年四月的事情。

「趁着孫權和劉備爭荊州之時，稍微鞏固一下內部好了……」曹操在鄴城認真盤算着今後的事情。雖然荀彧死後很多事情都變得難處理了起來，不過年輕一輩之中還是培養出了優秀的參謀。他決定試探他們的能力。一有時間，曹操就喚來年輕一輩，與他們閒談。

「你知道我為何要叫年輕一輩來談話嗎？」有一天，他叫來擔任議郎之職的司馬懿，問道。

「是因為荀彧大人逝世了。」

「但是，仲達啊，」曹操說，仲達是司馬懿的字，「荀彧晚年與我相處得並不好，經常與我意見不合……他不滿，我也不滿。」

「是這樣嗎？」司馬仲達顯得有些迷惑不解。

「什麼？難道你不知道嗎？」荀彧晚年進諫不被採納，與曹操之間的隔閡相當之深。曹操陣營的人都很清楚這件事。司馬仲達今年三十四歲，擔任議郎之前是黃門侍郎。他位於權力中心的周圍，不可能不知道這件事情。

「丞相與敬侯交情甚厚。我等凡庸之輩，只能看到表面。既然是短淺目光所見，那任憑世人怎麼說，我也覺得不可信。」司馬仲達回答說。敬侯是荀彧的謚號。

「哦……這樣啊……」曹操的表情有些不自然。

「這傢伙，年紀輕輕卻不容小覷啊。」曹操想道。

「你沒有聽說過荀彧的不滿嗎？」曹操又換了種問法。

去年，董昭認為曹操的功績前所未有，建議封爵魏公，並賜九錫。所謂國公，不是受命於朝廷的地方長官，而是擁有世襲領地的人物。東漢二百年以來，未曾有過人臣晉升為國公的先例。董卓曾受到「贊拜不名，入朝不趨，劍履上殿」的特權，作為當朝太師位居諸侯王之上，卻也還沒達到國公的地位。九錫是指車馬、服飾、樂器，以及近衛軍等同於天子的待遇。西漢的王莽曾受此封賞。後來，王莽奪取了大漢的皇權。總而言之，封賞國公就是在一個王朝之中，又建立一個王朝。

「這不可行，無論如何，這都過分了。」荀彧表示反對。曹操對荀彧的反對感到不快，據說兩人之間的隔閡也就是這麼產生的。在曹操陣營之中，所有人都知道這件事。

「可是真相究竟如何呢？」荀彧已死，知道真相的只有曹操一人了。推翻二百年已然腐朽的東漢王朝，建立起新的政權，只有這樣，才能使天下人心重新振奮。而其前提就是曹操晉升國公，為建立新政權作準備。

「這才是荀彧的主張。」

「可是這樣一來，拚命反對的人也都會站出來吧，而且又不知道反對和抵抗會從哪裏出現。這可不是簡單的問題。」對於荀彧的提議，曹操這樣回答道。

「哪些人會反對或者抵抗，我一定在事發之前就識破他們。只要早日肅清了這伙人，新政權的建立就會變得容易。」荀彧充滿自信地回答道。然後他壓低聲音談起了自己的計劃。他打算親自成為反對派的領袖。這樣一來，反對曹操王朝的人就肯定會與荀彧取得聯繫。荀彧打算把反曹操派集中在自己身邊，不就能將他們一網打盡了嗎？

「這可是件危險的事啊！」曹操聞聽此言，深深地歎了口氣。

「當今天下污穢不堪。要除淨污垢，就必須果斷行事。將天下棄於污垢之中，不是更加危險嗎？」荀彧帶着沉思的表情說。

「但是，這事急不得。」曹操還有些猶豫不決。

「不，至急。不論丞相如何，臣至急。」荀彧說道。當時曹操還不甚明了這句話的含義，只當成是為救天下百姓於水火，眼下不急不行的意思。但在他聽說荀彧在病危之際，才真正明白了對方的言中之意。荀彧大概是知道自己病重，離死期不遠，希望能在有生之年，為曹操除掉反對派。想到這裏，曹操心中一陣酸楚。荀彧公開裝作對曹操不滿，為的是引出反對派；然而事情未成他卻先走了。現在這工作究竟進行到了哪一步，曹操不得而知。

「敬侯的不滿，我也聽說一些。」司馬仲達回答道。

「於是？」

「臣剛才說過了，我不相信。我對敬侯也這樣說過：不管你對丞相有多不滿，我都絕對不相信。」

「哦……那麼，荀彧反應如何？」

「他悲傷地搖了搖頭。」

「悲傷是嗎?」曹操再一次認真打量了司馬仲達的臉，他的嘴角露出一絲笑意。「居然被這樣的年輕人看破了啊……」荀彧一定是這樣想着，才悲傷地搖了搖頭。

「你今年多大了?」曹操問。

「臣今年三十有四。」

「正是我當上典軍校尉的年紀啊……那時候董卓也就四十過半。袁紹、袁術還有劉表……那時候大家都很年輕。」

曹操的兩頰微微顫動着。

六

張松因兄長告發而被斬首一事，對劉備來說簡直就是噩耗。至今張松應該做了大量內應工作，然而之前答應當內應的同伙都把張松之死當成好事，一擦嘴，露出一副不知情的表情來。另一個內應的領袖法正此刻正在劉備這邊。然而內應者沒有了可攻擊的對象的話，也無濟於事。所以，劉備的奪蜀計劃陷入了苦戰之中。

成都劉璋的謀士中有一個叫鄭度的。鄭度是廣漢郡人，對各地狀況都十分熟悉。聽說劉備奪取白水關進兵的消息後，他向主公劉璋進言道:「劉備的軍隊其實沒有那麼多人，其中大半還是在蜀地征來的。就我所知，外來者最大的悲哀就在於在本地徵兵十分困難。而且，葭萌之地糧餉極為匱乏。軍糧都只能在進攻的當地徵調。而我們就將梓潼縣和巴西縣的居民移至涪水內水以西，再將當地的倉庫和田地通通燒光。然後，高築台、深掘溝，敵人便奈何不得我們。他們若前來挑戰，我們不應不答，靜觀其變。不消百日，敵人就會彈盡糧絕而自退；那時我們再出擊。退兵之軍通常士氣低下，我方必勝無疑。」

通常總是聽信謀臣的劉璋卻在這個非常時刻，心血來潮地決定非得自己拿主意不可。他一改常態，堅決地否定了進諫之言。

「不行！」

「為何？」

「自古以來，執政者都應當防禦敵軍，讓百姓安居樂業。遷徙居民、躲避敵人之事，前所未聞。」劉璋昂然地抬頭看着天井。這模樣雖然看起來相當值得信賴，但謀士們卻都露出了不安的表情。「抵禦敵人。無論如何都要抵禦敵人……吾繼任蜀的主公以來，愛護蜀之居民，盡顯執政之仁慈，不就為了現在這種緊急時刻嗎？出征！堂堂正正地應戰！」劉璋命令部將出動。

其麾下有劉璝、冷苞、張任、鄧賢、吳懿諸將。然而，他們卻抵禦不住劉備大軍。蜀地遠離烽煙四起的中原，很長時間以來都是平和盛世。劉璋手下的將士缺乏實戰的經驗。在能征善戰的劉備軍將士看來，與蜀將作戰就如同兒戲。劉備軍不費吹灰之力，將蜀軍的陣地逐個攻破。諸將之中，吳懿歸順劉備。劉璋又授兵李嚴和費觀兩將，以迎戰劉備的大軍。但是這只使劉備軍更加壯大。因為兩將直接率部下不戰而降。

退守的張任和劉璝進入雒城，和劉璋的兒子劉循一起抵抗劉備的軍隊。打野戰雖然實力懸殊，但有了堅固的城池做後盾，蜀軍便發揮出了相當的實力。雒城的守軍英勇善戰，劉備難以攻破。以蜀的兵力，平定蜀地——這是劉備的理想。他以破竹之勢從涪城一路進攻綿竹之時，還覺得這種想法可行。但在雒城陷入苦戰後，劉備意識到若不導入荊州的兵力，恐怕無法攻下全蜀。

如果在荊州的兵力轉移到蜀，那麼孫權必定會向西邊施加壓力的。在濡須與孫權對峙的曹操不知為何退了兵。孫權也就有了向荊州派兵的餘力。不向荊州求援的話，照此以往難以攻下雒城。雒城苦戰之際，成都的劉璋又不知會採取什麼措施？果然此時還是應該向值得信賴的荊州軍求援？劉備喚來龐統。「還是應從荊州調兵。可能的話讓孔明也來。派急使吧。」但是，龐統卻搖了搖頭。

「為何？」

「沒有必要。」

「不，我急需可靠的兵力。」

劉備注意了一下用詞。也許剛才説讓孔明來有些失策。明明有作為謀士的龐統，卻非要叫孔明來，這不是指明自己有什麼不足嗎？龐統可能會這麼想。所以劉備再次提到兵力不足時，沒有説起孔明。

「現在是需要荊州兵力的時候，但是我覺得沒有必要而已。」

「你這句話好生奇怪！」

「孔明派急使送信來了，説他正率荊州部隊沿長江逆流而上……」

「什麼？真的嗎？」劉備的表情突然明朗起來。

「不錯。」龐統從懷裏拿出孔明的信，「這個，如這裏所言。信裏還説，同行的還有張飛和趙雲。」

「張飛和趙雲嗎？……嗯，妙哉。將關羽留在荊州……孔明和我想的一樣。」劉備一邊迫不及待地拆開孔明的信，一邊説道。

七

那一年五月，曹操晉為國公，受封冀州十郡：河東、河內、魏、趙、中山、常山、巨鹿、安平、甘陵、平原。此十郡為「魏國」，曹操被尊稱為魏公。在大漢之中出現了一個叫做「魏國」的國家。就好像是為朝代更替作準備。曹操還受賜了九錫。人們都想起了王莽篡權奪位的故事。但是，曹操並不以此為懼。或許他正希望人們那樣想吧。

「荀彧啊，我已經不懼怕反對派了。」他想告慰已經過世的謀士。七月，他興建了魏的社稷和宗廟。同時又讓自己的三個女兒以「貴人」之名入後宮，分別是長女曹憲、次女曹節、三女曹華。念在曹華尚且年幼，在成年之前都一直留在家中。這樣的舉動也讓人們聯想起王莽來。王莽就是以外戚的身份，篡奪漢朝皇位的。十一月，魏國設尚書、侍中、六卿之職，任命荀彧的侄兒荀攸為尚書。魏國作為一個獨立的政權，開始初現端倪。

這時候，傳來了兩年前被討伐的將領馬超的消息。當時曹操一直追馬超到安定，然而由於陝西起了叛亂，急忙向東回撤。涼州的軍事參議官楊阜曾經反對過退兵。馬超素得羌、胡之心，這樣放過他的話，必成後患。羌是指羌族，胡是指匈奴民族。馬氏是西北邊境的名門貴族，東漢第二代皇帝皇后也出身於馬家，他們與邊境諸民族一直保持着友好的關係。若馬超振臂疾呼，可能會集合起遊牧民族軍團來。

曹操當然也知道這一點，但比起西北邊境來說，鞏固臨近中原的東部地區才是燃眉之急。所以他便不太在意地將馬超放在了一邊。果然如楊阜所擔心的那樣，馬超集合起羌族兵與匈奴兵，經常劫掠西北的諸郡縣。朝攻一城，夕陷一池，隴西地區只剩下冀城還在堅守。冀城位於現在的甘肅省天水市以北，由涼州刺史和漢陽太守駐守。曹操令長安的夏侯淵前去救援。然而，在援兵到達之前，冀城就陷落了。

逃出冀城的楊阜重新集結軍隊攻打馬超。馬超敗下陣來，向南逃逸。曹操喚來司馬仲達：「馬超的事情該怎樣處理才好？」

「只能請教母出馬。」司馬仲達回答說。逃往南方的馬超只有投靠漢中這一條路可走。漢中是五斗米道張魯的割據地盤，而張魯之母少容是曹操的客人。曹操召見了少容。

「是關於馬超的事……」在這個時候，比起丞相這一稱呼，人們更多地使用魏公來稱呼曹操。但是少容還是按以前的習慣稱曹操為「丞相」或「將軍」。

「丞相有何吩咐？是想讓馬超留在漢中嗎？還是將他趕出漢中？」少容微笑着問。

「教母覺得哪個更好呢？」

「隨他而去怎樣？」

「隨他而去？」

「是的，馬超留在漢中，還是離開漢中，對丞相來說，似乎沒有什麼兩樣。」

「為何？」

「馬超的可怕之處在於他能奪取亡命棲身之地的權力。但是，漢中的政權是以五斗米道為基礎的。馬超這樣處於信仰之外的人物，不管有多麼強的手腕，也不可能奪得漢中的領地，所以他就算留在漢中也不是什麼大事。」

「那麼，若他離開漢中呢？」

「漢中以北已被丞相平定，所以他只能向南逃。南方是蜀地，現在劉備玄德正在攻打劉璋。」

「馬超若去了那裏，他會投靠哪一方呢？」

「應該會去玄德大人那裏。幫忙攻打蜀，也算是個投奔劉備的好理由。馬超將軍定會在蜀地建立一定的勢力。而他與關羽、張飛等大將之間，則會發生勢力爭鬥吧。即使沒有，也會有人從外部插手，故意激化矛盾。」

「誰會插手呢？」曹操苦笑起來。

「孫權將軍應該沒有看破這一點的才能，能夠插手的人物只有一個……」

「夠了，夠了！」曹操抬起手在面前左右晃了晃。

馬超對於以信仰鞏固的漢中而言是沒有威脅性的，而他入蜀的話則將成為攪亂劉備陣營的因素。雖然對曹操來說兩者都無所謂，但是後者似乎更為有趣。

「十有八九，馬超將軍入蜀的可能性較大吧。」

「這樣一來，能請教母助我一臂之力嗎？」

「我？」

「要鞏固關西和隴地，可能要借你兒子的道走了？」

「您是說今後一兩年的事情？」

「請教母先給張魯大人談論一下天下的形勢，務必要讓他明白過來。」

「丞相不妨先派其他人作為使者去說服他。倘若使者說不通的話，我再去好了。」

「也是。」曹操點點頭。

劉備取得蜀地的話，天下三分的局勢也就差不多定型了。圍繞荊州的問題，孫權和劉備之間估計還會發生摩擦。在此期間，曹操有必要在蜀的入口漢中建立起勢力範圍。就算漢中的五斗米道抵抗，他也會不擇手段。但對方畢竟是宗教組織，打起來也許與以前的戰爭會有所不同。當然，曹操希望儘可能和平地解決問題。

承認五斗米道的宗教地位，給予相當特權也無所謂。關於這些條件還有必要與教母好好商量。不過教母少容是最後的王牌，自然不能輕易使用。現在當務之急是派人出使漢中，談不妥的話，再請少容出馬不遲。

「那麼，派誰為使者呢？」曹操抬頭看着天花板。這可是個不好做的工作。對方不是單純的地方豪族或是武將。就算不是五斗米道的信徒，如果不是對信仰有所關心的人，便無法擔此重任。

「公孫陽大人如何？」少容沉穩地笑着說。

「公孫陽？」曹操收回視線。這還真是出乎意料。在濡須被俘虜的東吳都督公孫陽沒有歸順曹操，而是皈依了佛門。現在他棲身於月氏族人的白馬寺中。

「原來是這樣……要這樣說來的話……」曹操倒也不是覺得不合適。只是公孫陽原本是孫權的臣子，跟曹操的風格有所出入。不過漢中應該會比較容易地接納他吧。加之他相信佛教，擁有信仰的萌芽這一點，作為拜訪信仰組織的使者來說也許能發揮作用。「好，就這樣決定了。又解決了一件事！喚文姬來。我想聽琴了。」曹操伸了個懶腰，露出輕鬆的表情。

八

雒城即現在的四川省廣漢縣，位於成都市東北三十多公里的地方。劉備的軍隊正沿着現在的寶成（寶雞—成都）鐵路一線南下。雒城的防守十分堅固，劉備計劃等荊州的援兵到了再說。但沿長江逆流而上的諸葛孔明、張飛等人卻未能長驅直入。巴東和江州（現在的重慶市）有劉璋的部隊防守，尤其在江州有個名叫嚴顏的猛將。要突破江州，似乎也需要一些時日。

「真想在孔明他們到來之前攻陷這雒城……」劉備說。

「毫無疑問。」龐統咬了咬嘴唇。人稱「鳳雛」的龐統經常被人拿來與「臥龍」諸葛孔明相提並論。龐統雖年長三歲，但孔明跟隨劉備的時間較長。因此，公認孔明功績要比龐統大一些。追啊追啊，龐統總看到諸葛孔明走在自己的前面，無論怎樣都超不過。身為攻打雒城的謀士，如果在孔明到來之前無法攻下雒城的話，兩者的差距恐怕就再也無法拉近了。這樣一想，龐統就焦躁不安起來。

「這座城池應該也有什麼弱點吧……」劉備望着雒城的城牆低聲咕噥着。「孔明若在的話，定能馬上看出這城池的弱點，找到進攻的辦法吧……」龐統從劉備的話語中聽出了潛台詞。「不管怎樣，我先去打探一下。請主公稍等片刻。」說完，他轉身就去了。「激將法是不是太過了？」劉備本想巧妙地利用一下龐統對孔明的對抗意識。就算不說出孔明的名字，只要有些暗示龐統就會奮起而為的。

「不要太逞強啊。」劉備對龐統的背影說道。實際上這是「好好地加油吧」的意思。龐統是不會聽錯話中含義的。「我還挺會用人的……」劉備不禁這麼想。論勇猛，我不及關羽、張飛；論智謀，也比不上諸葛孔明和龐統。但是，我卻能將他們如手足般地運用。簡直就像高祖劉邦一樣不是？劉邦手下簇擁着韓信和張良那樣頂級的人才。「我也是……」劉備得意地挺了挺胸。

雒城附近地形複雜。東靠龍泉山的丘陵，西臨九頂山。綿遠河、石亭江、青白江、柏條河等岷江和沱江的支流橫貫其間，分佈如網。該地山谷也多，道路崎嶇。這樣複雜的地形，對守軍十分有利。劉備軍苦攻不下，其中大半原因也在於此。

半個時辰後，劉備的軍帳外面傳來了馬蹄聲。能騎馬一路直達總帥本帳的，除了急使再無其他。「孔明派來的使者嗎？」劉備急忙走出軍帳。急使下馬，伏在樹下。

「什麼事？」劉備詢問道，可使者還是伏在地上，一動不動。

「快說！」劉備呵斥道。使者的雙肩抽動了二三下，終於抬起了頭。只見他滿臉都是淚水，雙眼紅腫。劉備心中頓時不安起來——不祥的預感湧上心頭。

「士元（龐統的字）大人……」使者說到一半就說不下去了。

「什麼，士元怎麼了？」

「遇上了敵兵的埋伏，中箭身亡。」使者哭號着說完，又伏在了地面上。

「中箭……身亡……」

劉備重複着使者的話，腳下一軟……

作者曰：

正史之中荀彧是病逝的。他晚年對曹操晉升國公賜封九錫的事情持反對意見。因此，也有人説他是被心懷不滿的曹操所殺。《魏氏春秋》中記載，曹操賜給荀彧一個食盒，荀彧打開一看裏面卻是空無一物。於是荀彧服毒自殺。主公向臣子贈送空食盒，意味着：你已經一無是處，自行了斷了吧。這相當於自殺勸告或者説命令。

不用説通俗版的《三國演義》，就連《資治通鑒》中也採用了荀彧服毒自殺的説法。看來這一説法已經被廣泛地認可了。

皇后的密信

一

曹操盤腿坐在椅子上。眼前的桌案上放着印綬和帽冠。曹操看着這些東西，眼神十分冷漠。他的左眼皮時不時地抽動着。這是他的老毛病偏頭痛發作的前兆。也許是因為這個，他的心情十分不悦。直到剛才，前來拜賀的大臣一直絡繹不絕。「恭喜賀喜！」曹操晉爵魏公之後，被授予金印、赤綬、遠遊冠。

皇帝所持的是白玉璽。皇太子及諸王侯則是金印赤綬。綬是用來繫印的絲帶的。本來丞相印為金印，綬是綠色的。現在，綠綬換成了赤綬。印有金、銀、銅三種，綬則按赤、綠、紫、青、黑、黃的順序，通過組合表現官位等級的差異。相當於現在國防大臣的太尉和副丞相的司空是金印紫綬，九卿則是銀印青綬。四百石俸祿的官吏是黃綬，到了六百石俸祿就成了黑綬。到達這種官位上的人為能儘早改變綬的顏色，連看人的眼色都會變。

「愚蠢之極。不過是絲帶的顏色、帽冠的形狀而已……」曹操總是這樣認為。桌案上擺放的遠遊冠是只有皇太子和諸王才能佩戴的帽冠。與天子所戴的「通天冠」幾乎沒有什麼區別，只是沒有山形的前壁而已。雖然覺得愚蠢，但曹操卻為了追求這些而努力着。這不僅僅是印綬帽冠的問題。

「魏公操位列諸侯眾王之上」。詔書已經向群臣明示了這一點。雖為人臣，地位卻在皇族之上。這可不是件容易的事情。去年受賜了九錫，僅僅過了一年，又有了這次特例的特權封賞。曹操的手指按在太陽穴上——頭痛幾乎就要發作了。雖然有特效藥，但他卻不想用。藥已剩得不多，而且今後也無法得到更多了。

名醫華佗曾服侍於曹操的身邊。特效藥就是這位名醫開出的。但華佗一死，不管哪位醫師都無法再製出那種藥來了。「可惜了一代名醫啊，但我不得不殺他……」曹操一邊用手指按着太陽穴，一邊這樣對自己說道。

華佗，字元化，是與曹操同鄉的名醫。他會讓患者喝下叫做麻沸散的藥，待患者失去知覺後切開患處去除病根，最後再縫合敷上膏藥。所謂麻沸散，很明顯是大麻類的麻醉藥。華佗是世界上最早使用麻醉藥進行手術的醫師。但這位名醫華佗卻被曹操所殺。華佗借取處方之故而回了老家，然後就再也沒有返回曹操那裏。曹操催促他，他就藉口說妻子有病，無法回鄴城。曹操派人一調查，得知他妻子得病全是子虛烏有。「可惡，你就那樣討厭我曹操嗎？要是討厭我，我就不讓你當醫師了。這世上，醫師又不止你華佗一人。好，讓你知道我曹操也是會討厭人的！」曹操遂將華佗處以極刑。曹操令其他所有醫師都研究華佗的頭痛藥，但卻沒人能製出相同的東西來。自然曹操也就非常珍惜那藥了。

「父王，頭痛嗎？」長子曹丕走進來問道。

「啊，沒什麼大問題……你有事嗎？」

「南方的報告送到了。」

「哦？怎麼說？」

「戰敗了。」

「敗了嗎？」

曹操的手指終於離開了太陽穴。合肥以南的皖城，曹操的部下、廬江太守朱光與孫權軍開戰。孫權親自率軍，披甲上陣。

「我軍戰敗，朱光被俘。」曹丕說。

「派出急使，讓張遼回來。」之前曹操授予張遼兵權，命他前去增援朱光。但此時皖城已經陷落，沒有增援的必要了。

「遵命……要後退一步嗎？」

「你覺得可惜嗎？」曹操問兒子。

「戰敗不都是可惜的事情嗎？」

「那是當然。但是敗了不能只是覺得可惜，首先要考慮的是如何收拾殘局。」

「兒臣明白了。」曹丕略施一禮，退了出去。

「這小子，真的明白了嗎？」曹操低語道。

既然有戰勝，又哪會沒有戰敗呢？曹操現在想到的是這一點。

二

圍攻雒城的一年，劉備以謀士龐統的犧牲為代價，攻下了雒城。下一步就是攻打蜀主劉璋所在的成都了。幸好這時，從荊州趕來的諸葛孔明、張飛、趙雲等人終於到達了蜀。不僅如此，被曹操追趕的馬超雖然暫時投靠了漢中五斗米道政權的主公張魯，卻因為受不了那種宗教氛圍，而選擇了跟隨劉備。演員都到齊了。

成都城中屯有精兵三萬和一年份的糧草衣料。城中將士的士氣也還不算低沉。但是，主公劉璋卻毫無戰意。「一想到百姓要為我受苦，我就於心不忍，更不要說開打了。誰成為蜀的主公不都一樣嗎？」也許是從小嬌生慣養，劉璋沒有半點堅強的意志。劉備陣營勸降的使者剛一到來，他就爽快地答應了投降。「我已決定投降，這不是比見血更好嗎？」

劉備大喜。年輕時他是個無法無天的狂妄之徒，激情滿懷，放蕩無度。後來成為一方將領之後，才變得小心謹慎，儘量避免感情用事。他總是壓抑着自己的感情。作為大軍閥的領袖，這既是一種保身術，也是謀求發展的戰術。只有在成都陷落的時候，劉備才終於無法掩飾自己的喜悅之情。他喝了個酩酊大醉，興奮得沒了章法。劉備一邊唱歌，一邊說着醉話。就在他說到興頭上時，突然意識到了身旁的孔明。

「我的醜態盡數暴露，這傢伙，會不會討厭我？」劉備擔心起來。

「我不知道孔明也在這裏。我這是，究竟在這裏幹什麼呢？」劉備醉醺醺地看着孔明。

「主公盡興之極，喝了很多酒。偶爾縱情一下也無妨，請您盡情地歡樂吧，也不必介意我的存在。請盡情地大喊大叫吧。從今日起，您就是蜀的新主公了……」孔明笑着說。

「讓你這麼一說，反而叫不出來了啊。」劉備撓了撓頭。

「不，您是不叫不行。請走到欄杆那裏，衝着外面大聲地叫吧。下面的將士們已經開始宴會了。」

「在將士的面前，我不能出醜啊……」也許是剛剛小睡了片刻，劉備酒醒了大半，神志也恢復大半。

「這不是出醜。將士們若能看到總帥的狂喜，不也會感到親切嗎？我們的主君也是人啊。將『人』的一面展示給他們看，也是為了今後着想。」諸葛孔明的聲音中，透出了一絲嚴肅。

「明白了……」劉備也理解這一點。至今他都隱藏着自己人性化的一面。為了使人對自己抱有畏懼之情，這都是必需的。就算實際只有三五分的力量，也必須展露出十分的樣子。但今後就不一樣了。他得到了豐饒的蜀地全域。只有對人們展示出親和的一面，自己才能取得新的發展。劉備的軍隊都是外鄉人，本來就人生地不熟。而在這種時候，總帥就要以身作則，向手下的將士們展現親和的為人。在劉璋歸降後的現在，他的部下大半都是蜀人。劉備搖搖晃晃地朝欄杆走去。

「主公小心別摔下去了。」對着劉備的背影，孔明囑咐道。

「明白，明白……」

劉備雙手扶着欄杆，對下面庭院裏舉行宴會的將士們大聲叫道：「喂——將士們！從今天開始，我，就是蜀的主公了！蜀的主公！下一步我要成為天下的主公！」劉備按照孔明的建議，將成都城中貯藏的金銀都分發給將士們，又將糧食和衣料返還給原來的主人。

劉璋投降後，被送往劉備留守部隊駐紮的公安城，但仍然獲准佩戴朝廷授予的振威將軍印綬。諸葛孔明由軍師中郎將晉升為軍師將軍。剛剛加入劉備軍、出身名門的馬超則被任命為平西將軍。不僅如此，劉備還大量起用歸降的劉璋手下。比如，劉巴就是當初反對劉備入蜀的人物之一。「放劉備入蜀如同放虎歸山。」他曾將劉備比喻成虎狼。儘管如此，劉備仍對他委以重任。

「只是，許靖就算了吧，那傢伙不行。」在孔明向劉備推薦任用劉璋陣營的人時，劉備幾乎完全予以採納，唯獨許靖是個例外。許靖曾被劉璋任命為蜀郡太守，成都陷落前後，同僚諸臣之中他是最沒骨氣的一個。「這不行。許靖的確是沒骨氣之人，但他在天下有虛名。雖是虛名，卻不可無視。」持反對意見的人是法正。

月旦，也就是人物評論這種體裁，始於許靖和許劭兩兄弟，正因如此，他們頗受世間好評。從人格以及才能上來看，他們的確沒有什麼了不起。但單憑他們被世人熟知這一點，也就不能無視其存在。「聽說連聲名顯赫的許靖都沒有受到重用，看來劉備也不是什麼明君。」要是不用許靖的話，就怕世間有這樣的風言風語。畢竟他是擁有能夠評論天下這種特技的人物。

「原來如此……」劉備採納法正的進言，優待了許靖。就這樣，劉備逐步地控制了整個蜀地。

三

「雖然不是我方戰敗的消息，卻幾乎和戰敗沒什麼兩樣了。」聽說劉備攻陷成都、逐步鞏固蜀地的消息後，曹操這樣說道。戰敗的雖是劉璋不是曹操，但是，競爭者打敗了第三者，對於己方來說也就等同於戰敗的消息了。這是曹操的思維方式。曹操叫來長子曹丕。

「戰敗之際，我們有事應做。」

「是不怎麼光彩的事吧……不，應該說是世人現在所想之事吧？」曹丕面無表情地回答道。曹操清楚地感覺到，這個兒子將自己的某個方面以極端的方式繼承了下來。

「你如何知道？」曹操問。

「若是正經事的話，您也會叫來曹植同席的吧。」曹丕回答説。

「他正是這一點不討人喜歡……但如果不是曹丕這樣冷酷無情的人的話……」曹操這樣想到。作為一名現實主義者，曹操敢於直視現實，也能夠冷靜地思考究竟怎麼做才能將事態朝着對自己最有利的方向轉化。他有謀略之才。而徹底繼承了他這一面的正是長子曹丕。曹操也有富有激情的一面。父親被殺的事使他在徐州大開殺戒，絕對談不上冷靜。從這方面來說，他也算是個浪漫主義者。而繼承這一點的則是三子曹植。年紀最大的三個兒子都是卞氏所生。曹丕、曹彰、曹植，曹操必須從這三人之中選出繼承人。次子曹彰在才能上略遜一籌。這樣一來，長子曹丕和三子曹植就成了候選人。但是此二人雖各有才能，卻又只極端地繼承了父親的單一方面。一個是冷徹的現實主義者，另一個是充滿可能性的浪漫主義者。

「哪一個更好呢？」最近曹操一直在思考這個問題。

「奪取天下。」為了達成這個目標，冷靜——不，冷酷就是必須的。但要治理天下，卻需要厚德仁心。「若我沒有得到天下，就選曹丕。若我取得天下，則曹植比較合適。」現在他的打算差不多是這樣的。曹操叫來長子曹丕，是因為奪取天下需要採取一些冷酷的手段，曹操想請他擔任助手。曹丕在這種場合裏沒有見到弟弟曹植，便立刻明白「不是什麼光彩的事情」。

「這個傢伙，就是這一點不適合……不過，恐怕我會選擇他繼承我的大業。」曹操有了這種想法。受天命，平亂世，經邦治國，最終都必須要親自成為天子。為此，他才要推翻現在的漢王朝，建立曹家王朝。然而曹操對於篡權卻又有所忌憚。

「我打下基礎……然後讓繼承人奪取天下就好了。」這也許算是一種逃避吧，他想。他是徹頭徹尾的合理主義者，實在不願意背負這不承認既成權威的驕傲，卻又要廢天子自己登上王位。「周文王啊。」他對自己說。周文王雖有那樣的能力，卻沒有奪取殷的天下。他為奪取天下做好了準備，然後，他的兒子周武王推翻了殷王朝。

「戰敗之際應做的事是什麼呢？」曹丕問。

「為了將來，就必須在現在打倒敵視我們的人。」曹操說。

「而在那之前，首先必須找出我們的敵人是誰。總是卑躬討好曹家的人，也可能意外地是敵人。」

「正是如此……我打算引蛇出洞。只要我們的旗幟稍一傾倒，敵對者就會露出馬腳來。」

「啊啊，應該是這樣吧……在皖城敗給孫權，蜀地又被劉備輕易奪走……曹家究竟在做些什麼呀？有怨於我們的人也就會現身。」

「沒錯……為此，必須讓人們相信現在的曹家正混亂不堪，力量薄弱……你能做到這一點嗎？」

「當然能……只要運用各種各樣的手段，愚蠢的傢伙們就會自己先跳出來呢。」曹丕說到這裏臉上才開始有了表情。他微微地笑了一下。

「真是可怕的傢伙……」甚至連曹操都這麼想。但是，現在他們商討的事情是三子曹植無法做到的。

「那麼，就放手去幹這件事情吧……那麼，作為辦這件事情的條件，你有什麼要求嗎？」

「這個嘛。」曹丕想了一下，繼續道——「能將五斗米道的教母趕到一個遠離此地的地方去嗎？」

「哈哈哈，你也對付不了那個老太婆嗎？」

「是的，對付不了。」

「好，我知道了。我會讓老太婆到很遠的地方去的。」

曹操與兒子密談結束後，招來了五斗米道的教母少容。

「差不多到了不得不處理漢中問題的時候了。」曹操說。在漢中，少容的兒子張魯以五斗米道的信仰為基礎，建立起了獨立小政權。曹操希望兵不血刃地得到漢中。與有信仰的人戰鬥，畢竟與至今為止的戰爭都不同。曹操不想打不熟悉的戰爭。在此之前，曹操通過少容對漢中的張魯進行勸降。少容派五斗米道的人與兒子聯繫，但是，已經來不及了。曹操對少容說明了當前的情況。

「無論如何，煩請教母為我去走一趟。」

「少容明白。我也正有這樣的打算。」

少容低下了滿是白髮的頭——

四

金印赤綬和遠遊冠——曹操苦心孤詣地得到自己不想要的東西，為的就是挑釁反曹派。「宦官的孫子曹操，憑什麼位居皇族之上？」他們一定恨得咬牙切齒。但他們若僅僅腹誹，還不會那麼容易露出狐狸尾巴來。為了能讓他們行動起來，就有必要做些準備工作。

曹操已弱。曹操已老。首先要讓對方這麼認為才行。曹操一直在思考該用怎樣的方法，而這時皖城戰敗、劉備入蜀恰好給他提供了一個絕佳的舞台。曹操不足為懼。朝廷上下開始蔓延起這樣的流言。加上又有擅長謀略的曹丕暗地裏做着推波助瀾的工作。

潛伏在深水之中的反曹派終於要浮出水面了——只要將他們全部肅清，曹家奪取天下就沒有障礙了。曹丕的工作取得了成果。

浮出水面的，是漢獻帝皇后伏氏一族：伏皇后，名壽，琅琊人。父親是伏完，母親是漢桓帝的女兒陽安公主。與漢靈帝的妻子、屠戶出身的何皇后相比，伏皇后家族本來就與皇室有着深遠的淵源。僅此一點，就使伏皇后自尊心極強。漢獻帝因董卓之亂逃往長安，爾後又東歸洛陽，伏皇后一直與其同甘共苦。尤其是在東歸的叛亂中，殺陣的血點甚至濺到了她的衣服上。

「然而，為何我卻會遭到如此對待？身為內親王之女的我，憑什麼要看曹操的臉色？」這樣一想，伏皇后就坐不住了。而叫人生氣的是，父親太過於老實了。雖然被選為內親王的女婿，但伏完是個謙和之人，不喜歡爭權奪勢。女兒在長安被立為皇后後，伏完就當上了執金吾。東歸後皇帝又封他為輔國將軍，享受與三公相等的待遇。但他卻奉還了印綬，辭官不做，於是就成了中散大夫。中散大夫是王莽在位時設立的新官職，說是司論議之職，其實就是個閒職。其實伏完認為自己作為外戚如果擔任重要職位的話，必定會被曹操視為眼中釘、肉中刺。但伏皇后卻為父親這般退縮的姿態急得不得了。

先帝的何皇后的哥哥雖是屠戶出身，可妹妹一當上皇后，哥哥何進就成了大將軍，執掌着兵權。雖然他在與宦官抗爭中丟了性命，但他至少為了成為妹妹的後盾而努力過。順帝的梁皇后一家雖然有些太過分，但他們至少也施展權術，盡力支持自己家出生的皇后啊。「父親什麼都不肯為我做。」伏皇后為此憎恨着父親。

但實際上，伏完是為了女兒做出了最佳的選擇。外戚伏完只有裝作溫順，曹操對皇后和伏家才能放下心來。這一點，皇后和伏氏一族的族人似乎都不明白。伏皇后經常對着父親哭訴：「為什麼你不盡全力地保護我呢？曹操日益專橫，說不定什麼時候我就會被趕下皇后位置。父親不帶頭做家族的後盾，今後我們又該怎麼辦啊？」

伏完每次都只是悲哀地搖着頭：「算了，算了。下次再說……」他含糊其辭，卻在心中慨歎：「你不明白……我的所作所為，都是對女兒你最有利的……」

建安五年，董承一族企圖發動反曹政變。事情敗露後，曹操以最快的速度誅殺了董承及其黨羽。那時董承的女兒已入後宮，深受獻帝寵愛，但她也未能倖免。就因為她是謀反人董承的女兒，曹操就將她拖出後宮斬首。「就不能放過她嗎？她懷着朕的兒子啊。」那時候獻帝為了救她向曹操哀求不已，但是曹操沒有答應。「不能讓謀反者的孫子出生。」曹操宣佈說。

自從有了這件事情，伏皇后對曹操的恐懼就愈演愈烈。按現在的說法就是神經過敏症。她害怕，害怕得要命，覺得自己不知何時便會丟了性命。救救我啊！她當然認為父親和自己家族的人們應該保護自己。天下的事情難道不應該歸天子管嗎？現在曹操挾天子以令諸侯，眾臣都按照挾天子者的意思治理天下。挾天子者為什麼必須是曹操呢？為什麼就不能是父親伏完呢？為什麼不能是伏氏一族呢？當然，為此我們不能讓曹操繼續逍遙法外。我們必須除掉他，難道這是無法實現的事情嗎？不！只要有天子的討賊詔令，不就可以實現嗎？詔令的話我可以想辦法！

患有嚴重恐曹症的伏皇后給父親寫了一封密信。伏完看完信，又搖了搖頭，簡直是胡來。可憐的孩子，太過神經質了。她居然這麼沒常識。要是這封信落到曹操手中該怎麼辦！等我下次見到她，一定要好好跟她說說。伏完便跟自己的女兒伏皇后談了一次。恐曹症發作之後的伏皇后終於明白了父親的意思。「今後，我不會再做這樣的蠢事了。」聽女兒這樣說，伏完也安下心來。

實際上伏皇后不僅僅給父親送去了密信。因為她害怕說出來挨罵，所以沒有跟父親提起。她還給蠢蠢欲動的叔父伏望送了一封信。伏望到後宮問安時，皇后懇求他：「那封密信之事，千萬不要對我父親說。」伏望點了點頭，答應了下來。不用說，伏完將女兒的密信付之一炬。可伏望卻還指望着沾皇后的光，他背着伏完，沒有處理掉密信。伏望憎恨曹操，總想着有朝一日要打倒曹操，重現朝廷應有的模樣，在外戚的支撐下威震天下的模樣。為了那一天的到來，他將密信保存了下來。那封密信，是出身於伏氏家族的皇后親自彈劾曹操是非的證據。打倒曹操的詔令，也是在她的幫助下才得以順利下達的。

在召集意欲打倒曹操的志同道合者之時，這封皇后的密信會派上大用場。伏望是這樣考慮的。伏完是老實人，作為族長，他冷靜謹慎，絕不輕舉妄動。而他於建安十四年因病去世。失去了伏完的伏氏一族，也失去了能夠保持冷靜的人。像伏望這樣急功近利的人便當上了伏氏家族的領導者。

「總有一天……總有一天……」雖他一直這樣想着，但曹操的力量卻比以前更強，不是輕易就能引發事端的。「就算是曹操也並不是神。他也有跌倒、衰落的時候。且待我慢慢尋找時機……」伏望成為一族的領袖後，伏氏一族及其同盟就一直等待着這樣的時機。他們也知道，打倒曹操並不容易。為了取得成功，自己這邊也必須積蓄力量，要盡力得到更多的有識之士。為此，十幾年前的皇后密信就發揮了作用。

建安十九年。他們終於等到了盼望已久的時機。他們認為曹操的命運，正急轉直下。皖城一戰，曹軍敗給了孫權。夙敵劉備又成功奪取了蜀地全域。曹操已經六十歲了。英雄也不得不服老，不是嗎？他蠻橫霸道地得到金印赤綬、遠遊冠。曹操接受這些封賞的事情，終於使伏氏一族的憤怒徹底燃燒了。連金枝玉葉的外戚都沒有受到過那樣的封賞，該死的曹操！

但是仔細一想，一心想得到如此封賞，不正說明曹操開始老糊塗？嗯，肯定是這樣沒錯。以伏氏一族為中心的反曹操派逐漸大膽起來。

五

曹植被叫到了兄長的府邸。曹植剛從平原侯轉封為臨菑侯。但是在父親的命令下，他沒有去任職地做官，而是留在了鄴城。他與兄長曹丕相差六歲，今年二十有三。每次去兄長的府邸時曹植都心馳神往。因為美麗的嫂子甄氏就住在那裏。甄氏名洛，最初是袁紹兒子袁熙之妻。但是十九歲的曹丕攻陷鄴城之後，趁亂將甄氏佔為己有。也許是因為過去的痛苦經歷積澱心底的緣故，她美麗而恬靜的臉上總掛着一絲淡淡的哀愁。浪漫主義者曹植被這份哀愁深深地吸引住了。曹植悄悄地在心底對兄長的嬌妻寄託了一份相思。

「今天有什麼事嗎？」曹植問。平時兄弟兩人談論文學或家族問題，不是特別重要的事情都常用書信交流，但這次卻只叫他前去。於是見面之後，曹植先問了有什麼事。

「小事一樁……但這是秘密……最高機密。」曹丕答道。

「是。」曹植點了點頭。既然叫他來的信中沒有明寫，自然應該是極密才對。

「你覺得世間會如何看待你我兄弟二人的關係呢？」曹丕突然這樣問道。

「我們之間的關係？」曹植被兄長問得一頭霧水，露出困惑的表情。

「好像有不少人都以為我們同胞兄弟雖骨肉相連，卻為了曹家的繼承權而爭得你死我活。」

「是這樣嗎？」

「我們兄弟雖多，但強大到能夠撐起曹家的卻只有你我二人，這已經是世間公認的事……然而一山難容二虎，兩人之中只有一人能繼承曹家大業……這樣一來，我們二人自然就會發生爭奪。」

「喜歡說長道短的人真是什麼閒話都有……」

「不管怎樣，總是有人這樣說的。所以，如果我們二人關係惡化，世人也一定會覺得理所當然……這次我們不妨利用世間輿論，上演一齣好戲！」

「演戲？」

「兄弟相爭的戲。劇本我都已經寫好了。你聽好了，圍繞着曹家繼承權問題，曹丕和曹植兩兄弟關係惡化……在我們的臣子之間，這已經不是演戲，而是既定的事實了。」

究竟誰會成為曹家的繼承人，其重要性比起對兩位當事人，對周圍的人來說還要重大許多。畢竟出人頭地的問題與之緊密相關。兄弟倆都有「家丞」（執事職）和「庶子」（幕僚）跟隨。除此之外，兩兄弟都是文人，文學界的朋友也不少。曹丕和曹植舉辦的文友會，前來參加的文人墨客也各不相同。加上曹操的臣子知道主公已過六旬，自然也就關注起下任要侍奉的主君來。這些人漸漸分成兩派，彼此相爭也在情理之中。

「真是愁人啊。」曹植說。

「你那邊謀士比較多吧？」

「是嗎？」
曹植稍微歪了一下頭。楊修、丁儀丁翼兄弟、邯鄲淳、孫桂……真要數下來，謀臣還真不少。
「我這邊謀士不多，幾乎可以說是沒有。」
「哦……」
曹植不知道該怎麼回答才好。但是，兄長說的是事實。曹丕畢竟是長子，站在有利的立場上。只要他不出大錯，被選為繼承人的可能性最大，所以不需要什麼策謀。但三子曹植若想繼位，就會有繼承順序的問題，故而需要計劃謀略。
「你知道這是為什麼嗎？」曹丕問。
「嗯……請兄長賜教。」
「哈哈哈，不明白嗎？既然有我在，還需要其他謀士嗎？」曹丕自己就是個擅長謀策的人。在他帳下，二流三流的謀士是沒有用武之地的。
「話說回來。」曹丕又說道，「在這齣兄弟不和的戲裏面，父親會協助我們，我的妻子也會擔當一個角色。」
「嫂嫂也……？」
「這同樣是反過來利用世間的輿論。……聽好了，我們讓父王在諸臣的面前表現出欣賞你的樣子。然後，你要對我的妻子有所企圖，而我的妻子卻也不討厭你。」
「什，什麼？」就算是曹植也真是有些慌了。
「所以說啦，就是利用謠言順水推舟啊！據說你看我妻子的眼神裏，帶着異樣的柔情哦。這事在外面可是傳得沸沸揚揚。」

「這種事……」曹植覺得後背冷汗直冒。

「不管怎樣，你就要和我的妻子在某處偷偷地幽會……但是，必須被人看見才行。這樣一來，謠言就不只是謠言了……曹家兩兄弟已走到水火不容的地步……我們要讓世人這樣認為。」

「可這究竟又是為了什麼呢？」曹植顫抖着問，冷汗幾乎將他的骨髓都凍結了。

「這還用問嗎？弟弟奪走了父親的寵愛，連妻子也傾心於弟弟……我會怎麼想？對，我不就該自暴自棄了嘛——反正都無法成為曹家的繼承人了。要是讓奪走我妻的弟弟繼承曹家的話，倒不如親手毀掉他……自暴自棄的男人會這樣想也不奇怪……而現在痛恨曹家的人不在少數。他們只是因為畏懼曹家勢力，才不敢說出來。也許他們還會組織同盟吧。而我們不得不將他們揪出來消滅掉……這些傢伙要是得知曹家長子對曹家反目成仇，就肯定會想辦法拉攏我。他們會以為這樣就能腐蝕掉曹家這棵巨樹的根基。你明白了吧？哈哈哈——」曹丕大笑起來。

六

據説鄴城是春秋時代的齊桓公修建的城池。曹丕即位之後鄴城就成為了魏國的國都，不過在此之前鄴城已經有了首府的模樣。《文選》中左思曾作過一首《魏都賦》。文中以優美的語句描寫出了鄴城的美麗。「疏通溝以濱路，羅青槐以蔭塗。」其中一節如此寫道。鄴城主要道路是沿着名為漳水的水路而建，路邊青槐成蔭。兩排槐樹夾道成長廊，在夏天就如同涼爽的綠色隧道。

城西有玄武苑，算是自然公園一樣的地方。《魏都賦》中也有記載：「樵蘇往而無忌。」也就是說，在那裏遊覽、通行都是不受限制的。苑內亦可自由狩獵。許多地方都建有名為「觀宇」的瞭望台和休息處，池塘、竹林、菜園、果樹點綴其間。苑中交織着大小道路。寬闊的路上馬車可並行，而狹窄的小路卻只容一人通過。而且地勢高低起伏，相當複雜。所以就有了被茂密樹林遮住的、從道路上看不到的休息處。雖然那裏有一潭深池，人跡罕至，但是其後方略高之處竟又有道路，透過樹葉之間就能看到下面。

曹植和嫂子就一起待在這個休息處。根據兄長的劇本安排，兩人應該在那裏上演一齣戲。所謂演戲，自然應該是虛構的才對，但曹植對嫂子的愛慕之情卻是真實的。「哥哥也應該知道的吧……」曹植覺得很憋悶。朱紅色欄杆的亭子中，現在只有他和他暗暗愛慕的嫂子兩個人。

「子建賢弟，我們談什麼話題好呢？呵呵……」嫂子洛女笑道。子建是曹植的字，曹氏兄弟的字中多帶有「子」字。比如，曹丕字子桓，曹彰字子文，曹昂字子修，等等。

「這個在哥哥的……」在哥哥的劇本上都寫好了，本來他是想這麼說的，只要照着去做就好了。但話只說到一半，就沒了下文。雖然沒有確鑿的證據，但是如果真的有反曹操派的話，那麼周圍的很多線索都指明了是伏皇后一族。曹丕通過伏氏一族身邊的人，安排伏望在這一天的這個時候從休息處上方的道路經過。

「我要在玄武苑舉行詩會」。這當然是藉口，目的就是為了讓伏望看到曹植與嫂子私會的場景。從上方的道路雖然能看見兩人的身影，但卻聽不到兩人低聲說話。男女幽會，當然不會大聲喧嘩，所以劇本上也沒有寫二人該有的對白。

「見機行事。」劇本上只有這麼一句。但是雖然沒有規定台詞，卻有設計好的姿勢。曹植要將手搭在洛女的肩上，裝出親密的樣子。「既然寫的是見機行事嘛……那麼我們就聊聊子建的詩文吧……子建賢弟的詩文常常讓我感銘至深。」洛女說道。

「慚愧慚愧。」

「去年的《美女篇》就叫人感動至極……這絕對是其他人模仿不出來的作品……」

「嫂嫂過獎了。」

曹植低下頭。他的那首《美女篇》其實是一邊思念着嫂子洛女的面容，一邊創作的。

攘袖見素手，皓腕約金環。頭上金爵釵，腰佩翠琅玕。明珠交玉體……

「不過，你觀察得還真夠細緻的。要是我被人那麼盯着看的話，定會感到羞愧難當，當即轉身離去……」

洛女說道。

「我就是在心中注視着別人無法替代的你，才詠出這首詩的啊……」然而這些話卻不能說出口。這是多麼令人痛苦的事情。每一刻都像是有刀子割在身上一樣。

「兄長這是在折磨我，他明明知道我的心事……」這樣一想，曹植甚至覺得有些憤怒。洛女似乎用奇香異草薰過身體與衣服。曹植被香氣陶醉，幾乎都要停止呼吸了。他有些情迷意亂。自十三歲那年頭一次見她到二十三歲的今天，曹植在這十年之間一心想着面前的這個人兒。住在同一屋簷下的時間雖長，但他卻從未這樣近距離地與對方聊過天。兩人單獨幽會這種好事，曹植真是想都不曾想過。

為戰勝單相思的苦悶，曹植將自己的心交給另一種東西——詩文。構思文章，吟詩作賦。只有這樣才能逃避心靈的折磨。

「思綿綿而增慕，夜耿耿而不寐……」他以這樣的文章來修補心中的缺口。雖然這能逃避一時，能讓痛苦變成美麗的思念，但他終究要回到現實中來。

「子建賢弟，你差不多該把手放到我肩上來了吧？」洛女說。

「真的可以嗎？」曹植的聲音不由得有些顫抖。

「劇本裏是這樣寫的。」洛女笑了，右臉頰上露出一個小酒窩。

曹植已無法再抑制下去了。他把手搭在嫂子的肩上，將她的身體攬了過來。

「啊……」輕微的歎息聲從她的嘴裏漏了出來。

令曹植吃驚的是，自己懷抱中的嫂嫂竟然沒有反抗。驚訝隨即就消失了，取而代之的是陶醉，深沉而甜美的陶醉。兩人臉頰碰到了一起。洛女的臉頰主動地迎向了曹植。熱頰相碰，燃燒一般的火熱。不知什麼時候，曹植的右手順她的肩慢慢地滑到了腰上。洛女的腰輕微地扭動了一下。曹植就像是想要抓住這輕柔的動作，在手指上加了些力道。

「啊，啊啊……」曹植的臉頰感受着洛女的聲音與氣息。他用唇輕觸洛女的臉頰，最終與那濕潤的唇緊緊地吻在了一起。

七

令曹丕氣得發了瘋的流言傳開了，就如同水底深處的激流暗湧。因為深，所以謠言帶着神秘感，而神秘讓人深信不疑。不僅如此。謠言不是空穴來風的口頭編造，是有明確根據的。

伏氏一族及其黨羽的核心中也流傳起了曹家謠言。鄴城曹家的幕僚中也藏着數個伏家的線人，他們送來的情報全面又可靠。因為他們報告的都來自自己的眼睛所見、自己的耳朵所聞。

有一天，曹操對身邊的人說：「曹彰只是力氣大，沒有其他優點。曹丕貪戀女色，才能都用在這上了，其他方面簡直一無是處。」曹操的繼承人將在卞氏所生的三個兒子中選拔，已是既定的事實。其中，次子曹彰力大無窮，單手可舉大鐵鼎，但他缺乏學問、見識和才能。加之他自己也清楚這一點，所以沒有野心，早早地就退出了繼承人的候選之列。剩下的就只有曹丕和曹植，但按照曹操前面的話來看，他在否定空有一身力氣的曹彰時，也同時否定了沉迷女色的曹丕。

原本就品行不端的曹丕自這以後，愈發地胡作非為起來。「是說曹丕被剔出繼承人候補之列了嗎？」伏望向潛伏在曹家的線人再度確認道。「有九成的可能性。」

「就算是這樣，曹丕會氣得發瘋還真是難以想像。」

「似乎是因為與妻子相處得不太好。到處都是流言飛語……謠言的主角又是弟弟曹植……」

「哦，謠言嗎？」伏望比誰都更清楚這不是沒有根據的謠言。因為他親眼看到了那一幕。雖然只是偶然，但是曹植抱着嫂子的情景是比什麼都更可靠的證據了。

「這次曹丕自暴自棄，真是駭人聽聞，我覺得有些反常。」

「曹丕是打算自取滅亡嗎?真要讓他那樣做就太可惜了。」伏望說道。

「您的意思是?」

「讓曹丕一個人去死就太不值了。若他想自暴自棄的話,不如讓他把整個曹家捲進去,將之徹底毀滅掉。沒錯,我們若將曹丕拉攏過來,也許能用他做些什麼……」伏望感到期盼已久的日子終於臨近了。他思考了一會兒,猛然一拍大腿:「對了,伏標是曹丕的詩友。我聽說他們的關係好像還不錯……快,叫伏標來。」伏氏一族中,有一個名叫伏標的人擅長詩文。他經常與曹丕一同賦詩,文學上的來往很親密。伏望打算利用伏標來操縱萬念俱灰的曹丕。

「曹丕對父親和弟弟都心懷怨恨,是真的嗎?」伏標接受籠絡曹丕之託後,又確認了一次。

「絕對沒錯。哼哼哼……我親眼所見,絕對錯不了……」從某種角度上來說伏望也是小心謹慎之人,所以他沒有具體說自己究竟看見了什麼。但是平素謹慎的伏望能夠說得這麼肯定,伏標猜他一定是有了相當確鑿的根據。

「那麼,我就去試探一下好了。」雖然這樣說了,但伏標也非常謹慎,他沒有急於動手。首先他打算請曹丕一起喝酒,與之前相比,曹丕的酒癮大了許多。很明顯他正陷在自暴自棄的深淵當中。在自毀的衝動面前,人不管什麼事情都能做出來。「其實只要你有這打算了,要成為曹家繼承人也不是沒有可能……但是,你必須除掉那些阻礙你的人。」

「你是說老頭子嗎?混賬老頭子去死!看我殺了他!但是,那隻老狐狸不好殺……真遺憾啊,我的力量還不夠。」曹丕說完,舉起酒杯一飲而盡。

「當然，僅憑一兩個人的力量是什麼都做不了的。但是，如果把力量都集中起來的話……」

「力量？哪有這樣的力量？比魏國公還強大的力量……」

「有……比方說，恕我直言，朝廷也並非完全沒用。天子可以下達討逆詔書。」

「嗯嗯，你說得是不錯，但是皇上真的能下達那樣的詔書嗎？如果真能行的話，我想借用那股力量。」

「現在的話，可否當真？」

「喂，這還用說嗎……只是，真的能保證有討逆詔書嗎？證據呢？」

「你要不相信的話，就讓你看看好了。」

「嗯，我想看。」曹丕揉着醉意矇矓的眼睛。伏標說要給曹丕看的正是十多年前伏皇后所寫的兩封密信中的一封。當然，皇后的父親已經將其中一封付之一炬，而這一封則是寫給皇后的叔父伏望的。

這封密信在之前一直發揮着巨大的作用。伏標之所以加入反曹操組織，並不僅僅因為他是伏氏家的一員，更因為他看到了皇后的密信。「儘管危險重重……但即使拚上全力，我們也要除掉挾天子以令諸侯的曹操！」讀罷皇后的密信，伏標全身血液沸騰，久久不能平靜。就衝這一點，他相信這封密書的威力。

第二天，伏標借出密信，拿給曹丕看。雖然已是早上，但曹丕依舊是酒氣熏天。「怎麼樣？」伏標盯着讀完皇后密信的曹丕問。那一剎那，曹丕突然站起身，一腳踢向伏標。伏標被踢倒在地，急忙翻身想爬起來。然而，曹丕以迅雷不及掩耳之勢一扭腰，腰間的佩劍寒光一閃。

伏標的額頭被血染紅了。

「怎，怎麼……」伏標露出了難以置信的表情。但下一秒鐘，那個表情就消失了。曹丕的劍已經刺穿了他的胸膛。「這就是證據……」曹丕拾起皇后的密信，低聲說道。

八

時值建安十九年十一月。御史大夫（副丞相）手持節（天子委以全權的標誌），命令皇后返還璽綬（印和綬，皇后是白玉赤綬）。這就是逼皇后退位的意思。

詔書曰：「皇后壽（伏壽），得由卑賤登顯尊極，居椒房（皇后的宮殿）二十載，既無任、姒（任指太任，周文王之母；姒指太姒，周武王之母）之美德，又乏謹身養己之福，包藏禍心，胸懷妒害（妒忌害人的心），弗以承天命、奉祖宗。今令皇后返還璽綬，退避中宮。嗚呼哀哉！」

尚書華歆率兵前來帶皇后離開後宮。皇后披頭散髮，連鞋也沒有穿。「被髮徒跣」，是戴罪婦女的形象。伏皇后一邊哭，一邊向皇帝道別。

「臣妾的性命，就此了結了嗎？請陛下開恩，救臣妾一命。」

漢獻帝無奈地回答道：「就連朕，也不知道自己的命能延續到何時啊……」

皇后被關進了暴室。所謂暴室，是用來關押有罪的宮女的地方，也就是皇宮的女性監牢。伏皇后死在了暴室中。死的時間和死因，史書上均沒有記載。也許在她入獄之時，就有人為她端來了毒藥吧。伏皇后所生的兩個兒子也都是被毒死的。就着伏皇后一案順藤摸瓜，反曹操派大量遭到檢舉。伏氏一族及其黨羽被處刑的達百餘人之多。反對派被一舉肅清。已經沒有人敢反對曹操了。

「真是太可怕了，大家都這麼說。」肅清反曹派告一段落之後，曹操在問起這次事件的影響時，蔡文姬這樣答道。身為琴師的她不僅用優美的旋律慰藉曹操的心靈，同時還負責了解普通庶民與下層士大夫的動靜，並向曹操報告。

「有什麼可怕的啊？罪有應得，自古以來皆是如此。」曹操有些不高興。

「人們害怕的是區別不出什麼事情有罪，做什麼事情又會被懲罰。」蔡文姬毫無畏懼地說。

「這樣啊……看來必須整治法律。今後也要好好地教育法官。畢竟是關乎人命的事啊。」曹操一邊點着頭，一邊說道。

「理曹掾屬」這一法律方面的官職，設置於這年年末。過了新年，到了建安二十年（公元二一五年）的春天，剛入宮的曹操次女曹節被立為皇后。哈哈哈，這樣的話之前的皇后的確是相當礙事啊！……就連我，也都能看出來啊！噓——小點聲，小點聲！人們談起這件事時沒有刻意壓低聲音。蔡文姬聽到這樣的話，也沒向曹操報告。再說就算她想報告，曹操也已經忙得沒時間了。

他決定向張魯領導的漢中五斗米道發兵。光是遠征軍的編成問題，就讓曹操忙得不可開交。「這次，你也隨軍吧。」曹操對曹植說。之前與孫權對陣，曹操親征之時都命令曹植留守鄴城。「這次要是再把曹植留在鄴城的話，恐怕會出麻煩。」曹操覺察出曹植和洛女的關係有異。不管怎樣，先讓他離開洛女所在的鄴城比較好。「多謝父王。」曹植打從心底感到高興。他也想離開洛女所在的鄴城。留在這裏，只會增加他的痛苦而已。

「也許不會有真正的戰鬥。」曹操說。因為他對少容的工作充滿了期待。

作者曰：

曹丕於建安二十二年被正式冊立為太子，即伏皇后事件發生三年後。在那之前曹操一直難以決定繼承人。當然，曹丕和曹植應該也在為繼承權相爭。但是與兩位當事人相比，謀臣之間的鬥爭更加白熱化。

建安十九年，是伏皇后事件發生的一年，也是曹家內部明爭暗鬥的一年。

悲風長鳴

從軍度函谷，驅馬過西京。山岑高無極，涇渭揚濁清。

一

隨父親曹操西征的曹植，在離開古都長安時，作此詩贈與鄴城的丁儀和王粲。涇水水濁，渭水水清。兩河在長安附近合流，然後一路向東，在潼關一帶匯入黃河。曹操的西征軍沿渭水西進，路線和現在的鐵路線幾乎重合。抗日戰爭前，隴海鐵路只建到了西安（現在的長安），但在戰爭期間又延伸到了寶雞。天津、上海等沿海城市的重要工廠戰時都疏散到了寶雞市的附近。解放後，鐵路再向西途經蘭州，一路修建到新疆維吾爾族自治區的烏魯木齊市。此外，從寶雞又有一條鐵路向南伸展，連接四川（巴蜀之地）。由此可見，寶雞是重要的交通樞紐，也是通往四川的門戶。東漢末年，寶雞被稱為陳倉。雖然陳倉是通向四川的入口沒錯，但更準確地說只是「外門」。進門之後有玄關，通向四川的玄關口則是漢中。為攻打漢中的五斗米道，曹操率軍沿渭水西進，首先瞄準了陳倉。

行軍路上，二十四歲的曹植吟詩作賦。不只是他，他的父親曹操也經常寄詩情於筆端——這次的行軍之旅好像缺少了一些緊迫感。出兵當然是為了討伐五斗米道這個道教團體的頭目——張魯。但是，張魯之母少容卻等在半路，為曹軍引路，眾人會缺乏緊迫感也就不是什麼怪事了。時值建安二十年（公元二一五年）。

「教母說在什麼地方等着我們來着？」曹操又一次問道。

「父王也老了啊……」曹植想。從長安出來後，曹操一直反覆問着同樣的問題。

「少容大人送來的書信裏說，她在五丈原等着您。」主簿（秘書）司馬仲達也總是帶着嚴肅的表情，重複着同樣的回答。

「哦，五丈原嗎？」曹操當然想不到，十九年後，五丈原成了魏與蜀交戰的戰場，因此而一躍成為天下聞名的地方。司馬仲達自然也不可能知道，經過那場戰役自己成為了魏軍的總帥，被死去的諸葛孔明玩於股掌之間。

「是的，臣是這樣聽說的。」

「五丈原……這真是古怪的名字，難道是只有五丈寬嗎？」曹操說道。

「應該不會吧……大概是指那片原野地勢有五丈高吧。」司馬仲達回答道，說話間他飛快地瞟了曹植一眼，皺了皺眉頭。昨天，司馬仲達找到曹植發牢騷。魏公最近總是反覆叨唸着同樣的事，一副好像對什麼事情都遲疑不決的樣子。明明他都已經作了萬無一失的決定。曹植感到司馬仲達絕不僅僅是在發牢騷。

「他是個全身都充滿智慧的人。」曹植這樣評價司馬仲達。他所有的言行裏都暗藏着各種各樣的含義。時年三十七歲的司馬仲達是個絕對不肯浪費精力的人，他的牢騷應該另有含義。「雖然魏公還沒有正式立下繼承人，正在舉棋不定之中，但是他應該會選擇長子曹丕吧。你可要好好地想一想。魏公繼承人的位子，可不是光傻傻地等着就能到手的。」曹植讀懂了司馬仲達的牢騷。而現在，後者又遞過來這樣一個眼神。

「魏公年老昏聵，已經不是以前那個令人畏懼的曹操了。若想得到魏公的地位，就快動手吧。對方可是意外地脆弱哦……」曹植急忙移開了視線。不管怎麼說，這麼解讀都有些離譜了。而為什麼會理解成這樣，也許是因為在自己心底也隱藏着對父親的反抗——對權力的嚮往吧。意識到這一點時，曹植忽然覺得自己很可怕。

「我心中也隱藏着魔鬼……」為了平息這魔鬼，他決定創作詩文。司馬仲達退了出去，曹操走進裏間屋，獨自留下的曹植在不知不覺間就提起筆來，用舌頭舔着筆尖。這是父親曹操的習慣。「我跟父親倒也很像……」在豐富情感的背面，是冷酷無情。至今曹植並沒有過什麼冷酷的舉動。但是他相信，一旦到了緊要關頭，自己會變得毫無情義可言。世人都將曹丕看做無情之人。但那只不過是世間的評論而已。事實上，自己才更加無情才對。「哥哥並不害怕他自己的無情，是因為那根本就算不了什麼。」曹植這樣認為的。

二

五斗米道的少容與父親曹操之間難道有什麼共同的秘密？——從少年時代起，曹植一直這麼覺得。經常是少容一來，父親就把閒雜人等打發走，兩人單獨密談。在五丈原宿營的晚上，少容果然按照約定來到營地拜訪。但是，曹操在召見少容之時，卻叫來了兒子曹植和主簿司馬仲達。

「那麼，說吧。」曹操這麼說時，少容顯得有些驚訝。她要講的肯定是絕密的內容。

「可以嗎？」少容壓低了聲音問。

「沒關係的，讓他們兩人也聽一聽。」曹操答道。

他雖沒有說理由，但曹植和司馬仲達卻做出了相同的推測。

年屆六十的曹操可能意識到自己老了。或許他還意識到了「死」。他開始不安於將絕密之事藏於自己的心中。意識到自己的理解力和記憶力都在漸漸衰退，他打算將這些秘密託付給其他人。

少容開始講述漢中的狀況。其實此時她也還沒有去過在漢中的兒子張魯那裏，只派了陳潛作為使者前往。陳潛與張魯一起長大，情同手足。雖然少容在離開以後就從未踏入過漢中半步，但陳潛與張魯卻還見過幾次。陳潛帶着少容的意思，與張魯推心置腹地談了一次。

「漢中的五斗米道，已經不是憑我一個人的意思就能控制的組織了。」張魯這麼說着，深深地歎了口氣。組織擴大到一定程度，在運行上就難免發生分化。無論是政治團體，還是宗教組織都難以免俗。而五斗米道在身為宗教組織的同時，又是行政組織、軍事組織，因而事情更是格外複雜。

「這是五斗米道全體的生死問題！」有一派人激昂地主張與曹操的西征軍戰鬥到底。「與其魚死網破，不如以承認五斗米道作為宗教組織的獨立自主性為條件，在政治和軍事方面向稱霸者曹操妥協。比起失去一切，應該想想怎樣保住最重要的東西。」也有人這樣認為。雖然持這種想法的人居多，但前者的呼聲更高，妥協派的氣勢彷彿被壓住了一般。

「五斗米道會徹底分裂成兩派的。」張魯害怕變成那樣。然而張魯主張的分量還不足以覆蓋漢中政權的全部。於是他想出了苦肉計，讓弟弟張衛擔任強硬派的首領。讓有力的一派落入野心家之手的話可是相當危險的事情。比較起來，還是交給知根知底的弟弟更安全。五斗米道的強硬派主張抵禦曹操的進攻。不過即使漢中團結在一起也很難敵得過曹操，更何況分成兩派後，就只剩下二分之一的力量了。

「與其想着如何取勝，不如打個漂亮的敗仗。張衛會將主要精力放在這件事上。」這是陳潛報告的結論。在損害最少的情況下敗下陣來，這只是指揮官張衛的想法。他率領的部下自然是打算大敗曹操的。

「哈哈哈，這一仗有點兒難打啊。」曹操笑着說。

妥協派人數眾多，強硬派只是呼聲很高而已。若給強硬派以痛擊的話，他們的聲音就會弱下去，然後再通過和平交涉曹操就能順利接手漢中。但是考慮到與少容至今的交情，曹操也不能用力過猛。所以他才說這件事有點兒難辦。

「給您添麻煩了，少容深感抱歉。」少容低下了頭。

「至今為止，他們也經歷過各種各樣的戰爭，希望這次也能打得漂亮。」曹操點了點頭，但言語卻含混不清，好像舌頭絆住了一樣。

司馬仲達又朝曹植遞了個眼色。曹植感到他的魔鬼又開始蠢蠢欲動了。曹植閉上了眼睛。嫂子甄氏的身影浮現在他的眼前。然後父親胸部中箭的模樣重疊其上。箭有兩支，一支應該是司馬仲達射的吧。而另一支自然就是曹植放的。曹植睜開了眼睛。年邁的父親嘟嘟囔囔的模樣映入他的眼簾。

「明白了，明白了，嗯，我明白了。」曹操反覆唸叨着同樣的話，不斷地點着頭。他在對自己點頭。曹植記得已故的名醫華佗說過，對自己說的話點頭是一種衰老現象。那時候父親也在場，他是否也想起了華佗的話呢？

「那麼，臣妾就先行告退了。您想欣賞一下住在五丈原的康國人們的歌舞嗎？可以的話臣妾就去安排。」少容說道。康國——撒馬爾罕的人們住在五丈原這裏。他們在此地悄悄地製造玻璃。絲綢之路是從東方向西方運送絲綢的道路，反過來，西方也向東方輸入物品。佛教是其中之一，玻璃製品也來自西方。這些異國貨物由於路途遙遠，所以價格昂貴。尤其是玻璃製品這樣沉重且易碎的物品，搬運起來自然十分困難。所以撒馬爾罕人在離長安不遠的五丈原秘密地建造起玻璃吹製坊，將這裏生產的玻璃製品說成是「西域舶來品」，運進長安。

不僅是康國人，西域人大都能歌善舞。為了緩解行軍的疲憊，少容特地邀請曹操觀看西域歌舞。「異國的歌舞很有趣吧……嗯，肯定很有趣。這個，但是，我有些累了……看倒是想看……算了，還是不看了吧。」曹操說道。就算是拒絕，這種回答也不大像他斬釘截鐵的風格。

「曹植大人呢？」少容問。

「這……」曹植非常喜愛音樂。他十分想去賞鑒一下至今未曾聽過的西域音律。但是，父親顯出一副很疲憊的模樣。如果父親不去的話，自己能去嗎？他有些猶豫。

「去吧，這可是難得的機會！康國的音樂估計很少能聽到吧。」司馬仲達勸說道。

「植兒喜歡的話，就去吧。」曹操也很認真地說。

「好吧，那就煩勞少容教母了。」曹植站起身來。

五丈原的傍晚，鮮紅的夕陽染紅了大半個天空，漸漸向西山沉去。西邊綿延的山脈被稱做岐山。在渭水以南，對岸是被叫做積石原的平原。曹植保持着一定的距離跟在少容身後，他能看見她的側臉。雖然上了年紀，但少容風韻猶存。他還是平生第一次見到這樣美麗的老嫗。本以為年老就會變醜，原來也有例外。這樣想着，曹植的腦海之中便又浮現出嫂子的身影。為了驅趕這一念頭，曹植向少容發問道：「少容教母很久沒見到父王了吧，您覺得他最近怎麼樣？」

「是……他越來越有氣力，正到達人生中的巔峰狀態。真是可喜可賀。」少容答道。

「他不老嗎？」

「這並沒有關係。他的心不輸壯年，正有力地鼓動着。臣妾甚至覺得這種鼓動太過強大……實在是令人敬畏。」

三

曹操出陳倉經散關逼近陽平之時，正值那年的七月。從鄴城出發時是三月，已經過四個月了。其間，孫權和劉備兩大陣營圍繞荊州問題展開了激烈的外交戰。荊州問題是什麼?荊州本來的主公是劉表。現在的湖南、湖北這一帶是富饒之地。漢末動亂時期，這裏比中原戰亂少、人口也多。劉備逃亡到此地，成為劉表的客人。但是由於曹操來襲、劉表故去等原因，劉備整合了荊州的兵力，聯合東吳的孫權共同抗曹。

赤壁之戰後曹操退兵，劉備與孫權延續着同盟關係，但圍繞荊州卻產生了複雜的問題。孫權陣營中，反劉備派的周瑜和親劉備派的魯肅在荊州問題上的意見發生了分歧。周瑜死後，孫權陣營中魯肅掌握了主導權，使得劉備終於得到了荊州的全部領土。魯肅親劉備論的根據是以劉備為盾牌，緩解來自曹操的壓力。要讓劉備在孫權陣營的前方抵禦曹操，必須將荊州全部給他，才能讓他變得強大有力。

但是，這也有個程度上的問題。劉備要是變得過於強大的話，孫權一方也會很頭疼。根據諸葛孔明的「天下三分之計」，劉備的目標是支配荊州和益州（巴蜀）。也就是說，留守的關羽繼續佔據荊州，劉備親自帶兵攻打巴蜀。本來巴蜀一事，劉備曾向孫權提出共同進軍的方案。但現在劉備獨自奪取巴蜀，搶佔了先機。

「出爾反爾！」孫權一面十分不滿。赤壁之戰時，雖然叫做孫權與劉備聯盟，但基本上都是靠孫權軍才取得了勝利。只不過是為了防止曹操再次南下，孫權才借荊州給劉備。現在劉備既然奪取了巴蜀，難道不應該歸還荊州嗎？這是孫權一方的觀點。將軍既已得益州，還望儘快返還荊州。首先請歸還長沙、零陵、桂陽等三郡。孫權一方如此要求。提出此要求的是諸葛孔明的哥哥諸葛瑾。兄弟兩人分屬兩個陣營，就荊州問題站在了截然相反的立場上。荊州有七郡。之所以現在只要求返還三郡，還是因為東吳（孫權）這邊不想顯得太過分。

但是，在劉備一側看來：「什麼？只留給我們與曹操勢力範圍接壤的北方，卻要求返還安全的南方。他們還真是隨心所欲了。」

「我們打算奪取涼州。一旦得到涼州之後，立即返還荊州的全部領土。」劉備給了東吳方面這樣的答復。這激怒了東吳的孫權。

「混賬，厚顏無恥地抵賴……這種回答完全就是在拖延時間。既然如此，我們也就不客氣了。」孫權任命了要求返還的三郡的長官。三位長官雖然都設法前往任職地，但卻被關羽一個個地趕了回來。

「關羽那斯，別太囂張了。」孫權大怒，調來兩萬軍兵，命呂蒙為總司令。呂蒙的軍隊準備以武力相逼，要求返還那三郡。孫權同時又給魯肅一萬兵力駐守益陽。他的目的就是要困住關羽。呂蒙分別給三郡的太守送去勸降書。身在北方的關羽被益陽魯肅的兵力牽制，無法調動援兵前往南方三郡。要從巴蜀之地徵調援兵更是不可能的事情。

長沙和桂陽兩郡的太守放棄抵抗投降了東吳，只有零陵太守郝普堅決地拒絕了投降的要求。於是呂蒙打算帶兵攻打零陵。但是看到荊州問題複雜化，劉備急忙從巴蜀趕往公安。於是孫權命令呂蒙：「零陵姑且不管，先去支援魯肅。」

呂蒙覺得這樣放棄零陵甚是可惜，就派郝普的友人鄧玄之再去勸降。鄧玄之將劉備的狀況說得非常悲觀，結果就連郝普也被說服，決定低頭投降。而由於劉備因荊州問題緊急趕往公安，巴蜀就只剩下了諸葛孔明一人。

曹操就選在這個時候，朝着巴蜀的玄關口漢中起兵了。

曹操起兵西征。這一消息當然也傳到了正為荊州問題爭執不休的孫權、劉備兩陣營。雙方都為之一驚，特別劉備被打了個措手不及。駐守巴蜀的是不擅軍事的諸葛孔明，而曹軍竟然在這時候直逼自家大門。在圍繞荊州你爭我奪的關鍵時刻，要是至關重要的巴蜀被奪走的話，就什麼意義都沒有了。於是雙方又重歸於好。自然，和解的條件對於受打擊更大的劉備來說更為不利。

孫權得到了江夏、長沙、桂陽等三郡。只不過是將最初要求的三郡中的零陵換成了江夏而已。荊州分地使和平再次降臨，劉備與孫權又恢復了同盟關係。雄踞北方的曹操，是孫劉同盟的敵人。孫權向東面的合肥出兵，從背後威脅曹操，以牽制前往巴蜀玄關的曹操西征軍。不用說，劉備當然是趕回巴蜀了。

四

張魯的弟弟張衛率領着五斗米道教團中的強硬派，在陽平關建立長長的要塞以防禦曹軍。據說強硬派集結了數萬兵力。「陽平又稱陽安。從『平』或『安』的字面意思可以看出，此地遠離南北兩面的山地，是一馬平川，易攻難守之地。」因為俘虜這樣說了，所以曹操顯得特別高興。

「好好治治他們……」他拍着肚子說道。近來曹操開始討厭重物附身，不是關鍵時刻一般都不願意穿戴甲冑。以前從沒有過這樣的事，也許是因為他年老了吧。兒子曹植一直仔細盯着曹操的變化。主簿司馬仲達也不露聲色地關注着曹操的一舉一動。身材矮小的曹操也許對自己的身高比較介意，以前走路時總是挺胸闊步，但這次出陣之際，他卻弓着背，步履蹣跚。若大步前進的話，腿腳就有些不聽使喚。

曹植與司馬仲達時常會交換眼神。「有些不妙啊……」司馬仲達好像在說。的確不太妙。曹操不只是身體在衰老，精神上的衰老也十分明顯。比如，俘虜提供的陽平關的情報，曹操竟然沒有提出絲毫質疑，就派兵出陣。陽平關哪裏是什麼易攻難守的平地，明明山脈重巒疊嶂，乃險峻之地。

「他人的話，不能輕信啊……」老將站在陽平關前，望着險峻的山脈興歎道。

「這可該怎麼辦？」文武眾將好像也有些手足無措。

「連峰接崖，莫究其極。」地理書籍中也有這樣的描述，意思是群山層疊，竟然看不出來山頂在何處。原本的平原戰成了山地戰不說，而且張衛還在山上修建了營寨。

「這可不行，這下可糟了……」坐在胡床上的曹操一邊哆嗦着腿腳一邊說。

因為之前已經通過少容成功地說服了張魯，所以我方只要打擊一下強硬派就能鎖定勝局。一直抱有這種想法的曹軍根本就沒有拚死一戰的心理準備，出乎意料的山地戰更使曹軍陷入了苦戰。山地間，負傷者和落伍者不計其數，張衛的要塞久攻不下。

「不行……退兵。許褚，你速將山上的軍隊帶回來。在這種地方損失兵力划不來。」曹操下了撤兵的命令。親衛隊長許褚一臉為難地回答道：「是，明白。要叫回山上的士兵，多少也得帶些人馬去。請給我一些時間。」

「我知道了，你儘量快吧。」

曹操眨了眨眼睛。這時候太陽已經偏西了。許褚像是有些不滿，慢吞吞地開始做準備工作。等他集合了數千士兵向山上進發之時，太陽已經沉下了一大半。但是到了深夜，陽平關的山裏突然響起了喊聲。聽起來既像吶喊，又像是慘叫。夜黑風高，看不清楚發生了什麼事情。總帥曹操不安地向慌慌張張奔向大本營的部將們問道：「究竟怎麼了？許褚還沒回來嗎？難道他被困在山中，全軍覆沒了嗎？」但是不管他問什麼，山腳下的部將們都不可能知道出了什麼事。

「請等到天亮……不管怎樣，偵察兵已經派了出去。」眾將竭力地安慰着主公。

第二天早上，山中的許褚派出急使回大本營報信，事情才終於真相大白。

「許將軍為了撤退，打算集合山上的軍兵，卻沒想到天黑路險，迷路闖入了張衛的營地。」急使報告道。

「什麼？」曹操臉色大變，「那麼，許褚怎麼樣了？」許褚的任務是集合在山上各處苦戰的士兵，然後退兵下山。為了能抵抗敵人追擊，他帶着兩三千士兵。但張衛的營地少說也該有過萬的兵力。聽說許褚誤入了張衛大本營，有不祥預感的也不僅僅是曹操一人。
「許將軍也甚是驚訝，不過對方更加驚慌失措。」急使一邊用手掌抹着額頭上的汗，一邊說道。
「然後怎樣呢？」曹操焦急地問道。
「敵人逃走了。總帥張衛和身在大本營中的幹將帶頭先逃跑了，於是士兵們也就爭相逃跑了。」
「然後呢？」
「許將軍一開始有些不知如何是好，不過反正敵人在逃，儘管他本來也沒有趕盡殺絕的打算，但姑且先追了上去……結果，敵軍主力就在半路投降了……現在許將軍正忙着接收俘虜，暫時無法立刻回來……」
「哦……敵軍投降了？」
「舉全軍而降。」四座響起一片歡呼聲。
曹軍至今經歷過各種各樣的戰爭。但是指揮撤兵的司令官因迷路而誤入敵營，使得敵人狼狽投降之事卻是史無前例。「真是不可思議的一場仗啊！」曹操說。
就這樣，曹軍拿下了陽平關。時值建安二十年七月。得知陽平陷落的消息後，五斗米道大本營所在的漢中早已戰意全失。原本的強硬派去了陽平，所以留在漢中的都是妥協派的人。曹軍從陳倉（現在的寶雞）經陽平關越過秦嶺山脈，走的幾乎都是現在的鐵路沿線。從陽平到漢中城是向東的一條直線，距離一百公里左右。
張魯退出了漢中城。一般認為，為投降的談判設置一段讓雙方冷靜的「距離」是比較合適的。張魯的部下中也有人建議燒掉漢中城的寶庫和物資貯藏庫。「不行，那些並不是我們的東西。那都是五斗米道的信徒的東西，是國家的東西。我等不能隨意處置。」張魯拒絕了這種做法。張魯投降沒有引發任何問題。他被授予

「鎮南將軍」的稱號，得食邑一萬戶，五個兒子全部都列位於侯。

五

因曹操進軍漢中，劉備以割讓荊州三郡為條件與孫權講和後，便匆匆趕回成都。孫權一方則趁曹操不在，從東面包圍了合肥城。雖是動員十萬大軍的包圍戰，但鎮守合肥城的曹軍將領是張遼、李典、樂進等猛將，只以七千兵力就能與孫權軍的十萬大軍相抗衡。

圍困十餘日仍沒有攻下合肥，孫權決定退兵。另一面，回到蜀地的劉備認為應該奪回被曹操佔領的漢中，遂開始認真準備。當初劉備入蜀本來就是受劉璋之託討伐漢中之賊（也就是張魯）。劉備本是為此而來，但他置五斗米道的張魯於一旁，先發兵成都將蜀地收入了自己囊中。不過，漢中的五斗米道不可小視，因為那裏是入蜀的門戶之地，馬虎不得。

建安二十一年早春二月，曹操從漢中凱旋回到鄴城。五月，朝廷封曹操為魏王。之前他只是魏公而已。從「公」到「王」的飛躍，是史無前例的。漢朝自建立以來，就有不立皇族以外的人為王的規矩。建朝之初，只有一個人臣被封為「王」，即長沙王吳芮。長沙王的子孫持續五代就沒有了後人，於是被收回了封地。自那以後，稱「王」者必是皇族。曹操並非皇族，卻成了「王」。

不管怎麼說，建安二十一年在《三國志》中，也是戰亂較少的一年。曹操晉升為王，完全掌控了內政。孫權放棄對合肥的包圍後，也致力於內部合作的工作。劉備則如前文所述，為奪取漢中而作着準備，忙得不可開交。

曹操凱旋回鄴城之際，把漢中交給夏侯淵駐守。都護將軍夏侯淵帳下，有張郃、徐晃、杜襲等眾將。公子曹植和主簿司馬仲達也回到了鄴城。父親成了王，曹植也就由公子晉位為王子。曹家既已成「王」，按照慣例必須選出王太子。人們大多以此為談資。王太子是魏王家的後繼者。自然，侍奉魏王的群臣們圍繞王太子的人選，分成了兩派，即曹丕派和曹植派。

曹操自己也還在猶豫，究竟該由誰來繼承魏王家的大業。曹王家的繼承人問題，是比甄選皇太子，也就是漢王朝的繼承人更為重大的問題。漢朝皇帝不過是傀儡，曹操手中掌握着所有的權力。與做裝飾的傀儡後繼人相比，真正掌權者的繼承人才是問題所在。「還是選曹丕吧……」曹操猶豫多時，最終決定選長子曹丕作為繼承人。

曹操已經六十二歲了。倘若再年輕十歲的話，他可以自己取代漢室，建立起新的王朝。但如今，他已無法擔任那麼重的工作了。建立新王朝是下一代的工作。要推翻持續四百餘年的大漢王朝並非易事。雖說天子是傀儡，但要將其徹底廢除，在心理上還是非常難的。如果不是擁有強大精神力的人或是無情無義之人，則難以做到。考慮到這一點，曹操不得不選擇極端繼承了自己冷酷無情一面的長子曹丕。這數年間，曹操反覆思考着同一個問題，而每一次都得出相同的結論。

西征歸來不久，曹操叫來了三子曹植：「我從五丈原帶回一名康國的歌伎。她的箜篌（豎琴）彈得雖好，我卻不喜歡那樂器。反正我也沒有把她留在身邊的打算，不如讓給你吧。」

「啊啊，是那位女子嗎？」

「沒錯。其實不只是箜篌的問題，我也不中意那女子的相貌。仔細看的話，會讓人想起孫權那傢伙來。」

曹操苦笑着說。

那位撒馬爾罕女子原有一個繞嘴的名字，但曹操覺得麻煩，就取其國名為姓，稱她為「康姬」。康姬有一頭栗色的頭髮，大大的眼睛呈碧色。曹操會想起孫權就是因為這對眼睛。孫權的眼睛也是碧色的，所以才被人稱為「碧眼兒」。

「真的可以嗎？」在五丈原軍中初見那女子時，曹操好像非常滿意。兒子曹植很清楚這一點，因為他自己也被那女子的姿色給迷住了。「父子的話，連審美意識也很相似嘛……」曹植在看到那時父親的表情時不禁這樣想。不過父親卻將那麼中意的女子轉手送給兒子，曹植對此不太理解。

「當然可以……那女子啊，不是普通的女子。我想把她送給別人吧，想來想去又淨是些不懂她價值的人。如果是你的話，應該會懂得她真正的價值的。嗯，一定不會錯的。」曹操目不轉睛地盯着兒子的臉。「兒臣尚且年少，還不太懂女人的價值。」曹植低下了頭。

「不會不會……年輕的時候，有年輕人的看法。你應該是明白的。若是明白，就會沉溺其中……呵，不用顧慮，沉溺其中也無妨。是啊，沉溺女色也是一種快樂……」曹操眯着眼睛說。真是意想不到的事情，曹植從父親那裏得到了撒馬爾罕的美女康姬。此女子是豎琴的好手，聲音也極美。她不僅會撒馬爾罕的歌曲，也能唱漢歌。她的聲音高亢而清澄，餘音繞樑三日不絕。曹植一聽她唱歌，就會心蕩神馳，陶醉不已。

曹植初次見到康姬，是少容來五丈原營中時，她在臨走時順便安排了康國歌舞的表演。在完全由女子組成的樂隊之中，康姬最為光彩奪目。「康國中也有好女子啊。」曹植不禁有些吃驚。數日之後，他聽說父親要帶走康姬。「父親的鑒賞眼光果然高。」曹植想。

六

「植任性而行，不自雕勵，飲酒不節……」關於曹植的性格，正史書中是這樣記載的。曹植本是詩人，不拘小節，率性而為。但是，自從隨軍西征漢中之後，這種任性妄為卻更加肆無忌憚起來。這種轉變剛好與父親賜給他康姬的時間相一致。

「不用顧忌，沉溺其中也無妨……」父親曹操曾說過這樣慫恿他沉迷於女色的話。他雖然沒有完全聽信，但從那時起，曹植的放蕩不羈逐漸到了令人無法容忍的地步。曹植經常大白天的就喝得酒氣熏天，邁着不穩的步伐在殿中遊蕩。這時候如果碰到宮女，他會停下腳步，斂起下巴，兩眼放光。被盯着看的宮女都嚇得縮作一團。偶爾，也有宮女不由得喊出聲來：「啊！好可怕……」

這時候，曹植就誇張地歪着嘴，說：「什麼貨色，醜女一個！沒有康姬好看的女子我才沒興趣呢。你算什麼呀，連康姬的腳趾都比不上呢。」因為這樣的醜態百出，宮中對曹植的評價相當不好。「酒狂王子」。眾人給他取了這樣的一個外號。

「在眼下的重要時期……請多少要謹慎一些。」曹植派的丁儀和楊修屢次前來勸諫。的確，現在是選王太子的關鍵時期。雖然曹丕貪戀酒色的醜聞也不在少數，但曹植好像不服輸似的，更加沉溺於女人與美酒之中。

「能否被立為王太子，可不是酒量上的較量。」丁儀以嚴肅的口吻說道。

「不要那樣瞪着我。被你這麼一瞪，我覺得好奇怪。」曹植一邊笑着一邊說道。丁儀是斜眼。因為斜眼的關係，以前他遇見過好幾次不愉快的事情。他之所以成為曹植派的積極分子，並非是因為崇敬曹植的為人，而只不過是憎恨曹植的對手曹丕而已。曹操認可丁儀有才能，曾經想把自己的女兒許配給丁儀。但曹丕卻表示反對：「父王，那樣的話，妹妹豈不是太可憐了嗎？你看看丁儀的斜眼。再怎麼說這都對妹妹太過分了……」因為曹丕這樣說了，曹操也就沒再提起那個話題。丁儀知道這個內幕後，心中暗暗發誓：「哼！五官中郎將（曹丕）！看我怎麼報復你！」他支持曹植，為的就是打倒曹丕。可是到了一決勝負的時候，曹植卻變得不正常起來。

今天曹植又讓康姬彈箜篌，自己躺在一旁飲酒。還未到中午，他卻已經爛醉如泥。「喂，康姬，喂……」曹植伸出手來，用手指碰了碰坐在不遠處的康姬的膝蓋。「哎，別戲弄人……」康姬的手指離開了箜篌的琴弦，琴聲戛然停住了。

康姬說話帶有鄉音。雖說在中原居住了十幾年，但在五丈原的秘密作坊中她幾乎都是與同鄉人一起生活的，所以她的漢語有許多發音不準之處，也是沒辦法的事情。

「不好嗎？」曹植用胳膊肘拄着地面，爬到康姬身邊，從一側將她抱住。康姬雖然不情願地扭了扭身子，但終於還是將頭埋在曹植的懷裏，嗚咽起來。

「喂，難過了嗎？為何哭泣？」曹植怪聲怪氣地問道。

「妾身想回康國。」

「哦，想家了嗎？」

「妾身自幼背井離鄉，已十年有餘，但在夢中卻不曾忘懷故土。求求你大發慈悲，無論是什麼事，我都願意去做，只要您能讓我回到康國。」

「你，是個幸福的人啊。」曹植這樣說着，用力抱緊了康姬。

「啊，好痛……為何說我幸福？妾身明明是不幸的女子……」

「有哪裏不幸了？……你還有故鄉。沒有比這更幸福的事情了。你看我，我……」

「殿下也有故鄉吧。」

「不，沒有……我連可以回去的故鄉都沒有，一直在四處漂泊。……永遠地漂泊在陌生的異國他鄉……」

感懷之至，曹植失聲痛哭起來。

雖說是在曹植的邸內，但出出入入的外人也不少。他這樣自甘墮落的生活被人們看在眼裏，聽在耳中，在世間廣為流傳。

七

亂世中各方休戰的建安二十一年，一轉眼就過去了。這一年，並不是沒有大事發生，只不過在表面上沒有表現出來。魏國埋頭於研究如何攻打孫權，蜀國也在一步步地擬定作戰計劃，準備奪取漢中。

建安二十二年（公元二一七年）正月，曹操向南方的居巢進兵。居巢在巢湖一帶，即現在的安徽省巢縣。三月，曹操命伏波將軍夏侯惇、都督曹仁、張遼等大將留守居巢，自己撤回到鄴城。居巢屯駐曹軍二十六軍，孫權一看這陣勢就預感到戰勢不利，決定求和。還不慌不忙的樣子，看樣子對方相當有自信啊。對於曹操退回鄴城一事，孫權陣營是這樣理解的。

但劉備陣營卻另有一番解釋。在奪取漢中之後，曹操只留下夏侯淵，退回了鄴城。這次居巢出陣，他又留下二十六軍，自己卻早早趕回去。難道曹軍真的有總帥不在卻仍能戰鬥的信心？不，不是這樣。西征之時如此，南征的時候也是這樣。他不能長時間在外，內部必然有事。劉備陣營的法正如此解釋。法正認為，內部的事件正是王太子問題。

內部有紛爭的陣營往往無法隨心所欲地行事。曹軍取得漢中之後，沒有一鼓作氣進攻蜀地，大概也是這個原因吧。對於曹操不能久居陣前的同一個事實，孫權和劉備分別有了不同的解釋。因此，孫權求和，劉備求戰，兩者採取了完全相反的行動。

劉備陣營大量搜集着曹操方面的情報。如法正所推測的一樣，曹操有內憂的事情，也就逐漸明朗起來。成都上下不禁一片叫好之聲。「時機大好，應該出擊。曹操會因內部紛爭而自取滅亡。」然而諸葛孔明對這種樂觀的估計發出了警告。「等待敵人自取滅亡這種想法實在是幼稚。曹操陣營有超出我們想像的雄厚基礎。」這樣説得多了，也就有人開始責難孔明：「得恐曹症了吧。」

「愛卿總説曹家強盛，不過據鄴城的探馬密報，曹丕派和曹植派現在爭執不下，情況相當嚴重。曹家的基柱現在不正搖搖欲墜嗎？」劉備這樣問孔明。

「派別相爭的確很是激烈，但是照現在的形勢看來，應該很快就會平息下來。」孔明答道。

「平息嗎？」劉備多麼希望那樣的樂觀估計是事實。敵人內部的紛爭若平息下來的話，這邊就棘手了。

「分析從鄴城傳來的情報，我只能認為派別之爭正呈減弱之勢。」

「是嗎？我聽説楊修和丁儀等曹植黨人的計謀正日益佔據上風……」

「但是沒用。」諸葛孔明搖了搖頭，「關鍵人物曹植已經退出了。」

「退出了？他放棄了繼承人之爭？」

「是的。」

「我沒聽到這樣的消息。」

「曹植沉溺酒色的情報，應該是很早以前就有了的吧。」

「貪戀酒色是曹家的傳統，他哥哥曹丕不也是個厲害角色嗎？」

「不，曹植酗酒有些異常……據我猜測，他會沉溺於酒色，可能是父親曹操慫恿的……」

「怎麼可能？慫恿自己兒子沉溺酒色，哪有這樣的父親？太可笑了……」

「不，如果是曹操的話他會這麼做……其中自然有原因。」諸葛孔明開始說明自己的推理：在眾多兒子之中，曹操偏愛三兒子曹植勝過長子曹丕。那種出眾的才華與詩人的氣質，都讓曹操欣賞不已。但是，在選定繼承人的時候，評定的標準就不同了。「篡奪天下者，必須是心狠手辣之人……」這樣想來，果然還是應該選擇曹丕。曹操又考慮到了之後的事情。心狠的曹丕必然會廢掉天子，自立為帝。像他這樣無情的人，自然也會毫不留情地殺掉所有妨礙他的人。如此一來，爭奪魏王繼承人的對手就會成為他手下的第一個犧牲品。「不要成為他的競爭對手，你自己要先從競爭中退出。」雖然不知道曹操有沒有明說，但他至少對曹植做了這樣的暗示。要從競爭中退出，表現出與繼承人身份不相符的行為自然就是最好的辦法了。

「曹植的生活突然崩潰，只可能是因為如此。丁儀和楊修等人雖然時常勸誡，但他們似乎還沒有讀懂曹植的內心。曹丕應該從弟弟混亂的生活中，清楚地讀懂了他放棄爭權一事……身在相對立場的兩人其實已經決定不再爭執了。所以不管丁儀、楊修再怎麼努力，也都成不了大事。對曹家的內部騷動，不可抱太大的期望啊。」諸葛孔明的思路十分清晰。

「原來是這樣……」劉備略有些失望，「要是不能借助曹家內亂的話，該怎麼辦才好呢？」

「漢朝的大臣之中，沒有不恨曹操的吧。與其期待曹家內訌，不如指望心懷不滿的大臣們的反曹運動……」

「但是，伏皇后一族的反曹計劃失敗了。當時殘酷處刑的記憶還沒有從人們心中消失。在這樣的恐怖之中，還可能有人敢反曹嗎？」

「並非不可能。另外，曹操最害怕的其實也就是這個。伏氏一族以為擁立天子，得到討曹詔書就能夠打倒曹操，這真是大錯特錯。天子沒有任何力量。依靠軟弱無力的天子才是伏氏一族的悲劇。憎恨曹操的人都會銘記這個教訓，也就不會再犯同樣的錯誤了吧。他們掀起下一次反曹運動時，必定要仰仗有力量的人。」

「有力量的人是？」

「主公您。或者孫權。但眼下孫權跟曹操講和，不能依靠。主公您又離他們太遠……漢臣能依靠的是，只有比您離他們更近一些的您的部將。」

「哦，是關羽吧。」這種程度的事情劉備還是明白的。關羽在荊州北部。從關羽所在的樊城到大漢朝廷所在的許都，一路都是無垠的原野，六百里的路程沒有任何地理上的困難。

「反曹志士們會有求於關羽？」劉備問。

「許都已經給關羽送來了密信。」

「哦，是嗎？……那麼，那位朝廷的志士是？」

「金禕、耿紀、吉本及其子吉邈、吉穆等人。」

「哦……」劉備臉色有些難看。金禕是漢朝大忠臣金日的後代，但吉本只是太醫令，也就是醫生。耿紀雖任少府之職，位列九卿，但也只不過是負責照顧天子衣食住行的人。反曹派中沒有一位能指揮打仗的像樣的將軍，劉備多少有些不滿。

「就算攪亂一下曹操陣營，不也是一件好事嗎？要是許都動亂，曹操就無法輕易派出援軍前往漢中了。」

「說得也是……」劉備為了攻打漢中，已經派張飛、馬超、吳蘭等猛將向下卞城進軍了。

八

「這究竟是什麼世道啊……」曹植茫然地站立着。康姬靠着柱子一動不動。曹植如往常一樣喝醉了酒，「喂、喂」地叫着推了推她的肩膀，結果她的身體就順着柱子倒了下來，咚的一聲響。曹植慌忙俯下身去。死了。已經沒了脈搏。不知她死了多長時間了，身體都已經變涼了。康姬躺在地上，但她死前彈奏的箜篌卻還好好地立在台上。箜篌的弦，淒涼地俯視着主人的屍體。

喉部發炎，然後是輕微的關節痛，隨即猝死。河南地區流行的怪病令人不寒而慄。曹植的文學老師、嚴謹的徐幹在十天之前剛剛去世。天才檄文作家陳琳的死訊則是在第二天傳來的。據說他是握着筆，在書案邊離開了人世。陳琳曾經在袁紹手下做事，號召天下討伐曹操的《討逆檄文》就出自他之手。檄文中，他翻出曹操的祖先進行人身攻擊。戰敗後被曹操抓住之時，陳琳已有了死的覺悟。但曹操愛惜他出眾的才華，沒有輕易地殺掉他。

「罵我倒無所謂，但也用不着罵我祖宗吧。」曹操只抱怨了一句，就赦免了他，並讓他擔任「記室」（秘書）

一職。陳琳於建安九年投降曹操。那以後十三年間，他一直是曹家文學會的主要人物。他有檄文作家高傲且咄咄逼人的一面，卻依舊無法戰勝病魔。失去了文學之師、失去了前輩，心愛的歌伎又因同樣的怪病身亡。這是什麼世道啊。曹植踉踉蹌蹌地離開了康姬的房間。他想找個家臣把康姬的後事辦了，但見到廊下的幾個家臣時，他卻無法張開口。他感到嘴唇麻木。而家臣也對爛醉如泥的主人避而遠之。

「今天，好像醉得特別厲害。」家臣們縮着頭，慌慌張張地從他身邊走了過去。曹植倚着柱子和牆壁，好不容易才來到院子裏。他找了個地方坐了下來，深深地歎了一口氣。他太疲倦了，醉眼也更加矇矓。

「稟報大人。」家臣的大聲稟報讓曹植睜開了眼睛。

「什麼事？吵死了。」曹植伸了個懶腰。

「王粲大人去世了，也是因為那個病。」

「什麼，王粲？」

曹植扶着柱子艱難地站了起來。赤壁之戰前夕在荊州投降的王粲雖然比曹植年長十五歲，但在文學方面兩人卻最為情投意合，可謂詩文之友。不久之前，兩人還在一起吟詩作詞。曹植忽然想起當時贈給王粲的詩文中的一節：

欲歸忘故道，顧望但懷愁。悲風鳴我側，羲和逝不留。

因為王粲要去異地擔任新職，曹植便不能再像往常那樣常常與他交流詩文。這首詩吟誦的就是離別的悲傷。——悲涼的風，在自己的耳際呼呼作響……

然而從曹植那裏奪走王粲的卻不是新任的官職。病魔永遠地奪走了王粲。

「這是什麼世道啊？」曹植悲聲呻吟着。

建安七子，後世的文學愛好者將建安年間活躍在文壇的七位才子稱為建安七子，即孔融、陳琳、王粲、徐幹、阮瑀、應瑒、劉楨七人。其中孔融是在赤壁之戰前被曹操所殺。而阮瑀則是在五年前的建安十七年殞命。其後的五人，都在建安二十二年得怪病而故去。緊隨徐幹、陳琳、王粲，應瑒和劉楨的訃報也送到了曹植手上。所謂的肝腸寸斷就是指這種悲慟吧！曹植感到所有的東西都正在離自己而去。

這一年的十月，他的兄長五官中郎將曹丕最終被立為王太子。繼承人定了下來。由於曹植早就放棄了繼承人之爭，對於兄長被選為太子的決定，他也沒有任何感慨。一時間失去五位詩友的悲慟遠比這更難以承受。

「這樣的年頭，快些過去吧！」在這一年剩下的歲月之中，曹植將自己的所有時間和精力，都徹底投入在了酒色之中。

「現在暫時隨他喝喝酒還沒什麼。」父親曹操聽說了曹植的表現後，自言自語地說道。曹植沒有竭力爭奪魏王太子的意思，這是父親曹操最清楚不過的事情。西征之時，曹操故意裝作年老昏聵的樣子，以試探曹植和最需要防備的家臣司馬仲達二人。然而他卻沒有看到預想中的反應。

「這兩人，好像都注意到我只是在試探他們……該不會是少容向曹植透露了什麼吧。」望着歲末飄雪的天空，曹操低聲歎道，「又過了一年……」

作者曰：

關於建安二十年曹操西征奪取陽平關的史實，同一史書之中的記述也有出入。《魏書》武帝紀中記載，曹操因沒攻下陽平而暫時下令退兵。待山上敵軍大意之時，曹軍趁着夜色再次突襲且一舉突破。而《魏書》的劉曄傳中則記載，曹操欲退兵，遭到劉曄的反對。劉曄盲目進兵，卻獲得了勝利。指揮撤軍的許褚軍迷路誤入敵軍的營寨，導致敵人慌忙逃散的說法出現在曹家的家臣上奏文集《魏名臣奏》中，記載於董昭的上奏文書裏。《資治通鑒》中也採用了這一說法。另外，郭頒的《世語》是一部當時的故事書，書中記載當時超過數千頭的鹿群突然衝入張衛的營寨之中，張衛誤以為是曹軍突襲，於是慌忙逃竄。不管是哪一種，曹軍在陽平關取得的勝利都有點兒莫名其妙。至少從表面來看，沒有令人信服的說法。

關於曹家兄弟的繼承人之爭，由於自古以來中國人都偏袒弱者，大都認為是哥哥曹丕逼走了弟弟。曹植沉溺在酒色中也是為兄所迫的說法比較佔優勢。對於歷史的定論，郭沫若曾引用史書，對曹植並非乖順之輩這一事實進行辯駁。

關羽敗走麥城

一

「髯鬚公在樊城，真是礙眼啊！」曹操偶爾會若有所思地咂舌。髯鬚公指的是關羽。劉備陣營尊稱關羽為「美髯公」。因為他有一把飄逸俊灑的髯鬚。

「在樊城的不是髯鬚公，而是我們的征南將軍。」司馬仲達回答說。荀彧過世之後，司馬仲達成了曹操的頭號心腹。樊城有關羽。甚至連曹操陣營的人們也都這樣認為。但是如司馬仲達所言，事實並非如此。樊城毫無疑問是曹操陣營的城池，曹操的堂弟征南將軍曹仁負責駐守那裏。正確的説法應該是：髯鬚公要攻打樊城，真是礙眼啊。髯鬚公關羽是劉備陣營中盡人皆知的勇將，身經百戰，戰績顯赫。其名聲之大，令人畏懼。所以，當人們聽説關羽要攻打樊城時，就早早地認定了樊城必定是關羽的。

「必須想辦法幹掉髯鬚公。」曹操背着雙手説。他所居住的鄴城不僅遠離樊城，還有黃河攔在中間。但是天子所在的許都臨近樊城，也沒有像黃河那樣的天然屏障。一旦樊城失守，關羽率領的劉備軍就會一路直逼許都。眼下，曹操佔據着比劉備和孫權都有利的地位。雖然有諸多原因，但其中之一便是挾持着天子。要是天子被對手奪走的話，曹操在政治上的損失會非常慘重。

「將天子轉移走嗎？」曹操輕聲歎息道。

「不行！不能如此膽小怕事。」司馬仲達立刻回答道。

「但是，他確實很礙事啊！」

「想辦法對付髯鬚公吧！」

「想什麼辦法呢？」

「去年的疫病雖然導致我們失去了很多優秀人才，但東吳的魯肅也去世了。呂蒙被任命接替魯肅之職。」司馬仲達說。

「是嗎？可以做到嗎？」

「可以做到……您可以慢慢觀望。」

「太慢了可不行，我已經六十四歲了啊。」曹操說出了他的心聲。

「臣明白。不會耗去太多時間的……肯定在一年之內。」司馬仲達毫無表情地說。

「一年嗎？」對曹操來說，所剩的時間已經不多了。一年的時光也無比寶貴。

「呂蒙接任魯肅的職位，對我方來說可謂天賜良機。呂蒙是周瑜一派的人。」

「沒錯……的確如此……」曹操想起了赤壁之戰的失利。在赤壁指揮東吳軍的就是周瑜。距離周瑜去世已經過了八年了。歲月無情啊。曹操和司馬仲達的話題，從設法對付劉備陣營的關羽，突然轉移到了孫權陣營的人事變動上來。這其間當然是有關聯的。

劉備從荊州出發佔領益州，荊州這一重鎮留下關羽把守。這不是有些太過分嗎？孫權一方流露出不滿後，荊州被兩個陣營分割共享。劉、孫雙方解決了荊州問題，至今依然保持着同盟的關係。孫、劉聯盟的目的是為了牽制曹操。孫權陣營中，去年過世的魯肅是推進同盟的主要勢力。

本來在孫權陣營中，也有不少人對劉備抱有警惕心，赤壁英雄周瑜更是反劉備派的代表。但是，周瑜死後，孫權陣營選擇魯肅繼承周瑜之位。魯肅是親劉備派，因此才促成了雙方的同盟。這次魯肅死後，後繼者呂蒙與周瑜擁有相同的看法——他也是反劉備論者。既然呂蒙成了執掌孫權陣營大權的人，那麼駐守荊州的關羽的立場也就微妙了起來。加上關羽本來就是沒有外交手腕的人。

「運用外交計策，孤立關羽……」司馬仲達說在一年之內可以「做到」的事，就是指這件事。「事實上我已經進行了第一步。」司馬仲達說。

「哦？你已經下手了嗎？」

「可以借到呂蒙之力。」

「什麼？你已經與呂蒙取得聯繫了嗎？」

「早就聯繫好了。」

「可是？呂蒙能配合嗎？」

「沒有問題。他也不再是吳下的舊阿蒙了。」

「你說什麼，吳下的舊阿蒙？」曹操問。

親密的人之間，通常在名前加以「阿」來稱呼。呂蒙被好友們稱做「阿蒙」。年輕的時候，他是個「鄉間武夫」。粗野庸俗、不善變通，視野也相當狹窄。後來，魯肅久違地見到呂蒙，在與他談話之際發現呂蒙的見識增長了許多，與「鄉間武夫」時代的他完全不同，於是驚歎道：「已非吳下舊阿蒙。」意思就是說——你已不是舊時東吳鄉間的那個阿蒙了，你成長的速度令人吃驚。而呂蒙答道：「士別三日，當刮目相看。」真正的男子漢是不斷成長的。分別三日，就應該睜大眼睛重新審視對方才行。當時，這段典故十分有名，所以人們用這句話來形容一個人快速地成長。

「已非吳下舊阿蒙。」曹操在得知謀略的合作者是呂蒙時，因為還視其為山野村夫，所以頗感不安。但從司馬仲達那裏了解到呂蒙的成長後，曹操便問道：「哦，真有那麼大變化嗎？……那麼，你採取的行動是？」

「提親。」司馬仲達回答說。

二

二十六年……然後二十年……貂蟬總是慨歎歲月的漫長。被譽為絕世美女的她，如今也四十過半了。她每天早上都誦經，很長很長的經文。「你就不能停一下嗎？整天就只知道唸那叫人鬱悶的天竺咒文。」關羽雖然皺着眉頭，但貂蟬的誦經聲還在繼續。她曾與信仰佛教的康國人一起生活過，但這並不是她皈依佛門的原因。二十六年前，她雖是號令天下的董卓的側室，卻得以與董卓的養子、親衛隊長呂布初次相識。後來呂布殺掉了董卓，得到了貂蟬。六年後，漂泊的將軍呂布被曹操所殺。戰亂之中，曾隸屬於曹操軍的劉備部將關羽便將其擄走。那之後又過了二十年。諸行無常，成了她心靈的支柱。最近，她開始口頭教授十五歲的女兒誦經。

「別叫了，不行嗎？」關羽顯得很不高興，但是他無法改變貂蟬的想法。雖然嘴上強硬，但是深愛着貂蟬的他最後總是會尊重她的意思。

「不能停。」貂蟬的話不多，只有在不得已的時候才說話。

「明白了，明白了。」關羽只得作罷，又說，「我是拿你沒辦法了！但你別教友琴天竺的咒文行不行？求求你了。」

友琴是關羽女兒的名字，關羽十分溺愛這個女兒。也許他只是不滿於自己如此深愛着貂蟬，她卻不願融入自己的生命之中。雖然貂蟬就在身邊，他卻總感到她在自己無法企及的遠處。都是信仰天竺佛教的緣故。關羽這樣認為。貂蟬就隨她去吧，但他不想讓天竺的咒文也奪走友琴。然而，將女兒從父親身邊奪走的不只是佛教，還有婚姻這樁大事。

不想讓她出嫁。但是，能嫁給偉岸的男人也是女兒的幸福。為人父的關羽很是苦惱。呂蒙對關羽的家事了如指掌，他早就在關羽的身邊安插了密探。從很早以前開始，呂蒙就將關羽假想為自己的敵人，做好了各種準備。支持反劉備論的呂蒙要在與劉備作戰之前，從各個角度研究孫權陣營首當其衝的敵人關羽，也是理所當然的事情。

無論呂蒙怎樣反對劉備，若主公孫權親劉備的話，也都無濟於事。親劉備派的魯肅在很長一段時間裏都一直掌握着主導權，所以孫權自然也一直保持着親劉備的心態。因此在呂蒙的計劃中，也包含着如何讓主公回心轉意反劉備、反關羽的問題。

那時，曹操陣營的司馬仲達暗中與呂蒙取得了聯繫。

「拿提親這件事來讓孫權將軍討厭關羽如何？」司馬仲達提議道。

「嗯，此計可行。」呂蒙一拍大腿。從關羽的性格到他家裏的事情，呂蒙都了如指掌。關羽關愛部下，但對同級或上司卻很傲慢。這與身為劉備另一臂膀的張飛正好相反，張飛對位高權重者低聲下氣，對身份卑微者則趾高氣揚。關羽不過是個山大王而已。

「除了主子（劉備）以外，我不對任何人低頭。」他經常放出這樣的話來。曹操也好，孫權也罷，他都不放在眼裏。呂蒙瞅準了這一點，他對主公孫權建議道：「讓令公子孫登迎娶關羽的女兒如何？聽說是位絕世美女呢。」

「哦，主意不錯啊。」孫權十分贊成。

孫權的長子孫登現年十歲。在當時有權有勢的家族中，孩子十歲就談婚論嫁並不是什麼稀奇事，反正長大以後總是會有幾位側室的。孩提時代的聯姻，多是出於政治上的考慮。再説對方又是同盟劉備的重臣關羽的女兒。駐守荊州的關羽直接與孫權陣營相接。聯姻會使雙方的關係安定下來。孫權馬上派出了提親的使者。

呂蒙又找到機會，讓關羽身邊的密探在關羽的耳邊説了這樣的話：「孫權是少見的色狼，聽説您的女兒是絕世美女，便想立為側室。但他知道您出於自尊定然不會允許，所以想以為長子迎娶正室為名，先將她騙到東吳。一旦她到了東吳，自然就手到擒來了……」

聽聞此言，關羽自然是勃然大怒。東吳派來的使者在不知情的情況下前來拜訪劉備的營寨。沒等使者説完，關羽就站起來，怒喝：「我女兒有十五歲，孫權的崽子才十歲。哪裏有什麼緣分！居心叵測！色狼孫權準是磨尖了爪子等着吧。早些回去告訴孫權，吾虎女安肯嫁犬子乎！快滾回去吧。」憤怒之餘，關羽還抬起腿踢了孫權的使者一腳。

使者憤然離去。不用說，孫權在聽完使者的報告後，橫眉立目，大為震怒。可以說孫權與劉備的同盟關係，在此時就已經在實質上斷絕了。

孫權陣營中的親劉備派已經沒什麼人了。他們也沒辦法安慰憤怒的主公。相反的，反劉備派越來越佔據了上風。因為踢了東吳的使者，關羽也有了與孫權斷絕友好關係的思想準備。而且他也知道，魯肅的繼任呂蒙是反劉備派的主力。攻打曹仁駐守的樊城之際，為防止呂蒙軍從背後偷襲，關羽令麋芳和傅士仁分別駐屯江陵和公安。麋芳是陶謙派重臣麋竺的弟弟。與兄長一樣，麋芳有身為經濟官的才能，關羽期望着他能擔當兵站的工作。要在樊城作戰，不得不從南方運來物資。但是，山大王關羽與同僚的關係不好。他常常沒頭沒腦地大聲呵斥對方，在眾人面前也毫不顧及他人情面，自然不可能搞好關係了。

「馬上送一萬石糧食來，一石也不能少。」接到關羽這盛氣淩人的指示後，麋芳命令部下停止輸送補給。「一粒米也不給關羽送。真是欺人太甚！運送糧草是不費吹灰之力就能實現的事嗎？不給他一點顏色看看，他還真慣出壞毛病來了。」就這樣，關羽被敵我雙方所厭惡，逐漸陷入孤立的狀態。然而，他卻還沒有意識到自己已經被孤立了。

三

建安二十三年，許都發生了反曹政變。「醫生和廚子想要謀反了。」曹操不屑地哼了一聲。許都是天子所在的都城。丞相曹操住在遠離都城的鄴城，所以許都設有丞相長史，也就是類似於代理的職位。那時的丞相長史是一個叫做王必的人，他同時肩負着帶兵監視天子和公卿的任務。

天子與漢的朝廷已經沒有任何實權了，所有大權都掌握在丞相兼魏王的曹操手中。對此感到不快的公卿金禕與太醫令（帝室御醫長）吉本和其子吉邈，還有少府（負責皇室飲食及衣服的公卿）耿紀在商談後，夜襲了丞相長史王必的府邸。

王必雖然肩上中箭，卻馬上扭轉了形勢，在黎明前就擊潰了造反軍。政變草草收場，主謀都是醫生和掌管膳食之人，完全的軍事門外漢。

「一定有人在背後撐腰。嚴查此事。」曹操命令道。

於是背後的關係調查也清楚了。造反派本來是指望得到關羽的協助的。似乎關羽也在背地裏答應了援助謀反之事，但是他早料到僅憑醫生和幾個掌管膳食之人必定會以失敗而告終。關羽根本沒有做出任何行動。

「可惡，鬍鬚公！」雖然沒有給造反派以實際的援助，但關羽許下承諾一事卻攪亂了曹操陣營。曹操會憤憤不平，破口大罵也是不言而喻的。但是，這一年曹操顧不上對付關羽。

建安二十三年上半年，北方的匈奴揭竿造反。下半年，劉備又發兵漢中，曹操為應戰抽不出更多的軍隊。曹操的次子曹彰平定了北方戰亂。曹彰在政治方面的才能和文學方面的資質雖不及其兄曹丕和弟弟曹植，但要論及勇猛，一族之中無人能比。平定北方戰亂是七月。九月，六十四歲的曹操不得不親自率兵向長安進發。他是要親自督戰漢中之戰。對手劉備也立於陣前指揮全軍。

雙方在對峙之時，不知不覺就到了歲末。進入建安二十四年（公元二一九年）後，軍隊終於活躍起來。漢中的曹軍由夏侯淵任總司令官，張郃、徐晃等武將領兵。對此，劉備在定軍山上佈下了本陣。

夏侯淵欲攻定軍山，卻中了劉備的計策，也就是聲東擊西之策。劉備軍隊戰鼓齊鳴，佯裝要攻打東面的樣子。東面是張郃軍的所在地。夏侯淵為援助張郃軍，派大軍向東。劉備軍的將軍黃忠瞅準時機，趁夏侯淵的大本營裏守備空虛，令伏兵一起出擊。夏侯淵戰死。這時還是正月。在長安的曹操接到這個噩耗以後，立即從長安趕往斜谷，打算親自督戰指揮在漢中與劉備的爭霸戰。

「退兵吧。」在長安之時，少容就幾次這樣告誡曹操。

「為什麼要從漢中退兵？這可是我好不容易才從你兒子那裏得到的土地。」曹操問。

「漢中是五斗米道的土地。」

「那又怎樣？這不是誰都知道的事情嗎？」

「那裏政教合一。宗教和政治相分離的生活是漢中人無法想像的。無論是誰統治，都會遭到漢中人的厭惡。既然如此，不妨先讓漢中人厭惡玄德大人。那之後的話也許會稍稍好一些。」

「原來是這樣……但是，失去漢中……」曹操仍不肯放棄對漢中的統治。

「五斗米道在漢中的時間很長，所以知道當地的弱點。要是堵住通向荊州的道路的話，漢中就會變得『半身不遂』。」

「原來如此……」

「之前是有劉表大人那樣不大強硬的政權統治荊州，漢中才能夠活下來。」

「這樣啊……」曹操明白了少容的話。只要能壓制荊州，就能使漢中窒息。根本用不着特意翻越險路，向漢中進兵。

「鬍鬚公嗎……果然對手還是那個鬍鬚公啊……」曹操微微地點了點頭。這一年五月，曹操突然從漢中退兵。

七月，劉備自立為「漢中王」。皇帝以下的王，原則上只限於皇族。但非劉姓皇族的曹操現在也公然地宣稱為「魏王」。「我是中山靖王的後裔。既然曹操做了『王』，那我也不得不稱『王』才行。」劉備是這樣想的。

漢朝的創始人漢高祖劉邦在當上皇帝之前就被稱做「漢中王」。所以，國號為「漢」。「漢中王」是個吉利的王位。劉備建起莊嚴的高壇，舉行了戴冠加冕儀式。在這之前劉備被漢天子封為左將軍，得到的是宜城侯的印綬。他派使者將此印綬返還給了朝廷。稱王的劉備給他的幕僚們授予了不同的官職。任命許靖為太傅（相當於天子的顧問），法正為尚書令。任命關羽為前將軍，黃忠為後將軍，張飛為右將軍，馬超為左將軍。諸葛孔明依然是軍師將軍。

四

「什麼，黃忠是後將軍，我是前將軍？」關羽衝着從益州帶來印綬的使者大聲吼道。他站起來抬腳就想踢來使，但卻在半空中停了下來。因其才學，關羽很敬重使者費詩，所以他才忍了下來。關羽沒踢費詩，在地上跺了一陣腳。

「要我與那個老頭子一般地位！」關羽的牙齒緊緊地咬住了半埋在鬍鬚中的嘴唇。

「您不接受嗎？」費詩問。關羽無論如何也不肯接受前將軍的印綬。這是拒絕所賜官職的意思。

「我跟主公是結義兄弟。結義整整三十五年……怎能與那黃忠同列？黃忠雖在漢中斬了夏侯淵，但是那點兒小事算什麼呀，本不足掛齒。再說黃忠原本不是劉表的家臣嗎？在荊州歸降後，他跟隨主公不過十年而已……而我跟隨主公已經三十五年了！」關羽氣得臉色通紅。鬍鬚也不住地抖動。

「您知道高祖劉邦的故事嗎？」費詩說道。漢高祖劉邦的故事，在當時無人不知曉。就算不知道春秋戰國的故事，漢朝開國時期的事情作為國史也是必須知道的。

「那個時期的事，我只是略讀了一二。」關羽說。暴烈的關羽與主公劉備一樣，年輕時疏於讀書，後來隨着地位的上升，才開始研讀一些史書和兵書。

「蕭何和曹參是高祖兒時的朋友。但是，高祖在開國之際，卻封從楚地投降的韓信為王。蕭何和曹參對此卻一句怨言都沒有哦。」

「是嗎……」關羽理解了。與高祖建國時一樣，就算自家兄弟有些委屈，他也不得不先照顧照顧外人。因為外人若對論功行賞不滿的話，可能會起兵謀反。韓信雖然被封為王，不久之後還是被高祖討伐了。若知道這樣的故事，就該了解正是因為結義兄弟才要學會忍耐。

「我明白了，多謝賜教。」關羽恭敬地接過了前將軍的印綬。

「一定要立下汗馬功勞！」手捋長髯，關羽暗暗下定決心。攻陷樊城，痛擊曹操。在剛剛從曹操手中奪得漢中的劉備陣營來看，現在應該乘勢攻打曹操。只要取得樊城，離天子所在的許都就不遠了。曹操一定會動搖的。關羽立即帶兵包圍了樊城。這是劉備自稱「漢中王」後第二個月，也就是八月的事情。

駐守樊城的征南將軍曹仁，派左將軍于禁和立義將軍龐德駐守樊城的北面。這一年八月，陰雨連綿，漢水氾濫，于禁的軍隊被大水孤立。關羽組織船隊，攻擊了躲在高處避水的于禁。于禁陷於困境，只好投降了關羽。龐德乘小舟逃出來想回樊城，但由於水勢過大翻了船。他緊緊抓着船邊，卻被關羽的士兵發現，成了俘虜。

「跪下！」兵卒們將龐德帶到關羽面前，讓他跪下。但他立而不跪。一個兵卒上去就是一拳，打在他的臉上。龐德雖兩手都被綁着，卻衝着那兵卒啐了一口。「混賬東西！」被啐的兵卒準備再打一拳，但關羽在旁邊制止了他。「喂，你不投降嗎？你的兄弟龐柔現在在蜀地呢。你素來勇猛，若是投降的話，亦能尊為一軍之將。你覺得如何？」關羽說道。

「閉嘴，小兔崽子！」龐德又啐了一口，只可惜關羽離得太遠，「讓我投降，沒門兒，呸！」

「你本是在馬騰、馬超父子的帳下，後來投降張魯，再後來又歸降了曹操不是嗎？你的舊主馬超現在是蜀的左將軍喲。投降吧，投降才是上策。」關羽雖被罵為「小兔崽子」，但他還是愛惜龐德的勇猛。

「廢話少說！我要侍奉的是能救天下於水火的明主。只有魏王（曹操）才能平定混亂的天下。魏王率百萬大軍東征西討，威震天下，跟你的主子劉備這等凡夫俗子不可同日而語。誰會投降你們？！」

「可惡，你膽敢這樣說，來人，把這傢伙拖去砍了。」關羽砍了龐德的頭。

那一晚，關羽倒背着手，弓着腰，在營內緩慢地踱步。他一直緊皺着眉頭。這位髯鬚大將有生以來頭一次感到了空虛。

老老實實地當了俘虜的于禁曾經是鮑信的部下。鮑信死後，他便歸順了同是鮑信幕僚的曹操。那是初平三年（公元一九二年）的事。于禁成為曹操的部將已經二十七年了，而白天斬殺的龐德，歸順曹操才四年而已。

前幾日，關羽對費詩申述了自己的不滿之情。「我跟隨主公三十五年，黃忠只不過才十年。」但是這好像並不只是年數上的問題。

五

樊城浸泡在水中。城牆只比水面高出約五尺。如果再漲水的話，根本用不着打仗，全城所有的人都會淹死的。關羽的軍隊乘船將樊城團團圍住。曹仁駐守的樊城的命運，已如風中之燭。「這可如何是好？」連曹仁都開始叫苦不迭了。然而城內的汝南太守滿寵卻說：「雨已下了數日，不必擔心水位會再高了。相信水會漸漸退去的。另外看關羽軍隊的樣子，他好像沒有把全部兵力都投在這裏。對方人數並沒有那麼多，再堅持一下吧。」

「是啊……嗯！再堅持一下好了。」

「這一帶有風俗認為，若河水氾濫的話，需將白馬投入水中來祈禱，這樣一來水便可以退去。我們不妨也舉行一個這樣的儀式如何？」

「好吧。雖然不知道效果會怎樣，至少能讓大家安心一些！」

「不是安心的問題。這是為了讓城內士兵的士氣高漲起來。關羽軍隊當然希望水漲起來，不戰而勝。而他們幾乎都是這附近出身的士兵，知道白馬犧牲的傳説。要是將白馬投入水中，他們應該就會相信水會退去。

這不也是做給他們看的嗎？於是也能挫敗敵人士兵的士氣。這可絕不是只為了讓人安心。」

「我明白了……帶一匹白馬來，要像雪一樣純白的。」曹仁命令道。被重重包圍的樊城中傳來了喜慶的音樂。「哎呀！他們在做什麼……」包圍樊城的關羽軍將士們也將注意力轉向了樊城。傳來音樂的地點逐漸明晰起來，人們的目光也都集中到了那裏。只見身着彩服的樂團出現在城牆上。樂隊由三十來人組成，樂器有鐘，有鼓，有笛子，有琴。而最惹人注意的是一匹白馬，如雪一般全身純白的駿馬，一看就是匹好馬。樊城城牆只比他們所站的地方高出一米。白馬被人們推到了城牆上。

也許白馬也從那種氣氛中意識到了什麼，變得極端神經質起來。牠被推到城牆上後才走了兩步，就突然嘶鳴着高抬起前蹄立了起來。

「呀，呀，呀——」

「哦，哦——哦哦！」

樊城內外的人們都不由得叫出了聲。揚起前蹄的白馬在下一秒鐘突然頭朝下一栽，將自己的身體砸向了水面。換作普通的馬，即使落水，也應該會用蹄子撲騰幾下，但這匹白馬落水後就直接沉入了水底，再也沒有浮出水面。真是簡單的過程。就好像是白馬從一開始就知道自己要犧牲似的，完全放棄了掙扎。

敵對雙方的人們都歎了口氣。漢水的平原雖然廣闊，但數萬人同時歎息使得水面上飄起一種妖異的氣氛。「這可不好，圍困樊城的大水此後難道真的會退去？」關羽陣營的將士們心中都浮現出了這樣的預感。這一預感，不知道消磨了士兵們的多少士氣。

「哦，白馬沉了。如此一來苦戰就將結束了。今後必定會有好事的吧……」樊城的人們看見白馬落河，就如同抖掉了附體的惡魔，從絕望中復蘇過來。

「一鼓作氣發動進攻吧。」關羽的參謀這樣進諫道。參謀不愧是參謀，他想在將士們的戰意徹底低落之前發起總攻。從客觀方面來看，這是正確的作戰方法。但關羽卻搖了搖頭。「再等一等。」關羽說。

為了發起總攻，必須保持夠數日使用的糧草。但是現在關羽連明天的糧食都拿不出來，從南方調度的補給沒有按照預想那般順利運來。糜芳那廝在磨蹭什麼？關羽眉頭緊蹙。糜芳記恨被關羽訓斥一事，故意拖延了兵糧輜重的運送。

不僅糧草不足，士兵也不足。關羽將相當一部分的荊州兵留在了南方的江陵。東面孫權的配置讓他不能隨意調動軍隊。關羽和孫權在表面上仍舊保持着同盟關係，但是關羽羞辱了孫權的提親使者，表面上的同盟不知在什麼時候就會實質性地決裂。要是防備變弱的話，孫權軍可能會攻打那裏吧。

出於這樣的考慮，雖然攻打樊城也急需兵力，但他不得不保留駐守江陵的軍隊。孫權的前線基地在臨近赤壁的陸口，陸口的總司令官就是虎威將軍呂蒙。他的前任魯肅雖然是親劉備派，但呂蒙卻是眾所周知的反劉備派頭目。如此一來，關羽更不敢調動江陵的部隊了。

六

「估計我在的話就不行……」呂蒙抱着胳膊沉思。關羽對呂蒙有所戒備，所以才沒讓江陵的軍隊北上。如果江陵無人的話，呂蒙就可以兵不血刃地佔領那裏。「生病好了。」呂蒙制定了作戰計劃。只要呂蒙離開陸口的話，關羽就會放下心來吧。而且，如果呂蒙的繼任是親劉備派的話，關羽就會更加安心，應該會調江陵的部隊北上。

其實呂蒙倒也不是裝病。他一直為頑症所困，就是現在所說的肺結核。因此呂蒙瘦骨嶙峋，像鬼一般。關羽見過呂蒙幾次，知道呂蒙的病情，所以就算聽說呂蒙因病卸任，他也不會懷疑是裝病才對。

「找陸遜當繼任者好了。沒錯，就他最適合擔任我的下一任了。」呂蒙連繼任者都想好了。陸遜出身於江東豪族。孫權很看重這個年輕人，便把亡兄孫策的女兒許配給他。後來陸遜當上丞相，成為東吳的中流砥柱。但是，這時的陸遜還只是個出身名門的貴公子，在政治和軍事方面的才能都還是未知數。但是，陸遜有貴公子的風範，敢於大膽地提出自己的意見。他與魯肅的意見一致，主張與劉備聯合，打擊梟雄曹操。

然而前幾日，呂蒙與陸遜進行了一次徹夜長談。陸遜是謙虛之人，不怕承認自己的錯誤。他雖是親劉備派，但經過徹夜的討論之後，他開始傾向於呂蒙的反劉備論。「看來還是我考慮不周。」陸遜很爽快地承認了。

「伯言（陸遜的字）大人，您改變主意一事請不要馬上公之於眾。」呂蒙這樣說道。他想把這位青年作為暗地裏的同盟。這的確起了很大的作用。世人都相信陸遜是熱心的親劉備派，當然關羽也對此深信不疑。

「哦，那個傢伙也終於要見鬼去了。他臉色那麼蒼白，居然還熬到了現在。不過這回阿蒙不在了，這邊就都好辦了。」聽說呂蒙因病回到建業後，關羽的臉色明朗了許多。接着，又傳來了陸遜繼任的消息，關羽終於笑逐顏開。「形勢越來越有利於我們了。這樣一來我們便可用江陵之兵來攻打樊城了。」

實際上，頑強的樊城守備一直讓關羽難以下手。若再有幾萬兵力的話，應該可以一舉拿下樊城。

「但是，為何起用陸遜這樣的年輕人……」關羽的幕僚之中，也有人提出質疑。陸口的總司令官這等重任，居然繼呂蒙之後讓陸遜擔當，他實在太沒經驗了。

「不，孫權一定很期待那小子。不管怎麼説，他都是亡兄孫策的女婿嘛。這種人事安排不足為怪。」關羽毫不懷疑。而且，緊接着陸遜的上任問候狀就送了來。

「舉小克大，一何巍巍！」信裏如此誇讚關羽的勝利。「敵國敗績，利在同盟，聞慶撫節，想遂席捲，共獎王綱……」滿篇都是這樣的恭維話。關羽當然欣然接受了。

「雖是年輕之輩，陸遜卻有長遠的目光。而且，聽説他一直主張強化與我方的同盟。江陵方面已經不用再擔心了。」關羽説完，便命令江陵的守軍立刻北上。糜芳留在江陵。正是他拖延了關羽的軍需供給。關羽對糜芳的做法耿耿於懷，讓傳達全軍北上命令的使者給糜芳帶了話。

「你還真敢違抗我的指示把補給怠慢了啊。待我攻下樊城凱旋後再與你算賬，洗乾淨脖子等着吧。」這種粗暴的話，正是直性子關羽的一貫作風。

「鬍鬚公！不知道哪裏來的野種，算個什麼東西！」聽到這樣的傳話，糜芳當然是惱羞成怒。糜家原是徐州的大豪族，全族以此為榮。統治徐州的人，無論是陶謙還是呂布、劉備都不得不依靠糜氏家族的經濟實力。陶謙死後，劉備被迎立為徐州牧，其兄糜竺是最大的功臣。糜芳心懷這樣的驕傲。關羽不是個連姓氏都不知道的野種嗎？這野種竟然還讓我洗乾淨脖子等着。然而，既然對方是關羽，也許自己真的會以怠慢補給為由被處刑。這樣一想，糜芳就不安起來。

就在這時，陸遜派人前來勸降。「江陵現在幾乎沒有守兵。東吳軍準備馬上攻打江陵，但我不希望看到無意義的流血犧牲。所以勸您投降……」江陵的確只留有少數守城的士兵。若孫權軍真的席捲而來的話，估計一刻也挺不住。

「放棄徒勞無益的抵抗吧。」糜芳決定投降。確認江陵駐軍北上的消息後，孫權命呂蒙為總司令官帶遠征軍出發。副將是孫權的堂弟孫皎。奇襲成功了。其實本來也不可能失敗。一來江陵幾乎沒有守軍，二來留守的糜芳早早地答應了投降。孫權軍兵不血刃地佔領了江陵。江陵悄無聲息地陷落了。由於過於低調，以至於攻打樊城的關羽都沒覺察到這一事實。

七

孫權命呂蒙為總司令官率遠征軍西進的同時，也向曹操送去請求締結同盟的書信。對曹操這邊來說，樊城被圍困陷入苦戰之時，能與孫權結盟甚是難得。這樣一來吳軍就能夠從背後襲擊關羽。孫權在這裏向曹操賣個人情，意在讓曹操認可他吞併江陵。

關羽對此一無所知。曹操任命的荊州刺史胡修、南鄉太守傳方等人因關羽的猛攻而投降。現在的湖北省北部到河南省南部之間的廣闊土地均屈服於關羽的武力之下。剩下的就只有樊城了。因東吳的人事變動，關羽得以調動江陵的軍隊，攻下樊城指日可待。此時的關羽，已經登上了得意的巔峰。

然而巔峰旁邊即是斷崖。關羽現在還蒙在鼓裏，沉醉在勝利的美酒之中。關羽得江陵之兵，本打算一口氣攻下樊城。不料，曹操方面也遣徐晃為大將軍，帶領援軍趕到偃城。但是由於漢水氾濫，作戰行動沒有按計劃展開。

「再有十日……再堅持十日的話，我一定能打敗關羽。」徐晃望着樊城的方向歎息道。只要城內的曹仁再堅守十日，徐晃就有擊破關羽的自信。

「首先需要的是士氣啊。」幕僚說。

「士氣嗎……但士氣本也不是隨隨便便就會產生的啊。」

「樊城投白馬入水，鼓舞了將士的士氣。」

「白馬的效力又能持續多久呢？」

「那麼，該怎麼辦呢？」

「好，就採取新的辦法來激起友軍的士氣。」徐晃的打算是讓強弓手向樊城內射箭報信。他將孫權與曹操結盟、約定共同攻打關羽的信抄寫了兩份。一封信射入城內，另一封信射入包圍軍的陣營之中。

城中若是知道援軍就在附近的消息，必然會重新振作；而敵軍若得知腹背受敵，則必然會意氣消沉。問題是如何才能接近朝城中射箭的地點。雖然水已經退去了大半，但關羽軍得到增援，包圍圈也變厚了許多。曹軍開始挖地道，只為了向城中射箭信。通過地道接近樊城的強弓手拉動弓弦，完美地將箭信射進了樊城，順便也給關羽的陣營捎去一封。

「荒唐！怎麼可能有這種事？」關羽付諸一笑。孫權軍的前線司令官發生變動，親劉備派的陸遜接任這樣的好消息才剛剛送到。所有的一切都順利地進行着。樊城陷落也是指日可待。關羽將此信看做謠言，打算銷毀了信件。但是，一抹不安卻留在了他心中。

「難道……」他皺了皺眉頭。糜芳以各種藉口延遲送糧，關羽的處境越來越困難。特別是接收了于禁手下數萬俘虜之後，糧草問題顯得日益嚴峻。湘關這個地方有孫權軍的糧草庫。

「不能讓士兵餓肚子。先暫借湘關的米一用，以後再返還。」關羽擅自闖入湘關，運走了糧食。也許他只是打算暫借一下而已，但對於孫權手下的湘關官員來說這與強搶無異。恐怕他已經向建業報告了關羽的強盜行為。

「大概是因為這個孫權才生氣的吧……」在關羽的腦子裏，能讓孫權出兵的理由除此之外再無其他。早知道應該先寫一封致歉信的。不過現在倒也不晚。要不要寫一封送去呢？關羽甚至把腳踢提親使者的事都忘得一乾二淨。也許他光顧着大局，從而缺乏了一顆體察人情世俗的心。這也許是關羽的優點，因為他可以不為瑣事所累，一心一意地埋頭打仗。

終於，傳來了曹操親自率兵進軍摩陂的消息。這應該是正式的救援部隊。「好，趁現在正好踏平樊城！」關羽的攻勢很猛，但知道援軍馬上會來的曹仁守軍卻勇氣百倍，以少見的高昂士氣對抗着。不論關羽的軍隊如何進攻，都無法再進一步。

這時，又傳來了壞消息。「江陵已落入呂蒙軍之手……」開始這只是謠傳。「荒唐！呂蒙不是因病回建業去了嗎？怎麼可能又去了江陵！」關羽還想否認。但是，曹操親自出陣不正說明他與孫權的同盟已經建立了嗎？關羽的否定與之前相比，顯得相當蒼白無力。

「貂蟬啊……友琴啊……」四下無人之時，關羽悄悄呼喚着愛妻和女兒的名字。壞消息在關羽軍中傳播開來。包括關羽在內，他麾下的許多將士都將家眷留在了江陵，他們擔心着家人的安全。然而一提起家人的事，總帥關羽就會劈頭蓋臉地斥責他們。你是女人嗎？婆婆媽媽的。將士們悄悄地湊錢讓附近的居民打聽江陵的情況，自然也四處託人給家人捎信。

這樣的民間使者回到關羽的陣營中，傳達了這樣的情況：江陵沒流一滴血就被呂蒙軍佔領了。幸而沒有開戰，所有居民都平安無事。呂蒙將軍軍律嚴明，告誡將兵不准拿居民一針一線。據說有一個兵卒從居民家中借了個斗笠，將軍為引以為戒就處決了他。那之後呂蒙軍老實本分，居民們都非常欽佩，紛紛說從沒見過這樣紀律嚴明的軍隊……

「是這樣啊。那父母妻兒都安然無恙是嗎？太好了……」士兵們的心中對呂蒙率領的東吳軍都抱有感謝之情。軍隊對敵人抱有這種心情的話，士氣自然也就低落了。這時候，曹操陣營中的知名猛將徐晃又率精兵殺了進來。從漢中遺憾退兵的徐晃認為這次是挽回名譽的好機會，毫不遲疑地猛衝進了關羽的大本營。關羽的大本營周圍，埋設了十重「鹿角」。鹿角是形狀像鹿角的、尖端鋒利的柵欄。徐晃的先鋒軍揮着大斧子砍倒鹿角，開闢出一條突擊的道路。

關羽軍過於依賴這十重鹿角了。而且，直到剛才他們連做夢也沒有想過會戰敗。江陵淪陷一事已全軍皆知，士兵們幾乎喪失了戰意。而偏在這個時候，徐晃的精英小隊殺了進來。

「可惡，防守！不准後退！」關羽一個人咆哮着，但部下都已經陣腳不穩了。眼看着就在敵人的攻擊下節節後退。直到全線崩潰。

關羽怒瞪着眼前的樊城，眉毛倒豎，鬍鬚顫抖：「呂蒙這個騙子！糜芳這個懦夫！孫權這個色狼！」他衝着樊城破口大罵。

「父親，現在我們只能撤退了，只望有機會東山再起。」長子關平勒馬出現在父親面前。他雙眼通紅，年輕的臉上掛滿了淚水。

「不要追！」得知關羽敗走的消息，身在摩陂的曹操開口便說。

「是。」使者低下頭，「征南將軍也下令停止追趕。」

「哦，曹仁也開始明白打仗的事情了。」曹操非常滿意地說道。實際上，曹仁是聽取了趙儼的進諫，放棄了追趕關羽。

這是一場在曹操與孫權的同盟關係還不太牢固的情形下進行的戰鬥。解了樊城之圍，曹軍就達到了目的，剩下的交給孫權就可以了。

「可能的話，讓關羽與孫權大戰一場，兩敗俱傷該多好……」這也就是所謂的亂世下的盤算吧。關羽逃到位於南郡當陽縣東南的麥城。雖然他先抵達了這裏，但途中掉隊人數眾多。隨後追來的東吳軍，或者埋伏着的東吳軍中，又雜混着關羽部下的家人。他們拚命呼喚着自己父親、丈夫的名字。

「早些回到江陵來吧，大家都在等着你呢。」

「喂，你難道不想家族團聚，快樂地生活嗎？喜歡什麼不好，非要選擇刀林箭雨呢？放棄吧，放棄吧……」聽到這樣的呼聲，五人、十人，人數不多的小隊紛紛做了逃兵。抵達麥城時，關羽身邊只剩下了數百人馬。進入麥城之後，孫權那邊的呼喊攻勢仍在繼續。

「美髯公啊，像你這樣的英雄豪傑，在這裏殞命的話就太可惜了，快投降東吳吧。你的家人也在江陵翹首以盼呢！歸順吧！這也是為了天下的大計。」孫權軍特意找來嗓門大的人，站在上風處大聲呼喊。關羽雙眼緊閉，默默聽着。兒子關平提心弔膽地問道：「該怎麼辦呢？」

八

「誰會投降碧眼兒（孫權）這種人？但是，也好……我們假裝投降，伺機衝出城去。」關羽答道。

麥城是座小城，數百軍兵恐怕連一日也守不住。衝出城往西北方向走的話，上庸郡是劉備的勢力範圍。不管怎樣，只要能到那附近，關羽就會有活路。「就算如此，上庸的孟達那傢伙，要是能派些援兵來就好了……」關羽滿肚子都是對上庸太守孟達的不滿。但是，此前與曹軍發生小規模衝突之時，孟達想要派出援軍，卻被關羽訓斥道「不要浪費兵力」。這次自己即使是向他求援，恐怕孟達也不會派出一兵一卒吧。關羽在麥城的城牆上豎起降旗，紮了稻草人放在旁邊。

「我方決定投降。因要準備一下，請稍候片刻。」關羽讓嗓門大的部下這樣喊道，打算趁着對手疏於攻擊之際逃出城去。人多的話容易暴露，所以他將手下分成了三人或四人的小分隊。軍隊的編制已經被解除了。

除了兒子關平，關羽逃走時身邊只帶了十餘騎。但是，孫權一方對周圍的地理情況很熟悉。就算關羽從麥城脱逃，他們也大致知道他會走哪條路。孫權在預想的脱逃路線上佈置了朱然和潘璋二將的軍隊。漳水一帶有個叫做漳鄉的部落，在那裏待命的潘璋發現了關羽一行人的蹤跡。騎着赤兔馬，長髯飄飄的人，毫無疑問就是關羽。

「關雲長，哪裏逃！」潘璋將劍舉過頭頂，帶領數千人馬衝了上來，將逃跑者團團圍住。不用説，勝負一目了然。關羽一行人全被生擒活捉。關羽幾乎沒有抵抗，也許是他已經沒有抵抗的氣力了。他今年五十八歲了。年輕的關平倒是激烈地搏鬥了一番。但是畢竟力量對比懸殊，這只不過是無用的抵抗罷了。被縛上繩索時，關羽也只傻傻地張着嘴。這數日之間，他感覺就好像過了十年二十年，可以説是急速地衰老了吧。他的眼神散漫無神。

「關羽雲長這樣的偉丈夫竟也會被繩索捆綁，這種事情怎麼可能？」若意識清醒的話，他就會感到恥辱。但關羽不想受辱，他的自尊心太強了。如果不想受辱，只能喪失意識——也許他是為了保住自己的名譽，才突然顯出衰老的。

「如何，你在孫權將軍手下做官吧？」潘璋打一開始就這樣勸降道。但關羽完全沒有反應，口水順着他的唇邊滴下。

「鬆綁！」潘璋向部下命令道。但是關羽仍沒有半點反應。潘璋的兵卒為關羽鬆了綁，他那巨大的身軀不禁晃了兩三下。剛才是繩子將他的身體固定住了，一旦解開，他就像軟體動物那樣失去了支撐點。

「斬了他，快斬了他！快斬了老父啊！」關平慘叫道。

「那好，就斬了他。帶走。」潘璋下令道。只有現在將其斬首才是盡了武士的道義。

「不勝感激。」關平低下了頭。

這時，呂蒙在孫權的大本營中臥病不起。他的病情急劇惡化，恐怕已經無法再恢復。孫權守在呂蒙的身邊。「好起來啊。快點好起來，我還想請你做軍師攻打劉備呢。」孫權的碧眼中噙滿了淚水。病床上的呂蒙微微地搖了搖頭，也許他想説這是不可能實現的夢想了。不久後，呂蒙氣絕身亡，享年四十二歲。

當天，兩位使者接連為孫權送來了重大的報告。第一位使者報告説：「潘璋在漳鄉取得了關羽的首級。」第二位使者報告説：「征虜將軍得急病故去。」

征虜將軍是指孫皎。這次東吳征討江陵的遠征軍總司令官是呂蒙，副司令官就是孫皎。

「什麼……他們都死了嗎？」孫權説完，閉上了眼睛。

作者曰：

據《資治通鑒》記載，關羽被斬於建安二十四年（公元二一九年）十二月。《魏志．武帝紀》記載是第二年正月。大概是孫權將關羽的首級送到曹操那裏時，已是第二年的正月。呂蒙在公安病死，則是在打敗關羽後不久，他還沒有受到封賞的時候，應該與關羽的死是同一時間。

通俗本的《三國演義》中，呂蒙是被關羽的冤魂附體，痛苦而死。對於欺騙英雄關羽的人，聽眾們可不希望他就這麼平淡地一死了之了吧。

孫皎的死據《吳志．宗法傳》記載是在建安二十四年。而且書中清楚地記述了他抓住關羽、平定荊州的功績。也就是説，至少戰勝時他還健在，隨後才去世。

得到關羽首級的曹操按諸侯的禮儀厚葬了關羽，是在第二年的正月。同月，曹操六十五歲在洛陽病逝，就在關羽的葬禮之後不久。

斬殺關羽的大將和副將在關羽死後不久相繼離世，曹操在為關羽舉行葬禮後也跟着去世。雖然呂蒙很早以前就被病魔所困，而曹操在當時已是高齡，又有嚴重的頑疾偏頭痛。意外死亡的，應該只有副將孫皎。但是，當時的人將這一連串的死都看做是關羽的詛咒，倒也不是奇怪的事情。

中國各地都有關帝廟。關羽不是皇帝，甚至連「王」也算不上，卻被奉為「關帝」，實屬特例。他的怨靈之厲害，使人人得以敬畏，為了告慰其亡靈人們才要祭祀他。從來龍去脈可見，中國的關帝大致相當於日本的天神。

第六卷

三個國家、三組勢力，為着一統天下的共同目標，分分合合，爭戰不休。流離亂世，英豪迭出，他們的智慧、情感與命運，動人心魄。

悠悠四百年

一

槌音震耳。四下裏皆是高低起伏的槌聲，無論是在低處，還是在高處。白髮蒼蒼的老人像是陶醉般側耳傾聽着。然後他又換了一處地方。果然依舊能聽到那種聲音。老人不時地點點頭，口中低聲唸叨着什麼。可就算是他身邊的人也無法聽清。那不過是他的自言自語罷了。老人自顧自地對着內心的低歎點了點頭。

「您好啊，陶固大人。」碧眼的西域僧開口招呼道，被稱做陶固的老人這才回過神來。

「喲，這不是支敬長老嗎？」老人回答道，有些不好意思地笑起來。

「日復一日，宏偉的建築也日益增多啊。」西域僧說。支敬約莫五十，現在月氏族的佛寺白馬寺裏擔任代理長老。

「這都是託您的福。」陶固低頭答道。

「陶固大人不必對我言謝，要謝的話，就謝魏王殿下吧。」

「呵呵，話雖如此……但我卻想為洛陽對所有人道一聲謝。」陶固已過古稀之年，距離董卓燒毀京城洛陽，正好三十年。

重建花都洛陽，生在洛陽長在洛陽的商人陶固為此傾注了畢生心血。對於陶固來說，三十年歲月的每分每秒都是為了洛陽的復興。三十年的苦難歲月啊。二十四年前，天子曾一度從長安回到洛陽，但卻未在這裏定都。當時的洛陽是那麼的荒蕪。董卓的破壞是那麼的徹底。這樣的洛陽已經不可能再成為都城了。所有人都這樣認為。東歸的天子一行也捨棄洛陽，前往許都。不僅是天子，所有人都對洛陽感到絕望。他們紛紛投奔新都許都、南陽、鄴城等地，去尋找新的生活。

只有陶固留在了洛陽。一個人的力量雖是有限的，但他卻依舊盡力而為。他僱用下人時支付兩倍於許都、鄴城的報酬，也答應付給工匠、泥水匠們雙倍於市價的酬金。——在其努力之下，廢墟恢復成了小聚落。陶固復興洛陽，得到了白馬寺的幫助。擅長經商的月氏人在經營住宿型中轉城市上有着特殊的才能。商人們投宿在這裏，並以種種方式消費。在陶固和白馬寺的共同努力下，洛陽終於變成了一個小城鎮。而讓洛陽真正開始恢復元氣的，則是最近幾年來的事。奉魏王曹操之命，洛陽開始大興土木，人們不禁議論紛紛。這難道是遷都洛陽的前兆嗎？關羽對樊城的進攻加劇之後，曹操親自率軍進入洛陽。與要塞鄴城相比，這裏離戰場更近，也就意味着「大本營」的前移。但是，有關遷都的傳言卻始終都沒有銷聲匿跡。

「洛陽要成為都城了。」

「那不是肯定的嘛……不過，雖然不便説，但那可不是大漢的都城。」

「什麼？難道不是天子的都城嗎？」

「也許是天子的都城沒錯……但這個嘛，更具體的我就不說了。」

「你不說我也明白……」洛陽的市井之間，悄悄地流傳着這樣的對話。

漢室衰敗，幾乎已等同於滅亡。魏的曹氏將取代之成為天下之主。這已經成為中原百姓們的普遍常識了。曹操於建安二十四年（公元二一九年）十月進駐洛陽。同年十二月，關羽戰敗。關羽敗北的流言也傳到了洛陽。終於到魏取代漢的時候了。就算不說出口來，人們也早已將此當做了既定的事實。在這樣的意識基礎之上，眾人也開始商量各種各樣的事。

「今夜，殿下將下榻白馬寺。」西域僧支敬說。

「哦，這是……」陶固的表情明亮了起來。

「也請陶固大人賞光。」

「什麼？我嗎？」

「是的，我已經將你列在了名簿上。」

「這種事……老朽誠惶誠恐。」

「不，今晚沒有尊卑，只是個簡單輕鬆的聚會而已。殿下也是微服出行。不算是什麼嚴肅場面，所以無論如何都請您賞光……如此一來，洛陽之事不也就能夠向殿下請願了嗎？」

「也對……洛陽之事……」陶固的臉上綻開了笑容，能夠將洛陽之事託付給最高當權者，這可是個千載難逢的機會。

「所以我才來找您啊。」支敬說。

「又勞您費心了……」陶固低下了頭。——「那麼，老夫就不再客氣了，請問具體時間是？」

二

建始殿。「建始」其實是西漢成帝的年號。曹操在給新建成的宮殿命名的時候，並沒有意識到這是二百五十年前的年號。由此起始、從此開始建設新的國家。因為帶有這樣的寓意，所以他選擇了「建始」這個名字。建始殿已經初具規模。曹操去建始殿視察。工程大體上已經完成，只剩下內部和牆壁部分。因為工程浩大，建築材料難免有些不足。

「現在正在砍伐濯龍祠的樹木。」監工的官員報告說。

「哦，濯龍祠的神木嘛……」曹操輕聲道。

根據《漢書》的註解，當時稱八尺以上的馬為龍。「濯龍」也就是洗濯良馬的意思。蓋有皇帝馬廄的地方稱為濯龍，周圍的園林則被稱為濯龍苑，那裏的池子被稱為濯龍池。附近又有一座小祠堂，因是天子用地，其中的樹木自然不能隨意砍伐。因此濯龍祠一帶的樹木都被稱為「神木」。

曹操對迷信深惡痛絕。他年輕的時候，初次為官，便着手破除邪教淫祠。對於有人說他會遭天譴的事，有沒有天譴，睜開你們的眼睛好好看看！曹操如此回答。他甚至還幹過對着淫祠撒尿的事。曹操憎惡迷信，手下也很清楚。所以，他們砍起神木來也無所顧忌。但是這一次，曹操卻顯得有些不安。

「好吧，回去時順路去一下濯龍祠，看看砍伐神木的情況……」曹操說。他自己心中忽然生出一股隱隱的不安，為了撫平這種不安，便說要去視察一番。據司馬彪的《續漢書》記載，濯龍苑位於洛陽西北。此處的祠堂據說是後漢的桓帝為了祭祀黃老而建的。這時候雖是嚴冬時節，採伐的工人一個個卻都大汗淋漓，揮舞着斧頭。

「呵，幹得不錯嘛……」曹操命人在砍伐工人的旁邊停下輿輦，慢慢走下車來。他下車的時候，感到腰間一陣劇痛。「上年紀了啊……」曹操微微搖了搖頭。沒有人注意到曹操的痛苦表情。家臣全都伏地跪倒，沒有一個人抬頭。曹操已經六十五歲了。他不想談論自己的年齡。其實是害怕談論。除了老毛病偏頭痛之外，突然活動身體的時候腰也會痛得厲害。聽力也不大好了，視力更是大不如前。

「幹得不錯。」曹操嘴上雖然這麼說，可實際上從車上走下來的時候，他的眼前便是一片模糊，什麼都沒有看清。只是因為恐懼身體機能的衰退，才更要裝出一副看得很清的模樣。他瞪大了眼睛仔細看了半天，終於開始看清現場的輪廓了。他略略放了點心，一步步向前走去。伐木的工人們，頭上都裹着頭巾。武士以頭巾裹頭，是從曹操開始的。在此之前，無論是武士還是大夫，都必須穿戴整齊。只是到了後漢末年，冠開始變得簡單化，同時流行起裹頭巾了。既然都是簡化，不如徹底一些，直接省掉吧。曹操便乾脆用頭巾替代了冠。

而一般勞動者戴的頭巾，則是自古以來的一種裝束。「嗨呦！嗨喲！」工人們一邊吆喝一邊揮動斧子。在一棵粗得需要幾個人才能合抱過來的大樹根部，一直有一個男子默默地揮着斧頭，露在頭巾外的頭髮花白。「一把年紀還如此拚命啊。」曹操心中感歎。這位老人的一隻肩膀露在外面，古銅色肩膀上的筋骨隨着斧頭的起落而跳動，看上去頗有些歡快的模樣。

「呀，這是……」看着老人落下的斧頭，曹操不禁叫出了聲。他伸手揉了揉自己的眼睛，為了看得更清楚一些。他看到了難以置信的東西。斧子已經在靠近大樹根部的地方砍了不少下，這裏的樹皮都已經脫落，露出裏面白色的部分。然而就是這裏，滲出了鮮紅的液體。

「樹流血了嗎？會有這樣的事嗎？」曹操再次揉了揉眼睛。果然是像血一樣。不單單是慢慢滲出，而且越聚越多，順着一條線流淌下來。曹操移開了視線。「哪怕是神木，也不可能流血。況且這本來就不是神木。濯龍祠的樹和民家院子裏的樹不都是一樣的東西。看起來像是流血，其實只是樹液而已，唔，要麼就是樹脂……」曹操這樣告訴自己。他轉過身去，不再看樹。

「去白馬寺。」說着，曹操上了輿輦。在輿輦中，曹操想，「我有點兒不像我自己了，平時不是這樣啊……」若是平時的曹操，一定會靠近神樹，通過自己的眼睛仔細確認那不是血而是樹汁。轉開目光，背過身去，確實不像曹操的風格。將事情丟在一邊置之不理，這是他從前最為痛恨的事情。車子搖晃起來，曹操也不住搖頭。「我從前……」他有些退縮了。果然還是上了年紀的緣故？輿輦之中，曹操的心情有些不快。

三

「去見見多日不見的朋友吧。」去白馬寺的路上，曹操坐在輿輦之中，如此對自己說。他並非是因為氣力衰微才開始關注佛教這個異國的信仰。當年他便認識不少白馬寺的人，其中有張魯的母親少容、少容的養子陳潛，還有熱愛洛陽的許多人。成為魏王之後，曹操更加忙碌，與那些人見面說話的機會也就少了許多。

關羽敗走的消息傳來，曹操這才鬆了口氣，由前線回到了洛陽。他生出一股難得的情緒，想去同那些沒有爭霸野心的朋友們在一起暢談一番。這當然不是因為自己氣力衰竭的緣故。然而，像這樣的自我辯解，對於曹操來說也非同尋常。曹操意識到這一點，不禁覺得自己果然還是上了年紀。

「哦，陶固嘛……這個名字好像在哪裏聽過。」在白馬寺，曹操遇上了一位初次見面的人，這就是陶固。

自從三十年前董卓將洛陽化作灰燼之時，陶固這個名字便好像從大地上消失了一般，被人徹底遺忘了。不過若是放在三十年之前，只要提起陶固這個名字，洛陽城中無人不知，他是當時洛陽首屈一指的富豪。年輕時候的曹操，自然也聽說過這個名字。不過，他能在三十年之後依然記得這個名字，卻是因為他從白馬寺的長老支敬那裏聽說過關於陶固的事。

當年董卓為了隱匿財寶，招來白馬寺的月氏族人挖鑿洞穴。藏好財寶之後，董卓和呂布又要將挖洞的人一併埋到洞裏滅口。幸虧陶固事先從鄰近的自家府院中横着挖了一條隧道通向藏匿財寶的洞穴，才將活埋的人救了出來。深愛洛陽的人物。支敬將這個故事說給曹操之後，特意加了這麼一句。

「啊，汗顏之至，老朽微名，實在有辱殿下尊耳。」陶固拜倒在地。

「我聽支敬說過你挖洞的事，助人是好事啊。」

「慚愧慚愧。」

「聽說你深愛洛陽？」

「是的，猶如愛家一般。」

「化成了灰燼也愛？」

「化成灰燼之後，勾起了我心中更多的愛。」

「人也是這樣吧。」曹操說。

「嗯？」陶固抬起頭，驚訝地盯着曹操的臉。

當時的中國，人死之後俱是土葬，沒有死後成灰的説法。火葬是佛教盛行之後才興起的。不過曹操經常從支英那裏了解佛教的事，所以也知道火葬。化成灰不是很清高的事嘛，總比腐爛好上許多。曹操是徹底的現實主義者，他對火葬有着如此評價。

「這裏不是佛教的寺院嗎？佛教認為人死之後應當會化成灰燼。」曹操笑着説道。

「這次請陶固來，是因為他有求於殿下……」支敬在旁邊插話道。

「有事相求？哦，説來聽聽。」曹操説道。

「這個，其實也沒什麼……」陶固叩頭説道，「我想將洛陽再度建成雄偉的城市，只有這一個請求。再一次……重新建成開滿牡丹的都城。」

「只有這個？」曹操問道，他感到有些疲憊。

「是，只有這一個。」陶固不停磕頭，額上幾乎都要磕出血了。這讓曹操聯想起剛才見到的神木的血。不是一幅令人愉悦的場景啊。

「好了……」曹操皺着眉頭説道。恰在此時，急使來了。

「驃騎將軍的親筆書信。」急使報告説。

「哦，南昌侯來的信嗎？」曹操接過來，當場撕開了信封。

為了攻打關羽，曹操與孫權聯盟，拜孫權為驃騎將軍，封南昌侯。現在來的便是孫權的親筆信。曹操快速看了一遍。「送關羽的首級過來啊……那就要好好準備葬禮了。關羽這樣的武將，應該厚葬……」讀完書信，曹操自言自語般地説。

二十年前，劉備敗給曹操、投奔袁紹的時候，關羽成了曹操的俘虜。曹操拜關羽為偏將軍。白馬之戰，關羽作為曹操的部將，取得了袁紹的猛將顏良的首級。之後關羽又回到舊主兼義兄的劉備身邊。曹操與關羽的主從關係只保持了很短的一段時間。「關羽作為大將，果敢決斷，相當優秀……」曹操如此評價關羽的才能。殺之可惜啊，讀到書信中提及關羽首級的地方，曹操的眼睛不禁有些濕潤了。

「不可思議……殿下的眼睛竟然有些發紅。」白馬寺的長老支敬和五斗米道的教母少容，不約而同地對望了一眼。作為詩人，曹操是個感情豐富的人；作為天下的霸者，他卻又不得不竭力抑制澎湃的激情。這一次雙眼飽含淚水的模樣，平時絕少能夠見到。

「大概是控制不住了吧……」支敬的視線在問。

「果然還是上了年紀啊。」少容默答道。

「孫權的書信，寫法很怪。」曹操說。

「怎麼了？」支敬問。

「他稱我為陛下。」

「哦，陛下嘛……」支敬緘默不語。一閉上嘴，老僧的臉上便堆滿了皺紋。當年秦朝始皇帝登基，根據宰相李斯的提議，「陛下」一詞只能對天子使用。漢朝也沿襲了這一制度。對皇太子及諸王只能用「殿下」一詞。而像三公及俸祿二千石的地方長官，則以「閣下」相稱。曹操現在是魏王，照理說應該稱殿下才對。稱其為陛下，乃是對天子的大不敬。

「看，他是這麼寫的吧。」曹操將書信拿給支敬看。

「果然如此，確實是『陛下』二字，而且還寫的是『臣權』。」支敬眯起眼睛看了看書信。

「孫權那小子，是要把我放到爐火之上嘛……嚯嚯，還真熱啊。」曹操說道。

當時流行的五行之說，依照木、火、土、金、水的順序，具備這些德行的人物將會以天子的身份逐一君臨天下。譬如說，堯具火德、舜具土德、夏具金德，因此逐一成為了天子。而漢承的乃是火德。五行之中，取代火的是土。承土德者便是在火之上，可以取而代之。所以，曹操的話也就是在說，孫權是想讓我做天子嗎？

「非也。火乃自滅之物，坐在上面也不會熱。」說這話的是曹操身邊的侍中陳群。

「哦，火乃自滅之物嗎……」曹操低低說着，閉上了眼睛。他的臉頰微微抽動了一下，不知是哭還是笑。

「天命如此。」陳群說道。

「若天命在吾，吾為周文王矣。」曹操說着，睜開了眼睛。殷商末年，周文王坐擁天下三分之二的勢力，然而至死仍是殷商的臣子。直到他的兒子當上武王後，才追封其父為周文王。周文王雖受天命，卻沒有推翻商朝。曹操說自己要仿效文王，意思也就是說，我雖能夠左右漢朝的命運，但還是將其交給兒子吧。我依然會做漢的臣子，一直到死。

四

「我為何要來這裏見上這許多人？」曹操暗暗對自己說。這一次他在白馬寺見到了很多人。談話之中，他忽然生出了這樣的疑問。曹操不禁向少容望去。雖然上了年紀，少容依舊非常美麗。那是令人目眩的美。

不過曹操並不是想要看她的美貌。他看少容，是因為每當他生出疑惑的時候，少容必定能給他一些解答。其實，少容很少會開口給曹操一些明確的解答。不過只要看到她那沉靜的表情，曹操就會覺得很安心。少容那裏一定會有他想要的答案。假如她解不了曹操的疑惑，就不會有那麼泰然自若的表情吧。曹操並不期望得到具體的解答。他剩下的時間已經不多了。只要知道還有答案，這就足夠了。每一次看到少容，曹操便感覺自己好像又向前邁進了一步。

對於知道自己已然老去的人來說，時間是極其珍貴的，不能總停留在同樣的地方。少容點了點頭。「明白了啊。」曹操也向她點頭回應。「你是來向眾人告別的吧。因為以後便再也無法相見了……尤其是我吧。你這一生，也該到了畫上句號的時候了……」少容心中這樣想着，不過並沒有說出來。

二十八年前，曹操在少容的協助下，接納青州三十萬黃巾軍的時候，「將軍是為了天下的和平，我則是為了世人心中的安寧——哪一方能給世人更早帶來幸福？」少容曾經問曹操。這是少容對他的挑戰。而那時候她所說的話，曹操也永遠不會忘記。「哪一方會勝？」剩下的時間已經不多了，快到了分出勝負的時候了吧。正因為如此，曹操又來了這裏。然而真到了見面的時候，兩人卻總是說些別的話題，避開了決勝的討論。

「對了，有一件事，須與教母單獨討教一番。」曹操終於說了出來。

「這麼早嗎？現在商討是不是有些過早啊？」少容婀娜地笑着。那副笑容，的確只能用「婀娜」二字形容。

「過早啊……」曹操又感到一陣安心。是不是因為有這樣的安心感，人們才聚集到少容身邊的？生於亂世，曹操通過少容這位道教的教母，漸漸知道了安撫人心的重要性。也許我輸了吧，曹操忽然想。對於天性好強的他來說，內心發出這樣的歎息是很少見的。更讓他感到不可思議的是，儘管隱約感到自己輸了，心中卻一點都不覺得遺憾。

「眼下還是不分勝負的吧。」少容笑着說。

「不分勝負嗎?」曹操無法認可這個評價。

就在此時,又有急使匆匆趕來。這回不是書信,而是口頭的報告。「關羽的首級已經送到。」急使仿佛在抑制自己的興奮一樣,有些激動地說。「嚯,同一天到的啊。」曹操點了點頭。孫權的書信是從建業來,而關羽的首級則從荊州送來,二者在同一天到達洛陽。支敬等人雙手合十,少容垂首默默禱告。雖是居住在曹操的勢力範圍之內,信仰宗教的人並沒有敵我的觀念。曹操很想到那個不同的世界去看看——僅僅看看就好,他感覺自己正在向那個世界靠近,這豈不是莫名其妙嗎……忽然間,不知為何他又想起了濯龍祠的神木,那幅神木流血的場面又出現在他腦海裏。

「既然送來了首級,就要回去舉行葬禮了。」曹操說道。

少容上前一步說:「雲長大人當年曾經被封為漢壽亭侯,又曾鎮守天下十三州中的一州,請殿下依諸侯之禮厚葬……」

「知道了……那麼,告辭了。」曹操從椅子上站了起來。

據《後漢書》中的記載,諸侯的葬儀規定為:「樟棺,洞朱,雲氣畫。」即用樟木做棺材,塗上朱色,畫上雲狀的紋樣。而三公的禮遇是用樟木黑漆棺。雖然同樣是樟木棺,但上面不染朱色,而是塗黑漆。幾天之後,洛陽舉行了關羽的葬禮。關羽的首級被置於內塗朱漆的棺材中。因為只有首級,所以只能將其餘的空間用木炭和乾燥的蘆葦葉填滿。關羽本是紅臉,死了幾天之後,現在已經變成了鉛色。當然也沒有一絲生氣,唯有那副長髯，死後依然還是那麼光鮮。

「僅有首級也好啊。」曹操向着關羽的首級低聲説道。初平三年（公元一九二年）曹操曾在壽張大戰黃巾軍，鮑信便在這一戰中陣亡。戰亂過後，曹操雖然懸賞，但還是沒能找到鮑信的屍體，不得已只有用木頭雕刻了一尊鮑信的像，將其置於棺材中安葬。曹操此時突然想起了這件事。

「父王對關羽的首級説了什麼？」曹丕問道。曹丕就在曹操身邊，但是父親的聲音太小，他沒有聽清楚。

「我説很快就能在冥府見面了。」曹操回答道。他對兒子撒了一個謊，至於為什麼要撒謊，他也不知道。也許這句話才是曹操真正想對關羽説的吧。

「這可不像父王説的話啊。」曹丕説。

在他看來，徹底的現實主義者應該不會相信冥府的存在。他的父親總是擺出強者的姿態，就算有時故意示弱，也是為了讀懂他人的反應、看穿他人的心事。然而這一次，依兒子冷靜的眼光看來，並不是這樣。

「父親一反常態，淨説些令人不安的事，也許這次真的要不行了……」曹丕感到重任落到了自己的肩上。父親若是辭世，那便要開始奪取漢朝基業的事了。這是曹丕和父親之間無言的約定。比起長子曹丕，作為父親的曹操，更加疼愛三子曹植。與像冰一樣冷峻的曹丕相比，曹植更具有人情味。儘管如此，他並沒有選擇曹植作為自己的繼承人。要問為什麼的話，是因為曹操知道，以曹植的性格恐怕不能完成篡奪漢朝江山的大業。

「你能行。你恐怕連眉頭都不會皺一下就能辦到了吧。所以我選了你……」曹丕聽懂了父親無聲的話語。隨後，「沒錯，我當然能行。」他也對父親做出了無言的承諾。

建安二十五年（公元二二〇年）正月，關羽依諸侯之禮下葬。文武百官身着喪服前來參加葬禮，許都的天子也依例派來敕使。關羽的葬禮之後，曹丕和曹植回了鄴城，父親曹操決定在洛陽再停留一段日子。

「為了你，就讓我來把這洛陽建成都城的樣子吧。」分別之際，曹操對曹丕這樣説道。

「孩兒惶恐。」曹丕垂首道。

「你取代漢室之後，就在洛陽定都吧。」父親的話中包含了這樣的意思。

五

曹操臥病不起。是雲長的冤魂作祟？不會，主公厚葬了雲長，他不該怨恨主公。但是雲長畢竟敗給了魏軍，想必頗為懊悔吧。非也非也，勝負本是時運，況且欺騙關羽的乃是呂蒙，他沒有道理來祟主公……雖然躺在病榻之上，曹操也可以想像得出臣下們悄悄談論的情景。「怎麼可能是美髯公作祟。連自己的命都保不住的人，還能有什麼力量嗎。」曹操相信這一點。而且，他自己相當清楚，很快他也將要加入到這些失去生命者的行列之中了。

這時候次子曹彰剛好在長安，來到洛陽看望曹操。曹彰雖然勇猛，頭腦卻很簡單，更沒有什麼學識。他想慰藉病榻上無聊的父親，便將街頭巷尾流傳的趣事説給他聽。「關羽包圍樊城的時候，據説曾經做過一個腳被野豬咬住的夢。夢醒之後，他擔心地對兒子關平説，總覺得這次我回不去了。腳被咬住，是走不了的……結果連他的屍身都沒能回去，被葬到了洛陽。這正好應驗了那個夢啊。」聽到一半曹操便知道自己的臉色變了。然而曹彰卻繼續往下講着，他完全沒有注意到父親臉色的變化。

曹操有三重怒火。首先，氣力的衰微讓他惱怒不已。解夢之類的事情，他根本不打算相信。然而聽說關羽也做了一個被野豬咬住的夢，讓他不禁聯想起濯龍祠神木流血的情景。之所以會聯想到這件事，也就說明他很在意，想忘都忘不掉。其次，他對於曹彰淨說些解夢之類的事情很生氣。這些話騙騙小女孩也就罷了，居然還對自己說，由這一點也能看出他的愚蠢——正因為如此，考慮繼承人的時候，曹操第一個就排除了這個曹彰。小時候蠢倒也算了，現在都已經三十多歲了，還是一點長進都沒有。最後，更讓曹操生氣的是，曹彰怎能將如此不吉的解夢傳聞說給重病的父親聽？實在是太沒有大腦了。而且說話的時候若是注意到父親的表情變化，早該立即住口，不再談論這個話題了。這也能夠看出曹彰一點都不在意別人的表情。這樣的人豈能統率部下！

曹操怒不可遏。易怒也是衰老的現象之一。曹操也知道這一點，然而他還是抑制不住自己的怒氣。發怒讓曹操非常疲憊，他閉上眼睛，然而一閉上眼睛，他的眼前就出現神木流血的情景。「夠了，退下！」曹操喝了一聲，將兒子和神木的幻象同時趕了出去。他轉而想起了劉備的臉。「真懷念啊……」他發自內心地想，還是長着一雙大耳啊。天下的英雄實在太多，曹操一個人應付不了，於是他將劉備當做打倒天下英雄的工具。旁人看上去兩個人似乎是在對立，實際上卻在保持着秘密的同盟關係。這一份密約實在是非常有趣，就像演戲一樣。

不知什麼時候密約就會破裂了吧。曹操也深知這一點。大約就在英雄一個個被打倒，舞台上只剩下幾個人的時候吧。「密約是在赤壁之戰的時候破裂了。」曹操想。

劉表死後，荊州被列強分割。舞台上除了曹操，只剩下劉備、孫權、劉璋三個人。劉備迅速攻取了益州劉璋，最終只剩下了三個人。「預定的計劃有點兒亂……」劉備因為沒有軍師，大小事務都得親力親為。曹操知道劉備的這個弱點，所以並沒有打算很快收拾他。然而出乎曹操意料的是，劉備得了諸葛孔明這個軍師。由此劉備的實力倍增。

「若是沒有諸葛孔明，在我有生之年就能平定天下了……」曹操睜開了眼睛，受了父親斥罵的曹彰已經慌忙退了出去。房間裏只剩下侍中。「我也許就這樣死了……好像結束了啊。」曹操召喚侍中。

「喚少容來。」他想起來了。雖然生氣，此時他到底還有一些力氣。再往下說不定連生氣的力氣都沒有了。真要是那樣的話，若不趁現在留下遺言，恐怕就沒有機會了。

召集群臣，將洛陽的兒子喚到枕邊，再留下遺言……不知道這是不是正確的處理方式。「先叫來少容總不會錯。」他這樣想着，嘴角浮現出一絲苦笑，「還是輸了啊……」曹操本打算將統一天下的大業完成七八成。而現在天下無敵的曹軍之中，有近九成都是五斗米道的信徒。為將自己的遺言正確、廣泛地傳達下去，必須借助五斗米道教母的力量。

曹操的臨終遺言是：「天下尚未安定，未得遵古也。葬畢，皆除服。其將兵屯戍者，皆不得離屯部。有司各率乃職，斂以時服，無藏金玉珍寶……」聲音雖然微弱，卻十分清晰明了。自曹彰以下，群臣並排而立，泣不成聲。史載，魏王曹操在洛陽去世，是在正月的庚子日。

這一年（建安二十五年）的元旦是戊寅，庚子相當於正月的第二十三日。二月一日是丁未，這一天發生了日食。曹操在高陵入葬是二月的丁卯，也就是第二十一日。

六

曹操的三子曹植身在臨菑，他被封為臨菑侯。臨菑位於山東半島附近，距離曹氏居城鄴城很遠。父親辭世的消息傳到這裏需要一些時日。但是，在正式的訃告送達的兩天前，曹植已經得到了消息。比驛站的快馬送來的至急消息更早。狼煙。手中有着大半天下的曹操，已經超過了六十五歲。他的死，也並非意料之外的事。「我死之外，不得用狼煙。」下此命令的不是別人，正是曹操本人。在一年之前他就已經預想到了。只要看見狼煙，立刻就會知道「魏王已死」。除此之外，再不會有別的原因。不過，知道這件事情的只有皇族與極少的幾個重要官員。

向曹植送來急報的人，是嫂子甄氏最信任的部下。殿下已死。雖然只有寥寥數字，傳遞過來的意義卻十分重大。得知父親的死，曹植悲慟萬分。不過，嫂子能夠背着哥哥，冒險給他傳信，這也讓他狂喜不已。直到三年之前的十月、哥哥被正式立為王太子之前，曹植一直都是繼位的競爭者。相比於他自己，其實是他的擁戴者更加熱衷於競爭。最終的結局當然是曹植敗下陣來。

敗者能夠安然無恙地活下去嗎？迄今為止曹植能夠保全性命，都是因為父親的存在。可以說是在父親的庇護下，他才得以在臨菑這片土地上保全性命。所以，父親的死訊也就意味着從此以後他將失去庇護，只能靠自己的才智生存。曹植也在想這件事，只要父親一死，他就有一個保身的計劃。不過，為了計劃成功，必須要儘早接到父親的訃告。

「謝謝，洛女……」曹植呼喚嫂子的名字。在禮教森嚴的年代，不允許直呼身位高於自己的人。只有身邊無人、自言自語的時候才可以這樣說。「請想些辦法……」美麗優雅的洛女，帶着憂愁顫聲說話的情景，不知不覺浮現在詩人曹植的心中。怎麼辦才好？兄長曹丕早已遙遙領先，大約已經不再將弟弟曹植當做危險的競爭對手了。然而即使兄長不把曹植當做問題，兄長身邊的人恐怕也將具有才能的「王弟」視作危險人物吧。當初世子之爭時，雙方的親信就發生了激烈的爭執。

有所謂監國謁者陪在曹植身邊。這是鄴城派來監視曹植的人物。大約相當於日本的「目付役」吧。這個人一定緊盯着看曹植在魏王死後有沒有異常的舉動。監國謁者的功勞，就在於事先預見謀反之事。為了自己的仕途，當然是要受監視的人具有謀反的企圖才好。若是有些想法的監國謁者，即使沒有謀反的企圖，也會故意捏造出企圖來。

「好，就這樣吧……」從洛女派來的密使那裏知道父親的訃告後，曹植雖是痛苦不已，但終於決定採取行動。來到臨菑的監國謁者姓灌名均，是個頗有能力的人物。所謂有能力，對於被監視的曹植來說，也就等於有危險的意思。監國謁者灌均一旦接到曹操的死訊，必然會採取一切手段，捏造曹植謀反的消息。事情鬧得越大，他的功勞也就越大。

曹植決定先下手為強。灌均還不知道曹操已死的消息。以曹植的計算，應該還有一天半到兩天的時間。在這期間，做些無聊的事，讓灌均賺點小功勞。

「喝酒吧……借着醉酒，糾纏監國謁者灌均，當眾辱罵他……如此一來他大約就會向鄴城報告了吧。我醉酒鬧事，必然會受監禁……」曹植自言自語道。監禁正中自己的下懷。在監禁之中，當然無法謀反。這便是曹植以小罪避免大罪的計劃。曹植本來就好酒。他也深知自己的酒量。他喝酒裝醉，表面上一副東倒西歪的醉態，實際上卻是似醉非醉，純粹演戲而已。

「喂，你算什麼東西？滾回去！我不想再看到你這張大臉了。滾！快滾回鄴城去！」曹植一手拎着酒壺，跌跌撞撞地纏着灌均說。而且他是當着眾人的面這樣做的。這副醉酒的醜態，看到的人越多越好。如此不成大器的人，怎麼可能參與造反？這一點很有必要展示給眾人。

「你不想看見我，我也不是因為要看你才來到這個邊鄙之地。我奉魏王之命而來，你要我回去是何道理？膽敢如此侮辱魏王的使臣嗎？」灌均勃然變色。「這個小鬼還不知道我有什麼權力吧。好，我就以飲酒無度、侮辱王使之罪，給你點顏色看看。」灌均心中暗想，當即便將曹植扣下，監禁起來。不過只是小罪，不值得押回鄴城。這可以說是曹植的勝利了。

心懷升官之夢的陰險灌均，本想在得知曹操的死訊之後，捏造趁父王之死謀反的罪名，置曹植於死地的吧。然而得知父王死訊時，曹植正在監禁之中，什麼也做不了。這一點眾人皆知。

七

魏王曹操的死訊傳到鄴城之時，舉城震動。這也是理所當然的。曹操的控制力十分強大，所有事情都依靠曹操的決斷。他以自己的人格魅力，聚集了許多臣下。他辭世的影響之大，無人能比。「秘不發喪吧。」有人如此建議。曹操之死會引發軍心動搖，人心也會動盪不安。為避免一時的動盪，還是暫且隱瞞的好。

「早晚都會知道，還是應該公開發喪。」也有人如此主張。

「發喪。」曹丕下了決定。自從洛陽與父親分別，他便預感到這件事的到來。他知道父親期待自己能夠冷靜處理，他不能辜負父親。

「青州軍之中有人離開。他們說自己為魏王殿下效力，現在殿下不在了，就沒有留在軍中的必要了。」也有這樣的消息傳來。對於「該怎麼辦」的問題，曹丕冷冷地說：「放行。」

他從急使的口中了解到父親臨終時的情景。據說五斗米道的信徒所尊敬的少容也在現場。遺言好像是對着少容說的——聞聽此言，曹丕心想，「不愧是我父親」。曹操的人馬之中，九成都是五斗米道的信徒。將少容視為自己人當然是沒錯的。初平三年（公元一九二年），三十萬青州兵歸於曹操的麾下，到現在已經二十八年了。那時的士卒大多已經年老，現在想離開軍營的恐怕也是這些疲憊的老兵。他們以前沒有退役的機會，這一次曹操的死正是千載難逢的時機，所以才要離開的吧。

「為離開的人擂鼓壯行，他們都是光榮隱退。」曹丕加了一句。

因為曹丕的沉着鎮定，軍民的動搖得以控制在最低限度。訃告到達的第二天，曹丕奉王后卞氏之命，繼承魏王之位，同時下旨大赦天下。所謂大赦天下，其實已經超越了魏王的權限，接近天子的所為了。這也算是一種示威吧。許都的漢獻帝，將持續了二十五年的年號「建安」改為「延康」。因身為臣下的魏王之死而更改年號，公開表明了天子不將魏王視為普通臣子的意思。

曹丕當上魏王之後，最先處理的就是弟弟臨菑侯曹植的事。「醉酒無度，為監國謁者收監。」這條消息傳到了鄴城。收監的時間則是通報魏王死訊的正式急使到達臨菑的前兩天。「那傢伙怎麼突然就醉酒了？按他的酒量應該不容易醉才對……」曹丕有些疑惑。他召來重臣商議如何處置自己幾個兄弟的事情。

兩個弟弟成為問題的焦點。除了曹植，曹彰也在洛陽說了輕率的話。父親曹操剛剛辭世，次子曹彰就問諫議大夫賈逵：「璽綬何在？」璽綬乃是證明魏王身份的物品，曹彰並非王太子，本不該詢問璽綬的所在。其實正如其父歎息的那樣，曹彰是個不分輕重的人。他的話聽上去似乎是在説他自己想要璽綬一樣。然而在他心中，卻只是在擔心作為曹氏最重要的璽綬，是否得到了很好的保管而已。

賈逵當時規勸道：「魏王已定太子。先王璽綬所在，非汝當問。」重臣都知道曹彰的性格。曹彰連後繼者的候補都不是。他只是冒失地問了一個不該問的問題，不必給什麼處分。新王只是下令道：「早些回國吧。」

曹植的事情，則是從監國謁者那裏收到了正式的奏章。説他已經被收監了。「殿下作何打算？」重臣們還是首先徵求新王的意見。若是其他的問題，重臣們會提出各種各樣的意見，由魏王從中挑選自己最中意的意見。然而眼下這個乃是王族的家庭問題，作為臣子是忌諱隨便亂説的。

「唔……」曹丕想了很久後説道，「換個地方吧。」

於是曹植被左遷為安鄉侯。安鄉位於現在河北省石家莊市以東，比起臨菑來是小了一些，不過這也不算什麼嚴重的處分。「這樣就行了嗎？」賈逵頗有不滿，他以嚴厲知名，「人人都輕視新王，殿下豈不該採取一些更嚴厲的措施嗎？」

「的確如此，處分得有些過輕了。」也有人贊成賈逵的意見。

「母后會傷心的。」曹丕説道。重臣無言以對。

曹丕、曹彰、曹植三人均是卞后所生的同胞兄弟。「還有比處理曹植和曹彰更重要的事，他們的事就到此為止，以後不要再提了。」曹丕斬釘截鐵地説道。更為重要的事情是推翻漢王朝。聽到曹丕的話，重臣們立即便知道了其中的含義。「為了這個目標，我才繼承王位。」這是直接的表白，沒有絲毫的隱瞞。

八

漢天子手中沒有一兵一卒，更沒有半分土地。自九歲即位以來過了三十年，漢獻帝沒有一天覺得自己是「天下之主」。被董卓擁立為帝，在長安成為李傕和郭汜互相爭奪的對象。東歸之後，大權又握在曹操手中。從來都只是徒有虛名的皇帝。「朕不是天子，朕姓劉名協，只是一個普通人。然而沒有人把朕當做普通人。朕唯一的願望，只是想做回劉協……」獻帝時常這樣說。

「怎麼說那樣沒志氣的話，陛下是萬人之上的天子。」這樣鼓勵漢獻帝的是皇后曹氏——曹操的女兒節女。

「非也。朕清楚自己的命運。漢室氣數已盡。先帝末年黃巾軍起義之際，四百年的漢朝就已經完了，其後的三十餘年只不過是曝屍於天下。將風吹日曬的漢之遺骸早日入墓，才是朕對祖宗盡的最大孝道啊……」之前獻帝也曾試圖依靠皇后伏氏一族與漢朝舊臣的力量奪回實權，可惜事情以失敗而告終。這是一個無法實現的夢想。失敗了之後，更是無法復生的了。

「朕不過是你父親的俘虜。你父親在世一天，朕就一天不得自由啊。」對皇后曹氏，獻帝時常這樣說。

如今，這樣一個曹操死了。

「我終於可以變成劉協了……朕，啊呀，就要不能再用『朕』這個詞了……我可以變成普通人劉協，能夠埋葬漢朝了。」獻帝已經決意禪讓了。這一年的十月，他將天子之位讓於魏王曹丕。

「什麼，禪讓？」曹丕不禁問了一聲。

獻帝主動提出禪讓，曹丕也就沒有做任何工作的必要了。他雖然對側近之人說「漢帝畏懼魏的威名」，然而實際並非如此。獻帝禪讓並非心中不願，而是高高興興地讓出了天下。其實獻帝已經沒有可讓的天下了，裝作還有天下可讓一般，也就是僅此而已。然而僅此而已的事情，被世人稱做世之奸雄的父親曹操，直到去世都沒有付諸實施。這讓曹丕心中奇怪，也隱隱覺得有些不安。

奪取漢室天下，曹丕沒有半點畏懼。他畏懼的是，自己的父親一直不肯篡位的原因。獻帝的禪讓，曹丕拒絕了三次，第四次才接受下來。當然這也不過是形式而已。十月的辛未日，曹丕在許都南面的繁陽設壇，舉行登基大典。

退位之後，回歸劉協的獻帝，於十一月被奉為山陽公。山陽是河內郡的一個縣，在這裏，劉協被允許使用漢朝正朔與天子禮樂。此外，在向魏朝的皇帝提交奏章的時候，一般人本該以「臣某」署名，但是山陽公可以省略「臣」字。

曹丕改年號為「黃初」。「黃」是土地的顏色。漢承火德以得天下，接下來應是懷土德者。魏承土德，尊崇「黃」字，並將其作為年號。十二月，曹丕去了洛陽，將洛陽作為新都。洛陽中，復建的錘聲聲聲入耳。陶固如魚得水一般在洛陽城內遊走。巨大的建始宮剛剛顯出輪廓。很多工人在建始宮的施工現場勞作，曹丕為這項工事還動用了軍隊的士卒。因為父親的死，在軍中開始有人想要離開的時候，曹丕起初並未作出反應，過了一段時間之後，他卻發佈了一條出人意料的命令：「讓老兵退役。」這道命令在更新軍隊新生力量的同時，也抑制住了因父親去世而導致的軍心動搖。離開的老兵之中既有劉備和孫權的細作，也有受這些細作勸誘的人。

「曹操已死，曹魏將亡。留在這裏也沒有任何希望了，該走了！」軍心開始有了這樣的動搖。

「兵力驟減，曹丕慌亂不能自已。」也有這樣的傳言。然而如今卻有了讓老兵退役的命令，這顯示出曹丕對兵力減少的事情沒有絲毫在意。這條命令傳下來之後，老兵們紛紛如此前來請願：「不願退役，請求繼續服侍主公。」軍隊同樣是在動搖，然而這一次卻是向着緊張的方向動搖，士氣反而高漲起來。

夾在年輕的士卒之中，也有上年紀的工匠一起勞作。有一個白髮老者，摘下頭巾說：「啊，四百年的漢也亡了啊……」

「說什麼呢，老爺子。天下大事跟你可沒有什麼關係啊。」旁邊的人嗤笑道。歷經四百年的漢朝之滅亡，乃是一件無比的大事，而為建始宮勞作的老人，則是一個十分藐小的存在。眾人都為這種反差失笑。

「關係？我……我把漢……」老人欲言又止。反正誰也不會相信他的。

「喂，別偷懶閒聊了，快幹活吧，徐州的老爺子。」工事監督喊道。老人說話帶着徐州口音。

曹操當年為報父仇，在徐州大肆屠殺。那是自初平四年（公元一九三年）延續到第二年的事情，至今已經過去了近三十年。老人的一家在當時都被殺害了。在濯龍祠砍伐神木之際，老人聽說曹操要來視察，就決定進行小小的復仇，至少要嚇唬嚇唬曹操。老人用羊腸做了一個小袋子，在其中灌進動物的血，又加上朱色製成鮮豔的印記，把它預先埋在巨樹的根部。等曹操去那裏巡視的時候，老人便用斧子砍上去。

事情若是敗露，自己肯定保不住腦袋——老人心中已經做好了這樣的打算。曹操確實看到了血。老人剛好看到曹操的臉色變了。能看出他臉上顯出恐懼的神色。不過曹操並沒有仔細查看，轉身離開了。過了幾天曹操就死了。

「我殺了他……」老人相信。曹操一死，魏便逼迫獻帝禪讓了——世人都這樣認為。若是曹操的死與漢朝的滅亡有關，那麼老人的復仇既然導致了曹操的死亡，豈不也就意味着他間接導致了漢的滅亡嗎？老人深深地吸了一口氣。貧窮孤獨的老人，也在歷史上留下了雪泥鴻爪。

作者曰：

漢高祖劉邦在汜水岸邊即皇帝位，是公元前二〇二年的事。後漢獻帝禪讓於魏，則是建安二十五年（公元二二〇年）的事。漢王朝前後持續了約四百二十年。若是除去其間王莽簒權的二十多年，正好四百年。

據史書記載，漢朝最後一年的三月，在曹操的故鄉譙縣出現了黃龍。四月，饒安縣出現白雉。八月，石邑縣鳳凰雲集。所有的這一切都被視為大變動的前兆。

魏文帝曹丕即位七年後，於四十歲上駕崩。年長曹丕六歲的獻帝，退位後作為山陽公生活了十四年，也就是說在曹丕死後又活了七年，享年五十四歲。魏朝滅亡之後，山陽公的家系依舊在延續，到晉朝時候仍然享受着同樣的待遇。

巍巍白帝城

一

濁鹿城——這是一座小城。猶如遺世獨立般美麗。時逢亂世，也只有被遺忘的土地還殘存着一絲美麗。無論是鄴城、許都還是洛陽，城壁都是灰色的。唯有這山陽濁鹿城，還保持着近似於黃褐色般的鮮豔顏色。

「為何將這樣美麗的小城以『濁』命名?」陳潛來到這座小城時，向同行的教母少容問道。

少容笑着回答道:「美麗的土地總是很矜持，在命名方面亦是如此。」少容和弟子陳潛決定在這濁鹿城暫住一段時間。漢朝的廢帝獻帝劉協，從許都搬到了這裏。劉協作為山陽公，在這裏開始了新的生活。

「夫人去找山陽公談談吧。朕不想讓他感到不自由……他若是感到不自由，那是他心理的問題了，朕也無可奈何。所以，只有煩勞夫人辛苦一趟。」新帝曹丕對少容説道。

「不會感到不自由吧。」少容一邊這樣説，一邊笑着點了點頭。她帶着陳潛去了濁鹿城。看見城中的樣子，她放下心來。「我很自由，沒有什麼不滿，請不必擔心。」山陽公劉協笑着説道。雖説如此，笑容卻是寂寞的。說自己沒有不滿，在某種程度上或許也是真實的想法，然而寂寞卻是另外一回事。他被允許享受天子禮樂，也可以用「朕」來自稱。他通常盡力以「我」自稱，但偶爾也會不經意地說「朕」。每當他注意到這一點時，就會愈發寂寞。

「與其說是來安慰陛下，不如說是找陛下來聊聊天。」少容說道。

「想要安慰人的話，還是去安鄉吧。」山陽公說道。

「安鄉嗎？」那是曹植移居的土地。這位廢帝大約是想說，與自己相比，曹植恐怕更加失意吧。

「是的，據說甄氏被殺是後宮女眷爭鬥的結果……事實應該不是如此吧。」

「是嗎？我倒是什麼都沒聽說。」

「教母，不要裝糊塗了吧。」

十七年前，曹操攻陷袁氏家族所在的鄴城，那時候剛剛十九歲的曹丕，將袁熙的妻子、被譽為絕世美女的甄洛佔為己有，這就是甄氏。這位甄氏被賜死的事也傳到了遠離戰亂的濁鹿城。

世間的傳聞如是說：曹丕——不，應該稱之為魏文帝了——在文帝的後宮內，除了甄氏，還有郭氏、李氏、陰氏等美女。甄氏當時雖然已經過了女人最好的時光，但文帝十九歲時迎娶她過門，又生下了子女，所以在後宮之中擁有最強的勢力。不過文帝最寵愛的妃子是年輕的郭氏。郭氏很早就成了孤兒，可她死去的父親堅信女兒將來會有尊貴的身份，給女兒起的名字也是「女王」。甄氏雖然貴為正室，但郭氏也有集天子千萬寵愛於一身的自信。

文帝成了新的皇帝，開始了新的王朝。所有的一切都要重新設立。王太子時代的正室，並不見得一定要是皇后。皇后也要重新決定。少女時代就成了孤兒、嚐盡人間辛酸的郭女王，覺得應該靠自己的力量爭取幸福。郭氏年輕氣盛，為了當上皇后，她決定打倒最強的敵人甄氏。

「甄氏經常抱怨陛下的不是。」郭氏在文帝面前如此中傷。雖說是糟糠之妻，夫婦吵架也是常有的事。文帝的父親曹操，也是因為與正妻丁氏爭執，最終發展到離婚。只要加以調查，多少總能找出甄氏懷有怨言的證據。「怨言不是真正的理由，郭氏為了當上皇后，必須讓甄氏徹底消失，所以怨言只不過是藉口而已……」

關於甄氏被賜死的事，世間這樣傳言。

不過像廢帝山陽公與少容這些通曉宮廷內幕的極少數人，卻明白事情的真相。文帝知道了妻子甄氏的心不在自己這裏。「弟弟迷戀我的妻子……」文帝很早就知道這件事。弟弟每次見到自己的妻子時，眼裏都閃爍着不尋常的光。文帝知道這一點，偶爾也會嘲弄弟弟一番。為了找到分裂曹氏陣營的敵人，他還特意製造了弟弟曹植與妻子甄氏見面的戲劇性的豔情場面。弟弟只是單相思，開始時文帝這樣想。但後來他明白了，似乎不是一方單戀另一方，妻子好像也鍾情於弟弟。而且，經過秘密偵查，偷偷向弟弟通知父親曹操死訊的人正是甄氏。

「你什麼時候開始傾心於曹植？」文帝問。

「一開始的時候就是。」甄氏答道。她初次見到曹植的時候，曹植才十三歲。那是不可能的——文帝雖然這樣以為，然而甄氏卻給了他如此明確的答案。給出這個答案會有什麼結果，她已經有了心理準備吧。

「真的？若是真的，你就要喝這碗毒藥了，而且死了也不能厚葬……你還要說這是真的？」文帝再次問。

「絕無半句謊言。」甄氏毫無怯意地答道。真相只在少數幾個人的心中，世間流傳的都是傳聞。世間的傳聞都是通常的情節。甄氏雖然已經有了心理上的準備，然而她的死卻給安鄉侯曹植帶去了嚴重打擊。所以廢帝劉協才會説，想要安慰人的話，還是去安鄉吧。

二

「雖然不當天子了，其實更加逍遙自在啊。」山陽公劉協，兩手高舉過頭，伸直打了一個大哈欠。一邊打哈欠還一邊用拳頭捶了捶自己的肩膀，好像完全沒有任何憂慮一樣。

「那很好啊。」少容靜靜地說。

「教母受人尊敬，不過弟子倒常常被人疑為密探啊。」劉協説道。

「我？……密探？」陳潛有些不解，頗顯意外地説。不過他也知道自己有時候難免會落下那樣的嫌疑。為了天下萬民，教母有時候也會給自己一些密探的工作。不過這一次拜訪山陽濁鹿城，卻並沒有探查廢帝的目的。

「對，是密探。早上還有人囑咐我，要我小心陳潛……那時候朕……不，我回答説，就算真是密探我也沒什麼可擔心的，因為問心無愧。」

「我們也沒有打探什麼。」

「是吧，若是懷疑我都到了要派密探的地步，那人恐怕更應該直接派人來殺我吧。」廢帝如此説着，臉上浮現出自嘲的笑容。山陽這片土地，夾在新都洛陽和曹氏重要的軍事基地鄴城之間，正好是兩個「巨人」的長臂都能夠觸及的地方。而且山陽濁鹿城是個勢力單薄的小城，這樣的地方無論在誰看來，都無法起兵造反。

「那人並不懷疑陛下。」

少容稱新魏的天子為「那人」，稱舊漢的天子為「陛下」。

「引起懷疑可受不了。雖說那人還讓我用『陛下』這個詞，但還是請教母以後不要再用了。」劉協聳了聳肩說。

「是，是，」少容依舊笑着答道，「說起來，這附近的土地怎麼樣？」

「據說比安鄉好。」

「是嗎？」曹植移居的安鄉是塊貧瘠的土地。與其相比，山陽算是肥沃的了，這意味着稅收也會很豐富。

「足夠養活幾十個人，不過數千兵馬可養不了，哈哈哈……」劉協又開始自嘲起來，「嗯，這樣也能自稱天子啊。對了，天子又多了一個。算上我就有三個了，是嗎？」蜀國的劉備稱帝，是魏文帝即位後的第二年。曹丕建立魏王朝的事，傳到蜀地之後便成了「曹丕弒漢帝自立」。

劉備以漢室遺族自居。他為據傳已死的獻帝披麻戴孝，諡為——孝湣皇帝。隨後在同年四月的丙午日，劉備在臣子們的擁立下即皇帝之位。即位大典在成都西北武擔山的南麓舉行。武擔山是傳說中的奇山。傳說中蜀王的妻子是武都（現在的甘肅省）人，而且以前是名男子。他由男變女，其美貌世所罕見。蜀王被其美貌所吸引，結伴回到成都娶為妻子。蜀王的妻子水土不服，總想回歸故土，可蜀王卻不允許，片刻也捨不得放她從身邊離開。最後，她因思鄉過度病死，蜀王十分悲痛，出動大量兵卒，從她的故鄉武都擔來泥土，建成墓塚。因是用從武都擔來的土形成的山，所以命名為「武擔山」。

在武擔山南面舉行登基大典的同時，劉備大赦天下，改年號為章武。他號稱自己不是創立新王朝，而是繼續大漢王朝，因此算是即漢獻帝之位。不過後世的史學家稱這個地方王朝為蜀漢，以與後漢相區別。蜀漢的章武元年，相當於魏國黃初二年（公元二二一年）。劉備立夫人吳氏為皇后。當年曾經嫁給劉備的孫權之妹，如今已回到了娘家。被立為皇后的吳氏原來是蜀地舊主劉璋的哥哥劉瑁的妻子。就像曹丕佔有袁熙之妻甄氏一樣，這一時代，娶別人之妻或是寡婦的事也很常見。

劉備在小沛娶的甘氏，於荊州生下男嬰之後不久就死了。甘氏所生的兒子名叫劉禪，字公嗣，劉備即位的同時被立為皇太子。當時劉禪已經年滿十五，娶了張飛的長女為太子妃。劉備又任命諸葛孔明為丞相，許靖為司徒，共同輔佐朝政。蜀漢雖然只是地方政權，但作為朝廷，也要在大體上走走形式。這些消息紛紛傳到了魏國，普通百姓也基本上都知道了。

「蜀國人好像在給我服喪……」山陽公撫摩着自己的下頷說。

「大人實際上活得很好啊。」少容說道。

「不，和死也差不多……不是嗎？作為天子的我已經死了……服喪也不算奇怪。」山陽公認真地說。

「唉，不說這個話題了吧……」少容安慰道。

「說起來，教母對於蜀地的詳情多少也有些了解吧……不是說諸葛孔明當了丞相什麼的，而是說，蜀地的人心變動，教母可曾知道？聽說許都的漢朝天子死了，人們真的情緒低落了嗎？還是只是做戲而已？天子在或不在，全無所謂？不知是哪一種？」劉協稍稍放低了聲音問。他雖然放棄了天子之位，但還是想知道這一點。三十年間，他一直都只是掌權者的傀儡。雖然自己沒有半點力量，但是大漢四百年的榮光，究竟能照到什麼地方？

「蜀人的心情，據說都比較低落。五斗米道的教眾傳來的消息說……就像火焰熄滅了一般。」少容答道。

三

少容說的是實情。蜀地的人們情緒低落的確是事實。不過，這並非是因為得知了漢獻帝之死的消息。弒漢帝的消息的確是有的。既然是比父親曹操更加冷酷無情的曹丕，當然有可能會做出弒帝的事，所以蜀地的官員相信了這一誤報。在誤報的基礎上，劉備的即位當然也就成了重中之重的事。後來人們知道獻帝之死是誤報了，不過事已至此，自然也不可能再宣佈漢天子還活着的事。倘若公佈的話，劉備即位就成了不義之事。只有擁戴被曹丕廢立的天子，才是忠臣之道。

這樣一來，蜀就得保守秘密，其周邊的氣氛也變得低沉起來。說起關於秘密的事時，必須得壓低聲音。漸漸人們分不清哪些話與秘密有關，自然話也變得少了起來。不僅如此，即位的皇帝劉備也幾乎沒有笑容。獻帝的訃告傳來之前，他就是這種狀態。也就是說，他並不是因為悼念漢天子之死而失去了笑容，而是因為失去了關羽。

關羽雖然被魏軍圍住，但東吳的孫權聯合魏軍攻打關羽才是他失利的真正原因。關羽逃亡之際，魏軍並沒有追趕，追上關羽取其首級的是吳軍。「孫權小兒！」劉備恨透了東吳的孫權。

自從三人在涿郡附近的亭中相識，已經過去了三十八年。劉備與關羽、張飛結義為兄弟。意氣相投的三個人，起初為得志於天下，覺得與一個人相比還是三個人的力量更大一些，是實利性的結義。但在同甘共苦之後，三人卻結成了比親兄弟還要親密的關係。劉備在此期間，先後有過喪妻、失去雙親等幾次痛失親屬的經歷，但是關羽被殺所帶來的悲痛，卻是他從未經歷過的。這樣一種肝腸寸斷、撕心裂肺的痛苦，還能因為別的什麼嗎？

「可憐啊……」一旁的諸葛孔明都不忍正視。

「攻打孫權！」劉備咬牙切齒地說。由於太過用力，把自己的嘴唇都咬破了，血水順着下頜流淌下來。

「請主公節哀順變。」諸葛孔明只能這樣安慰。

主公劉備都如此悲痛，蜀地哪裏還能有什麼快樂的氣氛。「奪回荊州，為關羽報仇。」當上皇帝的劉備這樣說。其實在他的心中，兩者的順序是相反的。奪不奪回荊州已經不重要了，為關羽報仇才是最重要的事。

劉備召集群臣之時，趙雲卻反對討伐孫權。「我不反對打仗，當下確實應該出兵。國賊該討，但誰是國賊？是奪取大漢天下的曹丕。孫權沒有殺害漢天子，也沒有稱帝，甚至連稱王都沒有，所以首先應該討伐曹丕。只有打倒曹丕，孫權才會兵不血刃地投降。而且曹丕的大逆不道，使天下義士之血逆流。我們倘若討伐曹丕，關東義士必然策馬加入……如果不伐魏而討伐孫權的話，我軍也不會有盟軍吧。」趙雲說得句句在理，然而劉備充耳不聞，當年長阪坡一戰，趙雲曾救出過劉備的兒子。也是因為有這樣的功勞，劉備才只是對反對討伐孫權的趙雲置之不理。

若是沒有如此功績，趙雲弄不好會被投入大牢。譬如廣漢的處士秦宓，他只是說了一句「天時未必於我有利」，就遭到了囚禁。劉備變得感情用事起來，連反對的意見都不允許出現。「也沒說什麼啊……」諸葛孔明仰天長歎。秦宓只是說現在的時機對蜀漢來說可能不好。剛剛失去關羽這位偉大的將軍，而且為關羽報仇也不能對魏產生政治上的影響。究其原因，攻打關羽之時，孫權的背後有魏在支持，這是再清楚不過的事實。對於被討伐的孫權來說，恰好能夠得到與魏合作的機會。

「倘若法正在世……」孔明仍在為去年法正的故去而感到惋惜。法正為奪蜀地獻計獻策，實際上也做了很多工作，在蜀地迎接劉備的人正是法正，他擁有說服別人這不可思議的才能。孔明很想向法正討教說服人的技法，雖然孔明的口才也不錯，但卻不及法正。說客法正倘若在世，在這種場合，也許能夠說服劉備，阻止他討伐孫權。其他人做不到這一點，包括孔明在內。

復仇的信念是一種灰暗陰冷之物，本來蜀就蒙着一層陰鬱，然而不久之後，劉備陣營之中又發生了一件晦暗的事情。「張飛將軍的營督送來急報。」聽到報信者在院中呼喊的時候，劉備手中的碗摔到了地上。「啊，張飛也死了嗎？」劉備面色一片慘白。

四

車騎將軍兼巴西太守的張飛鎮守閬中。巴西郡的郡都閬中，位於成都的東北，緊鄰嘉陵江。對張飛來說，義兄關羽之死，也曾經讓他沉浸在悲痛之中。但這只是一時之事。激情四溢的張飛，對恩仇並不太在意。劉備永遠不會忘記仇恨，可張飛早已把關羽的死丟在腦後了。而且因為他的長女被選為太子妃，他更是非常高興。

「也就是將來的皇后啊。」他逢人便這樣說。

「早就知道啦。」然而對方往往不是很高興。炫耀這種事情，本來就會讓人覺得不快。

「努力吧，我家大哥繼承了漢統，由蜀地出兵討伐東吳，然後再掃平曹魏，就能統一天下了……嗯，努力吧！」張飛將手中的鞭子抖出啪的一聲。他手裏總是拿着鞭子，心血來潮的時候，就會揮動鞭子，發出「啪」「啪」的聲音。而且他不單是抽打空氣，若是鞭子打到什麼東西上面，發出的聲音更能讓他高興。張飛喜歡抽打樹幹、抽打柱子、抽打牆壁、抽打地面——不過他最喜歡的還是鞭打活人的身體。捱打的人會哇呀哇呀的亂叫。用盡全力抽打活人的感覺，讓單純的張飛異常興奮。一聽到人的慘叫聲，張飛就會情不自禁地興奮。他的嗜虐趣味慢慢發展起來，不久便開始喜歡聽人連續不斷地慘叫了。啊——啊——啊，他最喜歡如此連續的慘叫聲。漸漸他又開始喜歡起連綿不絕的慘叫聲之後突如其來的戛然而止了。「啊——」慘叫聲驟然消失，只留下長長的餘韻——這是被鞭打的人死了。慘叫聲停止的那一瞬間，張飛體會到一種無法言說的快感，也許應該稱之為銷魂吧。差不多每天都會有犧牲者。

這件事也傳到了劉備耳中。張飛來成都之時，劉備勸說道，「翼德，你的殺虐太重了，收斂一點吧。」

「哎呀，為了鍛煉精兵，非要如此不可。如此嚴苛的訓練，也是為了讓這些士卒能在關鍵時候派上用場。訓練的事情就全交給我吧，我有我的方法。一旦開戰，大哥只管放心。」張飛如此答道。

「訓練固然不錯，但是每殺一個人就會招來一層怨恨。你好好想想吧。」

「這我明白。有家有室的人我也不會出手。我打的都是那些無親無故的……哈哈哈，這種事情我也想過，大哥不用擔心。」張飛得意地說。實際上張飛的主意根本行不通。隨性而為，揚鞭打人——若是張飛不加區別隨性揮鞭，兵卒們也許還能忍受。然而張飛如此挑選獵物的事情，士卒們全都知道。

「這個主帥太渾蛋了！」部下們都這樣看待張飛，對他沒有一絲敬畏之念，有的全都是憎惡。張飛嗜虐成性，而且越來越嚴重。鞭打兵卒致死只是開始。慢慢他又變得喜歡進行精神上的虐待。他開始在精神上折磨手下的高官了。譬如他喜歡在將校（自己的直屬部下）面前辱罵他們。雖然沒有用鞭子，然而看到將校的臉上浮現出忍受難耐的屈辱之色，這讓他感覺比聽到慘叫聲更加過癮。在張飛的營中，張達和范疆這兩位士官便成了犧牲品。在張飛看來，這兩個人基本上沒有什麼家人，不管怎麼虐待他們，都不用擔心招來怨恨。

攻打孫權的事決定之後，張飛率領巴蜀西部的將士，沿着嘉陵江而下，準備在江州與劉備的隊伍會合。

「好，最後來一次訓練！」張飛下令集合全軍。剛好這時候張達遲到了。遲到的將校本來有好幾個人，然而張飛唯獨把張達叫出陣來，讓他站在一萬士卒的面前。

「如此懈怠怎能上陣作戰？要好好調教調教你們才行。都給我仔細看着，看我怎麼把這廝抽死。今後再有懈怠者，和他的下場一樣！」張飛咆哮着舉起了鞭子。

雖然已經年近五旬，張飛依舊是個虎鬚大漢。他運足力氣揚起鞭子，暴吼一聲，一鞭抽在張達的背上。張達的身子都被鞭子抽得摔到了地上。張達雖然已經摔在地上，然而車騎將軍張飛依舊毫不留情地抽打他。在場的士卒全都閉上了眼睛，不忍目睹這一幕。但即使閉上眼睛，鞭打之聲還是不絕於耳，眾人都想掩上耳朵。

「呼——」張飛喘起了粗氣。他打累了。若是張飛再年輕五歲，張達也許就真像他說的那樣，成了他鞭下的冤鬼。張飛的疲憊讓張達撿了一條命。

「好吧，去訓練！」扔掉鞭子，張飛下令道。

滿身是血的張達，橫躺在地上，掩在一萬軍兵揚起的沙塵中。誰也不敢去招呼他。誰要是去招呼他，弄不好會得到和他一樣的下場。不過，等到沙塵逐漸散去的時候，卻有一個人向張達身邊走去。那是他的同僚范疆。范疆扶起張達，背到自己背上。在谷川岸邊的小屋裏，張達終於恢復了意識。范疆和他情人的辛苦看護總算有了回報。

「我沒說錯吧，就算沒做什麼事都會被殺吧？」范疆一邊用蘸着冷水的布擦拭張達的傷口，一邊說道。

「知道了……是我錯了。」張達喘着氣說道。

范疆在一個月前，曾經勸說張達：「再要如此下去，我們早晚都會死在張飛的手裏。與其被他殺了，還不如先殺了他為好。」

結果張達拒絕了他：「萬萬不可，此事一旦敗露，必然會被折磨至死。」然而他雖然拒絕了范疆的暗殺計劃，卻也差一點被折磨致死了。張達承認自己錯了，這意味着他同意參與暗殺張飛的計劃。

「現在也不遲……幹吧。」范疆小聲說。谷川的潺潺水聲，淹沒了他們的對話。

小屋外面的是范疆的情人。她裝作撿拾柴草，其實是在監視周圍的情況。張飛的親衛隊長剛好傾心於范疆的情人。她的姐姐在閬中開了酒家，她偶爾也去幫忙。親衛隊長便是在那裏認識了她，和她說過幾次話，范疆正好利用這種狀況。

她去引誘張飛的親衛隊長，同他約好了時間和地點。當然，她不用當真趕去赴約，讓他等着就是了。等的時間長了，最終親衛隊長還是會一肚子怨氣地回到大營，然而等他回去的時候，事情應該都已經做完了。

兩個人抱定了必死的決心。范疆藉口受親衛隊長之託，臨時接替他值班，進入了張飛的營寨。

張達偽裝成郎中，抱着藥箱踉踉蹌蹌地走了進來。范疆囑咐過衛兵，說今天晚上會有郎中拜訪，所以張達輕易通過了衛兵的檢查。「什麼，我沒有叫郎中來啊……」聽說郎中來了，張飛有點兒糊塗，在床上坐起身。借着微弱的燭光，他認出了裹着頭巾的張達。

「你還活着啊……」張飛迷迷糊糊地揉了揉眼睛，他剛剛醒來，頭腦還不甚清楚。

「託將軍的福，我還活着。」張達從懷裏取出小竹筒，用嘴一吹，射出箭來。這是一種叫做「吹箭」的武器。

「啊……」塗了劇毒的箭，刺入了張飛的心臟。范疆從牆上拿下張飛的長刀，摘下刀鞘，運足力氣砍去，張飛人頭落地。二人拾起張飛的首級裝進箱子。張達抱的箱子表面上看是藥箱，實際上是用來裝首級的空箱。

「嗯，將軍得的不是什麼大病。諸位盡力保持安靜，不要驚擾將軍就行了。」郎中抱着藥箱，在臨時的親衛隊長范疆的護送下離開了車騎將軍的營寨。張飛的首級被人割去的事情，直到第二天早上才被部下發現。而這時候，實施暗殺的兩個人已經在范疆情人的指引下渡過了嘉陵江口。他們乘着小舟，早已逃出了蜀漢的勢力範圍。

「這是給孫權的好禮啊。」

「是啊，說不定能夠得到一大筆賞錢，足夠養活妻兒了……」小船之上，二人如此說。他們打算逃到孫權那裏。

五

聽到張飛營中的都督送來急報，劉備便猜測張飛已死，這也是有原因的。從巴蜀西部來的報告，必定是署上張飛的名字。而如今的急報卻是營督送來的，這就意味着張飛不在了。熟悉張飛平素行為的劉備一下子便想到了死。

「該不會被部下殺了吧?」劉備心想。他猜中了。起兵東征之際,張飛的死給戰前投下了不祥的陰影。然而執意復仇的劉備並沒有改變決心。張飛被殺是劉備即位那一年七月的事。

「先鋒立即出發!」接到張飛的訃告之後,血貫瞳仁的劉備這樣命令道。東征軍的先鋒是吳班與馮習。兩員大將領兵沿長江而下。如今劉備已經失了荊州,因此孫權勢力的邊境也就到了相當於今天的四川省和湖北省的省境。這裏自古以來便有三峽之險,自上流到下流,途經瞿塘峽、巫峽、西陵峽幾處險地。其中,孫權軍的李異、劉阿駐守在巫峽附近。而蜀漢一方則在北岸的白帝城建立了據點。

西漢末年,也就是一二百年前,白帝城一帶有一個名叫公孫述的人自立為帝。在他宮殿的井中出現一條白龍,所以將這裏取名為白帝城。蜀漢軍在古城的遺址上紮下營寨。從成都東下長江的吳班、馮習二將,帶了四萬多兵馬。蜀漢軍一口氣攻破了孫權軍。在長江之上的戰鬥,還是上流的軍隊較為有利。而且,蜀漢軍中也有為關羽報仇的信念燃燒。關羽與張飛不同,他對士大夫頗不以為然,對士卒卻愛護有加,蜀漢軍中有很多人感念關羽的知遇之恩。「為關將軍報仇!」猛攻孫權軍的蜀漢軍中,到處都是這樣的喊殺聲,這聲音反過來更讓蜀漢軍激奮勇猛。

越過巫峽,即是三峽之中最東面的西陵峽所在地。這裏有一座名叫秭歸的小城。蜀漢軍便向那裏進發。皇帝劉備在白帝城建立據點,隨後向南方發兵。南方的武陵,按當時的話來說是蠻族的所在地。武陵山中的少數民族強悍,而且戰鬥力很強。劉備打算說服他們,使其成為蜀漢軍的同盟。結果武陵的少數民族軍果然歸順了蜀漢一方。

「好兆頭!」劉備說。

連續失去關羽、張飛這兩位歃血為盟的兄弟，劉備希望厄運到此為止。今後，好的事情應該開始了吧。巫峽的勝利與吸納武陵山的少數民族，讓眾人覺得事情正向好的方向發展。這時，吳的孫權派使者來到白帝城求和，但是劉備根本不把對方放在眼裏。這是一場為關羽報仇的戰爭，他完全不考慮其他的得失。即使有人陳述利弊，他也聽不進去。

諸葛孔明的長兄諸葛瑾，在孫權手下為官，同時也是南郡太守，他給白帝城的劉備送去一封信，信中寫道，「關羽之親何如先帝？荊州大小孰與海內？」蜀漢建立的前提是漢獻帝之死，為天子漢獻帝報仇，難道不是比為臣子關羽報仇更重要的事嗎？與其奪取微不足道的荊州，豈不是更應該與曹氏爭奪天下嗎？這是有道理的文章，劉備卻搖頭道：「不用答理。」他無論如何都要為關羽報仇雪恨，為亡弟關羽奪回荊州。正因為這個目的，他才來到白帝城，為東征作準備。

東吳一方也沒有坐等。孫權拜陸遜為都督，準備抵禦劉備的人馬。同時也與魏展開了外交戰。魏的名將于禁，此前落到了東吳的手中。於是孫權將于禁恭恭敬敬送回魏國，而且信中以「臣權」自稱。

「孫權小兒終於降了。不管怎樣，這是值得慶賀的事啊……」魏國的群臣都非常高興。

「不能受東吳的降書。此時正是攻吳的大好時機。」如此進諫的是叫做劉曄的侍中。

東吳的孫權如此俯首稱臣，的確非常難得。恐怕是東吳有什麼禍事臨頭了，一定是劉備東征討伐孫權，所以東吳才擺出如此姿態，乞求曹魏的援助。「蜀攻其外，我襲其內，東吳之亡不出旬月矣。吳亡則蜀孤。若割吳半，蜀固不能久存！天下一統，時不久矣！」劉曄雖然如此進諫，然而曹丕想了一會兒終於還是慢慢搖了搖頭。「人稱臣降而伐之，疑天下欲來降者心，斷不可為。朕且受吳降，而襲蜀之後。」這是皇帝曹丕的意見。

六

第二年，也就是魏國的黃初三年（公元二二二年），蜀漢章武二年二月，劉備下令向東進軍。劉備起用鎮北將軍黃權為帥，起初黃權曾經諫言道：「吳人悍戰，又水軍順流，進易退難，臣請為先驅以當寇，陛下宜為後鎮。」但是劉備沒有聽他的意見。黃權的意思他當然也明白。逆流而退固然困難，但只要自己的後方做得好，退卻時也不會太過恐懼。只不過，劉備根本沒有退卻的念頭，這是為關羽報仇雪恨的戰爭，只有皇帝劉備親自立於陣前，才能安慰關羽的亡靈。

「兵分兩路，江北交給黃權，我親自領兵由南岸而下。」劉備的決意，沒有一絲動搖。就這樣，蜀漢軍分成兩路向東進兵。

東吳都督陸遜，根據蜀軍的動向定下了這樣的作戰方針，「半年之中，不戰而退。」對於這一場作戰，蜀漢的將士拚的完全是一股怒氣。怒氣是他們士氣的來源，然而怒氣並不能長久持續。得了一場勝利，怒氣就會消去一些。至少不會再成為力量的源泉了吧。半年後，陸遜轉而開始制定反攻的目標。

因為陸遜之前的不戰而退，蜀漢的兩路大軍如入無人之境般疾馳東進。雖然心懷憤怒，不過劉備到底也是身經百戰，恐有陷阱。蜀軍在進駐的大部分土地上都築建了營寨，大營與大營之間都設置了柵欄。「自巫峽建平連營至夷陵界，立數十屯。」史書中如此記載。這些營寨也就相當於臨時建立的城池，一共有數十個，自建平到夷陵，綿延八百餘里。

到了五月份，陸遜開始轉向反攻。這一年適逢閏五月，也就是有兩個五月。到了第二個五月，東吳軍開始按照作戰計劃行動。在轉向反擊的試探性戰鬥中，陸遜對經驗豐富的將校授意道，詐敗。從來都只是逃跑的吳軍突然開始反擊，蜀漢方面也緊張起來。「終於來了啊……」之前東吳一直不戰而逃，並沒顯示出他們的實力。東吳的實力究竟如何？蜀漢軍也想看看東吳的本領。結果，東吳的人馬難得有了反擊，卻還是很快就敗走了。「果然不怎麼樣……」蜀漢軍這樣想。他們變得疏忽大意起來。這一次是真正的疏忽了。

緊跟着，陸遜便開始了果敢決斷的總反攻，而且是趁夜偷襲。這時候蜀漢軍剛剛擊退了吳的反擊。將士們擦着汗道：「果然不堪一擊啊……」

「原來聽說吳兵英勇善戰，大概只是在江面上的時候吧。」

「到了地上就不行了，根本不是咱們的對手。」

「今天晚上可以睡個好覺了……」就在這天夜裏，吳軍發動了總攻。

「點火！」陸遜對全軍下了這樣的命令。

自建平到夷陵的綿延八百餘里上由木柵欄築成的營寨，全都燃燒了起來。無論山川還是原野，到處都是一片火海。喊殺聲更是震耳欲聾。吳國以陸遜都督為首，其下的潘璋、朱然等將率領着五萬人馬偷襲蜀漢連營。暗夜的燈火能讓敵軍的實力倍增。而且八百里連營都起了火，更讓蜀漢無法估計敵軍的兵力。這時候蜀漢的皇帝劉備正駐紮在夷陵縣的馬鞍山地方。東吳事先就仔細打探了蜀漢的大營，他們以主力進攻馬鞍山。馬鞍山的周圍，本來有劉備的親兵把守，然而東吳軍的突襲一舉擊潰了他們的守衛。

戰事剛剛開始不久，勝負便已經見分曉了。對蜀漢軍而言，目前最重要的不是應戰，而是該如何逃走。土崩瓦解，死傷過萬。這一仗敗得相當慘烈，連天子劉備也身處險境。他不得不循夜路而逃，吳軍在後面緊追不捨。燃燒起來的不只是山川與原野，連江面也成了一片火海。蜀漢軍的兵船上到處都是火焰。正如黃權所擔心的那樣，逆流退兵十分困難。蜀漢的水軍只得捨棄船隻，沿陸路逃跑。然而陸地上到處都是吳國的人馬。蜀漢的將軍張南、馮習、馬良以及自稱為番王的沙摩柯等人戰死。杜路、劉寧等人投降。北岸的總帥黃權因為退路被東吳截斷，不得已轉而投降了曹魏。馬良死在劉備的眼前。劉備抱起他的屍首。若是這一仗打勝的話，馬良必然是第一等的功臣。爭取到武陵山地的少數民族，都歸功於馬良的努力。

劉備抱起馬良的時候，他還有微弱的呼吸。劉備貼着馬良的耳朵說：「你兒子就交給我吧，我一定重用他……還有你的弟弟馬謖……」馬良仿佛點了點頭。劉備終於逃回了白帝城。沿路上有一處名叫石門的地方，道路狹窄難行，蜀漢軍在那裏丟棄了無數輜重糧草，點起火來堵住了道路，這才擋住吳軍。然而逃得慢的蜀漢軍也被擋在如同火焰山一般的石門之前，無處可逃，一個個都被吳軍斬殺。不單道路上有火焰山，就連長江之中蜀漢軍的屍體也堆成了山。據說連江水都為之不流。

七

劉備一生經歷過許多挫折，他曾經作為食客在呂布的帳下飽嚐屈辱，也曾相繼寄於曹操、袁紹、劉表等人的帳下，應該說已經習慣了經受挫折。然而不管哪一次，都沒有像這次戰敗給他帶來的打擊巨大。劉備已經年過花甲了，他的身體因為這一次戰敗而垮掉了，各處關節都疼痛起來，之前用氣力壓抑着的病痛也都冒了出來。劉備躺在白帝城的病床上。

這次戰敗回來以後，劉備將「白帝」改名為「永安」。這是懷着希望永遠安穩的願望而命名的。也許是劉備覺得以前的名字有太多消極的感覺吧。唐代詩人杜甫，在《白帝城最高樓》這首七律中寫道：「城尖徑仄旌旆愁，獨立縹緲之飛樓。」

時代變遷，自然卻沒有發生什麼變化。三國時代的白帝城，險峻地建在江岸的岩山之上。因為蜀漢天子住在這裏，白帝城頭飄揚着華麗的旌旗。然而自從夷陵大敗之後，旌旗雖然依舊迎風飄揚，但卻帶上了悲涼的意味。五百四十五年後的詩人杜甫，在寫這首詩的時候，或許也想到了夷陵戰敗、逃回白帝城的劉備吧。劉備回到白帝城以後，天下的形勢發生了巨大的變化。

蜀漢東征，東吳孫權為鞏固後方，向魏俯首稱臣，魏文帝非常高興，封孫權為吳王。按照約定，孫權應將他的兒子送到魏國，不過他卻沒有這樣做。劉備攻打東吳的時候，東吳可以說是危急存亡的關頭，什麼樣的事情都可以答應。不過既然戰勝了劉備，東吳也就不想再履行對魏的承諾。把自己的兒子作為人質送到魏國的事情，當然更是提都不想提了。曹丕不足懼。吳軍中流傳着這樣的說法。連劉備都能一鼓而破，東吳上下全都驕傲起來。

九月，魏委任征東大將軍曹休、前將軍張遼、鎮東將軍臧霸南下，同時對已經部署在南方邊境的大將軍曹仁也下了動員令。在荊州方面，曹魏也動員了大將軍曹真、征南大將軍夏侯尚、左將軍張郃和右將軍徐晃。吳向建成將軍呂範、左將軍諸葛瑾、平北將軍潘璋等人下達了防禦的命令。不過魏軍力量實在太強，孫權不得已向曹丕上表謝罪，展開拖延戰術。「但孫登來，朕即退兵。」曹丕回信中如此寫道。孫登是孫權的兒子，被立為王太子。魏無論如何都想要這個人質。這樣一來，與曹魏關係惡化的東吳，又開始轉而考慮親近蜀漢了。

執意為關羽復仇的劉備躺在病床上，氣若遊絲。他對復仇已經不那麼在意了。躺在病床上的時候，他也在進行反省。「我太過感情用事了……」對於被切斷退路而投降曹魏的黃權，有人說要治罪其全家。對此劉備做出了赦免他的決定。

「算了吧，這次戰敗，朕也有責任。」因為皇帝劉備病重，他身邊的朝臣不得不處理更多的政務。「還是叫丞相來吧。」劉備派人召喚身在成都的諸葛孔明。孔明在成都處理完手頭的事務之後即刻動身，於第二年的二月進入白帝城。這時候出兵江陵方面的魏國大軍，已經撤兵了——因為江陵地方適逢大疫。天下出現了短暫的安寧。

諸葛孔明守在劉備的枕邊，時刻不離左右。劉備一天比一天衰弱，孔明一直觀察着劉備的狀況。

「如卿所言，天下三分之勢已定……」劉備以微弱的聲音說道。

魏、蜀、吳三大勢力，將天下分而治之。之前的英雄一個接一個離開了舞台。董卓死了，呂布完了，公孫瓚、陶謙、袁術、袁紹、劉表、劉璋……如今只剩下了三個人。魏蜀兩國都已經稱帝了，只有孫權還只是自稱吳王。據說從去年開始，東吳已經起用了新的年號「黃武」。因此，這是魏的黃初四年，蜀的章武三年，吳的黃武二年。三國的年號依次相差一年。

「雄心不再了啊……」孔明想這樣說。雖然說是三分天下，然而實際上曹魏佔據了天下的八成，蜀和吳只是各自佔據天下的一成，並不是真正的天下三分。魏的手中擁有幽州、冀州、青州、徐州、豫州、并州、雍州、兗州這八州。雖然並非直接統治，但涼州也聽命於曹魏。與此相比，吳只有揚州，蜀只有益州，二者還在爭奪荊州。

「只有與吳聯合攻打魏了。另外還要南征……」孔明如此考慮。雖然只有益州，不過益州的南面是蠻夷之地，今後還有開發的可能。南征能使國力增強。然而對病重的劉備，孔明卻不能說這件事。

劉備幾乎一直閉着眼睛。他的眼前浮現出了曹操的身影。好像是有黃泉的吧——五斗米道的人這樣說過，信仰佛教的人也這樣說過。倘若真有的話，在那個世界也許會遇見曹操吧。「來得好啊……」曹操會聳聳肩膀如此問候吧。天下依舊還是三分。「真蠢啊，玄德。」攻打東吳實在是太感情用事了。他一定會如此批評。尤其是數百里連營的戰法，熟讀《孫子兵法》的曹操大約也會嗤笑的吧。

「我看錯人了啊。」假如曹操這樣問，自己該如何回答？

「是你讓我失望了，誰叫你先死了……如此回答嗎？」劉備想着想着，意識不禁模糊起來。偶然間意識又會恢復過來。每到這時候，劉備便會看見諸葛孔明的臉。那好像是現實中的孔明的臉。在孔明的臉之後，又浮現出曹操、袁紹，甚至還有甘夫人的面容。

「關羽和張飛在哪裏？」在微弱的意識之中，他在想着這件事。

劉備駕崩，是在這一年四月的癸巳日，享年六十三歲，諡號昭烈皇帝。臨終之前，他趁着意識尚存的時候向孔明說：「君才十倍曹丕，必能安國，終定大事。若嗣子可輔，輔之；如其不才，君可自取。」孔明流着淚答道：「臣敢竭股肱之力，效忠貞之節，繼之以死！」劉備又向皇太子劉禪說：「朕聞人年五十，不稱夭壽。今朕年六十有餘，死復何恨？但以卿兄弟為念耳。勉之！勉之！勿以惡小而為之，勿以善小而不為。唯賢唯德，可以服人。卿父德薄，不足效也。卿與丞相從事，事之如父。」孔明讓中都護李嚴留守白帝城，自己帶着昭烈皇帝的靈柩回到了成都。皇太子劉禪於五月在成都即位，時年十七歲。

八

像冰一樣。如此形容的是皇帝曹丕的冷酷。正因為是這樣的人，才能平靜地廢掉大漢天子，自己登上皇位。但是，自從做了皇帝，曹丕的心中卻湧動起了熱流。至少弟弟曹植這樣覺得。雖然是兄弟，現在卻是一君一臣。雖然並沒有太多言語，但曹植能感受到哥哥胸中那不可思議的熱度。

夏至之日，朝中舉行皇族的聚會。因為疫病流行的緣故，在前線督戰的文帝曹丕，於三月返回洛陽。皇帝與自己的兄弟們很久都沒在一起暢談了。六月，任城王曹彰在洛陽故去。對於文帝曹丕而言，曹彰是他的同胞弟弟；而在曹植看來，曹彰是他的同胞哥哥。曹彰以剛勇而著稱，然而因為個性魯莽，不受父親喜愛，從一開始就被排除在繼承人之外，他本人也沒有那樣的打算。

「連任城王都丟了性命，主公千萬要小心，萬一有什麼不測，就趕緊逃出洛陽吧。」曹植的家臣臉色蒼白地這樣説道。任城王曹彰死因並不清楚，公開的消息説他是得了急病而死。

曹植的親信都認為曹彰是被殺的，此話也不算空穴來風。曹丕剛當上皇帝，就將曹植的心腹丁儀兄弟處以極刑。丁儀兄弟擁戴曹植，為了能讓曹植當上繼承人，一直出謀劃策，所以不能説是無實之罪。失去了丁儀兄弟的曹植，就好像失去了左膀右臂一般，他再也沒有如此才華的親信了。

「我已經沒有了臂膀。哥哥……陛下不會懷疑我吧。」曹植説道。

「難説啊……曹彰大人根本沒有參與繼位之爭，不是也被陛下殺了嗎？」家臣低聲説着。

「言語要小心。你怎麼知道任城王是被殺的？」

「任城王如此健壯……」

「疫病不分強弱。」

「但是……」

「以後不要再說這樣的話了。」曹植呵斥道。

到了七月，朝廷傳來了旨意，曹植覲見聖上。「這一天終於要來了……」曹植的家臣們臉色蒼白。雖然不知道天子會編造什麼樣的理由，然而此去必然凶多吉少。

「逃吧。」

「我等抵死殺出一條血路，護送主公逃走。」

「若是覲見天子，恐怕就回不來了。」家臣們都這樣勸道。

「抗旨不遵只有死路一條，覲見天子卻未必會死。」曹植斷然拒絕家臣，決定覲見聖上。此時他的心中認為生死的概率各半。覲見之時，異母弟弟吳王曹彪也來了。同時來的還有五斗米道的教母少容與其弟子陳潛。看到少容的身影，曹植放下心來。「我不會死了。」他確信。魏國的士卒與百姓之中，十之八九都是五斗米道的信徒，就連故去的曹操也是。皇帝曹丕之所以召來少容，顯然是要讓曹植放心。在少容面前，便是等於在全軍全民的面前，不會對你秘密處刑。

「甄城王（曹植）和吳王（曹彪）即將回國，今日便是送別宴。請來各位好友，大家暢飲一番。甄城王，能作篇詩文為這宴席錦上添花嗎?」皇帝說道。倘若少容不在，恐怕大家都會疑心這場送別宴實為刑場，無法安心喝酒。皇帝曹丕也知道這一點，所以才召來少容的吧。

宴會結束之後，皇帝讓侍女拿來兩個錦包。「這是餞別之物。雖然大小一樣，裏面卻不相同，不要弄錯了。紅色的錦包是給甄城王的，藍色的是給吳王的。回去之後，再打開看吧。」皇帝說。

「謝主隆恩。」兩位皇弟收下了錦包。

「保重身體，不要難過。此經一別，一定還有再見的機會。」皇帝的話中有着此前從沒有過的人情味，讓人不覺有些訝異之感。

曹植回到館驛，打開紅色的錦包。裏面是一個美麗的塗漆睡枕。上面用朱、黃、青等諸多顏色，描繪了一幅鳳凰圖。這睡枕與其說是美麗，更不如說是妖媚。看它的形狀不大，好像是婦人用的東西。

「啊……」塗着幾重漆的睡枕上，側面印着幾個字，「為甄夫人造」。曹植不禁兩眼濕潤，緩緩流下熱淚。

作者曰：

曹植曾作有題為《贈白馬王彪》的七章詩，其序中這樣寫道：

「黃初四年五月，白馬王、任城王與余俱朝京師，會節氣。到洛陽，任城王薨。至七月與白馬王還國。後有司以二王歸藩，道路宜異宿止。意毒恨之。蓋以大別在數日……」

新王朝魏的律法規定，皇弟回領國的時候，即使方向相同，也不能走相同的道路。可見天子對皇弟的戒備之心。曹植對此懷着悲憤之情作了這首詩。詩的結尾是「王其愛玉體，俱享黃髮期。收淚即長路，援筆從此辭」。序中提到的白馬王是曹彪，他於黃初七年才成為白馬王，黃初四年時候應該還是吳王。因此，這首詩的序文恐怕是後世之人的偽作吧。

據說，曹丕本來也想殺曹植，但是母后卞太后哀求道：「汝已殺我任城（曹彰），不得復殺我東阿（曹植）。」曹丕才放棄了這一想法。這大約是後人為了將曹植塑造成悲劇人物而編造的故事吧。

西南風疾

一

一開始喝酒，孫權的目光就開始發直，而且經常暴飲無度。酒品不是很好。也正因為如此，他更討厭酒品不好的人。不過話雖如此，倘若被他看到宴席間有不喝酒又擺出苦臉的人，他也會無緣無故地生氣。「你這是故意要掃我的酒興才來的吧？」孫權尋釁斥道。這真是難喝的酒。

劉備為關羽報仇，沿江而下攻打東吳的時候，孫權來到武昌建立自己的指揮所。這時候是魏國的黃初二年（公元二二一年）。魏文帝，也就是曹丕，冊封孫權為吳王。迎接冊封使的宴會上，孫權像往常一樣，「今日也要暢飲一番，不醉不歸。」他向群臣說道。這時候他已經喝了不少酒。

孫權叫來侍者下令道：「舀水來，給大家全都當頭澆下，然後再上酒。」他也許是想調節氣氛吧。自己喝得爛醉如泥，家臣卻一個個還是正襟危坐，這也實在太沒意思了。當頭澆水下去，一定會擾亂眾人的坐態。侍者用桶提來水，來到宴席之上，開始用勺子向群臣澆水。

魏國的冊封使到達東吳的時候是十一月。按陰曆來說，是隆冬季節。雖說江南氣候溫暖，但這個季節被水澆也並非適合，大家全都苦着臉讓水潑。可是，倘若臉色太過難看，也有可能被吳王孫權呵斥，所以大家只得強作歡顏，偶爾勉強笑笑。

這時，孫權旁邊站起一人，是東吳的元老級大臣張昭。「臣告退了。」

張昭決然甩開大步，完全不像上了年紀一般，快步走了出去。

若在平時，孫權定然會大喝一聲「等一等」，但他現在一身酒氣，一時弄不清發生了什麼事情。直等到張昭的腳步聲消失在廊下之後，才明白是怎麼回事。「那廝一定是對我心存不滿才走的吧。」

「把綏遠將軍叫回來！」孫權下令道。魏文帝立孫權為吳王的同時，賜予吳國元老張昭綏遠將軍的稱號，封為由拳侯。綏遠將軍被帶了回來。只有張昭，孫權不能像對其他大臣那樣大聲斥責。兄長孫策臨死之前，曾經叫來張昭，託付他說，「弟弟就交給你了。」

這十年間，周瑜、魯肅、呂蒙等吳國支柱相繼去世，只剩下元老級別的張昭。無論怎樣醉酒，也不能讓張昭難堪。可是張昭當着滿座眾人的面自作主張離開的舉動，也讓孫權蒙了羞。這是孫權的想法。無論如何，至少他想要洗雪這一羞辱。「只不過是想讓眾人一起樂樂嘛。這有什麼不好呢，子布，不要生氣啊。」孫權說道。

張昭答道：「從前的商紂王，在糟丘設酒池肉林，尋歡作樂。他也只是想樂一樂，並沒打算滅家亡國。」

「曉得了，曉得了。」孫權再也不說什麼了。

「到底是綏遠將軍……」群臣全都這樣想。除了張昭以外，倘若有人敢說同樣的話，孫權豈能善罷甘休？

在場的群臣，由眼前的情景想起了一個人：虞翻。所幸他沒有在場。他若在的話，事情就不會這麼容易了結了吧。虞翻是大學者，鐵骨錚錚的硬漢。不過他常常酒後失言，讓人頗感遺憾。「翻性疏直，數有酒失。」在他的傳記中有這樣的記載。「酒失」是說喝酒之後撒酒瘋，也就是說酒品不太好。虞翻與孫權發生過幾次衝突。其實從孫權的哥哥孫策那時候起，他就常常犯顏直諫。

「主公須謹慎。」他對喜好狩獵的孫策強諫過幾次。孫策出門狩獵，遭遇刺客偷襲而喪命。在虞翻看來，應該有一種「不聽我言，終有此變……」的心情吧。「我說的都是對的。」他有這樣的堅信。就算對方是他的主公，他也毫無顧忌地直言進諫。喝了酒之後，言語就更加肆無忌憚了。

「說得對不對另當別論，可是這廝的講話方式實在令人氣憤，將孤當成什麼了……」孫權大怒，免去虞翻的騎都尉要職，流放到丹陽郡陽涇縣的田舍之地去了。不過很快他又把虞翻調了回來。虞翻精通醫術。這時候正是孫權想要進攻關羽，拜呂蒙為大都督的時候。呂蒙有病在身，出征之際，希望帶着醫師出征。

「好，我就派名醫隨你同行。對了，你想要哪位名醫？」孫權問道。

「虞翻。」呂蒙笑答。

「啊，那個傢伙……」耳朵裏一聽到虞翻的名字，孫權立即皺起眉頭來。可是剛才已准了名醫隨行的事。身為主公，當然不能出爾反爾。

「好吧，虞翻就虞翻。我也正想赦免那廝。那個老頑固也該吃夠苦頭了吧。」孫權當即赦免了虞翻，着人去辦調他回建業的事。孫權嘴上雖然說着虞翻「吃夠了苦頭」的話，這卻並非是孫權的真實想法。

「流放能改變那傢伙的本性嗎？如果改變了，虞翻就不是虞翻了……雖然如此，今後該怎樣與這個難纏的人相處呢？」孫權喚來了張昭。

「虞翻就要調回來了。他是少有的博學之士，亦是有才之人，這一點我很清楚。可是他不懂待人處世之道，我只要看見那傢伙的臉，心裏就有些泛酸……再想到先前的事，我就更加鬱悶。子布有什麼好主意嗎？」

張昭想了一會兒，說，「這個辦法如何……」他往孫權身邊湊了湊。

二

流放這種程度的處理，不可能改變虞翻的乖張性情。上至主公孫權，下至普通士卒，差不多東吳的每個人都這樣想。曹魏的名將于禁，在樊城之戰中被關羽擒獲，後來孫權的人馬救出了他，將他帶回東吳加以厚待。孫權騎馬外出之時，常常也帶着于禁一同隨行。有一次，孫權和于禁一起騎馬外出。出了建業城，剛好遇到虞翻。虞翻手裏拿着長鞭，好像是故意等在那裏似的。

「你算什麼東西，降虜！」虞翻放聲大喝，舉鞭衝向于禁，「降虜之身竟敢與主公並馬而進，真是不知天高地厚！」

「渾蛋！退下！」孫權一聲斷喝，虞翻才停下了手。若沒有孫權的呵斥，他手中的長鞭恐怕就要抽到于禁的臉上。

之後不久，孫權在長江的樓船上大宴群臣。這種正式的宴會當然會有樂隊奏樂。樂師剛好是徐州人，他們演奏起了故鄉的音樂。于禁出生於泰山，聽到故鄉的旋律，忍不住流下淚來。

「文則（于禁的字）！」虞翻當着眾人大聲喝道，「如此惺惺作態，是想主公放了你嗎？這是女子慣用的伎倆，沒想到你也會用啊。別哭了，太丟人了吧。」四座皆驚。于禁俯身跪倒，孫權面顯不快。

虞翻隨呂蒙出征攻打關羽，大勝而回。這一戰的勝利，很重要的一個原因是江陵的糜芳等人不給關羽送糧，最後更投降了東吳。雖然東吳是因為糜芳的背叛取得了勝利，可是虞翻卻看不慣背叛，時不時為難糜芳。他特意來到糜芳的軍營，一進轅門便厲聲大罵道：「不忠不信之人，憑什麼侍奉君主？」糜芳的部下忍受不了，一看到虞翻的身影就關上大門。於是虞翻便在門前嚷道：「我聽說這裏的門該關的時候不關，該開的時候也不開。果然如此，果然如此。」言語中充滿了厭惡之情。他話語中的意思自不必說。糜芳本是劉備的部將，駐守江陵，結果背叛了劉備，向孫權的軍隊敞開了城門。

虞翻的酒品也極差，簡直就像是不治之症一般。有一次舉行宴會，孫權親自給幕僚逐一斟酒。走到虞翻那裏的時候，虞翻顯出醉態，伏地醉倒。

「這傢伙，喝醉了啊……」孫權歎了口氣，於是便走過去給下一個人倒酒。可是孫權剛一走開，虞翻就坐起身來，還與旁邊的人談笑，根本不像是醉倒的樣子。正巧孫權看到了這一幕。

「哎呀，這廝！」孫權的碧眼中充滿了血絲，吼道，「是不想與孤喝酒嗎？！還是說不想看到孤的臉？！」

孫權拔出了劍。

「等等！」大司農劉基從背後抱住了孫權。

「不行，主公剛剛做了吳王。虞翻學識淵博，天下皆知。吳王若親手殺了此等世間大儒，天下人會怎樣想？就算虞翻有罪，人們也會認為主公沒有容納賢良的器量。眼下正是用人之際，此種事情流傳出去，恐怕很難再有賢良投奔東吳了。」

「曹操能殺孔融，孤就不能殺虞翻？」孫權還想揮劍，劉基死死拉住他的手不放。

「所以天下人全都責難曹操。況且曹操並非親手殺的孔融。」劉基死命進諫。

孔融字文舉，是孔子第二十代子孫，官居北海相。因是聖人的子孫，孔融恃才傲物，多有奇矯之行。就像孫權討厭虞翻一樣，曹操對孔融也有一種生理上的厭惡。孔融是個事事都要發表自己意見的人。他常常提出各種歪理，而且絲毫不考慮大局。身為現實主義者的曹操，會討厭這樣一個孔融，應該也不足為奇吧。

譬如有一年，苦惱於兵糧不足的曹操下令禁止釀酒。對此，孔融上書寫道：「高祖非醉斬白蛇，無以暢其靈；景帝非醉幸唐姬，無以開中興。」孔融洋洋灑灑論述酒的功效。曹操對此一一加以反駁，舉出因酒亡國的例子。於是孔融又寫了一封信，「徐偃王行仁義而亡，今令不絕仁義；燕噲以讓失社稷，今令不禁謙退；魯因儒而損，今令不棄文學；夏商亦以婦人失天下，今令不斷婚姻。而將酒獨急者，疑但惜穀耳，非以亡王為戒也。」

「如此強詞奪理……」曹操對孔融的厭惡與日俱增，到了建安十三年（公元二〇八年）出兵荊州之時，終於找到藉口殺了他。雖然說真正殺孔融的是刑吏……

「好吧，知道了……」孫權收劍入鞘，有些懊悔。但是，既然已經說要殺虞翻，又不得不赦他，卻也令人更加惱火。「以後孤若是再有醉酒之後妄言殺人，一律不要殺。」他又補充了一句。

在夷陵大敗劉備軍之後，孫權終於對虞翻忍無可忍了。因為虞翻依然在群臣面前口無遮攔。

那時候孫權與張昭正在談論神仙的話題。白馬寺的支謙不久前剛剛成為王太子的老師，異國的佛教終於開始在東吳引人議論。南方人相比於北方，更喜歡探討神仙的話題。

「哈哈哈，」虞翻卻放聲大笑，用手指着張昭說，「這人是死人，不久便要死了吧。哈哈哈……」

「仲翔（虞翻的字），慎言！」孫權氣得滿臉通紅。在東吳的元老大臣張昭面前，說誰是死人？不論什麼樣硬骨頭的犯顏直諫，也有說話方式的好壞之分。

「世上豈有仙人？誰曾見過神仙？死後或許別有世界，張昭大人就好像是那個世界的人，所以才會對主公說起神仙吧。」虞翻毫無畏懼地說。

「閉嘴！」碧眼兒孫權站了起來，用顫抖的手指着虞翻叫道，「將這廝趕出去！孤再不能忍了。將他流配交州！」

三

交州這一地區十分寬廣。覆蓋了今天的廣東、廣西直到越南北部的大片地區，是中國南方的邊疆。漢初趙佗在這裏建立了獨立政權，號稱南越。漢武帝平定南越，設置了蒼梧、南海等七郡，之後又增加了包括海南島的二郡，歸於交州刺史的治下。最初刺史的駐地是在一個名叫龍編的地方，相當於今天的越南東京地區，後來移到廣信，即現在的廣東省封川縣。交州被分成交州和廣州二州是數年之後的事。三國鼎立的時代，交州歸吳所有。但是蜀國的諸葛孔明正在不斷着手發展南方，由此產生了頗為微妙的問題。以前南方荒蕪的土地只是用於左遷或流放。

「流配交州！」孫權如此怒喝的時候，在場的人群中，有人表示同情，「流配交州嘛，太可憐了……」「自作自受，誰讓他口無遮攔……」然而也有許多人心中這樣想。虞翻旁若無人的樣子，到處都招人厭惡。

當時交州的情況又是如何？這裏有位名叫士燮的地方豪族。士家在東漢末王莽之亂的時候，為躲避中原的戰亂而搬到交州，迄今已經有二百年了。士燮的父親士賜在桓帝時被任命為日南太守，士燮自己是交趾太守，其弟士壹是合浦太守，二弟是九真太守，小弟是南海太守，這一族人在這一帶的統治十分穩固。

漢末，朝廷派遣的交州刺史張津被殺之時，這個地區已經不受朝廷的管制了。荊州牧劉表遂任命了賴恭為交州刺史。劉表的勢力覆滅之後，這個地方劃歸到赤壁之戰中獲勝的孫權勢力之中。以交州一地的實力，不敢抗拒東吳這樣的大軍閥，便以臣屬的形式送上了貢品，不過實質上依舊是半獨立的。士燮成了衛將軍，被封為龍編侯，他的幾個弟弟分別被任命為中郎將和偏將軍。孫權的力量日益強大。士燮感到了壓力，他將兒子作為人質送去建業，表達了恭順之意。同時，他又為孫權居中斡旋，與益州邊境的豪族們結成同盟，幫助擴大了孫權的勢力。

虞翻被流放到交州之時，士燮已經近八十歲了，正沉迷於為《春秋左氏傳》作註之中。虞翻以學識淵博而聞名，他對《老子》、《論語》、《國語》的研究可謂當時的一流人物。「真期待啊……」聽說虞翻被流放的事，士燮當然是滿懷期待了。

「據說虞翻是個相當傲慢的人，不把人當人看，也許會對父親有不尊的舉動。他可是連吳王殿下都不放在眼裏的人啊。」兒子士徽說道。

「我期待的不是虞翻，若是期待虞翻，讀讀他的書便知道他有怎樣的想法了，不必特意地見面。」

「那父上期待的又是什麼？」

「佛教徒與五斗米道的人也會與虞翻同船而來。他們的想法,我不大了解,所以才期待與他們見面,聽聽他們的話。」佛教的比丘尼景妹和五斗米道的陳潛也會與虞翻同船到交州來。

景妹是月氏族的女性。佛教教義作為客居漢土月氏族信仰,在亂世這一背景下,迅速地在漢人之中傳播開來。不過,通過絲綢之路進入中原的佛教,與南方經由交州傳入的佛教略有不同。長江一帶的佛教則是二者的結合體,甚至有些混亂。景妹為了改變這一狀況,決定前往交州。她年輕時雖然經常生病,但過了四十歲之後,身體逐漸好了起來,體質改善了許多。

當時的交州淫祠邪教橫行於世,佛教剛剛傳來,五斗米道的勢力也薄弱。幾乎是沒有什麼信仰的地方。陳潛為傳播五斗米道,受少容之命也來到了交州。新思想的火種就要來臨的事,已經在交州大地上傳開。

當時,從長江沿岸地區到交州最短的路是從鄱陽湖南下。進入武昌之前,孫權的前線陣地乃是柴桑,位於廬山腳下,鄱陽湖在其南面。經由今天的南昌市附近溯贛江而上,在江西和廣東的地界內走一段陸路,然後再於珠江的上流湞水乘船,順江而下,經過韶關市沿珠江到達今天的廣州市。直到開通鐵路為止,這一直都是廣東與中原聯繫的主要路線。虞翻一行人走的也是這條路。

「據從武昌來的人講,虞翻的流放非常奇怪。好像是與吳王殿下產生了衝突,只能說他是不知天命的傢伙。」士徽說道。

「那個人不單單是流放來此的啊。」高齡的父親捋着花白的鬍鬚說道。

「父上此言何意?」

「我們必須多為吳王努力啊。」士燮突然改變了話題。

「我們本來並非吳王的家臣。說起來我們不是為吳王努力做了許多事情嗎？若不是我們的活動，雍闓也不會叛蜀。蜀地多事，豈不正是幫了東吳。」

「雖然有過那般激烈的戰爭，如今吳蜀兩家卻又和好了。」

「有曹魏的存在，吳蜀兩家都不能獨當一面，二者只有聯合。」

「並非如此簡單。」

「是嗎？依我看，天下之勢一目了然啊。」

「都是五十歲的人了，還不明白嗎？哈哈哈……」士燮笑了。寂寞的笑。

四

先是關羽，然後是張飛，接下來是劉備，蜀漢的三位英雄便以這樣的順序相差一年相繼去世。這三位不在了，蜀漢不就完了嗎？曹魏與東吳之中，如此以為的大有人在。然而熟知蜀漢的人物卻搖頭道：「豈能如此以為？蜀漢還有諸葛孔明。只要孔明還在，蜀漢的基礎就不會動搖。劉備劉玄德之所以三顧茅廬請來諸葛亮，為的正是自己身後之事。」

聽說了劉備的死訊，魏文帝曹丕問少容道：「諸葛亮首先會從什麼地方着手？」

蜀地有很多五斗米道的信徒，有關蜀地的消息，少容應該是最多的了。

「首先應該會培養人才吧。至少一年之中，做不了別的事。」少容答道。

「很有可能。」曹丕點了點頭。

在世人看來，蜀漢缺乏人才。不僅關羽和張飛這兩大文柱先後離去，就連黃忠、馬超這些猛將也相繼去世，至此為止，蜀漢頗為優秀的武將只剩下了趙雲，然而趙雲也已經上了年紀。

諸葛孔明首先必須搜羅文武雙方的人才。實際上，蜀地也並非沒有人才。由外面進入巴蜀的劉備政權，將當地的人才放在一邊置之不理。哪怕是劉備在同甘共苦的部下尚在的時候，也不能任用當地的人才。

「不用當地人為官。」

「果然還是外來的政權。」因為有這樣的評價，當地的人才一直躊躇不前。

然而劉備入蜀已經十年有餘了。劉備的舊部紛紛老去，這也迎來了高層更換的時期。

諸葛孔明於成都開府，廣招賢才，當然對本地出身的人也非常歡迎。

之前蜀漢的將領任命常常偏漢而遠蜀，而孔明在丞相府培養的人才多為蜀地人士，強烈的愛鄉心也充溢其中。在大地上生根的政權，終於開始逐漸穩固了。然而直到真正穩固下來為止，其他的事情都顧不上。這是少容心中所想。

交州城中，士燮一邊望着窗外的陽光，一邊捋着花白的鬍子，他也知道了這件事。表面看來，他成天癡癡地望着外面的風景，實際上他偶爾也會坐下來執筆寫字。寫短小的文章、書信。趁着蜀漢什麼也做不了的時候，煽動益州少數民族的將領。從四川南部開始，到雲南、貴州、廣西地區，即使是在今天，這一帶的少數民族仍然很多。他們稱長老為耆帥。三國時候的耆帥是叫做雍闓的人。

殺蜀漢太守，起兵反叛。只要決心叛漢，軍資不是問題……士燮年輕的時候，曾在洛陽遊學，除去這段時間，將近八十年的人生幾乎都在交州生活，與少數民族朝夕相處。士家在交州居住的二百年間，一定也是混入了少數民族的血統。從生活上，甚至從血緣上，他很理解少數民族。煽動耆帥，對他來說是相當容易的事。為了東吳。現在他臣屬於吳，為了吳王而煽動少數民族作亂，進而陷蜀漢於困境。當然，最根本的目的還是為了士家能夠在交州站穩腳跟。

「諸葛孔明若穩定了蜀漢的狀況，必定舉兵南下。」這是士燮的預測。不要說相比曹魏，便是相比東吳，蜀漢的國力都很虛弱。為了增強國力，只有向巴蜀的南部進發。這裏資源豐富不說，與中南半島、緬甸、印度、南海等地的貿易也多。在與魏吳開戰之前，蜀漢必然要先在自己的土地上開發資源。

「趁如今先擾亂他要開發的地方。」老人如此考慮。耆帥雍闓血祭了蜀漢任命的益州郡太守正昂，掀起了叛亂。蜀漢因為正昂被殺，派了一個名叫張裔的前去繼任，雍闓又捉住了張裔，將他送到吳國。因此功績，孫權任命雍闓為永昌太守。雍闓的反叛成了燎原之火。原來，巴蜀南部很早以前就被成都的漢人政權所壓榨，積怨頗深。只要有了第一聲反抗，接下來就不必特意煽動了。民眾一齊奮起起義。就連蜀漢任命的官吏也隨着民眾掀起反旗，如果不這樣的話，他們自己的性命恐將難保。牂柯太守朱褒、越嶲大帥高定也起兵叛亂，加入了雍闓的陣營。

此時正值劉備剛剛在白帝城去世，蜀漢還沒有討伐叛軍的餘力。諸葛孔明封鎖了越嶲的靈關這一關口，全力阻止叛軍進入蜀漢的中心。在這一時期的叛亂之中，蜀漢方面沿永昌線頑強應戰。然而最終周圍的民眾蜂起暴動，終於還是攻下了永昌。鼓動民眾起義的是以孟獲為首的少數民族首領。

諸葛孔明想以外交手段，化解這一危機。少數民族叛亂的背後是交州的實權人物士燮，他的身後則是吳王孫權。只要改善了蜀漢與東吳的關係，這一叛亂便可迎刃而解了吧。本來，二者之間並沒有什麼大的過節，若沒有為關羽報仇的難題，其他的問題都算不得什麼，十四年前的赤壁之戰當中，二者還曾經聯合抗曹。眼下不需要武將出場，而是說客活躍的時候。為了推進與東吳的友好關係，該起用誰來擔任外交使節？

諸葛孔明將蜀漢的人才一個個理了一遍，然而一個個都不合適，找了許久，諸葛孔明終於找出了一位。

「蜀漢並非沒有人才，而是一直都沒能發現人才啊……」諸葛孔明深切地體會到這一點。他也在深刻反省。單單為了能讓蜀漢與東吳結成同盟，他在成都府內差不多將世上活着的人全都研究了一遍。

五

那是一個名叫鄧芝的人，字伯苗，先祖是東漢大司徒鄧禹，可以說是出身名門。話雖如此，不知什麼原因，之前他一直懷才不遇。「我是大器晚成。」連他本人也這麼說，一副不緊不慢的樣子。雖然還年輕，可他逢人就如此自嘲。他的口才也並不是很好。若是口才好，應該早就會被起用了吧。不過他的言語雖然木訥，其中卻有一種不可思議的說服力。「此人可用。」孔明想到。

江南號稱才子之鄉，能言善辯的說客不在少數。孫權身邊當然有很多這樣的辯才。要說服孫權，就要有比他周圍的謀士還要優秀的舌頭才行。而且未必需要滔滔不絕的辯才，需要的或許是更加與眾不同的人物。現在孫權坐鎮的荊楚地區，自屈原以來，便是一片洋溢着華麗辭藻的土地。不管怎樣的辯才，說到底也只能算是班門弄斧，要想說服江東孫權，靠的只能是獨特的舌頭。

孔明起用鄧芝，就是出於這樣的目的。東吳政權源於地方豪族的聯合，因此將家世作為一種談資。鄧芝的先祖鄧禹，曾輔佐東漢的始祖漢光武帝，堪稱是建國第一功臣。鄧禹，字仲華，這個名字幾乎無人不知。

鄧芝以使節身份去吳，無論觀點怎樣，至少吳國上下都會懷着敬意迎接他。孔明並不想讓鄧芝用花言巧語去遊說，而是靠他的說服力來與東吳結盟。

鄧芝有容易接受暗示的傾向。卜卦的人說他是大器晚成，他便深信不疑。孔明注意到了這一點。「蜀地雖然人才濟濟，但能做到的只有你一人。」孔明如此誇讚他。

孫權接見蜀的使者鄧芝，說：「既要結盟，盟友也要強大才行。孤雖誠心想與蜀結盟，但恐蜀主年幼力弱，國小而大勢困頓，為曹魏乘虛進攻，不能保全自己。魏若攻破蜀國，我東吳身為盟友，命運便如風中之燭。因此孤縱然有同盟的決心，也難以下定決心。」

「蜀絕非小國，與吳一樣，都非小國……」鄧芝反駁道。吳的身後有着交州這片廣闊的土地。蜀也有南方未開發的廣大地域。如果有效利用的話，應該不會比魏差。

「我主雖然年幼，但有丞相諸葛孔明盡心輔佐。吳王殿下乃一世明君，我家丞相也堪稱當世俊傑。蜀有劍閣之險足可固守，吳有三江天塹可阻魏軍。發揚彼此的長處，結為緊密的同盟，便有可能實現天下統一。退一步講，也足以與曹魏對抗，建立天下三分的大計。」鄧芝充滿誠意地說，他的話語頗有分量。孫權一直緊盯着鄧芝的眼睛聽他講話。只見他面上毫無懼色，始終正對着孫權的視線侃侃而談。

「聽說魏要求吳王殿下的太子作為人質。若是送去王太子作為人質，下一步就會要求吳王殿下入朝吧，倘若拒絕，魏就會以此為藉口，大舉發兵，還會說吳反叛朝廷……如此之時，我蜀漢也恐怕不會錯過這樣的好機會，人馬也會順江而下……這樣一來，江南的天地，就不再是殿下的了。」雖是訥訥之言，鄧芝卻在最後的地方運足了力量。

「不會錯過好機會嗎……」孫權低低重複了一聲。

他很喜歡鄧芝如此直來直去的表達方式。若真到了那一步，那確實是不可坐視的好機會。假設孫權是蜀地的人，也一定會起兵伐吳。

「如何？」鄧芝的目光一直緊盯着孫權。

「明白了，卿所言極是，句句在理，吳蜀的友好也是我所期望的。與魏的關係也是經歷了許多曲折，待我選派合適的使者去向丞相孔明解釋。」孫權說道。

吳派來的使者是張溫。這位張溫去過蜀國之後，變得完全傾向於蜀。回到吳後，也常把「在蜀地如何如何」掛在嘴邊。他如此宣揚蜀地的事情，令孫權心中極為不悅。後來張溫下台，也有這樣的原因。張溫作為特使訪問了蜀。作為答禮，蜀也向吳派來使者，這個使者當然還是鄧芝。

吳王孫權對鄧芝說：「如果天下太平了，我與蜀主平分天下，不亦樂乎！」鄧芝搖了搖頭，直言不諱地答道，「天無二日，地無二主。如果攻併魏之後，兩家主君各行仁德，臣下各盡其忠，將提鼓槌和鼓，戰爭便會開始了。」

孫權大笑道：「卿之心清澈可見，你的話和心一樣讓人安心啊。」之後吳蜀多次交換使者。蜀也曾派遣鄧芝以外的人，但都沒能讓孫權高興。孫權給諸葛孔明寫信，信中如此寫道：「和合二國，唯有鄧芝。」

六

劉備去世那年，蜀漢改年號為建興。第二年，即蜀漢的建興二年（公元二二四年）、曹魏的黃初五年，東吳的黃武三年，沒有什麼值得特別提及的事。曹丕率水軍南下廣陵，不久又返回北方。廣陵是現在的揚州市，差不多算是進兵到長江一線了。這是因為吳王沒有交出人質，曹丕因而用兵示威。孫權沒有應戰，天氣也相當不好，魏軍幾乎是無功而返。其間，吳蜀的同盟更加緊密起來。

諸葛孔明治癒了夷陵戰敗的傷痛，致力於民生，令國家休養生息。經過兩年的休養，建興三年（公元二二五年）春三月，諸葛孔明向蜀軍發出動員令。南征。以雍闓為首領的叛軍，也就是「南夷」，在蜀的南部掀起叛亂，是前年六月的事。那一年的四月，劉備剛剛去世，蜀國沒有討伐叛亂的精力，於是封鎖靈關，避而不戰。現在國力恢復了。

「蠻夷膽敢乘先主駕崩之時叛亂！」蜀軍同仇敵愾的心情很是高漲。這是強烈的感情。諸葛孔明也一直着重培養這樣的感情。外來政權要想與當地人融合，有這種共同的情感是再好不過的事。「這次南征，是接下來北伐的一個環節。這一點各位都知道。我親自領兵，指揮這次南征。」諸葛孔明在重臣會議上如此說道。

一個名叫王連的人對此表示反對。「南方乃瘴癘之地，丞相身負國運重擔，怎能擔受此種危險？萬一有所不測，蜀漢前景豈非一片黑暗？」王連流着淚說道。諸葛孔明眼睛不禁發熱，強忍住了淚水。王連是當年劉璋的舊部。劉備奪取蜀地之時，王連鎮守梓潼，頑強抵抗，劉備在那裏幾乎無法前進。他本是對外來政權最有敵意的一個人，可是現在卻流着眼淚為孔明的安危擔心。

「融合差不多成功了。蜀國人心合而為一……」對於王連的抵死反對，孔明雖然心中垂首感歎，但在會議之上，孔明卻昂然抬頭，挺胸笑答，「我已下了決心。最終的目標乃是揮師向北，討伐曹魏。此次南征便是其中的一環，更可說是首戰，最為重要，我非親自指揮不可。」要與魏開戰，北伐的軍糧必須依靠四川南部這片肥沃之地。若是南方不穩，也就意味着北伐軍糧不安。所以孔明一直強調這次南征是北伐的一個環節。

「還是說，我孔明此前未曾領過兵，由我指揮，諸位難以安心？」孔明仿佛是在責問一般。

因為日後的活躍，世人往往將諸葛孔明奉為軍神一般的人物，實際上他在軍事上的才能不及政治上的才能。劉備在為關羽報仇的時候，也只是命令孔明留守成都。之前孔明也幾乎沒有過指揮野戰攻防的經驗。

「不，當然不是。我說的不是這個意思。」

「那麼，由我親自領兵的事就如此決定了。」於是孔明就任南征軍的主帥。

之前已經說過，此時的蜀漢接連失去了關羽、張飛、黃忠、馬超等武將。從今往後，必須依靠新的武將作戰。為主帥者，當然應該了解新武將的戰績以及作戰的喜好等。孔明之所以親自領兵，也是為了觀察新武將。由這一點上說，本次南征確實也是北伐的前奏。南征軍的參謀長，是戰死夷陵的馬良的弟弟馬謖。李恢、馬忠、張儀等新一代武將，也在這次南征中嶄露頭角。

「此次出戰，根本戰略為何？」孔明問馬謖道。

「攻心為上，攻城為下，心戰為上，兵戰為下。」

諸葛孔明肯定地點了點頭，仿佛在說深得我意。

蜀軍進兵的目標，是被稱為南中的地方。南中距離成都很遠，道路崎嶇險惡。就算大軍一到，南中的敵人束手投降，然而大軍一走，這些蠻夷便又可能背叛。成都的人馬要來南中並不容易，南中人自己也深知這一點。「南征的目的是要保持南中長期的穩定……」孔明着重強調「長期」這個詞。只有得到長期的穩定，軍糧和資源才能依賴這一地區。因此不能用一時的武力壓制，使其心服才是最重要的。

「不管怎樣，這兩年之間，他們為所欲為。這樣想來，還真是可恨……」馬謖咬了咬嘴唇。
「你是說兩年之間，我們什麼也沒做嗎？」諸葛孔明笑着問道。
「也並非如此……我們全力以赴地恢復與吳的友好關係，沒有顧及南中的空閒。」
「有沒有時間都不是問題。想做的話，時間自然就會有的。」
「有那種事嗎？」馬謖有些不解。
「攻心之戰，不必野戰也可以進行。這一年來，我都在為戰鬥作準備。」孔明說。
「丞相此言何意？」
「你可聽說，那些人之中自己也起了紛爭？」
「我聽說了……那些人本來就是各個部落聚在一起的烏合之眾，當然會有問題……那是……丞相的……」
「不要說是我鼓動的。從一開始就有引發內訌的因素。我只是加了把火，煽動了一下而已……」
「不愧是丞相……」馬謖眨着眼睛。
「不過，」孔明搖了搖頭，「事情並非一帆風順。我雖然想要煽風點火，卻也有人想要擔水滅火。」
「擔水？是蠻族之中的人？」
「不，是外來的人。」
「那是什麼人？」
「交州的人。」
「果然還是那個士燮？」馬謖皺眉道。

「不，不是。我費盡了力氣，總算和那位老人打過了招呼……可是有一個意想不到的人捲了進來。」孔明也皺起眉頭。

「意想不到的人是——」

「不過，不會輸的。」孔明沒有說那個人的名字。他挺起胸膛，一副自信滿懷的模樣。

七

南海（現在的廣州市）的一隅，有一座彎形屋頂、朱漆柱子的建築。號稱「交州王者」的士燮老人來到了南海，在那裏住下來。約百步之遙的地方，有一座庭院寬闊的府宅，裏面種着許多叫做蘋婆的南方樹。那裏據說是西漢南越王的舊宅。而現在則是惹怒吳王而被流放的怪人虞翻的住所。無論登上哪一個府邸的閣樓，都可以透過窗戶看到對方的住所。

「來了個意想不到的人做對手啊。還好我還沒有老糊塗……哎呀呀……」士燮老人手撚須髯，從閣樓的窗戶中張望虞翻的住所。對於住在那裏的人，老人與諸葛孔明一樣，使用了同一個詞來形容。老人接受吳王孫權的命令，煽動南夷對蜀叛亂。受命之時，正值劉備為關羽報仇，沿長江順流而下。因為吳與蜀是仇敵關係，可以說攪亂敵軍後方乃是對付敵人的常用招數。不過後來由於孔明和鄧芝的努力，促成了吳與蜀的結盟，老人的煽動活動暫時停了下來。

然而不久之後孫權又來了指示，「像之前支持雍闓那樣，製造南中的騷亂。」吳蜀表面上是同盟關係，其背後卻各有各的算盤。「我也要暗中留一手嘛……」士燮如此思量。諸葛孔明也曾經來勸誘過他。說他只要能削弱南夷叛亂集團的實力，便賞賜他蜀地的財寶——老人已經悄悄向首領雍闓打過招呼：「暫時休息一陣吧……」當然，交州的老人也送了雍闓一些財物。雍闓在誰也不管的地方點火，製造叛亂的聲勢，不過其實他並沒有採取什麼實際的行動。

老人周旋在孫權的命令與孔明的收買之間，適時挑撥，計算損益。然而這種曖昧的態度不可能一直持續下去，總得有個明確的表態才行。倘若一直置之不理，諸葛孔明這位英傑所在的蜀漢便會以難以預料的實力一氣南下，交州也會因此受到威脅。正是出於這樣的原因，士燮才會煽動南夷。他並非單單遵從吳王的命令。不過這到底也只是權宜之計。假如孔明真想動手，南夷的叛亂恐怕轉眼便會被鎮壓了吧。

「現在蜀致力於同吳重修舊好，顧不到其他的事情，若是……」若是到了蜀漢能夠騰出手來的時候，交州就相當危險了。單單之前煽動南夷這一件事，便足以作為討伐交州的口實了。「到了該考慮的時候了……」正當他這樣想的時候，孔明的勸誘來了。雙方正是一拍即合。

恰在此時，意想不到的人——虞翻被流放來了這裏。老人從兒子那裏聽說了虞翻被流放的原委，頓時生出一種心照不宣的感覺。若是老人的直覺沒有錯，虞翻乃是接受了孫權的密令，前來監視交州。監察的對象，不用說，當然就是士家一族騷動南夷的工作。

不管怎樣虛與委蛇，武昌孫權的耳中一定也聽到了南夷情勢反常的消息。孫權雖然想要調查此事，但若是派出正式的使者，恐怕會被老奸巨猾的士燮應付過去，因此便決定採取變化的形式——於是便有了惹怒主公的臣子被流放到交州。這樣一來，當地的人也不會心生戒備吧。譬如士燮的兒子士徽，便沒有將虞翻當一回事。

「五十歲了還讓我操心……」士燮又把口頭禪拿出來說了一遍，「好好想想吧。之前虞翻一直都被流放，不久之前剛剛蒙赦。然而剛被赦免，他就又同主公頂撞，這難道不可疑嗎？」

「畢竟他是個怪人啊……」

「怪人大約確實是個怪人吧。可是他的古怪行徑這幾年特別多，感覺有故意做作之嫌。算了，這也就罷了，他本來是因為直諫而受的懲罰。直諫乃是為國家着想，然而這一次卻不同。欺辱歸降的將軍，無視主君的敬酒，直言神仙的荒誕……這些都與國事無關。本來是個敢於直諫的人，現在卻成了酒後亂言之人……聽到這樣的事情，世人只會搖頭歎息。天下之中，向主公卑躬屈膝的大有人在，然而虞翻這般自傲的人物卻從來不肯面諛自己的主公……世人都是這樣的看法，然而實際上這樣的事情是行不通的。虞翻倘若真的處處頂撞主公，說不定什麼時候就會掉了腦袋……可是為什麼虞翻一直活到現在？恐怕是從一開始就與主公串通好了吧。他故意不把主公放在眼裏，而且擺出一副怪人的模樣，讓世人都以為原來是這樣……因此，虞翻來到交州，豈不也是自然之事嘛……看上去非常自然，其實是為了探聽我們的虛實……」

士燮侃侃而談，思路十分清楚，一點不像年近八旬的老人。五十歲的兒子顯得欽佩不已。「如此一來，真費了一番工夫啊。」兒子士徽搖頭道。

「為了蒙蔽我們，吳王殿下用了一個複雜的手段……恐怕是張昭為他出謀劃策的吧。嘿嘿，老夫雖然上了年紀，也不至於這麼容易被騙吧……」

「父上又是如何看出來的？」

「我一聽說浮屠女子和五斗米道的人一同前來，我便明白了。那些人可以在信徒中間自由來往，能夠收集各種情報。虞翻帶來的，全都是有用的人啊……」士燮緊盯着虞翻的住處。

「那該如何應對才好？」兒子問道。

「那邊好像有些動靜……」老人的話還沒說完，這邊就先亂了起來。樓梯上傳來了急促的腳步聲。

「什麼事？這麼吵。」老人問。

快步上樓的人，還沒到上樓就大聲喊道：「雍闓被殺了！」

「什麼，雍闓……」老人霍地站了起來，臉上浮現出苦色。站了半晌，他終於顫巍巍地坐下來，歎道：「難怪……虞翻的府上乃是喜慶的動靜啊……」士燮收買雍闓，為了蜀漢而減緩了叛亂的行動。這也許在雍闓的內部引起了不滿。無論如何，雍闓一死，強硬派的孟獲就會當上南夷的領導吧。據說孟獲相當有人望，統率力也是出類拔萃。他一定會以蜀為對手，在南中地掀起暴亂的。

「這是曹魏弄的吧……」老人自語道。擾亂蜀地邊境，相比同盟的吳國，更加受益的是諸葛孔明北伐將要攻打的魏國。難道說曹魏的細作也滲透到了這裏？

「張昭……把虞翻送到交州來的吧。」老人搖了搖頭。東吳很早以前就有親劉派和親曹派的暗流。前者的代表是魯肅，後者的代表則是如今依然健在的張昭。

「罷了，順其自然吧。」老人靜靜地閉上了眼睛。

八

蠻也好夷也好，這一帶的少數民族是苗、彝、侗、壯、瑤族等民族。從容貌上看，與漢人的差異並不大，可以說幾與漢人無異。有些人的文化教養甚至還在漢人之上。孟獲就是這樣的人。雍闓被暗殺之後，孟獲毫無異議地接替了他的位置。這一年左右的時間，盟友之中對雍闓的評價並不太好。據說他有了許多來歷不明的財寶，妻妾的數量也增加了。「耆帥身邊不乾淨。」將領之中有着這樣的猜測。所以當暗殺的消息傳來時，知情者點了點頭：「果然。」

對南夷的叛軍來說，不得不說眼下是萬分緊急的事態。以諸葛孔明為主帥的蜀軍，打開越嶲的靈關，大軍陸續南下。孔明首戰斬了夷王高定。叛軍推舉孟獲為首領，拚死抵抗。蜀軍的一路人馬，由馬忠率領進入牂柯，擊破了貴州的叛軍。牂柯郡也就是今天的遵義。一九三五年紅軍長征中在此召開會議，會上毛澤東得到了實權。

由李恢率領的另一支蜀軍，進入了雲南的昆明，這支部隊起初被叛軍包圍，最終突圍出來，與本部成功取得聯絡。孔明對部下反覆強調的還是「攻心」這兩個字。無論勝了多少仗，如果失去了人心的話，也是敗仗。因此也有打得艱苦的時候。李恢的軍隊陷入苦戰，也是因為怕失去人心。

「生擒孟獲，不要殺他。生擒者重重有賞。」四川南部、貴州、雲南一帶，全都傳開了這一命令。終於抓住了孟獲。孔明帶着孟獲，走遍了蜀軍的陣營。

「怎麼樣，蜀軍的陣法如何？」孔明問道。

「沒什麼了不起。剛才一戰是我沒弄清狀況，因此才被捉住。如今我知道了你們的陣法，已經想出許多辦法對付你們了。倘若早些知道的話，我絕沒有輸的道理……真是遺憾啊……」孟獲說着，咬了咬嘴唇。

「哦……再打一次試試？」

「啊，這是什麼意思？」

「放了你，然後再打一次，看看到底誰勝誰負，如何？」

「你這是認真的？」

「我諸葛孔明從不食言。」

「好，放了我吧。」

「好。」孔明放了孟獲。

此舉讓敵軍也目瞪口呆。孟獲再次率領叛軍與蜀軍大戰，結果依然沒有取勝，再次成為俘虜。

「哈哈哈，」孔明笑道，「我稍稍變了一下陣法，看出來了嗎？」

「看了也沒有辦法，總之是敗了。不過，若是能夠再戰一次，那可就另當別論了……」

「再戰一次嗎？」

「嗯……那麼……」孟獲盯着孔明，孔明笑着點了點頭。孟獲再次被釋放。再戰再敗——直至七縱七擒。

這成了千古流傳的故事。

「你走吧。」到了第八次的時候，孔明又這樣説，然而孟獲已經不打算再離開了。

「丞相自有天威，非我孟獲能勝。」孟獲深深地低下了頭。

這樣一來，益州、永昌、牂柯、越雋四郡就平定了下來。三月從成都出發的蜀軍，於七月凱旋而歸。這是一場為期不過四個月的遠征。戰後的處理相當簡單，蜀軍全軍凱旋返回成都，沒有留一兵一卒在南方，蜀的朝廷也沒有任命任何官員。「留兵則須運糧，一不易也；置官則擾百姓，二不易也。」孔明如此解釋道。

「那又為何領兵遠征南中？」對於這樣的疑問，孔明答道：「我是要他們明白，造不造反，情況都是一樣。即使造反，也只是白白犧牲人命而已。」南方平定下來。蜀漢最大的事業北伐——也就是與曹魏的戰鬥之日也臨近了。從南中凱旋之後，諸葛孔明便忙於為北伐作準備。

這一日，孟獲從南中來到成都，見到了孔明。「一切順利嗎？」孔明問。孟獲現在是南夷的首領，治理蜀漢的南方。「託丞相大人的福。」孟獲答道。諸葛孔明與孟獲是肝膽相照的好友。不單是戰後如此，從戰前開始便是如此了。

「我們也不願白白送掉性命。只要沒有漢人官吏的壓榨，我們也沒有別的什麼奢望。沒有什麼整飭騷亂的好辦法嗎？」孟獲悄悄地與孔明商量。孔明想了一個晚上，終於想出了「七擒孟獲」的好戲。無論敵方還是己方，對此都會感動不已。因這一戲劇性的演出，騷亂就被抑制下來了。

「今後也要請你多加努力啊。」孔明說道。

「彼此彼此……不過虞翻就可憐了……南中之亂的平定也就意味着他沒有完成使命。據說孫權大怒，將他貶謫到更遠的地方去了。」

「他也是個忠君的人物，拚死在南中製造騷亂。」

「話雖如此，對南中的百姓來說，南中已經開創了新的未來，不是外來者能策動的了。」二人一邊對斟，一邊交談之時，急使來了。

「啟稟丞相，曹魏的偽帝曹丕據報將死！」急使喘着粗氣報告。

「哦！曹丕嘛……」孔明抬起了頭。

作者曰：

孔明對孟獲七擒七縱，這是《三國志》的故事之中最精彩的一段。然而在少數民族之間，卻又傳說，孟獲七擒孔明，又放了七次。這樣一個完全相反的說法一直流傳到今天。

現在的廣州市解放北路以西，中山六路以北，人民北路以東的一片地區，因為古寺眾多而聞名。其中有以花塔而知名的六榕寺，以光塔而著名的伊斯蘭教的懷聖寺。最古老的則數光孝寺。說起這光孝寺的起源，據說是因為吳的騎都尉虞翻左遷之後，便在這棟南越王的舊宅居住。當時的人們稱這座府宅為「虞苑」。博學的虞翻在這裏的講學，雲集了數百名弟子。

之後，不知道孫權對他哪裏不滿意，又將他貶謫到蒼梧郡的猛陵。蒼梧位於現在廣西壯族自治區的桂林附近，是更加靠近邊境的地方。虞翻在七十歲時故去。他的遺屬被允許回到江南。虞翻的妻子便歡喜地捨棄了南海的舊宅，這裏後來也就成了佛寺。最初的時候，這裏似乎是被叫做「制止王園寺」。四世紀末的克什米爾僧人曇摩耶舍、五世紀初期的求那跋陀羅等人在這裏創建了道場。唐太宗貞觀十九年（公元六四五年），這裏改名為「乾明法性寺」，武則天時代稱為「大雲寺」。天寶八年（公元七四九年），第五次前往日本航海失敗的鑒真和尚漂到了海南島，拜訪了這座寺院。《唐大和上東征傳》中記載，鑒真在這裏停留了一個春天，登壇給信徒授戒。到了南宋的紹興二十一年（公元一一五五年），才被改名為現在的「光孝寺」。

揮淚斬馬謖

一

陰曆五月正值盛夏。黃初七年的夏天尤為酷熱。洛陽嘉福殿內，魏文帝曹丕躺在病榻上。他袒胸露乳，痛苦地喘着粗氣。由於發着高燒，他渾身浸透了汗水。兩名宮女手執大團扇為他扇着風，但曹丕仍然苦不堪言，發出哼哼哼的呻吟聲。他的胸前滲出大滴的汗珠，胸部在劇烈地起伏。「喚叡兒來！」曹丕止住呻吟，盡力用清晰的聲音說。曹叡是他的長子。十九歲那年，他搶奪了袁熙的妻子甄氏。二十一歲時甄氏給他生下了曹叡。

「遵旨！這就去請。」宦官跪倒在地，磕過頭後一路小跑出了寢宮。

曹丕的弟弟曹植，暗中對嫂夫人甄氏示好，甄氏也對小叔懷有好意，向他洩露過絕密情報，想要保護他的生命安全。曹丕得知後殺了甄氏。病榻上的曹丕，依舊在不斷地呻吟。酷暑時而會讓他昏迷——在呻吟的間隙裏，他還說着胡話。「原諒我！原諒我！……」他在乞求誰的原諒？宮人們偷偷猜測他是在乞求五年前被他殺死的妻子甄氏的原諒。但是，飽受酷熱折磨的曹丕，他那混沌的大腦中浮現的並不是亡妻的面容，而是綠色的草原。那是他乘馬疾馳時看到的草原。在一片綠色之中隱隱約約地浮現出兩個茶色的小點，一大一小。曹丕伸出右臂，向肩後探去。

「陛下要什麼？」宦官問道。看上去曹丕好像有什麼要求似的。其實曹丕迷迷糊糊地想要搭弓射箭。原來那兩個茶色的小點是麋鹿。大的是母鹿，小的是子鹿。就在前些時日，曹丕曾經出遊狩獵。當年正月他領兵南下征討東吳，只是因為對方守備森嚴，加之天寒地凍，一仗未打便退回了洛陽。狩獵是在退兵之後的第二個月，至今剛剛過了三個月。

曹丕彎弓搭箭，一箭射中母鹿。當時，其子曹叡也在身旁。「叡兒，快來射那頭子鹿！」他向兒子喊道。曹叡平時總是迅速應答，這次卻沒有做聲。曹丕攬住韁繩，停馬回望。兒子曹叡正在馬上啜泣，大滴的淚珠順着面頰滾落下來。曹叡用手背擦着眼淚。

「怎麼了？」曹丕問道。

「父皇射死了母鹿就可以了吧！我不忍心再殺死失去母親的子鹿了。」二十出頭的曹叡答道。

曹叡的生母甄氏被曹丕殺死了。兒子回答時飽含的深情，讓身為詩人的曹丕不能無動於衷。「好吧，那就不射了。」曹丕扔掉了手中的弓箭。這對於一向處事冷靜的曹丕來說實屬罕見。他連眉頭也沒有皺一下就奪取了大漢天下。他的那種冷酷更深得父親曹操的喜愛，因而才被選為繼承人。就連像曹操那樣的現實主義者也百般躊躇，沒有親自將擁有四百年歷史的漢朝天下據為己有。

曹丕畢竟也是人。不，其實他有着比常人更強的心理感受。他處事果斷，不為習俗和禁忌所累，而且向來很輕視那些東西。但是，至於說其冷酷的性格，他的表演成分要比實際上大得多。那是因為他看出父親選擇繼承人時大約是以冷酷無情作為基準的。將弓箭扔掉後，曹丕用腳蹬着馬的腹部，揚起沙塵，疾馳而去。曹丕心中感傷。在馬上馳騁的時候，他想起了甄氏。若是那時沒有殺了她，又會如何？

五年前，他寵愛年輕的女子郭氏。為了將郭氏立為皇后，就必須處理正妻甄氏。一不做二不休的曹丕，最終將甄氏賜死。曹丕有九個兒子。九個兒子都是同父異母，偏偏皇后郭氏未曾生子。因而九個兒子便擁有平等的皇位繼承權。「慢慢觀察他們的資質，然後再定奪繼承人，不必着急。」曹丕心想。長子曹叡剛剛二十歲，剩下的八個更加年幼。判斷他們的資質還為時尚早。因而他一直沒有立皇太子。雖說不用着急，但好像不急不行了。這次的高燒非同小可，曹丕本人也心知肚明。即使痊癒了，也要先立太子，以備不測。

「還是選擇叡兒吧！」他傳見曹叡，是要立他為太子。他在胡話中說的「原諒我」想表達的是對曹叡的歉意。他命令曹叡射殺子鹿，是多麼不近人情的命令！圍在病榻前的權臣們，面面相覷。因為文帝從來沒有給誰道過歉。他犯了錯，即使心知肚明，也不會開口道歉。皇帝金口玉言，一旦說出去的話就不能取消，也不能更改。只不過曹丕並不是因為當了皇帝才這樣，而是他本身的性格使然。他生性雷厲風行，不管結果如何，事後他都不會反悔。正如父親曹操所賞識的，曹丕行事果斷，敢取敢捨。然而就是從這樣的曹丕口中，說出了「原諒我」這句話。有些反常——據說人在彌留之際往往表現出異常來。陛下這是命不久矣了嗎？重臣們心中暗想。

二

雍丘位於現在河南省開封市附近。皇弟曹植被改封為雍丘王。曹植失去了像丁儀兄弟和楊修這樣的心腹，仿佛一隻斷了翼的鳥兒。即使如此，朝廷也對他處處提防，派能人去監視他。雖説是王，其實只是徒有虛名而已，俸祿也少得可憐。史書也記載説他「等同匹夫」，實際上連平民百姓都不如。因為他無法擺脱朝廷派來的監國謁者的監視。這一時代的王侯，一心想當平民百姓來爭取更多的人身自由，但是卻不允許擺脱皇家的身份。

「哎，竟然如此可憐……」去年十二月，文帝曹丕在遠征東吳歸來的途中路過雍丘，目睹了弟弟曹植所處的悲慘境地，他也認為這太過分了，於是給曹植增加了五百戶的食邑。雍丘離都城洛陽並不遠。急使快馬加鞭，在文帝死的兩日之後將消息傳到了這裏。

圍繞繼承父業激烈競爭的兄長故去了。曹植作為競爭的失敗者，被封到土地貧瘠的雍丘，或者不如説是被流放至此。獲勝的兄長曹丕，卻在維持物理生命的鬥爭中敗給了曹植。曹植對其兄長的印象談不上好，但在心底一直對他敬愛有加。收到噩耗之後不久，他的淚水便奪眶而出。使節回去以後，曹植失聲痛哭。

「為何不當着使節的面哭泣?」監國詢問道。若是皇弟的痛哭如果傳到朝廷，會對以後的處境有利。

「起初太過悲傷，哭不出聲。」曹植答道。

曹植悼念兄長之死的誄文一直流傳至今：「唯黃初七年五月七日，大行皇帝崩。嗚呼哀哉！於時天震地駭，崩山殞霜，陽精薄景，五緯錯行。百姓吁嗟，萬國悲傷。」誄文開篇描述了失去光明的悲憤心情。然而整篇文章卻隱含着這樣一種悲哀：明明是同一血脈的兄弟，卻不能公開表達骨肉之情。文帝臨終時，託孤的名單中沒有曹植的名字。被召到病榻前的是大將軍曹真、鎮東大將軍陳群、征東大將軍曹休、撫軍大將軍司馬仲達這幾個人。曹丕將輔佐皇太子之事託付給他們。

「將後宮的淑媛、昭儀和貴人都放歸回去吧……」這是文帝意識清醒時留下的最後一句話。淑媛、昭儀和貴人是他親手安排的後宮職位。他到底也是人，直到最後時刻還惦記着那些曾與他同歡的女人。

文帝於六月戊寅日下葬。大葬之日，新皇帝曹叡想去首陽山送葬，但因曹真和陳群等人的勸諫最終未能如願。有關他不給父親送葬的事，後人有各種評價。曹真等人反對：「天氣炎熱，龍體欠安。陛下乃一國之主，務請自重。」舉出的是這樣的理由。但逢大葬，敵人必然蠢蠢欲動。

專制君主的死，會大大動搖該國的政權中心。引起敵國覬覦，也是兵之常道。當年八月孫權舉兵攻打江夏。江夏太守名叫文聘，曾經是劉表的部將。劉表死後，其子劉琮投降了前來進攻的曹操。當時，文聘沒有與劉琮採取共同行動。曹操渡過漢水後，最終還是投降了曹操。「來何遲邪?」曹操問。「先日不能輔弼劉荊州以奉國家，荊州雖沒，常願據守漢川，保全土境，生不負於孤弱，死無愧於地下，而計不得已，以至於此。實懷悲慚，無顏早見耳。」文聘答道。文聘毫不隱諱地說出了他想抵抗曹操的話。曹操愛其剛直，後來委以重任。在討伐關羽時，文聘立下不少戰功，得了討逆將軍的封號，之後又轉任江夏太守。江夏臨近東吳，他算是最前線的主帥。可見曹操與曹丕對他的信任何等深厚。曹叡也同樣信任他。

文聘果然守住了江夏，擊退了孫權的人馬。孫權不但在江夏用兵，還向襄陽方面派出了部隊。東吳的主帥是蜀國諸葛孔明的兄長諸葛瑾和張霸。魏國撫軍大將軍司馬仲達在襄陽大敗吳軍，殺死張霸，諸葛瑾落荒而逃。就這樣，漢明帝曹叡克服了即位之年的危機，年末又公佈了新的人事安排，使政權得到了強化。第二年改元為太和。

三

從今天的地圖上看，湖北省西北部，也就是河南、陝西和四川三省的交界處，屬於竹山縣管轄。在漢朝時候，這塊地區稱為上庸郡。上庸郡守名叫孟達，他曾經在蜀國劉璋手下做官。劉璋為了討伐漢中，將劉備迎到蜀地。當時迎接劉備的使者便是孟達，副使則是已經過世的法正。關羽遭到吳、魏聯軍進攻，苦戰於樊城時，劉備曾命孟達前去救援，但孟達卻在上庸按兵不動，他的理由是，「百姓新附，倉促用兵，恐有叛事。」假如當時孟達發兵救援，關羽或許能夠免於一死。只要一提到關羽，劉備便無法冷靜下來。這一點由劉備那有欠斟酌的復仇計劃上便可察知。孟達知道劉備對自己十分憤怒，乾脆率眾投降了魏國。蜀國便是這樣失去了上庸，而魏國不費吹灰之力便將其收為己有。

孟達堪稱美男子。魏文帝曹丕尤為喜歡美男子。他封孟達為健武將軍和平陽侯，並將房齡、上庸和西城合併為新城郡，任命他為新城太守。優待投誠者是魏國從曹操時代以來的一貫政策，不過對孟達的優待卻有些出格。一派詩人風骨的魏文帝也時而會心血來潮。對孟達的優待便是一個絕佳的例子。孟達是文帝的寵臣。寵臣會遭嫉妒。孟達是敏感之人，對此已早有所感覺。

文帝一死，當年的寵臣多數也就日子難熬了。孟達與其說是魏國的臣子，莫如說是文帝個人的家臣。文帝死後，他能否順利地保住如此廣大的三郡領地?「真是心裏沒底啊……」孟達嘟囔道。

遠在成都的諸葛亮聽到了孟達的私語。當然，他是通過細作聽到的。關於仇敵曹魏的情報，無論巨細都能為諸葛亮所掌握。依此分析，諸葛亮應該也是通過細作探聽到了孟達的私語。諸葛亮立即給孟達修書一封：某認為，閣下在建安二十四年（公元二一九年）的戰役中未向樊城派遣援兵，平心而論是兵法之常道。當時，敵人是魏、吳聯軍，縱然閣下率上庸全軍前去救援也難有勝算，更何況救出關羽。而且，若去救援，上庸的地方豪族勢必趁機奪取閣下的領地。此即是說，閣下在上庸按兵不動實屬明智之舉。

關羽戰死後，閣下歸降魏國。然而在蜀漢之中，也多有同情之聲。說來先帝與關羽名為君臣，實為手足。先帝當時痛失賢弟，自然心頭難以平靜。激怒之下，眾人皆預測要誅殺閣下。趨利避害，是明智之舉。閣下做出了正確的判斷和行動，為保全性命，去蜀歸魏實屬情理之中。況且當今亂世，僅憑一兩郡的領地絕無可能自立門戶，總要歸於某一陣營的旗下。依地理來看，閣下選擇魏國，可說也是無奈之舉。

歸屬魏國，閣下頗得曹丕的信任。然而與其說是信任，莫如說是寵愛。閣下得以加官晉爵，卻又遭到魏國群臣的嫉妒，閣下於此，當然也不會毫無所知。此皆為君主一人之愛憎。如今寵愛閣下的魏王曹丕已故，憎恨閣下的蜀國先帝也已離世。閣下在魏國已然失寵，而在蜀國也沒有憎恨您的人了。按我蜀國之現狀，恭迎閣下已無任何障礙。蜀國的大門，永遠向閣下敞開。我們誠摯歡迎迫於形勢而離家出走的家人再度歸來。

某雖處成都，但對魏國的內情也多有耳聞。曹丕用人全憑個人喜好，到了其子曹叡這一代，或許會有翻天覆地的變化。閣下剛一歸順便飛黃騰達，這對曹家一脈的家臣絕非好事。他們因為畏懼先主曹丕，不敢說他用人不當，只能指責閣下本身的不是，不斷非難閣下。閣下或許不久就會遭到圍攻謾罵。此種時候，如何保證閣下自身的生命安全？誰都無法保證。三思！三思！現在蜀國先帝已故，我們敞開門戶歡迎閣下歸來，其心情猶如歡迎一個下落不明的家人重返家園一般。閣下的父輩曾為蜀臣，在蜀國多有親故，他們也在真心盼望閣下歸來。

諸葛亮的一封長信令孟達陷入了深思。他的父親孟他由涼州入蜀仕奉劉焉，而他自己則仕奉劉焉之子劉璋。劉璋又將蜀地轉給了劉備。與剛剛入蜀的劉備舊部相比，他才是蜀地的老面孔。他在那裏確實多親多友。每個人的面孔一一浮現在孟達的眼前。孟達正在沉思之際，從洛陽回來的心腹又向他報告了朝廷的最新動向。

「朝中對我們新城的評價不太好……嫉妒者屢見不鮮……」心腹開門見山地說道。

「是嗎？那些世臣久遭先帝疏遠，平素不滿之人也不在少數……」孟達不快地聽着稟報，眼睛卻一直落在諸葛亮的信上。

「真心盼望閣下歸來……」這一行文字在他眼前閃來閃去。洛陽傳來的消息比孟達想像的要糟糕得多。

「主公在看什麼？」

從洛陽回來的心腹看到主子的眼睛緊盯在案上像書信一樣的東西上，好奇地問。「是成都送來的信。」

「成都誰的信？」

「諸葛亮。」

「啊！是諸葛丞相！他有什麼事？」

「你一讀便知，」孟達將信沿着桌邊推了過來，「他來勸我回去，我想和你商量一下這封信的內容。」心腹走到桌旁，讀起了諸葛亮的來信。等到心腹讀完來信，孟達問：「你覺得如何？」

「請交給我處理吧。」心腹抬起頭說。孟達深深地點了點頭。

曹丕故去當年，吳國趁機攻打魏國，結果遭到魏國的回擊。而蜀國卻按兵不動。「何不趁機……」有人提出速戰論，但丞相諸葛亮將這個言論壓制下去。「魏主雖死，魏國依舊是大國，若輕舉妄動，受傷害的只能是我方。」正如諸葛亮所言，吳國草率出兵，結果受到重創。不但在襄陽損失猛將張霸，在尋陽也被魏軍所敗。

當年，蜀國為迎接魏國的挑戰，專心致志準備。這種準備並不只限於軍事，也包括外交方面的準備。與魏國交戰之際，有必要搞好跟吳國的外交關係。在外交戰的同時，謀略戰的準備當然也沒有鬆懈。向位於新城的孟達發出勸降信，便是其中的重要一環。

四

曹丕死後第二年，即魏國太和元年（公元二二七年），蜀國的建興五年，諸葛亮率蜀軍北伐征魏。他首先向漢中挺進，將長史張裔和參軍蔣琬留在成都。為了維持與吳國的友好關係，讓侍郎費禕留守成都，讓他專門負責外交工作。諸葛亮率全軍從成都出發，兵力達七萬左右。以前負責對吳外交工作的鄧芝、魏延、吳懿、向朗和楊儀等人從軍而行。另外，曾與關羽和張飛並肩戰鬥的老將趙雲也加入了此次遠征軍的行列。蜀國舉全國之力組織了本次遠征軍。

出征之際，諸葛亮向後主劉禪進獻了有名的《出師表》。「表」的意思是臣下向主君明確說明事理的文章，原則上要公之於眾，與「奏摺」的區別是奏摺秘而不公。

先帝創業未半而中道崩殂；今天下三分，益州疲弊，此誠危急存亡之秋也。然侍衛之臣不懈於內，忠志之士忘身於外者，蓋追先帝之殊遇，欲報之於陛下也。誠宜開張聖聽，以光先帝遺德，恢弘志士之氣；不宜妄自菲薄，引喻失義，以塞忠諫之路也。

《出師表》自問世以來，便令讀者潸然淚下。文章開頭便說先帝劉備在統一天下的大業未竟之時病倒，天下三足鼎立，而益州尤為凋敝，簡直可說是處於「危急存亡之秋」。蜀國勢力在三國中雖然最為薄弱，但廷臣在朝中毫不懈怠，忠義之士對外捨身戰鬥，這都是在感念先帝聖恩，以此來回報當今聖上。務請聖上廣納臣子之建議，光耀先帝之遺德，高揚我軍之士氣。諸葛亮自認才疏學淺，又列舉各種不合聖人之舉，告誡後主劉禪不可堵塞忠臣進諫之路。

後主劉禪年屆二十，已經不能再說成是幼主了。然而他是個有問題的人物。或許由於父親太偉大了，他成了毫無自信之人。為了掩飾他缺乏自信，他常常強詞奪理、文過飾非。將要與強敵魏國開戰，主帥諸葛亮自己覺得有可能難以生還。《出師表》算是他給皇帝的遺言。如果皇帝依舊我行我素，後果將不堪設想。

「陛下亦宜自謀，以咨諏善道，察納雅言，深追先帝遺詔。臣不勝受恩感激！今當遠離，臨表涕零，不知所言。」《出師表》以上述詞句收筆。諸葛亮確實是非常擔心這個不肖的皇帝。《出師表》不但對皇帝良言相勸，而且也在鼓舞士兵征戰的士氣。讀過《出師表》的官兵，無不痛哭流涕。諸葛亮期待着將這眼淚化作戰鬥力的源泉。

文章乃經國大業——曹操奉行這樣的信念。諸葛亮也相信文章的力量。雖然蜀國已經開發了南方，但國力依舊難稱雄厚。人才與魏國和吳國相比較也有差距。為了彌補上述差距，需要將現有的實力提高兩三倍。為此，團結就顯得非常必要。諸葛亮的《出師表》，其目的也在於號召蜀國的團結。然而，《出師表》能夠讓蜀國緊密團結在一起嗎？

並不是每個人都落淚了。讀過《出師表》，有個人的臉上明顯浮出了不快的神情。這個人是李嚴。他由白帝城被召回到江州（現在的重慶），負責駐守此地。劉備死在白帝城，臨終時病榻邊有諸葛亮和李嚴。劉備臨危之際，聲力皆無，託付後事時衝着對方喊「愛卿」。對方無疑指的是丞相諸葛亮。諸葛亮也認為是非他莫屬。但是，當時劉備身邊還有李嚴。李嚴作為尚書令，在此的目的是記錄這一切。臨終前幾日，劉備說：「吾子劉禪就拜託了，拜託給你們了。希望丞相輔佐他……也希望尚書令作為副手加以輔佐。」劉備讓諸葛亮輔佐劉禪時，尚書令李嚴也在場，所以補充說讓他作為副手輔佐劉禪。

「先帝也將後事託付給了我。」這成了李嚴的口頭禪，他也以此引以為豪。當他讀了諸葛亮《出師表》中「先帝知臣謹慎，故臨崩寄臣以大事也」一段時，當然會表現出不悅，因為諸葛亮只認為劉備將後事託付給他一人。

「是把我忘了嘛……諸葛亮竟然置我於不顧……」李嚴不無遺憾地想。

如果李嚴被召回首都成都，委以留守的重任，他或許也會心滿意足。但是，留守成都的重任卻落在了蔣琬、張裔、費禕的身上。江州算是陪都。拿日本打個比方，委任他守衛的不是首都東京，而是大阪這座城。

「遲早有一天，我要讓你看看我的能耐……讓你知道知道先主為何要將大事託付給我……」李嚴自言自語道。

勢單力薄的蜀國只有團結一致，才能對付魏國和吳國。然而蜀國內部卻出現了分裂的徵兆。

五

「又在演戲了……竟然送我這樣的東西。」司馬仲達坐在椅子上邊捋鬍鬚邊説道，他的鬍鬚跟關羽比起來就很遜色了。不過他的鬍鬚雖然不如關羽濃密，卻顯得很綿長，如果説關羽的鬍鬚是剛髯，那仲達的鬍鬚就像是絲綢一樣柔軟了。

「説實話，是我勸孟達那樣做的。」站在仲達面前的男子如此回答。

「確實動了一番腦筋啊。玉玦、織成障扇，還有蘇合香。」仲達點點頭笑了。玉玦是缺了一塊的圓形玉，沒有完全封閉。玦的發音與「決」字相同，表示決斷的意思。鴻門宴上范增曾經三次向項羽舉自己的玉玦，示意項羽殺掉劉邦，用的就是玉玦帶有的決斷之意。所謂的織成障扇，就是帶有刺繡的長柄大扇，「成」就是計劃和準備全部就緒的意思。蘇合香是從南方的一種香料提取出來的。所謂的「合」自然指的是聯合，也帶有成功的意思。

孟達終於下定決心了。由魏國倒戈回蜀國，並做好了全部計劃，必能成事。孟達用這三個贈物向孔明傳達自己的意思。「儘量多讓他故弄玄虛。一旦開始掩飾秘密，秘密自然就會洩露了。」

「是因為故弄玄虛顯得很不自然吧……對了，證據在哪裏？」

「我沒忘，就在這裏……」這個人從懷裏取出一個用紙包的東西。司馬仲達接過來：「啊，密信嗎？」司馬仲達兩眼放光。

「是副本。」

「副本足夠了。」司馬仲達從椅子上站了起來。

新城在漢中和荊州的交界，蜀國同中原的魏國交戰，若是能拿到這塊地方便會極為有利。相反，倘若魏國能夠控制新城，那麼蜀國的行動將會受到嚴重的限制。哪一邊都要力爭新城。就在這樣的形勢下，孟達駐守此處。八年前孟達由蜀國投靠了魏國，因此新城算是魏國的勢力範圍。蜀國的孔明打算再次把孟達爭取到蜀國來。至於孟達這一邊，曹丕死後他在魏國的幾個朋友也相繼過世。與他親善的恒階和夏侯尚都已經死了。反而是在蜀國還有許多好友，於是孔明趁機來勸孟達。決斷、計劃、聯合——孟達把這三種禮物送給了孔明。不用說，這一切都是在暗中進行的，但還是被魏國知道了。

此刻站在司馬仲達面前滙報孟達叛變的人是誰？他就是不斷潛入洛陽獲取情報的孟達心腹。在為孟達出使洛陽之際，他卻投靠了司馬仲達的陣營。這個人準備好了上述三份禮物之後，又被派往洛陽打探消息，途中他卻去了荊州的宛城。被破格提拔為驃騎將軍的名將司馬仲達便在宛城。

司馬仲達深知魏蜀一旦開戰，新城便將成為相當重要的軍事要地，因此必須確保作為新城之主的孟達不會叛亂。然而仲達總感覺他搖擺不定。「當初他由蜀國投靠曹魏，因為相貌出眾而受先帝曹丕寵愛。他真的值得信賴嗎？難説。新城必須由魏國的嫡系控制。」

司馬仲達深知這是蜀國和魏國大戰的關鍵。不過話雖如此，要想將地方諸侯孟達由領地轉移到其他的地方，這一件事也很困難。更好的做法是，促使孟達生出二心，再以此理由派兵直接奪取新城。因此，仲達命令孟達的心腹勸説孟達「叛歸蜀國」，並且拿到他要反叛的證據。

「幹得好！明日你再來，我重重有賞。」司馬仲達説。

「多謝大人。」男子深施一禮，退出了驃騎將軍府。因為是秘密報告，所以是在夜裏進行。那天夜裏，天上佈滿星辰，並沒有月亮。滿天繁星，彷彿就要散落地上一般。「星空很漂亮啊……」這個人抬頭望了望天，隨後彎腰縮頭，沿着驃騎將軍府的白牆前行。

「站住！」從後面傳來一聲大喊，男子一驚，回過頭去。

「啊，啊，是你啊！」男子看到身後站的是自己在新城孟達官邸處常常看到的劍師。這位劍師單手提刀。

「近來孟達將軍發覺你小子行蹤詭異，所以派我前來調查。你已將新城的秘密洩露給驃騎將軍了吧。不可原諒，拿命來！」劍師說完，當頭便是一刀——鮮血濺上了白牆。劍師把滿是鮮血的刀扔在草叢裏，隨即快步離開。他本來就在附近不遠處拴着馬。飛奔上馬之後，快馬加鞭直奔新城。

宛城就是現在河南省的南陽市，從那裏到新城有三百多里的距離。劍師半日一換馬，三天之後到達了新城。「仲達知道了？」孟達大吃一驚。竟然被最可怕的人知道了……不過他還是打起精神說道：「就算是司馬懿，也不能不請示皇帝就擅自舉兵攻太守。他非得先去洛陽上表天子不可……況且宛城兵力不足，不管怎樣都要在洛陽集結軍隊，然後才能來我上庸。再快也需要至少一個月，到那時候我上庸的人馬也基本整頓完了。我決定歸順蜀國，也是因為算到了這一條……好了，姑且先派急使去蜀國，向蜀國主帥孔明求援吧。」

然而，就在劍師抵達新城的五日後，「魏國大軍兵臨城下」！探馬飛報孟達。「這、這怎麼可能……」孟達張口結舌。「千真萬確，而且主帥正是司馬懿。」太快了。孟達咬緊了雙唇，那是不可能的啊！

司馬仲達並沒有如孟達所考慮的那樣趕去洛陽。危急時刻不徵求皇帝的許可，獨自作出決斷也是可以的。自從孔明的《出師表》傳世之後，魏國就向宛城增加了兵源。即使不在洛陽集結兵力，也能夠臨時集結遠征軍。蜀國注意到魏軍正在從宛城向新城迅猛進兵，便派小股部隊出木蘭塞，試圖妨礙魏國的進軍，但魏軍輕易便將他們衝散了。同蜀國有同盟關係的吳國也由西城的安橋出兵，打算牽制敵軍，但是幾乎沒有起到任何效果。本來吳國的出兵也只不過礙於情面而已。

決定孟達命運的時刻到了。魏國太和二年（公元二二八年）正月，司馬仲達圍困新城的第十六日，新城陷落。叛將孟達被斬首。「孔明為何不派援軍？」到最後讓孟達最為咬牙切齒的，乃是孔明的違約。勸他叛魏的是孔明，蜀國保證過歡迎孟達的歸順。可是孟達被圍攻的時候，蜀國卻見死不救。

六

諸葛孔明坐鎮漢中。漢中如今已是蜀國的版圖，不過在很長的一段時期裏，這塊土地一直都是五斗米道控制的宗教地區。這裏的百姓大都是虔誠的道教信徒，不過這塊土地上的五斗米道同三十年前相比明顯接近佛教。漂泊在外、與佛教多有接觸的教母少容不斷向漢中的本部轉授佛教的教義。其子張魯則在漢中將其適當融入到五斗米道之中。宗教地區的漢中如今已漸漸開始向軍事方向轉化。漢中因其位於漢水附近而得名。沿漢水順流而下，就來到了上庸，也就是新城。這裏是面向中原進攻洛陽的捷徑，但是這條路必須以孟達的倒戈為前提。而司馬懿的果斷進攻卻將上庸完全控制在魏國的手中。

於是，只剩下由漢中北上，渡過渭水一線向東進攻魏國的路線了。問題是，到底在哪個地點渡過渭水一線？因為是要向東進軍，所以有人認為，應當儘可能選取靠東的路線。由於漢中的北面有東西走向的秦嶺山脈，因此要想到達渭水，就必須穿過峽谷。

「會走哪個峽谷？」魏國的探馬時刻注意着蜀軍的動向，不敢有絲毫懈怠。接到諸葛孔明親自率兵北上的消息，魏國在洛陽的宮殿裏召開重臣會議。明帝說：「朕想御駕親征。」魏明帝曹叡才智過人，與蜀國的劉禪相比，只不過年長一歲，但是二人的資質卻是天壤之別。不過明帝親征的打算在散騎常侍孫資的反對下取消了。孫資精通地理，主張固守要害之地，借地利挫敗出擊的敵軍。

「蜀國易守難攻，應該等它自取滅亡。擊潰來犯之敵，這才是良策。」當年的曹操在攻打漢中的時候也受到了極大的打擊。「明白了。」只要曉之以理，明帝會立刻明白。於是明帝取消親征，改派大將軍曹真、右將軍張郃向西進發。

然後是在漢中召開的作戰會議。擔任丞相司馬一職的魏延積極獻計獻策。魏延自從跟隨劉備以來，戰場上屢立戰功，因此獲得鎮北將軍的稱號。關羽、張飛陣亡以後，領導蜀國軍隊的重任便由他一人擔負起來。秦嶺山中的山谷大小各異，但能夠容納大軍通過的山谷數量有限。有一萬兵能通過的山谷，有只能容納五千人通過的山谷，也有只能容兩千人通過的山谷。

「請丞相授我五千精兵出子午道，十日之內，必定攻進長安。」魏延說道。這個名為子午道的山谷並不寬敞。不過此地靠近東面，正如魏延所說的那樣，只要越過子午道，長安便在咫尺之間了。「也請丞相兵出斜谷，直取長安。在那裏會合全軍，平定關中指日可待。」魏延滔滔不絕地說。斜谷是較大的山谷，可以通過大軍，不過比起子午道來更靠近西面。

「麻煩的人啊……」孔明心中不悦。誰都能想到要帶少數精鋭由靠近東面的狹窄山谷出發抵達渭水一帶。魏軍同樣也很可能想到這一點，從而做好充分的準備。由狹窄山谷出來，就像一頭鑽進敵人的袋子一樣，會被敵軍輕而易舉一網打盡，可以說是危機重重。

「還是考慮安全的戰法吧。我們蜀軍兵力不多，糧草輜重也不充足，沒有實力冒如此大的危險。」孔明拒絕了魏延的計策。

如此少的兵力又如何對付魏國的大軍？就像對新城的孟達所實施的策略那樣，孔明對南安、天水、安定一帶（今天的甘肅省南部）的軍隊將領也進行了策反。儘可能西進。要攻東面卻向西部進發，這確實可以說是出人意料的作戰策略。蜀國的目的就是要打魏國一個措手不及，倘若與魏國正面作戰，蜀國沒有半點勝算。

如果從西面的山谷出發，魏國為了迎擊蜀軍，也必須向西進軍。這正好也可以拉長魏國的戰線，使其失去戰鬥力。而且還可以把靠近這片戰場的兵力吸收過來。天水郡的姜維便接受了孔明的策反，決定投靠蜀國。他的父親當年戰死沙場，漢天子便賞了他中郎的官職。這是當時陣亡將士的家屬可以享受的優惠政策。姜維很有實力，他的年紀只有二十七歲，此後逐漸在蜀軍中嶄露頭角。

孔明的策反工作雖然在新城失敗，但在西面的甘肅三郡卻取得了成功。如前文所述，斜谷道是可以通過大軍的山谷。孔明在這條通道沿途一個叫做箕谷的地方佈下了趙雲和鄧芝兩員大將。佈陣箕谷，也就意味着要兵出斜谷道了。然而孔明率領的蜀軍主力卻朝向西面的祁山進軍。天水郡的姜維便在這時候加入到蜀軍的陣營。斜谷道上蜀軍的動向只不過是虛張聲勢。前來迎擊的魏軍司令官張郃不愧為身經百戰的老將，一發現此事，立刻迅速進軍西面。

戰線一拉長，後方就會有機可乘，孔明期待敵人出現這樣的狀況。蜀軍主力的司令官是馬謖，當年在襄陽，他便是所謂馬氏五常之一，才氣卓絕、瀟灑英俊。馬氏兄弟五人都很優秀，其中又以眉頭生有白毛的馬良最為優秀。「白眉」一詞便出自於此，這在前文已經提過。然而白眉馬良在夷陵之戰中死於戰場。弟弟馬謖經常和自己優秀的哥哥比較，所以稍稍有些逞強的毛病。真要是和他的哥哥馬良比較，他當然有所不如，也正因為如此，但凡遇上什麼事情，他總想刻意表現一下自己。由祁山出兵抵達街亭，與魏軍對峙的時候，他便在山上佈陣。

「在渭水旁佈陣。」出發之時，孔明雖然多次交代過，但馬謖卻把丞相的話當成耳旁風，沒有遵守。佈陣渭水就算是贏了，一半功勞也屬於出謀劃策的孔明。而若是不按孔明的計劃行事，勝利之後功勞便全是自己的了。

七

「在山上佈陣的蜀軍主將是誰？」魏國的將軍張郃指着山問道。

「是馬謖。」幕僚回答。

「啊，是那小子啊！」張郃笑了，那樣就好辦了。若是地形複雜的山也就罷了，在街亭山這樣容易受到包圍的山上排兵佈陣，實在是有悖常理。

「敵軍難道有什麼詭計？」起初張郃心中警惕。不過一聽說敵將是馬謖，他馬上就明白了。年少時候在優秀兄弟之間互相競爭的環境下成長起來的馬謖，為了顯示自己，總是會做些令人稱奇的舉動。張郃對敵將的每一個人都做了分析，在關於馬謖的備忘錄中，他如此寫道，「紙上談兵」。偶爾使一個出奇制勝的招數倒也可以收到奇效。然而馬謖卻把「出奇」當做了常態。他在少年時代養成的這個毛病，不是輕易就能夠改好的。若是通常的辦法難以解決問題，用用奇招也無可厚非，但馬謖卻從一開始就背棄正道，專走旁門，這無疑是作戰方針的失誤。

「圍攻！」張郃果斷地下達命令。對手沒有什麼能力，他對此了如指掌。

就在同一時刻，在街亭的山上，裨將軍王平再三勸誡馬謖：「下山吧，這裏太危險了！在這樣的地方，敵軍若是斷了我軍的水源，我們根本支撐不了多久。」

「不必擔心，敵軍不敢圍山。他們看到如此奇異的陣勢，必然擔心我軍有什麼出奇制勝之策，斷斷不敢靠近。你只管放心就是。」馬謖非常自信。

然而魏軍並沒有絲毫猶豫，迅速包圍了這座山。那架勢彷彿是在說，有什麼計策就使出來吧。山上的馬謖慌了。他故佈疑陣，讓敵軍以為一定有什麼詭計，從而心生猶豫。然後他便可以趁着敵人猶豫之際，由山上猛衝下來進攻敵軍。這是他原本的打算。然而敵軍沒有半點猶豫，迅速靠近，展開圍攻。

「敵軍的大將是誰？」馬謖問王平。

「敵軍的大將是張郃。當年曾是袁紹的屬下，身經百戰，絕對不是個蠢材。」

「既然不是蠢材……」馬謖沉吟道。

「張郃經驗非常豐富，恐怕當場便看穿你的底細了吧。」王平直截了當地說。

「看穿了嘛……那……那就是說，我才是真正的蠢材嗎？我馬謖嗎？」

「水和糧食能夠支撐幾天，將軍都知道的吧。現在該如何是好？」王平問道。

馬謖咬緊雙唇，想了一會兒：「再試試等一兩天。」

「那樣倒也可以，可是我軍的士氣恐怕讓人擔心。」

「我軍的士氣嘛……」敵人恐懼，不敢攻山——當初馬謖曾經對將士們如此預言。主帥的預言出了錯，敵人非但沒有恐懼之色，反而上來就開始圍山。山上的將士們臉上都顯出動搖的神情。若是再等上幾日，這種動搖可能更會加劇。

「好，出擊。」馬謖終於下定決心。

「也沒有其他良策了。」王平冷靜地回答道。

然而就在蜀軍準備出擊之際，魏軍發出喊殺聲，由山下向山頂攻了上來。「快衝下去，不能讓他們上來。你們一個個慢吞吞的在幹什麼！快衝下去。我們是在上面，由上往下衝。快啊！快啊！」馬謖呵斥道。他的呵斥聲使得蜀軍更加慌亂。士卒聽到他催促的叫喊聲，慌亂得連整頓隊伍的時間都沒有，一個個被呵斥着闖入魏軍之中。

在山上的作戰，位於上方的軍隊會更加有利。常理確實如此。然而若是上面的攻擊沒有章法，那麼不管位置多麼有利都於事無補。蜀軍便是這樣的情況。他們一個接一個被魏軍的大浪吞噬。與手足無措的馬謖相反，裨將軍王平倒是很鎮定。他集合自己的直屬部下，大概有千餘人。

「不能分散，要集中在一起下山。不要單獨行動！大家要挽着旁邊人的胳膊走，聚在一起行動！」王平反覆強調要集體行動。與此同時，他還讓鼓樂隊吹奏雄壯的樂曲。

「要保持步調一致，跟着樂曲的節奏。」因為王平的指揮得當，他所率領的千餘人馬整整齊齊地下了山。在這支部隊行進的過程中，魏軍並沒想要攻擊。這支部隊井然有序，每個人都顯得鎮定自若。這種冷靜的狀態讓人心生疑慮。「是有伏兵吧？總之必定有詐。」魏軍心中如此懷疑。反正是要攻打蜀軍，還是攻打潰不成軍的敵人比較安全。

被魏軍追擊的蜀國兵士也逐漸逃向王平率領的整齊隊列之中。

街亭之戰蜀軍以慘敗告終，唯一值得稱道的是王平指揮的退兵。王平是個鄉村裏土生土長起來的孩子，沒有什麼學問。他識字不多，連自己的姓名在內也只有十幾個字而已，因此經常受到像馬謖這樣才高八斗的人輕視。然而恰恰是在實戰之中，他卻表現出優秀的指揮能力。因為街亭的失利，在箕谷佈陣的趙雲和鄧芝也被魏軍所破。他們只是作勢佯攻，戰敗也是理所應當的。不過趙雲到底是久經沙場的老將，即使在戰亂中也能保持隊伍齊整，以最小限度的損失撤退。他這一路不僅沒有折損士卒，連輜重糧草都沒有拋棄，差不多是完好無損地運回了後方。趙雲退兵之際燒了棧道，阻斷了魏軍的追擊。

八

孔明受挫。「我果然缺乏實際作戰的經驗，所以才導致了戰敗。」孔明如此反省。孔明擅長的是治理國家。治國雖然也包括戰爭，但那只是其中的一部分而已。在成為劉備的臂膀之後，他很少有機會真刀真槍地指揮作戰。夷陵之戰時他也是留守在成都。前年的南蠻之戰時，他第一次擔任真正的指揮。正是為了彌補自己實戰經驗的不足，他親自領兵奔赴戰場。然而同南夷的作戰本來就是在演戲，看起來並沒有取得很好的學習效果。

孔明幾乎翻遍了包括《孫子兵法》在內的所有兵書。兵書確實值得參考，可是戰爭並不能完全按照書上說的那樣進行。學問與戰爭完全是兩回事。「學富五車的才子馬謖在街亭盡顯醜態，倒是大字不識的王平發揮出了漂亮的統率能力。」諸葛孔明最為後悔的是他沒有辨別人物的眼力。被馬謖的表面才氣迷惑，起用他擔此重任，這是大敗的根源。主公劉備臨終時也曾在病榻上向孔明說過，「馬謖言過其實，不可大用」。

三年前出兵征討南夷之時，孔明本着實戰演習的打算自任主帥統兵出征。當時馬謖作為參謀從軍，孔明將他安排在自己的身邊，非常欣賞他的閃耀才華。所以這一次街亭之戰，孔明才將他提拔為主力軍的主將，雖然按常理本應該委派趙雲或者魏延擔此重任。孔明心頭沉重。撤回漢中之後，第一件要做的事情便是處理戰敗的責任人。

違反命令在山上佈陣的馬謖，罪責最大——怎麼處理他才好？至於說最高責任人，當然就是遠征軍的總指揮，丞相諸葛孔明。好不容易納入蜀漢版圖的天水、南安、安定三郡，也因為街亭的失利，再度落到了魏國手中。孔明給自己降級三等，從丞相的位置退了下來。話雖如此，蜀國除了他，沒人能夠擔任丞相一職。他放棄丞相的位置就意味着荒廢蜀國的國政。

「貶為右將軍，行丞相事。」漢主劉禪作出如此決定。就連佯攻作戰的趙雲也由鎮東將軍貶為低一級的鎮軍將軍。「只有斬首……」孔明閉上眼睛——馬謖之罪，除此之外再無他法。為了蜀國的未來，不能再讓馬謖活下去。

丞相孔明愛惜馬謖的才能，蜀國之中無人不知。正因為如此，也就萬萬不能赦他。「被丞相喜愛便可免除死罪。」喜歡說長道短的人一定會如此散佈閒言碎語。若是落到如此局面，蜀國的軍政秩序就會遭到破壞，孔明的腦海裏浮現出了李嚴的身影。李嚴身為手握國政大權的人物，常常不遵從丞相的指令。這一次若是不殺馬謖，今後不管遇到什麼事情，依馬謖前例，他便可以如此分辯，自己也無法反駁了。

「縱使揮淚，也要斬了馬謖……」孔明低低自語。馬謖下獄，由獄吏將其處斬。孔明親手掩埋馬謖的屍身。他在馬謖的靈前痛哭不已。馬謖的家人，孔明在世之時一直加以照顧。這是一場悲哀的返程。孔明與許多靈柩一同返回了成都。靈柩之中也有馬謖的棺槨。

「兵糧……如何運送兵糧，是個大問題。」覲見過天子之後，孔明坐在回府的車中，抱着胳膊自言自語。他已經在考慮下一場戰爭的問題了。馬謖的處斬使得軍中貫徹了信賞必罰的原則。在作戰指揮上已經沒有問題了。不過，這一次的戰爭中讓他最為頭疼的還是兵糧的輸送。簡直比他當初預想的更加困難。下一次戰爭之前必須解決這個問題。到家了。孔明從車上下來，走進家門。他已經很久沒有回家了。

屋前站着自己的妻子，懷中還抱着一個嬰孩。「啊，對了……我的孩子出生了啊……」在漢中的時候孔明接到消息說他的妻子生了一個男嬰。他年近五十才有了第一個孩子。當初他還以為自己不會再有孩子，還想從身在吳國的哥哥諸葛瑾處過繼他的第二個兒子諸葛喬作為自己的養子，可惜諸葛喬幾年前便已經夭折了。男孩的出生本應是值得狂喜的事情，然而孔明卻把這件事情徹底忘記了。街亭的失利對他精神上的打擊太深了。直到他看見自己兒子的臉，才終於意識到自己的反常。

「不可，不可。這樣也會迷失自我啊……」諸葛孔明輕聲說給自己聽。

作者曰：

六朝時候的故事集《世說新語》中，收錄了這樣一個故事。魏武帝崩，文帝悉取武帝宮人自侍。及帝病困，卞后出看疾。太后入戶，見直侍並是昔日所愛幸者。太后問：「何時來邪？」云：「正伏魄時過。」因不復前而歎曰：「狗鼠不食汝餘，死故應爾！」至山陵，亦竟不臨。

魏武帝曹操死後，文帝曹丕把武帝的宮女全都留下來侍奉自己。到文帝病重的時候，他母親卞后去看他的病，一進內室，看見值班、侍奉的都是從前曹操所寵愛的人。太后就問她們：「什麼時候過來的？」她們說：「先帝將崩、正在招魂的時候過來的。」太后便不再往前去，歎息道：「狗鼠也不吃你吃剩的東西，確是該死呀！」一直到文帝去世，太后竟也不去哭弔。

對於奪取漢朝天下的曹丕，世人總將他視為惡人，所以編出許多類似上文的逸事來。正史記載，曹丕臨終前解散了後宮所有宮女，將她們打發回家。上述故事大約是受到這一啟發而創作的吧。

正史《三國志》中將曹操、曹丕、曹叡等魏國君主的死都稱為「崩」，蜀國劉備的死稱為「殂」，吳國孫權的死稱為「薨」，這是因為作者是將魏國定為正統，然後依次是蜀、吳兩國。不過在《資治通鑑》中，三者都用的「殂」字。因為《資治通鑑》的原則，只對統一天下的皇帝之死才稱為「崩」，分裂時期的皇帝之死只用「殂」字，而「薨」字用於稱呼諸侯之死。

馬謖被斬時三十九歲，諸葛孔明四十八歲。三國初期的英雄豪傑逐漸退出了歷史舞台，進入了新人活躍的時代。

丞相奔忙

一

渭水南岸、秦嶺北麓附近，已經進入了盛夏時節。即使是日落之後，驕陽的餘熱仍不曾消退，等待人們的是酷暑難耐的夜晚。今天早上雷雨大作，雖然到了正午又是晴空萬里，卻也是個難得的舒爽天氣。諸葛孔明望着右手邊的太白山，卻向東面走去，他能感覺到草鞋的底下沾上了今晨的雨水。孔明的頭上紮着一條夏天用的薄頭巾，絲毫看不出一國丞相的裝扮。他甚至連一個隨從都沒帶，就自己一個人走在路上。

時值街亭戰役之後的第二年（公元二二九年）。這一年春天孔明向甘肅的武都和陰平兩郡出兵。這是為了把居住在那裏的羌族人拉攏到自己這邊。雖然魏國派遣大將郭淮前來防範，但是蜀國還是取得了最終的勝利。當然，雖說是勝利，其實也只是小規模的局部勝利，遠遠不能挽回前年街亭一戰的大敗。不過，通過這一場小小的勝利，孔明得以重返丞相之位。

丞相的腳步很輕快。他並不是沉醉在局部勝利的喜悅之中，相比於奪取土地，能夠得到當地人的民心才是更讓人欣喜的事。幾天前孔明招待陰平的羌族族長們開了一個宴會，大家都敞開心扉，直言不諱。臨別之際，他們還緊緊握住孔明的手，淚流滿面地說：「丞相何時再來？請儘早回來啊。」一位白髮蒼蒼的族長雙眼通紅，一邊說一邊依依不捨地握着孔明的手。孔明每次想到這個情景就不禁生出愉快的心情，腳步也變得更輕快了。「一定會馬上回來的！」臨別之時孔明握着老族長的手如此承諾。這並不只是安慰人的話，他確實是打算馬上回來。

在日後的蜀魏之戰中，蜀漢拿下的武都和陰平等地便會成為自己的後方基地。自從街亭之敗以來，孔明不管挑選哪裏作為前線陣地，都會先選好後方的基地，然後再向東進軍。當然，下一場戰爭不知道將是多少年後的事情了，不過孔明還是想要事先仔細視察一下周圍的情勢。他在地圖上選取了幾個地方作為候選地點。而他此刻雙腳所踏的正是其中之一。他是要用自己的眼睛親眼看一看。

五丈原——非常合適的候選地點。此刻的孔明正走在五丈原的土地上，穿的當然是便裝。這一帶附近屬於魏國的勢力範圍，自然不能暴露自己的真實身份。之所以不帶隨從，也是這個原因。孔明只是慢慢巡視，並沒有專心查看地形，其實他另有目的。孔明的懷中揣着一封措辭巧妙的介紹信。五丈原名義上雖然屬於魏國，但其實處在蜀魏兩國交界處，魏國對這裏的控制並不是太強。不過話雖如此，說不定也會碰到盤問或是搜身的情況。孔明之所以事先備下介紹信，也是為了不時之需。

「啊，在那裏。」孔明停住腳步，輕聲自語。他認出了該遞交介紹信的地方。粗粗一看，那裏只是個平淡無奇的村落。他向村中最大的房子走去。有股奇特的味道，像是在溫泉附近聞到的味道。

「這是做玻璃的味道嗎？」孔明深深地吸了口氣。玻璃透明而又閃閃發光，是個不可思議的東西。它既不是金屬，也不是陶瓷。玻璃原產不是中國，是從遙遠的西方運到中國來的。玻璃的產地還在西域的西面。

孔明聽到過這樣的說法。不過作為五斗米道的使節來到成都的陳潛曾經對他說：「康國人由西方運來一部分原料，在長安附近一個叫五丈原的地方秘密加工出玻璃，再把這些玻璃當做從西方運過來的東西來賣。」

玻璃價格高昂、體積龐大，又非常容易破碎，長途運送很困難，會花費很大的人力物力。所以康國人在長安附近設立了一個秘密的加工作坊，由這裏用馬和駱駝將成品運往長安。是從西域以西運來的。當然，他們賣的時候還是會這麼說。

「沒人懷疑嗎？長安的買家呢？」孔明問。

「康國人都是碧眼紫髯。人們一看到牽着駱駝的他們，都會簡單地認為他們是從西域那邊來這裏的。」陳潛笑答道。

「原來如此，很有意思啊。這是鑽了人們心中的空子……既然如此，那五丈原的康國人一般不怎麼露面吧？」

「是的。五丈原也差不多沒有其他人住。」

「這是為何？難道五丈原的土地貧瘠？」

「不是。傳說五丈原鬧鬼，所以以前住在這裏的人都逃走了。」

「這個謠言應該是康國人故意散播的吧，必定是他們搞的鬼。」

「唔，聽起來應該是。」

「康國人這樣做，也是因為怕混居的人太多，不好秘密製作玻璃吧……原來如此……那他們能自給自足嗎？」他們自己耕田。五丈原的土地應有盡有，他們只要耕種其中一小部分，就足夠一百多人的吃喝了。嚯嚯……五丈原啊……由這場對話開始，五丈原這一名字便深深烙印在孔明的腦海裏了。

數年後的大規模北伐，恐怕要出動十萬大軍。而且，孔明預計那會是一場長期的戰爭。十萬大軍的糧草問題該如何解決？此前的街亭之戰暴露出蜀國運輸上的弱點。運輸能力的強化當然也是必須的，但也不能過分依賴運輸。倘若是長期的戰爭，就必須要採取屯田制。士兵們通過耕田滿足糧食的需要才是自給自足最理想的狀態。但是如果一下子來了十萬大軍耕田，不可避免地會與當地農民產生矛盾。孔明一直以為不會有那麼多沒人耕種的土地。但是，確實有這樣的地方——就是五丈原。

製造玻璃的康國人，為了保守自己的秘密，用鬼怪冤魂之類的謠言嚇唬世人，讓大家不敢靠近五丈原。在這樣一大片土地上，就算來十萬大軍屯田，也不會有任何問題。退一萬步說，就算有問題，也只是同這一百多個康國人之間的問題。如果以保守秘密為條件，那麼談判也不會有多困難。孔明要去的地方正是談判對象所在的房子。他懷裏揣着陳潛寫的介紹信，漫步在炎炎夏日下的五丈原。隔着衣服，他輕輕地敲了敲懷中的介紹信。

二

說明來意之後，來了一個身材高大的男子。諸葛孔明的身高超過一米八，可是走出來的男子比他還要高一些。不過這個人並非碧眼，而是黑眼睛黑頭髮。「我有一封書信，煩請轉交你家主人。」說着，孔明取出了介紹信。就在這時，出來的男子剛剛順手關上的門又被打開了，裏面又走出來一個身材同樣高大的男子。他問第一個人道：「母上的使者？」

這人的年紀二十七八歲，也是一頭黑髮，長着一雙野性十足的眼睛。與附近農民眼睛裏閃耀的光芒迥然不同。「好像雄獅的眼睛。」孔明忽然想到。

「不是。這位是從南方來的。」剛才的男子回答。

孔明剛剛交出介紹信，還沒有報上自己的名字，信的封皮上也只是寫了介紹者的名字——陳濳二字而已。儘管如此，第一個人還是一口報出孔明來自南方。「看來陳濳不僅寫了介紹信，還寫了另一封信，把我要來的事情通知給了這裏的人。」孔明心中如此盤算。他佔領武都和陰平、勸服羌族居民的期間，陳濳去五丈原通知對方的時間還是很充裕的。

「啊，原來是蜀國人……」目光銳利的男子掃了孔明一眼。

「不錯。」孔明答道。

「蜀丞相諸葛孔明？」

「不錯。」孔明用了同一個詞回答。青年的視線沒有從孔明身上移開。

「閣下知道我的名字，但不知閣下是誰？」這次換孔明問了。

「我姓劉名柏……是南匈奴的王子。」青年回答道。

「那麼就是已故匈奴王於扶羅的孫子了，劉豹大人的……」

「不錯。」青年挺起胸膛，口中說出剛才孔明說了兩遍的這個詞。

「適才說的母上，是說蔡文姬夫人嗎？」孔明問道。

匈奴左賢王劉豹雖然妻妾成群，但當年匈奴兵在黃河附近擄走大批漢朝女眷，其中最有才華的便是蔡文姬，依照他父親於扶羅的意思，蔡文姬被許配給劉豹為妻。那時候的蔡文姬是個二十幾歲的寡婦，而劉豹也不過才十三歲。蔡文姬是一代文學大師蔡邕的女兒，她雖然身為女子，卻也有當世罕見的才華。她在匈奴生活了十二年，其間給劉豹生了兩個孩子。與她父親交好的曹操同情她的遭遇，同匈奴交涉，於二十二年前的建安十二年將她贖了回來。回來之後蔡文姬又嫁給了陳留出身的屯田都尉董祀，當然這也是曹操一手操辦的。

「不錯。」南匈奴王子劉柏再次挺起胸膛回答道。

「文姬夫人來這裏了嗎？」孔明問道。

「我正是為了見母上，才來這裏等她。」

「很久沒有見面了吧？」

「我還是孩子的時候便分開了。」那已經是二十二年前的事情了。劉柏和母親蔡文姬的分別應該是在他還不懂事的時候，所以劉柏是在幾乎不知道母親的情況下長大的。

「我知道了。」孔明垂首說。

「知道什麼了？」劉柏有些惱怒般地說。

「我能察知人的性格。」孔明平靜地說道。

沉默了半晌，劉柏彷彿改變了主意似的，聳了聳肩說：「是嗎？哎呀，反正就這樣吧。請進吧。」

負責傳話的男子苦笑着搖了搖頭。無論如何，說「請進」的人應該是負責傳話的男子才對。

「那就打擾了。」諸葛孔明用手撩起衣襟，低頭穿過了矮門。接下來會見到誰，孔明自己也不知道。他本以為自己可能會和康國人的代表見面。眼窩凹陷、藍色瞳孔、栗色頭髮的康國長老——孔明心中這樣想像，然而進到屋子裏才發現，其中坐着的人出乎他的意料，是一個身材矮小的男子。這個人連一米五都不到，長着一張平板臉，眼眶似乎稍稍有些紅腫。他既沒有凹陷的眼窩，也不是藍色瞳孔，而是長着一雙迷離的小眼。

諸葛孔明進屋之後，剛剛行了一禮，這個人便抿着嘴，「呵呵」笑了起來：「孫權……稱帝了啊。皇帝啊。哈哈哈，終於當皇帝了……」

「啊，孫權？」

「是啊，就是江東的碧眼兒孫權……好像是四月的事……真有意思啊。」矮個男子如此說完，又眯起眼睛笑了起來。

「皇帝啊……」孔明轉過臉去。這個矮個男子應該沒有必要撒謊，恐怕孫權稱帝是真事了。孔明感到有些吃驚。

「聽說登基大典非常隆重。哈哈哈……」矮個子男子仿佛覺得這件事非常好笑，身體左搖右晃的笑個不停。

「舉行儀式了嗎？」

「已經舉行了，非常盛大。」矮個男子回答道。

「嚯……是嗎？」真是頭疼啊。選哪一天不好，偏偏選在這個時候舉行如此誇張的登基大典。

吳王孫權將自己從王位晉升為皇帝。由殿下升為陛下。這不是上了一個台階，而是從人臣直接登到天子的位置，飛到了令人頭暈目眩的高處。孔明所侍奉的蜀國正與吳國的孫權保持着同盟關係。蜀國出兵北伐，與超大國魏國展開戰爭，也是以與吳國保持同盟關係為絕對前提的。如今，天下呈魏蜀吳三國鼎立之勢，蜀國的勢力最為弱小。正因為如此，孔明才在《出師表》中寫道：益州疲弊。

他希望所有人都能重新認識本國力量的弱小。然而正因為蜀國最為弱小，他才更加強調團結一致能夠彌補這一劣勢。「蜀國乃是天下正統」，所謂團結，正是由這一意識中誕生的。曹魏無論如何自詡國力強盛，都只是奪取大漢天下的奸賊而已。史學家為了同洛陽的漢朝區分開來，通常稱蜀國為蜀漢。而成都的朝廷在稱呼自己的時候，都只說一個「漢」字。

曹丕廢了漢獻帝，因此與漢室有血緣關係的劉備便可以繼承皇位。大漢的朝廷並不是始於劉備。四百年前漢高祖劉邦同項羽爭奪天下，最後劉邦勝出，建立了具有漢室血脈的正統政權。雖然蜀國國力衰弱，但至少名正言順，絕非擅自稱帝的魏國可以比擬的。弱小的蜀國為何要討伐強大的魏國？因為蜀為漢室正統，要討伐異己分子。曹魏忤逆叛亂，擅自稱帝。為了討伐漢賊，所以才發動北伐。

孔明如此教導將士，這當然大大激勵了他們的士氣。對將士的家屬也同樣如此教導——為了討伐叛賊，才讓你們的兒子出征。可是現在不單是曹魏，連孫吳竟然也稱帝了。從忤逆叛亂上說，兩者沒有任何區別。既然說要討伐魏國，當然也不能置同樣大逆不道的吳國於不顧。然而吳國卻又同蜀國有着同盟關係，難道要廢除同盟嗎？

「不可！」現在正在進行的北伐計劃當然是要以同吳國保持同盟關係為前提。不，甚至應該是更加強化蜀吳的關係，才是北伐的條件。

「成都的朝廷上會有人說三道四吧。」矮個子男子依舊興致勃勃地說。

「那就痛痛快快殺過去吧。這也是很簡單的事啊。」男子說完後聳了聳肩。

「應該有吧。」

「有那麼簡單嗎？」

「確實簡單……哎呀，我忘了。我是要把丞相引見給鎮南將軍的。那麼，請……」說着，矮個男子站起身來。

三

魏國的鎮南將軍乃是張魯。張魯是五斗米道創立者張陵的孫子，也就是張陵的兒子張衡與少容所生的第三代。建安二十年，他歸降曹操，被授予鎮南將軍的稱號。五斗米道的大本營在漢中。後來漢中被劉備佔領，現在已劃歸了蜀國的版圖。張魯出現在五丈原，是不是要在五斗米道信奉者頗多的地方擴大魏國的影響力？

「鎮南將軍也是微行，丞相不必顧慮。」矮個男子說道。

微行就是微服出行。在當時那個重視禮節的時代，倘若正式會面，將是非常麻煩的事，更何況蜀國丞相和魏國鎮南將軍這樣處於國家最高官職的大臣呢。從問候的方式開始，會有一系列異常煩瑣的程序。不過微服出行就另當別論，這是非正式的會見，自然可以免除一切繁瑣的程序。

「是為了見我而來的嗎？」孔明問道。

「是的。總之，丞相進房之時請隨意，不必有什麼顧慮。進去之後舉起一隻手就行了。房間裏有兩把椅子，隔着桌子相對而放。鎮南將軍應該已經坐下了……」矮個男子答道。他好像已事先做好了準備。

「對了，陳潛和張魯就像是親兄弟啊。」孔明有點兒明白了。張魯是教母少容的兒子，陳潛是少容當做自己兒子一樣疼愛的人。所以張魯和陳潛有着兄弟般的感情，甚至可以說二人的關係比兄弟還要親。陳潛預先將孔明要訪問的事通知了五丈原，當然也同時通知了洛陽的張魯。

「蜀國的丞相微服私訪五丈原。是不是同他見上一面談談？」陳潛一定是這樣勸說張魯的。

既然是宗教人士，與各家政權的勢力消長相比，陳潛一定會更加關心百姓和平生活的早日到來。若是雙方的高級將領能夠秘密會談、交換意見，也許可以減少無意義的流血犧牲。

「你是五斗米道的人？」孔明問道。矮個子男子笑着點了點頭。陳潛大概是委託此人在魏國和蜀國之間斡旋的。進入房間之後，孔明舉起了一隻手。他身後的門關上了。矮個男子沒有進來。寬敞的屋裏就只有兩個人。房間的正中擺着一張桌子，一個面容白皙的中年男子正坐在對面。那個男子沒有起身，坐着向孔明點了點頭。

「打算說什麼？」孔明單刀直入地問。

「天下之事。國事……」張魯回答道。

「我是蜀國的丞相……」孔明刻意加重了「丞相」二字的語氣。丞相直接負責國家的大政，可以用自己的意見左右國家的政策。你卻是什麼人？你雖然擁有萬戶的食邑，受封鎮南將軍，但也只是官位高而已，沒有什麼實權。一個投降的地方將領，不管被抬到多高的地位，都不可能參與國政。既然不能參與國政，你又有什麼資格來和我討論天下大事？孔明的語氣中有着這樣的疑問。

「我是作為驃騎將軍的代理人而來。」張魯靜靜地答道。

「啊，原來是仲達，唔……」孔明點了點頭。這樣就說得通了。驃騎將軍司馬仲達是魏國實質上的最高首腦。在制度上，大將軍作為國家的柱石，是國家政權的中心。然而這時候魏國的大將軍曹真已經年過花甲，體虛多病。因此司馬仲達差不多就是事實上的宰相了。

「順便說一句，司馬仲達於第二年的二月就任大將軍。」既然張魯是司馬仲達的代理人，諸葛孔明與他的會談，實際上就是魏蜀兩國最高首腦之間的會談了。

「丞相可知道仲達的立場？他在魏國左右為難。」張魯說道。

「仲達有才啊。」諸葛孔明點點頭。

有才未必是美德。對於古代的王朝來說，有才的大臣是一把雙刃劍。他們也許會為了王朝嘔心瀝血、鞠躬盡瘁，但也許會趁機篡位，奪取政權。正因為司馬仲達是有才之人，才被魏國的朝廷警惕。這一點孔明也是非常清楚的。對於孔明自身來說也是如此。處於這樣的立場，真的很令人頭痛。儘管有才，卻要裝作一副無能的樣子。孔明也知道有不少人這樣做。對於這一類的人，世間稱讚他們說，明哲保身。然而要讓孔明說的話，他會說，把天賦的才華埋沒在土裏，那是多麼可惜的事啊。

「有才也不可過度。」張魯說道。

「那麼，仲達到底想說什麼？」孔明單刀直入地問。

「蜀國如果出兵北伐，魏國就會任命仲達為主帥，防備蜀國。」

「這我知道。」

「蜀軍恐怕會出動十萬大軍吧。魏國絕不能大勝。否則，朝廷對仲達的戒心就會更高一層。如果太高的話，仲達的性命恐怕就會受到威脅了。」

「喔，現在就開始為大勝擔心了嗎？」孔明苦笑道。

「正是。所以希望孔明先生能夠想盡一切辦法死守，不要讓魏國大勝。」

「在我們蜀國，也很擔心丞相大勝啊。」

「彼此彼此。」

「好吧，那仲達有何建議？」

「蜀國會在五丈原排兵佈陣吧？」

「還沒決定。」

「不管怎樣，就這麼定了吧。」張魯站起身來。

不分勝負的持久戰，這應該是最理想的戰爭狀態。若是兩軍死拚到底還是得到同樣結果的話，整個過程中就會犧牲太多無辜的生命。如果雙方通過會談就能達到同樣的結果，那麼至少可以避免不必要的流血犧牲。一言以蔽之，就是說雙方只是做做樣子，不是真的打仗。張魯秉承司馬仲達的意思，來和諸葛孔明商量偽裝作戰的事。這也是為了天下萬民。

兩國的首腦首先贊成這次會談的原則。若是做得不順利，有可能會招致幕僚的懷疑。因此關於細節問題，還需要仔細商量。兩個人商議了很長時間。終於，孔明直起腰，從椅子上站起來，走到窗前，把窗子打開。窗戶對面有片空地，一頭牛正在悠閒地走着。那是一頭母牛，沉甸甸的乳房都快要垂到地面了。「喂！」

孔明放聲喊道。

四

「嗟薄祜兮遭世患。宗族殄兮門戶單。身執略兮入西關。歷險阻兮之羌蠻。山谷眇兮路漫漫。眷東顧兮但悲歎。冥當寢兮不能安。饑當食兮不能餐。常流涕兮眥不乾……」天下聞名的琴師蔡文姬，一邊彈琴，一邊吟唱自己作的詩。這首詩正是她人生的真實寫照。西域的士兵們殺了男子，把他們的首級掛在馬頭上，將女子馱在馬背上揚長而去。女子受着刀劍的威脅，忍受棍棒的拷打，被趕到塞外胡風肆虐的土地上。她們無時無刻不在思念自己的故鄉和親人，整日以淚洗面。

十二年了。蔡文姬作為年輕匈奴王子的妻子，還算是幸福的。她的不幸是曹操令其回鄉而造成的，她不得不與自己在匈奴生下的兩個兒子分別。

兒前抱我頸，問母欲何之。人言母當去，豈復有還時。阿母常仁惻，今何更不慈。我尚未成人，奈何不顧思。見此崩五內，恍惚生狂癡。號泣手撫摩，當發復回疑。兼有同時輩，相送告離別。

詩中描述的是蔡文姬離開匈奴之地時的情景。二十年前抱着他的脖子，痛哭流涕的小男孩，現在正坐在她的面前。他已是身材魁梧的青年，一副幹練的模樣，眼裏閃爍着野性十足的光芒，流露着適合率領南匈奴精銳部隊的氣質。琴和詩都結束了。

矮個男子最愛流淚，在蔡文姬彈琴的時候，他就已兩手掩面，雙肩一顫一顫地哭了起來。這時候他一邊用手擦拭眼睛，一邊問劉柏道：「大人難道都不哭嗎？」

「哭？我小時候哭得太多，已經把眼淚哭乾了。」劉柏雖然如此回答，但眼睛也變得通紅。

「我想請魏國和蜀國的將軍讀一下我的詩，並告訴你們的妻子、姐妹和女兒，戰爭是多麼殘酷的事。不僅過去是這樣，將來也會是如此……」蔡文姬說到這裏，垂下了頭。

「為了天下萬民……」孔明又在心底默默唸了一遍這句話。本該到來的魏蜀兩國的交戰，在司馬仲達的提議下，變成了一次偽裝的戰爭。這是仲達為了明哲保身而採取的策略。不過，能夠避免不必要的流血犧牲，也算是為亂世中的人們減少一次不幸吧。不僅僅是蔡文姬一人親身經歷過亂世的不幸。孔明自己也是一樣。在戰亂中，他失去了對作為孤兒的他來說無可替代的叔父諸葛玄。

五丈原的村落雖然據稱是康國人的秘密聚居地，然而孔明到這裏已經兩天了，還沒有見到一個康國人的身影。蔡文姬和兒子匈奴王子劉柏、負責傳話的青年，還有那個矮個男子……圍繞在孔明周圍的數名男女似乎都是漢族人。第二天的晚上，用過晚飯，就在孔明被蔡文姬的琴聲和詩賦感動到流淚的時候，終於出現了一位康國長老。

「諸葛丞相，對五丈原還滿意嗎？」長老捋着紅色的鬍鬚，操着熟練的漢語向孔明問道。

「很滿意。」孔明答道。

「需要多長時間？我眼前都好像看到蜀國士兵在五丈原耕地的情景了。」

「大約……四五年左右吧。」

「我能親眼看到這一幕嗎？要是能多活幾天就好了……」紅鬍子的長老微微搖頭道。有幾名男子跟隨長老一起進到屋子裏。其中有兩個似乎是佛教僧侶。在當時的蜀國，也常常能看到佛教僧人的身影了。

「康國人都信奉佛教嗎？」孔明問。

「是啊。五百年前，我們的國家曾經被一個號稱亞歷山大大帝的西方暴君佔領，整個國家都遭受了巨大的破壞。從那之後，我們的國人就深刻理解了世事無常的道理。戰爭發生得越頻繁，佛教教義也就傳播得越廣泛。」

「有那麼多的戰爭嗎？」

「太多太多了。我們國家盛產良馬，各地的武力都對我們虎視眈眈……」

「蜀國的僧侶也逐漸多起來了。」

「是啊，魏國的僧侶更多，因為月氏族人很早就在洛陽建立了白馬寺……不單單是蜀國和魏國，就連吳國的佛寺和僧侶也多了。」長老如此說。

五

「誰若是想破壞同吳國孫權的同盟，亡我蜀漢，就請站出來。」諸葛孔明一回成都，便立刻召集重臣開會商議，會上的第一句話，他便是如此說的。滿座鴉雀無聲。想要國家滅亡的人，論罪當斬，當然沒有一個人敢答話。在五丈原的時候，孔明剛從矮個男子那裏聽到孫權稱帝的消息，當時他便想到：「會不會有什麼蠢材堅持大義名分？」同時他也想像出蜀國死守正統的強硬派揮拳叫喊的情景——「要討伐大逆不道的東吳！」不僅是這些狂熱的正統論者，就連那些明知道倘若不維持與東吳的同盟，蜀漢的前途就會黯淡的人，也只會在私下說一句「還是讓丞相自己去苦惱吧」。所以，蜀漢的朝廷之中便出現了這樣的一些人，他們心中明知不可，卻依然叫囂着要討伐吳國。

即使是看似握有絕對權力的諸葛孔明，也有反對他的勢力存在。就像司馬仲達的畏懼一樣，每個王朝都有懷疑有才重臣的傾向。「也不用非搶在這個時候即位吧……」孔明很想對東吳的孫權如此抱怨。不過他也知道，在吳國看來，這個時候正是即位的大好時機。

對於以征討魏國為最高目的的蜀國而言，必須保持與吳國的同盟關係。吳國深知這一點。所謂的同盟關係，哪一方過於期待，就意味着哪一方的實力較為薄弱。「你們蜀漢國力衰弱啊。」吳國在讓蜀國想起這一點的同時，也把自己提到了和已經稱帝的魏國、蜀國相同的位置上，至少在形式上是這樣。「那就痛痛快快殺過去吧。」五丈原的矮個男子曾經這樣說過。其實不用他說，孔明也知道這是最好的辦法。所以他才提高聲音，喊出剛才的話。

沉默持續了一會兒，然後孔明才又從容不迫地張口道：「大義歸大義。但是，如果國家都要滅亡了，還有什麼大義可言？」孔明先不容分說地給出自己的結論，然後再作解釋說明。「派使節前去東吳祝賀吧。這件事想拜託給孝起。」孔明深吸一口氣之後說。他在是接連採取措施，不給反對者說話的機會。孝起是陳震的字。連祝賀的使者都選好了，可以說反對派是徹底地被壓制住了。即使他們反對，孔明也可以反駁道：「那麼你們又有什麼良策？」這些反對者也只好閉口不言了。

就這樣，這件大事終於處理完畢。孔明回到自己的府邸，把自己關在房間裏，坐在桌子前面。桌上鋪着紙，他拿起筆，放到紙上——並非是在寫字，而是畫各種圖形。對於孔明來說，這是最開心的時光。不過這絕對不是遊戲，而是很重要的工作。同樣是工作，既有使人難耐的，也有令人快樂的。眼下這個就是件非常令人開心的工作。

孔明是在做設計。他喜歡製作各種各樣的器械器具。之前他也發明過一種能夠同時發射好幾支箭弩的武器——連弩。當孔明看見描繪在紙上的設計圖最後變成實物擺在眼前，而且還能像自己所設想的那樣活動時，他就會從心裏生出一種開心的感覺。此刻，他一邊回想着在五丈原看到的那頭母牛，一邊在紙上塗畫。

街亭之戰暴露了蜀國運輸能力的不足。戰爭就是補給。孔明非常相信這一點。在接下來的北伐之戰中，首先便要建立一個能夠自給自足的基地，因而他選擇了五丈原。不過即使能在五丈原解決糧草問題，武器和盔甲之類的輜重還得從蜀國運來。東漢末年的輜重車，是以春秋戰國時期的戰車為原型，在底架高大的車身兩旁加了兩個輪子，然後讓牛馬牽着。此前因街亭之敗而中止的北伐中，有數不清的輜重車滾落到山谷中，就算沒有滾落的也是橫倒在路邊，極大地阻礙了軍隊的前進。

孔明在五丈原的屋外看到了一頭母牛。牠給孔明帶去一種安定舒適的感覺。「這個模樣……」便是在那時候，孔明想到了改良輜重車的辦法。之所以經常翻車，是因為底盤過高而缺少穩定性。春秋時期的戰車故意將底盤設計得偏高，是因為底盤太低不利於作戰。當然太高了也會不夠穩定。因此當年的戰車都是依照持戟戰士最適合的高度設計的。輜重車卻又不同於戰車。由這一點考慮，就必須重新製造與戰車結構完全不同的車了。反過來說，迄今為止一直依照戰車的設計製造輜重車的做法本就是不對的。

就這樣，孔明發明了輜重車「木牛」。木牛不是兩個輪子，而是四個輪子，車身的底部只是稍稍高出地面，非常穩定。而且不單是穩定，木牛還能比普通的輜重車裝載更多的物資。雖然這也增加了拉車的牛馬數量，但可以減少輜重車的數量，這樣就會大大減少輜重車對軍隊行軍的妨礙。木牛穩定、裝載量大，唯一的缺點是行進速度緩慢。若是運送普通物資的話，當然沒有問題。但在運送武器盔甲一類急需物資的時候，木牛就顯得比較慢了。孔明在設計了木牛之後，又以此為基礎，設計出減少一定載重量，但卻提高了速度的輜重車。這就是所謂的「流馬」。

六

「場面竟然如此盛大！東吳真不愧帶甲百萬，眼前這些人馬，一眼都望不到邊啊。」蜀國的使者陳震，歎息一般地說。「我也聽說蜀國百姓眾多，兵力也不少啊！」吳國的丞相顧雍滿足地點頭應道。這是在吳國的軍事重鎮武昌。

四月孫權稱帝，改年號為黃龍元年。新年伊始，傳說在夏口和武昌兩地出現了黃龍的身影。這是天子出現的瑞兆，孫權應此徵兆登基做了皇帝。「蜀國會有什麼反應？」顧雍曾經擔心地問。孫權大笑道：「蜀國能做什麼？孔明即使心中不快，也不能不承認我東吳的皇帝。倘若沒有與我東吳交好，蜀國什麼都做不了。」

接到蜀國派來使者的消息時，人們起初都誤以為是問罪使。吳國妄自稱帝，惹怒了身為漢室正統的蜀國，所以蜀國派使者來興師問罪。吳國的人們都如此認為，唯獨孫權毫不擔心，蜀國不會做這樣的蠢事！很快事情就清楚了，使者果然不是來問罪的，他是來祝賀的使節。

吳國迎接蜀國的祝賀使者陳震，並在武昌蛇山上的宮殿裏舉行了盛大的宴會。宴會之時還在宮殿前的廣場上舉行了閱兵儀式。這當然是特意展示給蜀國使者看的。蜀國使者陳震嘴上讚歎，心中卻想着從成都出發之前，孔明丞相對他的囑託：「回來之後，要告訴我孫權最想讓你看什麼。請用心觀察。」

「孫權應該會向你展示東吳的弱點。」孔明也說過這樣的話。

「展示弱點？怎麼可能……」陳震難以相信。

孔明笑道：「他當然不會直接把弱點展示給你看，但他一定會將弱點掩飾成強大的模樣來給你看。粉飾而已。你要仔細看破他的底細。」

蛇山宮殿之中，除了皇帝孫權，還有吳國的重臣們分列兩旁。丞相顧雍、上大將軍陸遜和大將軍諸葛瑾——這三人是吳國的中流砥柱。三朝元老張昭雖是侍奉數代的重臣，不過一來屬於親魏派，二來年事已高，雖然依舊以輔吳將軍的身份出席宴會，不過實際上已經隱退。在宮殿前的廣場上，持槍拿戟的步兵與騎兵相繼出現。閱兵式從一開始就在持續，不知道什麼時候會結束。

雖然嘴上誇讚東吳人馬眾多，但是陳震從一開始就在心底默默計數——士兵的數量應該已經超過十萬了，而且個個裝備精良。隊伍中間連一絲空隙都沒有，由於排列得過於緊密，只要有一點錯位，馬上就能看出來。有面軍旗的流蘇不見了。舉旗的士兵有一個朝外突出的下頜，下頜上的鬍鬚隨着軍旗一起擺動的樣子，給陳震留下了深刻的印象。這也算是難得一見的小插曲了。

「孫權到底想給我看什麼？」陳震一邊觀看閱兵式，一邊心中暗想。他表面上是代表蜀國來祝賀孫權即位，實際的任務卻是刺探吳國的機密。「啊！」陳震差一點叫出聲來。又有一面軍旗少了流蘇——但若是僅僅如此，陳震也不會如此大驚小怪了。讓他覺得奇怪的是，那個舉軍旗的士兵下頜也很突出，看上去與剛才鬍鬚隨旗飄動的士兵是同一個人。這麼說來，他至少已經出場兩次了。說不定他出場的次數更多，只是之前陳震一直沒有注意吧。

蛇山樓閣的露台上，只能看到前面，看不到後面的景象。穿過廣場的軍隊似乎是繞到了宮殿後面，然後又原封不動地再次繞回宮殿前面了。

數出來的十萬大軍，若是同一個人出現了兩次，那麼實際就只有五萬人而已。若是三次的話，就只有三萬多人了。「原來是人數……」陳震明白過來了。吳帝孫權最想讓他看的其實是士兵的數量，這才是吳國真正的弱點。孫權讓部隊來回兜圈子，想要裝出實力強大的模樣，可惜卻被陳震識破了。那個下頜突出的士兵讓他揭開了事情的真相。

「我曾聽人說，東吳的人馬多不勝數，今日一見，的確如此啊——」陳震歎了一口氣，一本正經地說。

丞相顧雍仿佛心滿意足般地應道：「人馬倒也不是光多就可以了，訓練才是最重要的。還要加強訓練啊……」

不過陳震卻聽出顧雍話裏的另一層意思。吳國的丞相是想說：「訓練固然重要，然而兵力不足，什麼都做不了……」這才是顧雍的真心話吧。陳震不愧是孔明選中的賀使，他由吳國丞相的話中聽出了他真實的意思。長長的閱兵式終於結束了。

陳震神色有些恍惚——這當然是他在表演。他裝出一副完全被東吳駭人的兵力震懾住的樣子。

丞相顧雍心中暗笑：「好像瞞過此人了」。上大將軍陸遜也望了丞相一眼，微微點頭。唯有大將軍諸葛瑾在旁邊默默搖頭：「弟弟孔明不會在這個時候派一個廢物出使我東吳。此人的觀察力之強，恐怕在蜀國都鮮有匹敵。我東吳人馬的演技，恐怕不會這麼容易騙倒他……」諸葛瑾是比孔明年長七歲的親哥哥。他也是個頗有見地的人物。特別是對於自己的弟弟，他比誰都了解。

蜀國的賀使不斷讚歎說：「人馬太多了，太多了。真是數都數不過來啊……」

「這個使者是在演戲吧……」聽到陳震的話，諸葛瑾心中的疑慮更強了。

七

吳國最大的煩惱就是兵力不足。士兵要從平民中徵集。所謂兵力不足，也就是說，吳國的領土雖然遼闊，但是居民卻很少。黃河流域，也就是通常所說的中原之地，自古以來人口眾多。中華文明就是在這塊土地上孕育的，其他地方只不過是沒有開化的蠻夷之地。文明的中心也就是政治權力的中心。隨着國家政權的逐漸衰弱，動亂也就經常在中原的邊緣地帶發生。每次中原發生動亂，文明圈的居民為避開動亂，就會向非文明圈移動，這也是中華文明擴展的一種方式。

東漢末年的黃巾起義使中原周圍陷入了水深火熱之中。冀州、幽州、青州等地成為了黃巾起義的舞台，居住在這裏的居民，紛紛向東或者向南逃亡。向東逃亡的人定居在遼西和遼東等地，逃往南方的人們則在淮河、長江沿岸定居下來。中原的文明就是這樣逐漸向外擴展的。當然，不是所有人都喜歡遷移。遷移的人即使看見淮河、長江水中倒映的月影，也會懷念起中原的故土。何日才能重回故鄉？這是難民們的心情。

由於動亂長期持續，難民們也漸漸孕育了第二代、第三代，思鄉的心情自然也就變淡了。不過，後漢末年中原出現了曹操這樣的英雄，所以局部地區早早地就恢復了秩序。孔明所謂的「三分之計」，並不是說天下不再有動亂，而是說維持天下三分，保持相對穩定的狀態。

自從三分天下這一形勢穩定下來之後，從北方遷移到吳國的百姓們，便一個個帶着全家返回了北方。曹魏的統治也在某種程度上得到了人心。回去吧，聽說家鄉也能安居樂業了……也有田地可以耕種。官吏們也不像董卓活着的時候那麼飛揚跋扈了。南方太潮濕，真不想再住下去了。人們紛紛如此說着，回到了他們的故鄉中原。吳國人口劇減。

當東吳的中央政權注意到這種情況的時候，已經晚了。孫權雖然急忙頒佈了禁止居民遷移的命令，但是並沒有多大效果。就連阻止人口移動的官吏數量也開始減少了。「沒有及時關注移民的動向，等到發覺的時候已經太遲了。」賀使陳震回到成都之後，立刻便將吳國兵力不足的情況滙報給了諸葛孔明。

「所謂沒有注意到，實際上也就是沒有真正愛護百姓啊……這一點蜀國也必須要注意才行。」孔明說道。

蜀國的居民當中，也有相當一部分是從中原來的難民。不過他們是歷盡千難萬險才逃來這裏的。首先要穿過羌族的居住地，然後要提心弔膽地跨越蜀國的險道，最後才能好不容易平安到達，這才能放下一顆心。即使中原秩序恢復，回去也不是那麼容易的事。歸途的困難漸漸沖淡了他們的回鄉之心。但是吳國的情形卻大不相同。雖然歸途中有長江阻隔，但也並非蜀道那樣艱險的難路。他們逃難來此固然容易，返回家鄉也很輕鬆。

「居民和士兵數量太少，這是吳國想要隱瞞的事實。」陳震向孔明解釋自己出使東吳的感想。

孔明抱起胳膊。「那麼，吳國也許會為了奪取農民和士兵而發動戰爭。」

「是要抓人啊。」

「是的……不過話雖如此，若是隨意發動看似古怪的戰爭，那麼很容易就會被人看出他們的目的是要抓人，這樣一來，苦苦隱瞞的人數不足的弱點，也就暴露在眾人的眼前了。」

「所以東吳在苦思對策吧。」

「若是有什麼好辦法的話，他們立刻就會施行吧——立刻就會……」孔明的腦海中浮現出了一個人。那是一個說客，是憑自己的三寸不爛之舌撼動人心的人物。倘若那樣的人物去遊說東吳的孫權，告訴他，我有不被他國發現、便可增加兵員的方法，那會怎麼樣？

「孫權應該會感興趣吧……」只要有實現的可能性，孔明便會立刻付諸實施。他隨即將那個說客——南中孟獲身邊的李叢召來了成都。李叢是從交州去的南中。不過他並非交州人士。他流落交州也是二十年前的事了。從哪裏流落來的？每當有人這樣問的時候，他便會搖搖頭，顯出悲傷的神色開始講述自己的經歷。然而聽講的人是否會相信，李叢自己並沒有什麼自信。起初十個人裏只有一兩個人相信他的講述。後來他的漢語說得越來越好，慢慢地也就有三四個人相信了。李叢希望能有更多的人相信他，哪怕只多一個人也是好的。就算只為了這個目的，他也在不停鍛煉自己的說服力。

如今十個人之中已經有九個相信他了。「因為我從不說謊話。」有人問他為何能以三寸不爛之舌打動人心的時候，他如此回答說。李叢將他的家鄉稱為「倭」。沿着會稽邊上的大海一直向東，就能到達他出生的地方。倭人偶爾也會出現在會稽，同漢人做些交易。李叢也曾經去過會稽一次。然而第二次去的途中，遭遇了海上風暴，不幸漂流到交州地方。倭國的土地上頗多銅鐵。以鹿骨為武器。各部族之間經常發生戰爭。每個人都是勇敢的戰士。這個國家人口眾多。孔明曾經聽李叢說過這些事。倘若李叢將倭國的事說給孫權聽，又會怎麼樣？孔明向來到成都的李叢詳細傳授了自己的計策，之後通過五斗米道的渠道把李叢送去了吳國。

八

「出兵。」孫權說道。當他知道地理學者所說的夷州和亶州就是李叢口中的倭國的時候，孫權立刻坐不住了。只要自己手中有足夠的人馬，還愁有什麼事情做不成嗎？剛剛當上皇帝的孫權意氣風發，將居城由武昌改到了建業，心情也為之煥然一新。不足的只是兵力。據說倭國有數萬，不，是數十萬的戰士，而且都以勇猛著稱。這些人的手中只有鹿角這樣的東西做武器，若是派去全副武裝的士卒，應該可以輕鬆俘虜他們。若是能將他們大批大批地由東海帶回來，再加以訓練，天下就是我的了……他甚至打算奪取一半的天下了。

「要有船才行。」上大將軍陸遜進諫。

「船？我們東吳的水軍天下聞名，怎麼會沒有船？」

「江上的船不能用於海上，這一點陛下也知道。」

「這個我當然知道。不過，我也知道，只要將江上的船改裝一下，便可用於航海了。快去建造用於航海的船吧。」

「陛下且慢。微臣也知道，對於國家來說，沒有比兵力強盛再好的事了。不過，桓王當年剛開國的時候，人馬也不過五百人，更何況我們江東的兵力並不是十分不足。」

「要治理現在的版圖，兵力固然不算少，但若是要治理天下，這點兵力遠遠不夠。為了治理天下……天下……」孫權不想放棄出兵東海、徵集倭國兵力的計劃。

衛將軍全琮勸諫道：「即使能將倭民移居到這裏來，但恐怕他們都會水土不服，多生疾病。陛下想要增加兵力，卻有可能適得其反。」

「此言差矣。倭國乃是污穢之地，將倭民帶來我江東，對他們來說，豈不是相當於近日那些佛教徒所言的極樂世界一般？由污穢之地來到極樂世界，怎會生病？」孫權不會輕易改變主意。

「倭民猶如禽獸。就算帶了他們回來，也起不了多大作用。」

「若真有禽獸一般的士卒，反而比常人更靠得住，不是嗎？」孫權親自下達命令，撥給將軍衛溫和諸葛直一萬士兵，讓他們前去東海，搶倭民回東吳。在成都接到消息的諸葛孔明，高興地笑了。

同魏國司馬仲達之間的戰爭，是在雙方約定好的基礎上進行的偽裝作戰，因此魏國對於蜀國來說就不是什麼可怕的威脅了。若是能由五丈原的持久戰分辨天下民心所向，也是一個不錯的結果。真正讓人不安的其實還是吳國。碧眼兒孫權是個很情緒化的人，他也許一直在伺機攻打蜀國。如今吳國熱心於徵兵的計劃之中，那麼在這段時間裏，蜀國就不必擔心背後遭襲了。

去東海徵兵的計劃一定會以失敗告終。孔明由李叢處聽說的才是真實的情形，而孫權聽到的卻並非實情。吳國按照孔明編造的消息行事，自然沒有成功的道理。吳黃龍二年(公元二三〇年)春，衛溫與諸葛直率一萬精兵，前往東海。第二年，兩位將軍回到東吳，卻帶來了徵兵計劃慘敗的結果。亶州極遠，吳軍無法到達。他們好不容易到了夷州，抓了當地的數千人帶了回來。然而軍中流行疫病，所帶去的一萬將士死了十之八九。精銳的一萬士兵死了八九千人，只帶回了數千連語言都不通的奇怪的島國蠻夷。這其中的損益一目了然。皇帝孫權勃然大怒。衛溫和諸葛直下獄，隨即被誅殺。這二位將軍，可以說是抽到了下下籤。

同一年，孔明出兵北伐，圍攻祁山。不過他並沒有真正同魏國開戰，只是試探一下而已。這段期間，孔明第一次使用了他自己設計的木牛，效果很好。出兵半年之後，孔明宣稱糧草耗盡，撤兵回蜀。

「追擊！」司馬仲達下令道。

「按兵法常理，不該於此時追擊啊……」魏國大將張郃心中雖然有些懷疑，但還是遵守命令，由後面追擊蜀軍。結果他遭遇了蜀國的伏兵，中箭身亡。在孔明看來，殺了攻擊街亭的大將張郃，也算是為馬謖報仇了。不過，孔明並不覺得真是靠自己的力量報仇雪恨的。

「張郃是被仲達送來赴死的吧……」孔明如此想。

自從曹丕即位以來，張郃就一直身居左將軍的要職。兩年前升為征西將軍，去年又被封作車騎將軍，差不多與驃騎將軍司馬仲達榮升大將軍在同一時間。對於仲達而言，張郃可以說是他最大的競爭對手。「冷酷啊……」孔明深切地感受到仲達的可怕。能夠相信同仲達的約定嗎？諸葛孔明率領十萬大軍，越過秦嶺，到達渭水南岸，在五丈原佈陣，進逼祁山，那是三年之後的事。那是蜀國的建興十二年，魏國的青龍二年，吳國的嘉禾三年，公元二三四年。

作者曰：

正史《三國志》的倭人傳這一篇之中，有關邪馬台國和卑彌呼等的記述，大約是日本讀得最多的。與之相比，同樣是《三國志》，吳志吳主傳裏所記載的黃龍二年春天正月所發生的事情，卻並沒有引起那麼多的關注。「遣將軍衛溫、諸葛直，將甲士萬人，浮海求於夷州、亶州。」書中這樣記載。《資治通鑒》的註釋中，將夷州和亶州稱為倭國。也有說法認為是琉球和台灣。到底是在哪裏？關於這個問題，史學界並沒有什麼研究，顯得比較冷清。

夢斷五丈原

一

處於渭水北岸的魏軍大營，時刻關注着蜀軍的動向。就在蜀軍十萬大軍穿過秦嶺的斜谷，即將到達渭水南岸的時候，魏軍的主帥，大將軍司馬仲達，對他的幕僚和將官們預言說：「蜀軍若出武功，依山而東，那諸葛孔明便是想要速戰速決；若是西進，他便該是想打持久戰了。」

到目前為止，蜀軍已經三次跨越秦嶺北上，這次是第四次北伐。過去的遠征是為了平定西部靠近甘肅的地區。若是好不容易北上來到渭水，卻遭到背後的偷襲，那就不僅僅是戰敗了，而是意味着全軍覆滅，因為敵人從背後切斷了退路。所以，要想向東進攻，必須先鞏固西面。只有西面的局勢安定，才能從這裏得到充分的補給。西面以羌人居多，諸葛孔明打算恩威並重，設法使其成為蜀國的同盟。

如果西面的局勢完全穩定，蜀軍就能毫無顧忌地向東面發兵。然而蜀軍若是向西面進軍，就說明西面的形勢還不穩定，還有繼續演示軍威的必要。此種情況下，蜀軍在面對魏軍時，一定會儘可能避開速戰。

北上的蜀軍到達渭水岸邊之後，改變方向向西進發。探馬來報。

「原來是向西……是要和我比耐力嗎？大家都做好準備了嗎？」司馬仲達對部下宣佈要打持久戰。

蜀軍越過秦嶺，在武功縣附近向西折去。今天的武功縣位於渭水北岸，而在當時則是在渭水南岸的縣城，蜀軍十萬大軍就從那裏前往五丈原。魏軍的主力已經渡過了渭水。丞相諸葛孔明剛來到五丈原，各種消息就紛至沓來，處於渭水北岸的魏軍渡河來到了南岸。

「司馬仲達背水佈陣啊。」孔明說。

為了迎擊北上的蜀軍，魏軍渡過渭水，擺出一副背水一戰的姿態，這也許是帶着悲壯的決心才來渡河作戰吧。不過也有人認為，魏軍如此佈陣，說不定只是在蔑視蜀軍，故意擺出不利的陣形出戰。總而言之，蜀軍的西進並沒有引發兩軍激戰的場面。

「仲達着急了。」孔明補充道，不過他心裏清楚，真正着急的是自己這一方。

「時間不夠啊。」孔明身負疾患，而且比看上去的要重得多。自己身體的狀況，當然比任何人都要清楚。他以前在襄陽的時候，讀過很多與醫學有關的書，也掌握了相當多的健康知識。如果沒有先帝劉備的知遇之恩，他也許已經成為一名醫生了。

「能熬百天嗎？」孔明甚至生出了這樣的想法。剩餘的時間如此之少，要做的事情卻連數都數不過來，這怎能不令人心急？

「瑣碎的工作交給屬下處理如何……至少一百杖刑之下的審判可以託付給屬下吧。」孔明自言自語道。五丈原的大營裏還保留着康國人遺留下來的玻璃工坊。五斗米道的教母少容在孔明到達的三天前就已經來了，她勸孔明適當地減少工作量。

「我也想那麼做……可是……還是性格如此吧。」孔明無力地笑道。以前二十下杖刑以上的罪行，都是由他親自來審的。剩餘的時間非常寶貴，實在沒有餘地再去為士兵打架鬥毆這樣的小事情煩擾。其實不用少容提醒，孔明自己也已決定，此後要把不太重要的事情交給屬下來處理。

「人的性格，如果真想改變的話，也不是不能改變的。況且……」少容的聲音低了下去。

「教母想說的是，更何況時間已經不多了吧。」

孔明知道少容在想什麼。五斗米道的祈禱其實也是一種醫術。教團的首腦當然要了解有關疾病的知識。身為教母的少容，更是對醫學做了深入的研究。她非常清楚孔明的病情。「確實如此。」已經沒什麼要隱瞞的了。「我會儘量讓屬下幹的。」

「與其減少工作量，倒不如推掉所有的事情吧。」

「推掉所有的事嗎？」

「是啊，這一次的戰事，也不必丞相親自指揮吧。」

少容當然知道諸葛孔明與司馬仲達之間的約定。在五丈原對峙的兩軍，只是表面上做做樣子，並沒有要真的去打。雙方的主帥已經做出了這樣的決定，只是為了不讓手下的士兵起疑，才約定了演出一場戰爭的戲。因此，所謂戰爭，其實都只是事先的約定。只要照着約定行事，也就不需要主帥的臨機應變了。

「除去兩個例外……」孔明苦笑道。

東吳為了呼應蜀軍的這次北伐，也約好在東面揮師北上。東吳出兵便不是演戲了。依照蜀吳的約定，東吳將率十萬人馬北上。如此一來，吳魏之間的勝敗很難預料。倘若魏軍大敗，西面的司馬仲達就會被召回東面。此時蜀軍就不得不去追擊。魏軍撤退的同時，就宣告着這次偽裝作戰的結束。相反，如果魏軍大勝，剩餘的兵力便可以向西進發，也許皇帝曹叡會親自率兵出現在渭水岸邊。如此一來，雙方的偽裝作戰也就不能再繼續下去了。如果大勝的魏軍借着餘威趕赴戰場，蜀軍恐怕就沒有勝算了。因此，在魏國的增援到來之前，蜀軍必須要撤出戰場才行。這時候的判斷與指揮，當然都取決於孔明。這就是孔明所說的兩個例外。

二

魏國青龍二年（公元二三四年）二月，諸葛孔明率蜀軍越過秦嶺。而吳國揮軍北上是在同年五月。雖說按照約定，吳國的軍隊應該有十萬人，可孔明心裏知道，他們總數能達到七萬就不錯了。吳國兵力不足，卻還拚命想隱瞞此事，這些孔明都是非常清楚的。吳帝孫權親自出馬，他率領主力前往合肥的新城。接着陸遜和諸葛瑾等人也率兵從江下、沔口出發，目標為襄陽。就連孫詔和張承也從淮地趕往廣陵、淮陰一帶。

負責防範吳軍的是魏國的大將滿寵。滿寵字伯寧，山陽昌邑人，是很早就跟隨曹操南征北戰的老將。赤壁之戰後，曹操把大軍撤回北方，只把滿寵留在當陽駐守。滿寵曾在樊城被關羽包圍，但卻沒有屈服，最終擊退敵軍。他此前的戰績也非常輝煌。「這是我最後的一仗了，為了不留下遺憾，我會在戰場上堅持到最後。」滿寵說道。

「一定要把赤壁之戰中所遭受的一切損失全都補回來。」他暗暗決定。在千軍萬馬當中，他有可能勝利，也有可能失敗。不過無論如何，絕不會再有赤壁之戰那般的慘敗了。因此，在這次的戰爭中，他發誓要一雪前恥。這是最後的機會了。

「火攻吧……」赤壁之戰的時候，曹軍就是因為火攻而失敗的。這一次，滿寵也想以火攻來報仇。他心中如此盤算。滿寵組織了數十人的敢死隊，重點要燒的地方是吳國的武器庫和舟艇。他們在製作火把的松材上灑了大量的油脂。吳軍的陣地因為火災引發了巨大混亂，滿寵便趁亂發起攻擊。魏軍的攻勢仿佛疾風驟雨，眨眼間便殺入了吳軍的陣地。在這場混戰中，吳國失去了皇帝孫權的侄子孫泰，他被魏軍的流矢射中身亡。孫泰是孫權的四弟孫匡的長子。

「呀，旁若無人啊……」孫權帶着隊伍趕過去，然而還是晚了，只能目送魏軍的敢死隊撤走，氣得他緊咬了嘴唇，「難道曹魏的小卒知道我這邊的秘密……」吳軍內部有着不可洩露的機密。他們對外雖然號稱十萬大軍，但實際上只有不到五萬人。只是在攻打合肥新城的佈陣上裝成有十萬人的樣子。各個陣地表面看上去很龐大，其實內部空虛，脆弱無比。因此孫權很怕被外人知道實情。

吳軍號稱有十萬人，魏軍本該謹慎進兵，然而此刻卻敢如此大膽進攻，所以孫權懷疑對方是不是已經知道了自己在虛張聲勢。縱使敵軍本不知道吳軍的虛實，然而他們如今已經長驅直入殺到了吳軍的內部，根據己方將士的反應，應該能夠判斷出實際的情況了吧。虛報人數的畫蛇添足之舉，讓孫權憑空多出了許多擔心。

「糟糕了……」孫權搖了搖頭。佈陣的虛實如果被人看破，必須立刻改變陣形。

臨時變陣好不好暫且不說，至少是預定的計劃遭到了挫折。孫權不禁開始厭倦這一次的出兵了。當初是因為與蜀國約定好才出兵北上，開戰之後，自己的人馬並不像想像中的那樣幹勁十足。幾天之後，前方的探馬傳來急報。魏國皇帝親自駕龍舟率軍東進。

「什麼？曹叡來了？」孫權摘下頭上的方巾，用力甩在地上。根據洛陽和長安細作滙報，魏國內部針對蜀國和吳國的同時進攻，並沒有制訂皇帝御駕親征的計劃。然而如今皇帝曹叡卻突然親自率兵沿水路前往合肥。這到底是為什麼？皇帝能夠御駕親征，一定是有相當的自信。

「果然是被看穿了嗎……」自己號稱十萬大軍，實際上連一半的人數都不到。魏軍一定是看穿了這一點，才會想要一鼓作氣擊敗吳軍。既然此戰完全不必擔心失敗，那麼請求皇帝御駕親征，更能鼓舞全軍的士氣了。

「東吳號稱十萬人馬，其實都是虛張聲勢。一鼓作氣擊潰孫吳！」魏軍的將士應該都在如此高聲吶喊，激勵部下的士氣。打！打！魏軍的士氣愈發高漲。高漲的士氣能讓士卒發揮出成倍的實力。被人看破虛實的部隊，士氣自然會低落，就連已有的實力都不能完全發揮出來。此消彼長，兩者之間的差距便會更大了。

「撤兵。」孫權下命。他做事易於衝動，很快就會作出決斷，一旦判斷出將要眼睜睜地成為魏軍的犧牲品，就立刻下達了撤退的命令。在魏國的明帝抵達壽春之前，吳軍已經完全從合肥撤走了。

「逃跑的速度倒是挺快的，哈哈哈……」明帝滿意地笑了。

「孫權頗有自知之明……如此一來，東吳也就不是問題了。接下來便是蜀國。陛下如果再度御駕親征……哪怕只是驅車前往長安，諸葛孔明就會嚇得退兵了。」明帝的侍從韋誕說道。

然而明帝卻搖了搖頭道：「吳國和蜀國既然約好同時發兵，眼下吳軍已退，那麼蜀軍的退兵也就只是時間的問題了……況且仲達還在那裏。」

「陛下很在意仲達大人啊。」韋誕聳了聳肩說。

「是啊，因為他是我們魏國的大將軍。」明帝嚴肅地說。就像實力無人可比的大將軍司馬仲達擔心皇帝和朝廷的猜疑一樣，皇帝曹叡也同樣擔心司馬仲達的誤解。如果現在皇帝的車駕向西進發，恐怕會傷害大將軍的自尊。

「大將軍在五丈原磨磨蹭蹭地做什麼呢……真讓人着急啊……」皇帝一想到這裏，就覺得難以理解。然而在眼下這個時候，也不好與他爭執。還是全部都拜託給大將軍吧。皇帝為了表明對司馬仲達的充分信任，不打算再向西前進。

這一年的七月，吳國的孫權草草地從合肥退兵了。

三

「見鬼，連老天都偏袒魏軍，呸！」孫權朝地上吐了口唾沫，恨恨地說道。雖然已經舉行過大典，登基為皇帝，但是孫權的言行舉止一點都沒有變得高雅起來。孫權年輕時曾被稱為碧眼兒，現在雖然已經年過半百，但那種放蕩不羈的性格仍然保留了下來。特別是家臣不在身邊的時候，經常破口大罵。

一聽說魏帝要御駕親征，他便匆忙退兵了，對此孫權自己心中也耿耿於懷。不過孫權自己也認為自己的退兵是正確的決策，儘管想來想去都覺得魏軍實在可惡之極。「曹叡這個混賬，想當年我是和你的祖父曹操爭奪天下，哪裏輪得到你這個流鼻涕的小雜種！」孫權把地板踏得直響。

「陛下有什麼吩咐？」聽到地板的聲響，侍中胡綜出來了。侍中是在皇宮內掌管乘輿服飾的官員，也可以說是專門為皇帝處理瑣碎雜事的職務。一般是受命隨侍在皇帝身邊，很少有機會獨立行事的官員。皇帝一旦有什麼需要，便要馬上出現，還需要懂得討好皇帝，這些都是做好這一工作的要領。胡綜知道皇帝孫權在生氣，也知道他為什麼生氣。這個時候，能夠讓皇帝説出他心裏所想的話，也是侍從的職責之一。

「魏國那個乳臭未乾的小子實在讓朕生氣。連老天也都偏袒曹魏。」孫權捶胸頓足地説道。

「此話怎講？」

「那個小雜種乘着船來壽春，好像遊山玩水一樣。」

「陛下不是也親征合肥的嗎？何必為他人的事情生氣。」

「我雖然也是親征，可是天天都為這樣那樣的事煩心。兵力夠不夠，糧草怎麼解決，諸如此類。可那小子卻什麼都不用擔心，還帶着遊山玩水的心情來，實在是太不公平了。」

「如果陛下只是因為魏帝沒有操心的事情就覺得氣憤，那就是陛下自己在找氣受了。」

「不過話説回來，魏國的屯田制執行得很好，不用擔心糧食不足；當地居民又多，省去了招兵的麻煩；更不用去煩惱後方有人偷襲……對了……」孫權忽然停住了口。

曹魏雖然沒有什麼煩心事，難道就不能製造出什麼事情讓他們心煩嗎？與其跺腳生氣，還不如想個適當的對策。魏國的背後——匈奴在他們的北方。魏國與南匈奴關係很好，因此要想煽動南匈奴，讓他們背叛魏國，幾乎不可能。自曹操以來，魏國就開始與南匈奴並肩作戰，作為友軍在各自的戰場上廝殺，吳國很難找到離間他們的辦法。不管怎樣，吳國對南匈奴還不是很了解。從匈奴一方下手是很難，可北邊不是還有公孫淵嗎？

「那個渾蛋！」孫權一想到公孫淵就不由得又生起氣來，狠狠地向地上吐了口唾沫。去年正月，公孫淵派來了兩個使者，名叫宿舒和孫綜，他們帶來了公孫淵的親筆信。信中公孫淵自稱為臣，孫權因此非常高興。

公孫氏是遼東的統治者。第一代公孫度官至遼東太守，曾經發兵向東攻打高麗，向西攻打烏丸，在遼東建立了自己的獨立王國。第二代的公孫康在位時，曹操曾經追擊袁尚至遼東，公孫家面臨前所未有的危機。公孫康抓住逃跑中的袁尚，砍了他的頭獻給曹操，這才擺脱困境。現在的遼東之主公孫淵是公孫康的兒子，他由魏明帝那裏得到了揚烈將軍的稱號，然而之後卻又覺得向魏國稱臣並不明智。小獨立王國的國主總是容易成為井底之蛙。

「曹魏並非天下之主，現在三國鼎立，魏國之外還有吳蜀兩個政權存在。我們這裏和蜀國相距太遠，難以取得聯繫，不過同吳國卻能通過海路聯絡，我們應該與吳國加強往來。」公孫淵想到這裏，當即便派使者前往吳國。當然這不意味着他真的想要和吳國建立親密聯繫，只是在面對魏國的牽制時，可以通過和吳國的往來向魏國證明，我們遼東可以依賴的並不只有你曹魏一家。主要的目的還是為了強調自己的獨立自主。

孫權之所以對於公孫氏派使者前來拜訪感到很滿意，是因為他聽説遼東的居民眾多，兵力也很充足。若是與公孫氏聯合，不就能夾擊魏國了嗎？孫權想到這兒，便命令張彌、許晏等人為使者，攜帶許多金銀財寶前去聯絡公孫淵。

然而遼東之主公孫淵也是個情緒善變的人，不輸於孫權。吳國的答禮使剛剛到達，他就改變了主意。對於遼東來説，吳國遠，魏國近，如果得罪了離自己較近的魏國，可能會關係到獨立王國的生死存亡。所以公孫淵又改變了想法，他沒收了吳國的贈物，斬了答禮使，並將他們的首級獻給魏國。砍掉客人的頭，好像是公孫氏祖傳的為人之道。

幹得好。魏國冊封公孫淵為樂浪公。然而仔細想來，吳國的答禮使之所以前往遼東，是因為遼東先派使節拜訪吳國。公孫淵之所以將吳國使節的人頭送到魏國，目的是為了表白自己。但他同這些使節到底商談了哪些內容，誰也不知道。這些使節全都是吳國身居高位的大人物，他們所商討的內容也應該很重要吧。因此魏國對於公孫淵也開始產生疑心。雖然封公孫淵為樂浪公，但也只是權宜之計，其實魏國對他已經有所警戒了——這個消息是由洛陽的細作傳來的。向皇帝傳達信息也是侍從的職責之一。

孫權深吸了一口氣，慢慢坐回椅子上，問侍從胡綜道：「關於遼東的那隻老鼠，有什麼消息嗎？」孫權讓答禮使帶去的金銀財寶都被公孫淵吞掉了，所以孫權給他起了個外號叫「老鼠」。

「聽說公孫淵非常後悔，他雖然因為去年的事情而被封為樂浪公，但魏國有形無形的壓迫卻日甚一日，據說現在已經露骨到強迫公孫家割讓土地的程度了。」胡綜回答道。

「他應該受到懲罰，誰讓他欺騙朕這樣的老實人。」孫權咬牙切齒地說。他一想到去年的事情就覺得不痛快。「但是人到底不能受感情支配啊，現實畢竟是現實……」感情比常人豐富的孫權有一個習慣，每當他意識到自己被激情所支配，就立刻提醒自己要保持清醒。

「根據現在所掌握的情報，遼東的老鼠說要派使者來拜訪陛下，返還去年的禮物……」胡綜說着垂下了頭。

「是想要朕饒恕他嗎？」

「正是如此。」

「胡鬧」，孫權撇了撇嘴道，「不是不能饒他，但那是有條件的。」

「那是當然。」

「先別去理他，反正朕不着急，別讓他覺得朕想求他什麼。」
「是他這隻老鼠着急才對。」
「有隻大貓在眼前，老鼠當然會嚇得牙齒打戰。」
孫權用手指蹭着鼻翼處説。孫權決定再研究一下去年制訂的計劃，也就是同遼東合謀對付魏國的作戰方案。不過，這一次換作吳國站在有利的立場上了，一定要強迫遼東公孫淵作些讓步。遼東殺了吳國的幾個大臣，這次要想與自己同盟，必須有所補償才行。
「那麼，我先觀察情況，再酌情處理。」胡綜恭敬地拱了拱手，退了下去。

四

五丈原一戰的基本情況是蜀國攻，魏國守。千里迢迢跨越秦嶺的蜀國北伐軍，如果不前進攻擊，就失去了遠征的意義。與此相對，魏國只要做好防守就可以了。明帝的祖父曹操在闖入漢中時遭遇慘敗，自此之後便失去了進攻蜀國的信心。兵力、輜重、裝備等，都圍繞着防守的目的進行配置。

諸葛孔明率領蜀國的精兵進攻，然而司馬仲達只是固守陣地，並不出戰。蜀軍衝着魏軍的營地齊聲高喊「有種就出來迎戰」！接着蜀軍又派出軍使，號稱慰問魏軍，向大將軍司馬仲達獻上婦人的服裝和婦人用的頭巾、髮飾等，嘲笑他説：「你就像是個女人。」希望能夠激怒司馬仲達，使其出兵。不知道計劃的人以為司馬仲達一定會出擊迎戰。其實這次送禮的鬧劇早在雙方的約定之中。「哈哈哈，只有那些禁不住挑撥貿然出擊的才像個婦人……千萬不要中了敵人的詭計。」司馬仲達嚴令不得出擊。

諸葛孔明坐在小車裏，頭戴綸巾、手持羽扇，指揮三軍。戰爭剛開始的時候，孔明經常以這樣的姿態出現在戰場上。不過隨着時間的推移，出現的次數逐漸減少。

「孫權的人馬在合肥敗走，孔明應該會很失望吧。」魏軍的幕僚如此說。

「孔明的智謀世上無人能及，倘若以常理來判斷，我們一定會遭到沉重的打擊。」司馬仲達回答道。

「聽五丈原當地的人説，孔明已經臥床不起。」聽到這樣的報告，仲達摸了摸下巴，訓斥部下道：「要小心！這恐怕是孔明故意傳出的謠言。但凡關於孔明的消息，都不能輕易相信。」恐怕是得了孔明恐懼症了吧。部下們竊竊私語。其實孔明得病的消息，仲達是最在意的。因為對手是孔明，這場以五丈原為背景的大戲才能夠順利地進行下去。如果孔明死了，仲達不知道他的後繼者是否能承擔得起扮演仲達對手的角色。

「找司馬進來。」仲達命令侍從道。司馬進是仲達的弟弟。孔明此時已不能再乘車出入戰場了。陰曆七月雖然還是秋天，然而殘暑依舊持續。以他的身體，已經抵抗不住這樣的酷熱了。丞相病了，而且病得很重，成都的朝廷也接到了這樣的急報。在成都，一向不太露面的皇帝，在得知丞相病重的消息後，嚇得坐立不安。

「如果沒有丞相，朕該如何是好！朕實在是不放心，要馬上去問問丞相。」皇帝劉禪派急使前往五丈原。聽敕使説明來意，孔明苦笑了一聲：「皇上想問，若是丞相不在了，以後的事情該如何處理。」「這樣的事情，陛下自己不會決定嗎？身為蜀漢的天子，難道不能保衛自己的國家嗎？」孔明很想這樣回答，不過他自己也知道，即使説了也沒有什麼用。

「人的資質很難改變啊……」劉備劉玄德這樣的傑出人物，為什麼會生下如此平庸的兒子？

「魏國的天子——那個曹操的孫子，是個非常賢明的君主，他親自帶兵來到合肥，逼走了吳國的孫權——

同樣是天子，差距為何如此之大？」孔明無力地想。「如其不才，君可自取。」劉備在白帝城的遺言，還在耳邊清晰地回蕩。關於此事，諸葛孔明已經想了多次——也就是由他來登基即位的事情。為了天下百姓，自己即位也許是對的。有一個庸君是不幸的，有一個明君則是幸運的。「還是再等等吧。」每次想到這件事，孔明都不想作出決定。他今年才剛剛五十四歲，本以為來日方長。然而為時已晚。敕使李福雙膝併攏跪坐在孔明的病床邊。

孔明緊咬牙關，仿佛要用盡力氣才能將自己想說的話清楚地說出來。李福拿着紙筆，一絲不苟地記錄着丞相的話。「四次北伐，國家元氣大傷。今後至少十年之內，我蜀漢不能再興遠征之軍。」這是孔明要說的重點。把重點放在內政上，重用人才——孔明不厭其煩地把這句話重複了好幾遍。如果是個敏銳的人，則會反問道：「既然對外征討不可行，丞相為何還要發動四次北伐？」如果被這樣問道，孔明打算如實回答：「是人才的問題。」

並不是對外征戰本身不可取，而是因為蜀國除了諸葛孔明之外，沒有能夠指揮大軍的人才。這樣說也許對蜀國的群臣很失禮，但這確是事實。然而李福並沒有反問，他雖然官至尚書僕射，卻不是一個思維敏銳的人，甚至可以說是愚鈍。他聽完丞相的話之後，便離開五丈原返回成都，走了兩天，突然反應過來，「糟糕！我忘了問一件非常重要的事情」，隨即又匆忙返回五丈原。

在五丈原的大營之中，孔明躺在病床上預言道：「李福現在只怕正在急急往回趕吧……」果然，敕使李福一邊擦着汗，一邊跑進孔明的大帳說道：「不小心忘了一件事情……」

「我一直等着你回來，」孔明微笑道，「依我所想，公琰不錯。」公琰是蜀漢的撫軍將軍蔣琬的字。

李福吃驚地瞪起了眼睛。他忘記問的問題是，孔明死後，誰能夠成為掌管國家政權的中心人物。孔明似乎已經知道他要問這個了。

「那，公琰之後？」李福問道。

「文偉可以繼之。」孔明回答道。文偉是中護將軍費禕的字。費禕雖然年輕，但在當今天子還是皇太子的時候，他就作為舍人侍奉在旁，很擅長調解人與人之間的矛盾糾紛。

「我死之後，大臣之間的糾紛應該會層出不窮吧。」之所以將費禕指定為第二位的繼任者，是因為孔明預料到不久後的將來，蜀國朝中可能會發生內訌，不過李福根本聯想不到這些。

「那麼，費禕之後還有誰可以勝任？」李福一邊奮筆疾書，一邊問道。

諸葛孔明沒有回答。

「蜀漢之中，還有什麼人才？」孔明的沉默其實也是在說，所以才會反覆地叮囑你們要重點培養人才。

「我明白了。繼任者和之後的人，這些應該足夠了吧……」李福心滿意足地離開了。

五

眾人的臉上都流露出留戀之情。難得孔明情緒不錯，他在床上直起上半身來。五斗米道的教母少容和她的弟子陳潛站在一起，旁邊是一些佛教僧侶。碧眼的景妹那一頭栗色的頭髮已經變得全白，畢竟是過了六十歲的人，不能再勉強了。不過和已經年過八旬的少容站在一起，絲毫看不出年齡上的差距，因為少容看起來實在是太年輕了。

「都已經八十歲了，精神還這麼矍鑠……世上還真有教母大人這樣的人存在啊。我不過才五十歲，就已經老態龍鍾了。就像僧人說的那樣，我很快就要到另一個世界去了。大千世界，真是什麼樣的事情都有……」

孔明微笑着讚歎道。

「以佛教永劫的時間來看，八十歲和五十歲沒有什麼區別，充實忙碌的一年要遠勝過茫然若失的一百年。」景妹靜靜地答道。

「話雖如此……」孔明微微搖了搖頭，「在每個角落……不論蜀、魏、吳，到處都建有寺廟。人們是不是對現世已經絕望了？我一直以為，現世沒有能夠令百姓安居樂業的地方，所以才想要為世人創造一個安居之處。我與你們一路競爭走到了現在，這場勝負不知最終會如何？」

「我與曹操大人之間也曾經競爭過。人心雖然都傾向於我們這一邊，但以我們的力量，確實也很難消除生活中因維繫肉體所帶來的痛苦。還是需要諸位將軍才能平息戰亂，給天下帶來和平。單靠安逸的心境，無法解救世人。」少容說到這裏，輕輕地搖了搖頭。

「治理天下……使百姓過上安定的生活，是我的……唔，是我的夢想啊。」孔明閉上了眼睛。

為了報答劉備三顧茅廬的知遇之恩，孔明離開了家鄉。當然他也並不只是為了報恩。在當今的亂世，幾乎所有人都或多或少地失去了自己的兄弟、親戚、好友。為了消除這個世界上的不幸，就必須要統一天下。然而在如今這樣一個分裂的時代，統一的想法確實有點兒勉強。如果強行去發動戰爭，只會招來比現在規模更大數倍的動亂，喪失更多的人命。

天下三分——若是把天下分成三份，在三方勢力均衡的基礎上，就能夠暫時製造出三個相對和平的圈子，百姓們也能過上比較安定的生活。諸葛孔明也是出於這樣的抱負，決意在這亂世之中，作為劉備這位英雄的軍師，開創一個新的國家。

「不過，你成功了。當初三分天下的計劃，已經圓滿實現了。」少容說道。

「彼此彼此……」孔明和少容都持有同樣的意見，都知道對方和自己一樣都為了同一個理想奮鬥。他能從自己指揮的士兵的心中感受到少容的存在。

「我們的力量微不足道……」景妹垂首說。

「不，不要這樣說。我在自己的部下心中，甚至在敵人的部下心中都能感受到你們的心。所以還是有希望的。所有的地方都有你們的存在，所有的地方啊……」

到底還是累了，孔明再次陷入了沉默。亂世之初，人類就像禽獸一樣，只要有人觸犯了自己的利益，就會當場殺人，眼睛都不會眨動一下。也許正是因為人心如此，世道才會變得這樣混亂。可悲啊……如果人們不會為他人的死感到悲傷流淚，那麼這個世界就不會太平。孔明曾經向一位久經沙場的老將詢問以前的士兵和現在的士兵之間的區別。

這位老將思考了一會兒，說道：「現在的士兵經常哭泣，甚至在看了敵兵的屍首之後也會落淚。而且這樣的人越來越多。以前的士兵不會這樣沒出息。」

魏、蜀、吳，不論哪個國家，他們軍隊中的大部分士兵都是五斗米道和佛教這兩個宗教的信仰者。他們已經不再是禽獸了，這一事實給理想主義的現實政治家孔明帶來了希望。人正逐漸向好的方向發展。

如果心中沒有抱着這樣的信念，孔明的事業就難以完成了。少容的旁邊坐着年輕一代的代表，南匈奴的王子劉柏。劉柏的父親左賢王劉豹也在離他不遠的地方盤腿坐着。因為董卓之亂而導致洛陽一帶發生動亂的時候，劉豹還只是個孩子。

「既然出生在這個世上，就必須要勇敢地活下去，這是人類的命運。」少容說到這裏，閉上了眼睛。這位八十歲老婦的臉上，微微泛起了些紅暈，甚至能看到她皮膚上的光澤——看到她的臉龐，人們便會知道，人生是如此豐富多彩。她後邊的竹簾動了動，進來了一個人。這是個五十歲上下的男性，身材矮小。

「哎呀，什麼時候來的，我一直在等着呢。」少容回頭說道。

「本想早點來的，只是一直都沒有機會。」說着那人大搖大擺地走到孔明的枕旁，坐在他的旁邊。

「啊，這位不是那天的……」孔明抬起頭道。

「先生身體如何了？」矮個男子問道。

「再上戰場，已經是無法實現的夢了。」孔明回答道。

前些年，諸葛孔明在這裏會見了鎮南將軍張魯，定下了將來與司馬仲達偽裝作戰的計劃。那個時候，從中斡旋的便是這個矮個男子，然而孔明並不知道他的名字。

「這位是司馬惠達。」少容介紹道。

「啊，是嗎？」

孔明微微抬了抬頭。司馬氏的兄弟，字裏都有個「達」字，按照伯達、仲達、叔達、季達、顯達、惠達、雅達、幼達的順序排列下來，惠達的名字叫司馬進。司馬家由仲達開始都是身材高大偉岸的男子，唯有排行第六的惠達不知道什麼原因長得異常矮小。雖然矮小，卻很有智慧。仲達能夠有今日的成就，也多虧了惠達在一旁出謀劃策。這樣真偽莫辨的傳言在世間流佈，孔明也有所耳聞。

六

「聽說成都那邊有敕使來過，是不是天子派人來詢問後事的？」司馬惠達微笑道。

「餘生已經所剩無幾了……」孔明淡淡地回答道。

「孔明先生回答敕使的當然應該是蜀國的後事。不過，與蜀國的後事相比，我更想請教一下孔明先生對於天下未來的看法，所以才特意來到這裏。」

「嚯，是受你兄長的吩咐來的嗎？」

「不，哥哥只是想讓我來確認一下孔明先生是否真的病了。」

「天下的未來嘛……」孔明睜開眼睛，凝神注視天花板的一角。那只是個普通的，紋樣粗糙的天花板，可他卻彷彿在那裏描繪出了未來天下的藍圖。

「是的，我很想知道。」

「你自己也應該有對於未來天下的構想吧，我說的是你自己描繪的。」

「有倒是有……」，司馬惠達嘸了一下鼻子道，「不過我更想知道您的想法。」

「為什麼？」

「我還有未來，還有一些吧……在我描繪的未來當中，自然也會有我自己出場。然而所謂當局者迷，如此一來，我便無法將未來描繪得足夠清晰了。」

「哈哈哈，你的意思是我已經沒有未來了，所以我描繪的未來便會很清楚吧。」

「是的，沒有自己登場的未來藍圖，應該會很清晰……而且，雖然我不願承認，但先生智慧確實遠勝於我，描繪的未來應該會更完美吧。」司馬惠達也抬起頭來，向諸葛孔明一直注視的天花板的一角看去，仿佛那裏真的描繪了一幅圖畫一樣。

「大戰……很久沒有發生像官渡、赤壁、夷陵那樣的大戰了，屍體多得能把河流阻斷。」諸葛孔明以平靜的語調開始描述那個沒有自己登場的未來世界。

孔明和少容認為，現在的情況距離天下三分的那種安定的生活已經很接近了。三國之中，蜀國實力最弱，但卻擁有天然要塞的優勢。孔明多次嘗試北伐，也是為了向天下證明蜀國有遠征北伐的能力。所以，諸葛孔明才敢於以很大的犧牲為代價來進行這個危險的示威。當然如果能夠攻下長安和洛陽就再好不過了。不過，進軍北伐還是有一定的意義的，因為孔明死後的蜀國，已經不可能再發動那樣大規模的遠征了。

「吳國的實力也不如魏國，或許會與遼東的公孫淵結盟，擺出一副夾擊魏國的姿態。當然，這也只是做做樣子，吳國和魏國之間是不會發生大規模的戰爭的。」孔明凝視着天花板，繼續說道。

「嗯，遼東嘛……」司馬惠達輕輕地點頭道。

「如果要討伐遼東，應該會派你的兄長去。」孔明說道。魏國的朝廷一般都會把司馬仲達這樣有實力的人調到外地駐守，儘可能地讓他們遠離政治中心洛陽。先遠征遼東，結束之後再讓部隊向陝西轉移，備戰蜀國，孔明如此推測。

「是這樣嗎？哥哥也已經上年紀了，真可憐啊。」司馬惠達歎息道。

如果沒有大戰，天下三分還能夠持續一段時間，恐怕要經過五十多年，才能得到統一。二三十年以後，國與國之間的實力差距會逐漸拉大，一個國家會變得異常強大，另一個國家則會慢慢衰落下去。但不管結局如何，最強大的國家一定會吞併最弱小的國家。這樣的話，第一位和第二位的國家之間的差距就會一下子擴大很多，甚至都不用競爭，第一位的國家就能順其自然地吞併剩下的國家了。

「那麼，五十年後天下就能夠統一了，是這樣嗎？」司馬惠達問道。

「不見得。而且天下的統一可能也不會持續太長時間。自黃巾起義以來，戰爭頻發，也給周邊的民族帶來了影響。那邊坐着的是南匈奴未來的領導者劉柏，你應該很了解他。諸民族向四方遷移，如果沒有一個足夠強大的國家，恐怕不可能保持天下長久的統一。」孔明的聲音雖小，卻並不微弱，反而很有力，不像是病人在說話。

「如果那樣的話，蜀國、魏國和吳國就都不存在了。」少容說道。

「以後也不會再有中原的漢人、南方的蠻人和西方的月氏了。」景妹小聲說，將落在臉頰上的一縷白髮撩了上去。

七

人們一旦聽到未來世界發生的事情，就會發覺眼前的一切事物都變得很藐小，到最後，就什麼都不在乎了。不過，諸葛孔明還是以這樣的話結束了他的預測：「當務之急還是要把握住眼前的一切，沒有比這個再重要的事了。」

司馬惠達回到了魏國的軍營，報告說，「孔明真的病了，而且病得很重。」
「意識還清楚嗎？」
「非常清楚。不過，據蜀國軍營裏的人說，今天的這種情況是比較特殊的。」
「說了些什麼話？」
「在他死後，天下會有怎樣的變化。」
「嚯，孔明的預測嗎？他都說了些什麼？」
「近期內，哥哥可能會被派去討伐遼東。」
「啊，這事恐怕會被他說中。」
司馬仲達知道自己可能會被迫遠離洛陽。
「如果這件事是真的話，哥哥又該辛苦了。」
「哈哈哈……」仲達難得開心地笑道，「是在同情我嘛……可是不論我被派到哪裏，魏國到底也沒有別人可以託付軍隊。」
「可是哥哥必須忍耐一段時間了。」
「是嗎？其實我並沒有覺得有多麼辛苦。這段期間，我一直在研究討伐遼東的計劃，已經很有把握了。」
司馬仲達從椅子上站起來，雙手背到身後，在屋子裏踱步走了起來。
「那麼我先回去了。」說着惠達便走出了房間。哥哥以這樣的姿態踱步，就表明他想一個人思考些事情，這時候外人最好退出房間，不去打攪他。

「遼東嗎？」仲達自言自語道。

他來到五丈原後，一直在想着遠征遼東的事情，五丈原的戰事只要按照雙方暗地裏商議的那樣進行就可以了，因此不用為眼前的戰事煩惱。喜歡思考事情的他，一直都在認真研究下一次的作戰計劃。「雖然如此，對手到底不愧是諸葛孔明……竟然能夠指出下一戰的目標在遼東。」關於攻打遼東，仲達已經大致地做了計劃，剩下的只是探討些細節了。

魏國正在慢慢向遼東公孫淵施加壓力，他們等待的就是對手忍受不了而奮起反抗。不論公孫淵是個多麼反覆無常的人，一旦他下決心對魏開戰，就一定會尋求同盟，而那個同盟只能是吳國。如果阻擋不了魏國的進攻，公孫淵應該會越過鴨綠江逃往朝鮮半島。一旦如此，補給線過長的魏國就很難再繼續追擊了。公孫淵也會考慮在擺脱魏軍的追擊後，在朝鮮半島建立基地，伺機東山再起。

即使魏國深入半島內部繼續追擊，公孫淵也可能會故技重施，再一次越海逃跑。聽說在大海的彼岸，是倭人居住的國家。「那個國家叫什麼來着？很奇怪的名字，國家的首領好像是個女人。啊，對了，叫邪馬台國，國王的名字好像是叫卑彌呼。」遠征遼東面臨着這樣的問題。必須要想出解決的辦法。

仲達有一個絕妙的主意。在發動遠征軍攻打遼東的同時，或者再稍稍提前幾天，先把士兵送到朝鮮半島。東萊——也就是山東半島，與朝鮮的西岸可以說是一衣帶水。在那裏有漢人的屯墾地樂浪和帶方兩地。樂浪在現在的平壤附近，而帶方則在首爾附近。如果能先在那裏阻擊敵軍，就能夠切斷遼東與吳國的聯繫，同時也切斷了公孫淵的退路。

「是了！」司馬仲達用右拳狠擊了一下左手的手掌，「先率兵去帶方，再派使者去邪馬台國……吳國也曾經去倭人之島征過兵，說不定今後還會再去。邪馬台國還是要控制在魏國的手中才行。」雖然只有一個人，可司馬仲達的聲音卻漸漸高昂起來，他感到了久違的激動。

此時，在五丈原蜀國的軍營中，丞相諸葛亮的病情急劇惡化。雖然難得心情不錯，同司馬惠達等人也談了很長的時間，但終究還是難以忍受病痛的折磨。「把姜維和楊儀叫來。」孔明喘着氣道。自己的身體自己最清楚，孔明感覺再過一會兒就要發高燒了。一旦發燒，意識也會隨之混亂，所以要在之前向屬下交代一下軍中的事情。說不定下次發燒也可能會奪去他的生命。

「我一旦有個萬一，你們就立刻退兵。」孔明對遠征軍的將官們說道。現在應該怎樣做，是否執行退兵計劃，這些都必須交代清楚。軍中也有不贊成退兵計劃的。比如說前軍師魏延等人就說：「誰說丞相不在了就不能繼續打仗了，不是還有我魏延嗎？」主戰派的急先鋒魏延甚至反對當初軍隊從渭水西進並在五丈原佈陣。這次蜀軍全面退兵，要怎樣說服他或者瞞着他進行都是個問題。

不久，姜維和楊儀來到了病室內，兩個人表情凝重。孔明就這樣閉着眼睛，口述退兵的計劃：「退兵時最可怕的乃是敵人的攻擊，倘若被敵人發覺我們要退兵，便會乘勢發動瘋狂的攻擊。為了不被敵人發覺，我們的退兵計劃必須先從攻擊開始……」孔明的臉上浮現出了笑容。

這其實是苦笑。魏國的司馬仲達應該不會追擊退兵的蜀軍。司馬仲達現在在魏國朝廷中的地位是非常微妙的。朝廷是想儘早肅清他這樣有實力的人的。可是若沒有了他，魏國也就再也不能發動大規模的戰爭了。因為除了他之外，根本沒有人有這個實力來擔當指揮官。在魏國還有大敵的這段期間，司馬仲達是不能被肅清的。以仲達看來，蜀國這個大敵必須要存在。如果追擊退兵時的蜀軍，就有可能給蜀軍以毀滅性的打擊，這就相當於司馬仲達用自己的手勒自己的脖子。

司馬仲達雖然不想追擊，但在自己的諸將面前，就這麼眼睜睜地看着蜀軍退兵而不行動，回去後也沒法交差。現在，孔明是專門站在司馬仲達的立場上，為部下講解退兵的部署。「魏延應該會反對退兵，」說到這裏，孔明睜開了眼睛，「我們必須要安全地退兵，如果統一的行動打亂了，一切努力都會化為泡影。」

「那魏延應該怎樣處理呢？」姜維問道。

「當場斬了他吧。這也是沒有辦法的事。一旦有什麼閃失，將會牽累無數性命。」孔明的聲音有些嘶啞。

八

丞相諸葛孔明在失去了意識之後，仍然熬過了十天，這也多虧了景妹獻上的摩揭陀國的奇藥了。服用了此藥之後，在臨終前也能夠暫時地恢復意識。孔明的逝去是在八月之後的事。

蜀志《諸葛傳》引註了《晉陽秋》一書中的原文：「有星赤而芒角，自東北向西南流，投於亮營，三投再還，往大還小，俄而亮卒。」正史《晉書．宣帝紀》的文本中也有這樣的記載，會有長星墜亮之壘。孔明死去的那天夜裏，確實出現了異常的天象。

臨終之前，他從床上坐了起來說道：「我想和教母兩個人單獨說些話。」他的語氣跟平常沒有任何變化。部下們甚至抱有希望，丞相是不是恢復健康了。不一會兒，少容被請來，其他的人都退出了房間。

「我馬上就要離開人世了，可不知道為什麼還想聽聽教母大人？」孔明只是說了這些話，至於想聽什麼他卻沒有說出口。

「六十多年前，我生過一個男孩。」少容好像理解了孔明話的意思，回答道。

「是鎮南將軍張魯吧。」孔明説道。

「不，不是張魯。夫君張衡對我説，想救贖他人的人，是不能夠擁有自己的孩子的，因此我把自己的孩子扔掉了，把別人的孩子當做是自己的孩子抱來撫養，那就是張魯。」

「陳潛知道嗎？」

「沒有真的扔掉，又撿回來繼續撫養了……那個孩子就是陳潛。」少容也用和平常一樣的語氣講述着。

「佛教所説的永劫裏，既沒有自己的孩子，也沒有別人的孩子吧……那麼扔掉的孩子呢？」

「不，他不知道……不過他的妻子知道。」

「他的妻子是誰？」

「是景妹。兩個人不知道什麼時候便結婚了。是什麼時候結的，連我都不清楚。」

「誰都有不知道的事情，不知道的事情啊……」

「人世間本來就是這個樣子。」

「我覺得，自己總算開始明白了人存在於世的道理……」

孔明向院子的方向看去。中秋的風帶着一股涼氣。這時候的門是開着的，門上垂着竹簾。孔明望着院中説：「我想看看星星。」

「丞相還是躺下吧。」少容勸道。

「是啊，躺着也能看見星星……」説着孔明躺了下來，將被子拉到胸口。

「丞相在看什麼？」

「我的夢。夢像星星一樣飛了起來，然後墜落到了五丈原。」諸葛孔明睜開眼睛向竹簾的方向望了一會兒，不久他就閉上眼睛死去了。他真的看見自己的星星墜落了嗎？少容凝視着孔明的面龐，然而她並沒有看見星星。

孔明死後，人們找到了他的遺書。那是寫給家人的私人信件，不過也涉及了一些事務上的內容。信中提到，希望部下將他的遺體安葬在定軍山。定軍山是位於漢中的一座山，孔明在山腰上挖了個洞。信中只讓把他的遺骸放進去，其他的諸如器物等陪葬品一律不要。下葬時只要穿平常的衣服就可以了。

孔明之死的消息通過附近的住民傳到了魏軍的營地。「這可能也是孔明的計策，一定要慎重行事。」司馬仲達攔住急躁的部隊，勒令魏軍緩慢前行。此時，楊儀的部隊高舉軍旗，敲響軍鼓，開始向魏軍發起攻擊。「果然是孔明的計策！快退，快退，不要中了圈套！」司馬仲達大喊道。魏軍狼狽地向後退去，蜀軍的主力趁這時離開五丈原，向秦嶺的古道趕去。

後世之人會說：「死諸葛嚇走活仲達吧……」司馬仲達在撤退的途中如此想到，不禁顯出悶悶不樂的表情。蜀軍的兵力幾乎絲毫未損就全身而退，依舊可以算是魏國的強敵。整個退兵過程都很順利，唯一的例外是主戰派的魏延被楊儀的部將馬岱斬於漢中。

那一年的十一月，洛陽發生了地震。「一步都未曾踏進洛陽的諸葛孔明，直到死後依然心中不平，其亡靈震動了洛陽城。」當時的人們都這樣議論。

作者曰：

孔明死後，天下的形勢幾乎向他所預料的方向發展。司馬仲達被派去攻打遼東的公孫淵是在四年之後的事情。在五丈原與孔明對陣時擺出一副無能樣子的仲達，這次像變了個人一樣，妙計連連，徹底摧毀了公孫一家。

五丈原之戰後的二十九年，三國中實力最弱的蜀國向魏國投降。那時候司馬仲達雖然已死，但他的子孫司馬一族卻牢牢地掌握了魏國的實權。

公元二六五年，司馬氏篡奪了曹家的魏王朝，自己建立了晉王朝。仲達的孫子司馬炎即位成為晉王朝的開國皇帝（武帝），並追封其祖父為宣帝。

晉王朝於建國後的第十五年（公元二八〇年）滅掉了南方的吳國，終於實現了統一天下的願望，此時吳國的皇帝為孫權的孫子孫皓。晉國統一中國是在孔明死後的第四十六年。不過，統一天下的夢想也只是維持了二十年。公元三〇〇年發生了八王之亂，緊接着塞外民族紛紛擁向中原。這是中國歷史上一次大規模的民族遷移，而率先入侵的便是南匈奴左賢王劉豹的孫子劉淵。晉朝兵敗，舉朝南遷，北方開始了五胡十六國的時代。

又過了若干年，到了公元四三九年，北魏統一了中國的北方，而南方則由六個短命的小王朝交替執政。這段時間在史書上被稱為南北朝時代，南方則稱為六朝時代。

開皇九年（公元五八九年），屬於北朝一脈的隋國，滅掉了南朝最後的陳王朝，再次統一中國。

司馬氏的晉朝開始之後不久，天下一統的局面就因八王之亂而被打破，從而開始了將近三百年的分裂時代。與此相比，隋朝和唐朝統一的時間就相當長了。

《三國志》的故事，表達了中國百姓祈求天下和平、統一的強烈願望，因而得以代代流傳。

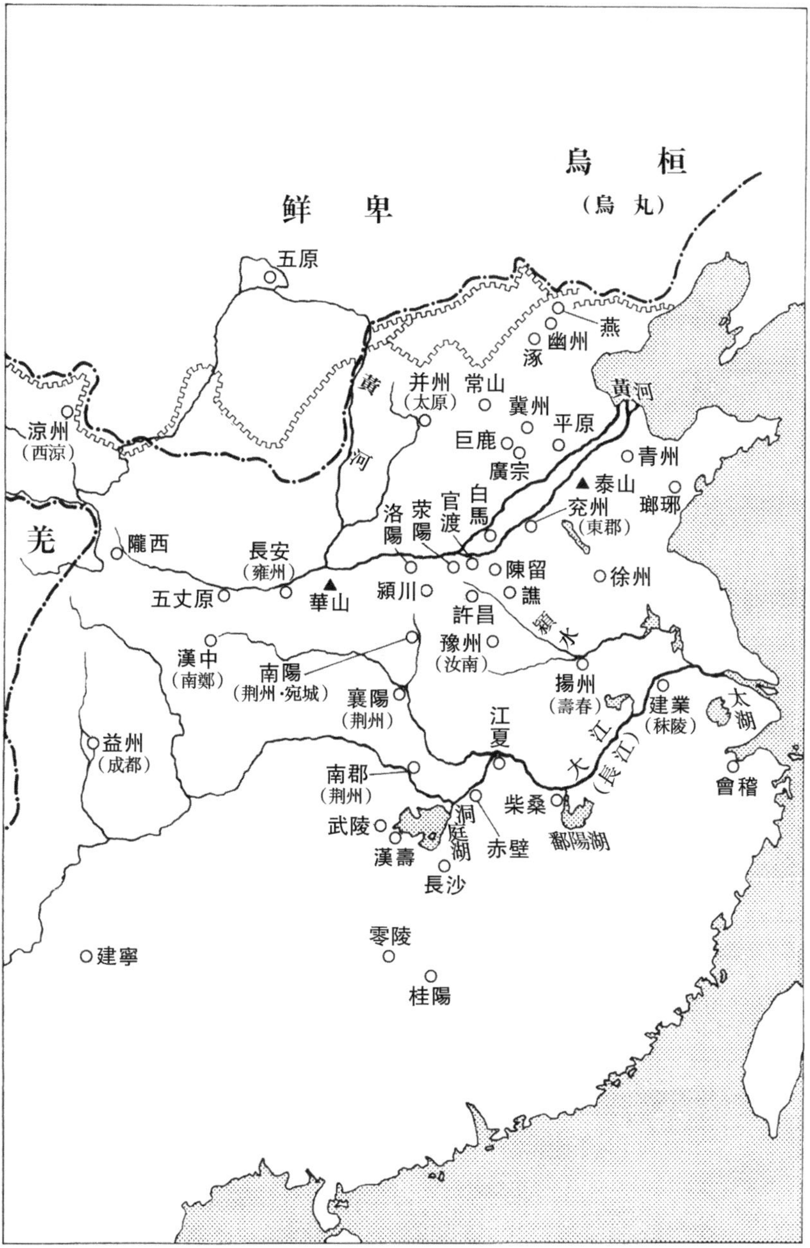
烏　桓
（烏　丸）
鮮　卑
五原
燕
幽州
涿
黃河
并州
（太原）
常山
冀州
平原
巨鹿
廣宗
涼州
（西涼）
青州
泰山
兗州
（東郡）
瑯琊
白馬
官渡
荥陽
洛陽
羌
隴西
長安
（雍州）
華山
五丈原
陳留
譙
徐州
潁川
許昌
潁水
漢中
（南鄭）
南陽
（荊州・宛城）
豫州
（汝南）
揚州
（壽春）
建業
（秣陵）
太湖
襄陽
（荊州）
江夏
大江
（長江）
益州
（成都）
南郡
（荊州）
柴桑
會稽
武陵
洞庭湖
赤壁
鄱陽湖
漢壽
長沙
零陵
建寧
桂陽

後記

有故事的時代一定是個亂世，因為那裏有戰鬥、有謀略、有各種各樣的起伏與興亡。

即使是在日本，被故事化的時代也都是諸如源平、南北朝、戰國、幕末等亂世。而在中國，春秋戰國（公元前七七一年—前二二一年）與三國等亂世時期都是產生故事的寶庫。前者有《春秋左氏傳》以及將《戰國策》通俗化了的《東周列國志》，後者有根據《三國志》改編的通俗小説《三國演義》。正史的內容因其過於正式的文體，難以為世人所親近，所以百姓們還是比較喜歡這種淺顯易懂的通俗讀物。即使是不識字的人，也能夠通過説書先生的講述或者觀看戲劇等方式，來獲得足夠的知識。

起源於黃河中游的中華文明，隨着時間的推移不斷擴大，逐漸超出周朝的統治範圍，演化成各地諸侯並起的春秋戰國時代。公元前二二一年，秦始皇統一中國，之後由漢朝接管天下。此後，統一的時代持續了四百年，直到東漢末年，也就是公元二世紀末的時候，天下又開始分裂。中間雖然出現過晉國短暫的統一，但由漢末直至隋朝統一為止，分裂狀態差不多延續了四百餘年。《三國志》裏的故事，便是以這樣一個分裂的時代為背景。

為何分裂？為何不能早日統一？倘若難以再度統一，難道連三足鼎立的安定也維持不住？這個時代的英雄到底有着怎樣的想法？他們在做什麼？是不是太無所作為了？——亂世的人們幾乎都抱有這樣的疑問，同時心中也燃起了和平統一的強烈願望。

因為這股強烈的熱情，三國時代的故事被深深地烙印在中國人的心中。不論哪個時代，《三國志》的故事都會被引用，並與當時的年代背景相結合。即使是二十世紀的今天，人們也經常會引用《三國志》裏的故事，來說明現實生活中的一些事情。

了解了《三國志》裏的故事，就等於了解了中國人心中的素材，就可以與他們擁有同樣的話題，並由此喚起雙方心靈上的、跨越了時代與國界的共鳴。

將正史《三國志》故事化後的《三國演義》，在歷史上非常流行。一般人們在說「三國」的時候，指的就是這部留傳後世的《三國演義》。這部小說的作者是十四世紀的羅貫中。他以生活在十四世紀的人的觀點，描繪了一千年以前的歷史。據學者分析，他在創作《三國演義》的時候，結合了《三國志》、《後漢書》和《資治通鑒》這三部正史以及一些市井傳說，當然其中也包含了他自己的創作。

三國時代的基本史料只有上述三種。我從現代人的角度出發，書寫了一千七百多年前的那個時代所發生的故事。很早之前我曾經讀過羅貫中的原文，在執筆本書的時期，刻意沒有再去讀，以免影響自己的思路。當然記憶裏仍保留着《三國演義》的一部分內容，在下筆時也只能盡力擺脱原文的束縛。

不管怎樣，我在依照自己的方法來理解這些相同的基本史料，並且按照自己的方法去解釋、推理，最終創作出了這部《三國志》。因此，無論如何這都是「我的三國志故事」。題目《秘本三國志》，是將此書放在《ALL》雜誌上連載時，編輯部的工作人員為我加上的，書中內容也沒有過多拘泥於這個「秘」字。且不考慮這個標題，也不論這部書的好壞，在這裏只是想説明，這本三國志故事是由陳舜臣本人創作完成的。

在執筆這部《秘本三國志》之前，我用了一個月時間去中國旅行了一次，連載進行的過程之中又各花了一個月去過兩次。用自己的眼睛去見證三國故事發生的舞台，用自己的雙腳切實地踏上這片土地，這是我一生都難以忘卻的回憶。

在完成最後一章的創作後，我依然能夠感覺到，故事的餘韻在我的心中久久地回蕩。

陳舜臣

一九七七年五月於六甲山房